全国高职高专化学课程
"十一五"规划教材

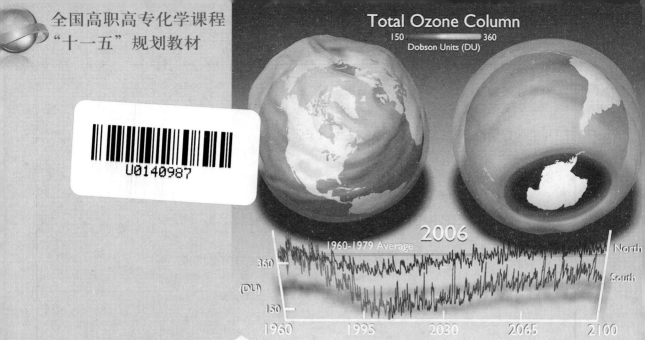

环境保护概论

- ◉ 主　编　　刘兰泉　　张　荣
- ◉ 副主编　　程远清　　常香玲　　丁树谦
- ◉ 参　编　　刘明娣　　李洪雨　　聂振江　　王喜艳
- 　　　　　　王国庆　　杨　臻
- ◉ 主　审　　崔世玉

华中科技大学出版社
http://www.hustp.com
中国·武汉

图书在版编目(CIP)数据

环境保护概论/刘兰泉　张　荣　主编. —武汉:华中科技大学出版社,2010 年 1 月
ISBN 978-7-5609-5923-8

Ⅰ.环…　Ⅱ.①刘…　②张…　Ⅲ.环境保护-高等学校:技术学校-教材　Ⅳ.X

中国版本图书馆 CIP 数据核字(2009)第 238667 号

环境保护概论　　　　　　　　　　　　　　　　刘兰泉　张　荣　主编

策划编辑:王新华

责任编辑:曹　红　　　　　　　　　　　　　　　　　　封面设计:刘　卉

责任校对:刘　竣　　　　　　　　　　　　　　　　　　责任监印:周治超

出版发行:华中科技大学出版社(中国·武汉)
　　　　武昌喻家山　　邮编:430074　　电话:(027)87557437

录　　排:华中科技大学惠友文印中心
印　　刷:武汉市洪林印务有限公司

开本:787mm×1092mm　1/16　　　印张:16　　　　　　　字数:350 000
版次:2010 年 1 月第 1 版　　　　　印次:2010 年 1 月第 1 次印刷　　定价:26.00 元
ISBN 978-7-5609-5923-8/X·29

(本书若有印装质量问题,请向出版社发行部调换)

内容提要

  本书主要介绍环境与环境问题、大气污染及其治理、水污染及其治理、固体废物及其治理、环境监测、环境质量评价、环境管理、安全工程、可持续发展与清洁生产等内容，对环境保护的基本知识做了比较系统而详细的阐述，广泛吸纳了同行的大量建议，紧密结合当前高职高专院校教育教学改革和企业生产的实际需要。

  本书为全国高职高专化学课程"十一五"规划教材，可作为高职高专环境专业教材，也可作为化工、轻工、冶金等相关专业环境保护的选修课教材，还可作为环境保护工作者的参考资料和环境保护的科普读物。

全国高职高专化学课程"十一五"规划教材编委会

主 任

刘 丛　邢台职业技术学院院长,教育部高职高专材料类教指委副主任委员

王纪安　承德石油高等专科学校党委书记,教育部高职高专材料类教指委委员,工程材料与成形工艺基础分委员会主任

吴国玺　辽宁科技学院副院长,教育部高职高专材料类教指委委员

副 主 任

逯国珍　山东大王职业学院,副院长

孙晋东　山东化工技师学院,副院长

郑桂富　蚌埠学院,教育部高职高专食品类教指委委员

刘向东　内蒙古工业大学,教育部高职高专材料类教指委委员

苑忠国　吉林电子信息职业技术学院,教育部高职高专材料类教指委委员

陈 文　四川广播电视大学,教育部高职高专环保与气象类教指委委员

薛巧英　山西工程职业技术学院,教育部高职高专环保与气象类教指委委员

张宝军　徐州建筑职业技术学院,教育部高职高专环保与气象类教指委委员

张 歧　海南大学,教育部高职高专轻化类教指委委员

雷明智　湖南科技职业学院,教育部高职高专轻化类教指委委员,轻化类教指委皮革分委员会副主任

廖湘萍　湖北轻工职业技术学院,教育部高职高专生物技术类教指委委员

王德芝　信阳农业高等专科学校,教育部高职高专生物技术类教指委委员

翁鸿珍　包头轻工职业技术学院,教育部高职高专生物技术类教指委委员

丁安伟　南京中医药大学,教育部高职高专药品类教指委委员

徐建功　国家食品药品监督管理局培训中心,教育部高职高专药品类教指委委员

徐世义　沈阳药科大学,教育部高职高专药品类教指委委员

张俊松　深圳职业技术学院,教育部高职高专药品类教指委委员

张 滨　长沙环境保护职业技术学院,教育部高职高专食品类教指委食品检测分委员会委员

顾宗珠　广东轻工职业技术学院,教育部高职高专食品类教指委食品加工分委员会委员

蔡 健　苏州农业职业技术学院,教育部高职高专食品类教指委食品加工分委员会委员

丁文才　荆州职业技术学院,教育部高职高专轻化类教指委染整分委员会委员

前言

从 20 世纪中叶开始,科学技术以前所未有的速度和规模迅猛发展,使人类征服自然的范畴扩大到了全球范围,由此造成环境问题迅速从地区性问题发展成为深刻影响世界各国的全球性问题。保护和改善环境是全人类面临的共同挑战,是当今世界各国日益重视的重大问题。我国政府十分重视环境保护问题,长期坚持将环境保护作为一项基本国策来全面实施。加强环境保护的宣传和教育,提高全社会环境保护意识,是环境保护的重要对策。在高职高专院校加强环境保护的专业教育,把它列为相关专业教学改革和课程设置的重要内容,从而促使年青一代大学生树立良好的环境保护意识,并掌握改善环境的基本技能,这是国家经济社会可持续发展的迫切需要。

本书的编写紧密联系当前高职高专院校的教学改革,按照"工学结合"与"教学做一体化"的课程建设和强化职业能力培养的要求,主要从十三个项目对环境保护概论进行阐述,具体内容包括环境与环境问题、大气污染及其治理、水污染及其治理、固体废物及其治理、其他污染及其治理、环境监测、环境质量评价、环境管理、安全工程、燃烧和爆炸、防火防爆措施、化工职业卫生、可持续发展与清洁生产等。

参加本书编写工作的有重庆三峡职业学院刘兰泉(项目一任务 1)、大庆职业学院张荣(项目十、项目十二)、重庆三峡职业学院程远清(项目一任务 3)、濮阳职业技术学院常香玲(项目五)、营口职业技术学院丁树谦(项目四)、三门峡职业技术学院刘明娣(项目二、项目十三)、山东大王职业学院李洪雨(项目八)、黑龙江农垦农业职业技术学院聂振江(项目九)、黑龙江农垦农业职业技术学院王喜艳(项目三、项目七任务 5)、濮阳职业技术学院王国庆(项目六)、信阳职业技术学院杨臻(项目一任务 2,项目七任务 1、2、3、4,项目十一)。全书由刘兰泉和张荣统稿并最后定稿,由山东化工技师学院崔世玉主审。

　　本书在编写过程中参考了有关专著和其他文献,在此向有关作者致以崇高的敬意和深深的感谢。同时感谢编者所在单位的领导和同事对本书编写工作提供的大量无私帮助和支持。

　　环境保护是一门新兴的交叉学科,涉及的学科门类广泛,加之编者水平有限,书中难免存在疏漏或不足之处,恳切希望同行和广大读者不吝指正。

编　者

2009 年 10 月

目录

项目一

环境与环境问题

项目简介：本项目主要介绍环境及环境问题、环境与可持续发展、环境科学与生态学的基本关系；环境污染物的来源、环境污染的特点、人体对环境致病因素的反应、污染物在人体内的转归、污染物对人体健康的危害，国外的化工污染、我国的化工污染；最后对环保概况和生态学基础等做基本介绍。

教学目标：了解环境科学的主要问题和任务、人体对环境致病因素的反应，理解环境、环境问题、环境科学、环境保护、生态学、生态系统和生态平衡等概念和生物与环境关系等，掌握环境问题的分类、污染物对人体作用的机制、环境污染对人体健康的危害。

任务1 环境科学与认识

1. 环境的概念

环境是指以人类社会为主体的外部世界的总体，主要指人类已经认识到的直接或间接影响人类生存和社会发展的周围世界。具体包括大气、水、海洋、土地、矿藏、森林、草原、野生动物、自然遗迹、人文遗迹、自然保护区、风景名胜区、城市和乡村等。

人类环境不同于其他生物的环境，它包括自然环境和社会环境两部分。

自然环境包括人类赖以生存的环境要素，是人类生存、生产所必需的自然条件和资源的总称，如大气、阳光、土地、矿藏和生物等，以及由这些要素构成的各圈层，如大气圈、水圈、土壤圈和岩石圈等。

社会环境是指人类形成的物质、能量和精神产品以及人类活动中所形成的人与人、人与社会之间的各种关系（或称上层建筑），包括社会的经济基础、城乡结构以及与各种社会制度相适应的政治、经济、法律、宗教、艺术的观念和机构等等。

本书讨论的环境主要是自然环境。在《中华人民共和国环境保护法》中明确规定："本法所称环境，是指影响人类生存和发展的各种天然的和经过人工改造的自然因素的总体，包括大气、水、海洋、土地、森林、草原、野生动物、自然遗迹、人文遗迹、自然保护区、风景名胜区、城市和乡村等。"这就从法律的角度阐明了当前环境保护的对象，为我国的环境保护

事业指明了方向。

2.环境问题

1）环境问题的定义及分类

环境问题指的是人类对环境和环境对人类产生的负面影响，或者说由于人类活动使周围环境所产生的环境质量变化以及这种变化对人类的生产、生活和健康产生影响的问题。

虽然一些自然灾害，如地震、台风、海啸、火山等（也称原生环境问题），对人类的生存和发展产生了不利的影响，但这不是本书讨论的环境问题。而由于人类活动引起的水库地震、破坏植被引起的洪水或旱灾等，纳入本书所指的环境问题。

根据环境问题发生的机制，可将环境问题分为生态环境破坏问题、环境污染问题和环境干扰问题三种类型。

（1）生态环境破坏问题。

人类违背自然规律，盲目开发、破坏自然环境而引起的环境问题，称为生态环境破坏问题。它又可以分为两类：一是生物环境破坏问题，如生物多样性锐减、森林破坏、草场退化等；二是非生物环境破坏问题，如土壤荒漠化、水土流失、土壤酸化等土壤退化问题，地下水过度开采造成地下水漏斗，大型工程建设引起的自然灾害等。

（2）环境污染问题。

人类活动排放的有害物质对大气、水体、土壤和动植物等的污染，达到了致害的程度，称为环境污染。引起环境污染的物质称为环境污染物。按照环境污染物的性质可以分为化学污染、物理污染、生物污染和广义范围内的环境污染及生态系统的失调。在这些污染中，化学污染是造成环境污染问题的主要原因。在 20 世纪 50 年代后，全球工业的迅猛发展，重大环境污染问题不断涌现，环境污染问题才引起全球社会的普遍关注。

（3）环境干扰问题。

人类活动排放的能量进入环境，达到一定的程度，对人类产生不利影响的现象，称为环境干扰问题，具体包括噪声、电磁辐射、光污染、放射性污染、热污染等。环境干扰一般是局部性的，当污染物质停止作用后，污染也就立即消失。

2）环境问题的发展阶段和全球性环境问题

从人类诞生开始就存在着人与环境的对立统一关系。人类在改造自然环境的过程中，由于认识能力和科学水平的限制，往往会产生意料不到的后果，造成对环境的污染和破坏。

（1）远古时期。

在远古时期，人口稀少，生产力水平低下，人类对环境影响微小。这一时期的环境问题主要是由于制取火种、乱采乱捕等过度采集和狩猎，消灭了居住地区的许多物种，破坏了人类食物来源，使当地人们的生存受到了威胁，人们为了生存被迫迁徙。迁出过后，当地的生态环境慢慢地自动恢复。

（2）农业文明时期。

农业社会人类活动以种植业和养殖业为主，产生的环境问题主要是对土地的破坏，如水土流失、草场退化、荒漠化、沼泽化等。如我国的黄河流域，4 000 多年前，森林茂密，森林覆盖率达到 50％以上,而由于长期的盲目开发,致使水土流失严重,形成千沟万壑茫茫一片的黄土高坡,是我国目前生态环境最脆弱的地区之一。再如 2 000 多年前,曾是四大文明古国之一的巴比伦王国,森林茂盛,但由于乱砍滥伐、开荒造田,最后被漫漫黄沙所淹没。

（3）近代工业革命时期。

近代工业革命和科学技术的进步,使电力工业、电器工业、汽车工业、化学工业等得以兴起,工厂林立,黑烟滚滚,工业企业排出大量废弃物污染环境,以大气污染为主的环境问题不断发生,就连南、北两极都难以幸免,20 世纪五六十年代形成了第一次环境问题高潮。如 1952 年英国发生的"伦敦烟雾事件",导致 4 000 人死亡;1955 年美国连续发生的"洛杉矶光化学烟雾事件",仅一次事件中 65 岁以上老人就死亡 400 人。

（4）信息革命时期。

20 世纪 80 年代以后,全球范围内的生态破坏和环境污染日趋严重,出现了第二次环境问题高潮。影响范围大和危害严重的环境问题有三大类:一是全球性的大气污染,如温室效应、臭氧层破坏和酸雨;二是大面积生态破坏,如大面积森林消失、草场退化、土壤侵蚀和沙漠化;三是突发性的严重污染事件,如 1991 年海湾战争石油污染事件。这些全球性的环境问题严重威胁着人类的生存和发展,发达国家和发展中国家都普遍对此表示不安。1992 年里约热内卢"联合国环境与发展大会"正是在这种背景下召开的,这次会议是人类认识环境问题的重要里程碑之一。

21 世纪全球主要环境问题有:① 人口膨胀;② 土地资源减少和退化;③ 森林资源和生物多样性危机;④ 水资源短缺;⑤ 酸雨和空气污染;⑥ 臭氧层破坏问题;⑦ 温室效应;⑧ 海洋污染;⑨ 垃圾成灾;⑩ 混乱的城市化。

3. 环境科学

随着环境问题的日益突出,人们越来越迫切地希望了解人与环境的关系,掌握解决环境问题的途径。环境科学正是在解决环境问题的社会需求和推动下发展起来的。

1）环境科学的概念和特点

环境科学是为解决环境问题而创立的一门新兴科学,它是一个由多学科到跨学科的庞大科学体系组成的新兴学科,也是介于自然科学、社会科学和技术科学之间的边缘科学。

环境科学以人类-环境系统为特定的研究对象,有如下特点。

一是学科的综合性。环境科学具有自然科学、社会科学、技术科学相互渗透的广泛基础,它的研究范围涉及人类经济活动和社会行为的各个领域,包括管理、经济、科技、军事等部门及文化教育等各个方面。

二是学科形成的特殊性。在形成初期,是多种经典学科运用本学科的理论和方法研究有关的环境问题,经过分化和重组,形成环境化学、环境物理学等分支学科。而后,进行自然科学、社会科学、技术科学的综合研究,逐步形成环境科学特有的学科体系。

三是人类所处地位的特殊性。在人类-环境系统中,人与环境的对立统一关系具有共轭性,呈正相关关系。人类作用对环境质量的改善有促进作用时,环境的反馈作用也有利于人类的生存和发展;反之,人类将受到环境的报复。

2）环境科学的主要内容和任务

环境科学是综合性的新兴学科,学科体系按其性质和作用分为三部分:一是基础环境学,包括环境数学、环境物理学、环境化学、环境地质学、环境毒理学、环境生态学等;二是环境学,包括大气环境学、水体环境学、土壤环境学、区域环境学等;三是应用环境学,包括环境控制学、环境工程学、环境经济学、环境工效学、环境行为学、环境监测学等。

《中国大百科全书》对环境科学的性质做了全面的介绍,指出环境科学的主要任务是:"探索全球范围内环境演化的规律,在人类改造自然的过程中使环境向有利于人类的方向发展;揭示人类活动同自然生态之间的关系,使人类生产和消费系统之间的物质和能量达到平衡;探索环境变化对人类生存的影响;研究区域环境污染综合防治的技术措施和管理措施。"

4. 可持续发展

近百年来,人类在探索发展的道路上大体经历了三个阶段:单纯经济发展阶段、经济与社会协调发展阶段、可持续发展理论的形成阶段。可持续发展是 20 世纪 80 年代后期以来国际上形成的新的发展观念,是对传统发展理论的继承和创新,是一种全新的发展观。

在联合国环境规划署 1987 年发表的《我们共同的未来》中将可持续发展定义为"既满足当代人的需求,又不危及后代人满足其需求的发展"。这一概念在 1989 年联合国环境规划署第 15 届理事会通过的《关于可持续发展的声明》中得到接受和认可。它的内容具体包含两个重要方面:一是人类要发展,要满足人类的发展需求;二是不能损害自然界支持当代人和后代人的生存能力。

1994 年,中国发布了《中国 21 世纪议程——中国 21 世纪人口、环境与发展白皮书》,制定了可持续发展理论框架下中国国民经济目标、环境目标和主要对策。

可持续发展理论认为发展与环境是一个有机整体。它不仅把环境保护作为追求的最基本目标之一,也将其作为衡量发展质量、发展水平和发展程度的宏观标准之一。可持续发展的理论内容主要有:一是发展是可持续发展的前提,由高投入、高消耗、高污染、高消费的传统经济增长模式转变为低消耗、低污染、适度消费的可持续发展模式,促使环境保护与经济持续协调发展;二是全球的共同努力是实现可持续发展的关键,当前的资源和环境问题已超越国界和地区界限,具有全球性,要实现可持续发展,必须建立巩固的国际秩序和合作关系,必须采取全球共同的联合行动;三是公平性是衡量可持续发展的尺度,除了确保当代人和代间的公平,特别要在全球逐步实现公平分配有限的资源,结束少数发达国家过量消费全球共有资源;四是全球全社会的全面参与是可持续发展实现的保证;五是良好的人类-环境生态文明是可持续发展的目标。

根据中国国情,中国对可持续发展的认识和理解,主要强调四个方面的内容:可持续发展的核心是以经济建设为中心的发展;可持续发展的前提是资源的永续利用和良好的生态环境;可持续发展的实质是要改变传统的发展模式,使国民经济和社会发展逐步走上良性循环的道路;可持续发展的关键是转变人们的思想观念和行为模式,从思想源头和行为源头做起,中国的可持续发展的目标才能真正实现。

中国确立的可持续发展重点领域主要有:人口、卫生和社会保障;城镇化与人居环境;

区域发展与消除贫困;农业与农村发展;工业可持续发展;生态环境建设与保护;能源开发与利用;水资源保护与开发利用;土地资源管理与保护;森林资源管理与保护;草原资源管理与保护;海洋资源管理与保护;固体废物管理;化学品无害环境管理;大气保护;防灾减灾;发展科学技术和教育;信息化建设;地方 21 世纪议程实施;公众参与可持续发展等。

任务 2 环境污染与健康

1.人体对环境致病因素的反应

人类环境的任何异常变化,都会不同程度地影响到人体的正常生理功能。但是,人类具有调节自己的生理功能来适应不断变化着的环境的能力。这种适应环境变化的正常生理调节功能,是人类在长期发展过程中形成的,如果环境的异常变化不超过一定限度,人体是可以适应的。如果环境的异常变化超出了人类正常生理调节的限度,则可能引起人体某些功能和结构发生异常,甚至造成病理性的变化。这种能使人体发生病理变化的环境因素,就称为环境致病因素。

人类的疾病,多数由生物、物理和化学致病因素所引起。在环境致病因素中,环境污染又占最重要的位置。疾病是人类机体在致病因素作用下,功能、代谢及形态上发生病理变化的一个过程,这些变化达到一定程度才表现出疾病的特殊临床症状和体征。人体对致病因素引起的功能损害有一定的代偿能力,在疾病发展过程中,有些变化属于代偿性的,有些变化则属于损伤,二者同时存在。当代偿过程相对较强时,人的机体还可能保持着相对的稳定,暂不出现疾病的临床症状,这时如果致病因素停止作用,机体便向恢复健康的、好的方向发展。但代偿能力是有限度的,如果致病因素继续作用,代偿功能逐渐发生障碍,人的机体则以病理变化的形式反应,从而表现出各种疾病所特有的临床症状和体征。

疾病的发生和发展一般可分为潜伏期、前驱期、临床症状明显期、转归期。在急性中毒的情况下,疾病的前两期可以很短,会很快出现明显的临床症状和体征。在致病因素的微量长期作用下,疾病的前两期可以相当长,病人没有明显的临床症状和体征,看上去是"健康"的,但是在致病因素继续作用下终将出现明显的临床症状和体征。而且这种人对其他致病因素的抵抗能力减弱,其实这种人是处于潜伏期或处于代偿状态。因此,从预防医学的观点来看,不能以人体是否出现疾病的临床症状和体征来评价有无环境污染及其严重程度,而应观察多种环境因素对人体正常生理功能的作用,及早地发现临床前期的变化。

2.环境污染物对人体作用的机制

1) 环境污染物在人体内的转归

(1) 毒物的侵入与吸收。

环境污染物通过呼吸道、消化道、皮肤和黏膜等途径侵入人体。呼吸道是较主要的途

径,由于呼吸道有水分,对有害物的黏附、溶解和吸收能力大,大气中的有毒气体和烟尘进入呼吸道后,部分由支气管的上皮带到喉部被咳出或咽下,部分进入肺泡,那些小于 5 μm 的粉尘颗粒在肺泡被吞噬细胞所吞噬。肺泡壁上有丰富的毛细血管网,污染物长期停留在肺部,有的可能引起刺激作用或恶性病变(如石棉粉尘引起硅肺),有的毒物经肺部淋巴管进入体内大循环。

此外,污染物通过食物和饮水进入消化道也是主要途径之一。有毒物在胃、肠中被食物稀释并有选择地吸收,毒物被肠壁吸收后通过血液可进入肝脏。皮肤是由表皮、真皮和皮下组织所组成的,真皮内有丰富的血管,真皮下面的皮下组织含有大量脂肪,当皮肤受损伤后,污染物可能直接进到血管或脂肪组织中。一些脂溶性毒物,如苯、有机磷酸酯类和农药,以及能与皮肤的脂酸根结合的毒物,如汞、砷等均可经皮肤被人体吸收。

(2)毒物的分布与蓄积。

污染物进入人体经吸收后由血液带到人体各器官和组织。由于各种毒物的化学结构和理化特性不同,它们与人体内某些器官表现出不同的亲和力,使毒物相对聚集在某些器官和组织内。例如一氧化碳和血液表现出极大的亲和力,一氧化碳与血红蛋白结合生成碳氧血红蛋白,造成组织缺氧,称低血氧症,使人感到头晕、头痛和恶心,甚至昏迷致死,这就是通常所说的一氧化碳中毒。毒物长期隐藏在组织内,其量逐渐积累,这种现象是蓄积。某种毒物首先在某一器官中蓄积并达到毒作用的临界浓度,这一器官就被称为该毒物的靶器官。例如脑是甲基汞的靶器官;甲状腺是碘化物的靶器官;骨骼是镉的靶器官;砷和汞常蓄积在肝脏器官;农药具有脂溶性,易在脂肪组织中蓄积。

(3)毒物的生物转化。

只有很少一部分水溶性强、分子量极小的毒物可以原形被排出体外,绝大部分毒物都要经过酶的代谢作用,经过氧化、还原、水解和结合等化学过程改变其毒性,增强其水溶性而易于排泄。毒物在体内的这种代谢转化过程叫生物转化。肝脏、肾脏、胃和肠等器官对各种毒物都具有生物转化功能,其中以肝脏最为重要。生物转化过程分两步进行,首先进行氧化、还原和水解,即物质在酶的催化作用下发生以上化学反应,生成一级代谢产物,然后进入肝脏。

肝脏内的外源性物质(一级代谢产物)与内源性物质(激素、脂肪酸、维生素和甘氨酸等)在混合功能氧化酶系的作用下结合,生成酸性的二级代谢产物。这些代谢产物在生理 pH 值条件下电离,可以从肾脏或胆汁排出。生物代谢过程可能有两种反应:一是代谢失活,使活性物质变为低毒或无毒的惰性物质从体内排出;二是激活反应,使毒性增强,变成致突变物或致癌物。

(4)毒物的排泄。

毒物经生物转化后排出体外的途径主要有尿液、粪便和呼吸,少量随汗液、乳汁和唾液等分泌液排出。有的毒物通过胎盘进入胎儿血液,影响胎儿发育和产生先天性中毒及畸胎。毒物在排出过程中,还可能在排出器官造成继发性损害,如器官发炎等。环境污染物在肌体内的转归过程属环境毒理学研究的范畴。

环境污染物作用于人群时,并不是所有的人都出现同样的毒性反应。由于个体的身体素质不同,抵抗能力不同,肌体反应在客观上呈"金字塔"式分布。其中大多数人可能仅使体内有污染物负荷或出现意义不明的生理性变化,只有少部分人会出现亚临床变化,极少数人发病甚至死亡。环境医学的一项重要任务就是及早发现亚临床变化和保护敏感人群。

2)污染物对人体作用的影响因素

(1)剂量。

微量元素按其对人体生理功能的需要可分为必需微量元素和非必需微量元素。对必需微量元素,其含量过多或过少都可能引起肌体病理变化,因此不仅要研究环境中最高容许浓度,而且要研究最低供应量的问题。非必需微量元素在体内缺乏或处于一定浓度范围并不影响人体的健康,只有超出一定浓度时才对人体产生有害作用,其中有些元素(如砷、汞、铅等)即使在体内含量很低,仍会出现毒性作用。这些有毒元素在体内出现往往被认为是环境污染的标志。对于这类元素主要研究制订其最高容许限量的问题。微量元素进入人体的剂量达到一定浓度,可引起异常反应并发展成疾病。该剂量为人体最高容许限量,也称中毒阈值。

(2)作用时间。

很多环境污染物在肌体内有蓄积性,随着作用时间的延长,毒物的蓄积量将加大。毒物在体内的蓄积受摄入量、污染物的生物半减期(污染物在生物体内浓度减低一半所需的时间)和作用时间三个因素影响。当蓄积达到中毒阈值时,就会对肌体产生危害。

(3)多种因素联合作用。

当环境受到污染时,污染物通常不是单一的。几种污染物同时作用于人体时,必须考虑它们的联合作用和综合影响。往往一种物质可能干扰另一种物质的吸收、代谢或排泄。这种干扰可能是减弱,也可能是加强。例如,CO 和 H_2S 则可能相互促进中毒的发展,比两者的单一污染物对人体危害更大。

(4)个体的敏感性。

人的健康状况、生理状态和遗传因素等均可影响人体对环境异常变化的反应,性别、年龄和职业等因素也有影响。

3.环境污染物对人体健康的危害

环境污染物通过空气、水和食物等介质侵入人体,会直接或间接影响人体健康。如引起感官和生理机能的不适,产生亚临床和病理的变化,出现临床体征或存在潜在的遗传效应,发生急性中毒、慢性中毒或死亡。环境污染对人体健康的影响主要包括大气、水质、放射性、农药、食品以及噪声等环境污染与人体健康的关系。

1)环境污染物危害人体健康的特点

(1)污染物种类繁多,作用机制复杂。

人类环境中的污染物来源广、品种多、成分杂,它们对人体的影响既可以个别物质来单独危害,又能以多种物质相互结合共同作用于人体。多种污染物的联合作用可以增强它们的毒害效果,但同时也能起抑制作用,对于这两种情况,人们分别称为污染物的协同作用和拮抗作用。

（2）污染物含量少、浓度低、作用时间长。

环境中化学污染物的相对浓度一般是很低的，多数在大约百万分之一、十亿分之一，甚至在万亿分之一的水平。由于浓度低，污染物的有害作用在较短时间不可能很明显，因此常常被人们所忽视。实际上，人们在污染环境中生活和工作的时间是很长的。微量污染物经过长年累月的积累，浓度不断增大，它的毒害作用也随之逐步显著，年深月久，潜移默化，结果可能酿成严重的后果，因此决不能掉以轻心。

（3）污染物危害人群的范围大。

环境污染物对健康的影响不同于职业病，后者仅局限于特定工种的少数职业人员，而前者影响的人群范围非常广。在一个被污染的环境区域内，无论职业，不分年龄，毫无例外地都要受到污染物的影响。由于污染区域宽广，涉及的受害者为数众多。

（4）污染物治理比较困难。

环境污染容易，治理却很困难，这一事实决定了环境保护工作的艰巨性，同时亦反映出环境污染对人体影响的潜在危险性。

2）环境污染损害健康的主要后果

环境污染与人体健康的关系极其复杂，这是环境医学领域的一个很重要的研究课题，目前正在研究之中。

一般来说，污染物对人体的危害程度与它的物理、化学性质，浓度的大小，污染的方式，进入人体的途径，以及受害者本人的生理状态等各种因素有关。因此，由环境污染致害的病症是很复杂的。如果根据中毒的程度以及病症显示的时间来考虑，原则上可将损害形式分为急性中毒、慢性中毒和远期效应三种情况。若人们一次性接触大量毒性较强的污染物质，接触者在短时间内就会出现非常明显的病症，这种现象常称为急性或亚急性中毒。急性中毒来势凶猛，病情发展迅速，后果严重，因此很容易引起人们的注意。例如，某县农药厂排放含砷废水，严重污染附近的饮用水源，致使一千多名工人和农民急性砷中毒，中毒者恶心、呕吐、四肢无力、眼睛浮肿，不少人还出现咳血、吐血和便血等症状，若不及时抢救，就有生命危险。

环境污染造成的急性中毒事件不多，较普遍的是慢性中毒，这是污染物的浓度比较低所决定的。人们长期暴露于某种污染物存在的环境中，环境中的污染物在人体中逐渐蓄积，最终在某一时间才显示出各种不同的危害结果，这就是慢性中毒。环境污染引起的慢性中毒的潜伏期长短不一，有几个月、几年甚至几十年的。例如日本著名的公害病——水俣病，由于含汞的工业废水污染了水源，人们经常饮用含汞的水，食用汞污染的鱼鲜水产品和稻米，几年后，甚至十几年后，少数人才出现慢性中毒症状。因为慢性中毒的潜伏期长，病情进展不明显，很容易被人忽视，而一旦出现症状时，往往是无法挽救的后果，如心血管病、癌症、畸胎等。所谓远期效应，只是慢性中毒的一种特殊情况，它的危害结果的显示时间可能更长。例如要经过几十年时间才能从受害者本人身上出现病症，也有人要通过子孙后代才能反映出来，即所谓遗传效应。研究表明，大多数远期效应具有致癌、致畸胎的性质，因而危害较大。

任务3 环境保护与生态学基础

1. 环境保护

1) 环境保护的概念

环境保护是利用环境科学的理论和方法，协调人类与环境的关系，解决各种问题，保护和改善环境的一切人类活动的总称。

《中华人民共和国环境保护法》规定，环境保护的内容包括保护自然环境和防治污染及其他公害两个方面。即运用现代环境科学的理论和方法，在更好地利用自然资源的同时，深入认识、掌握污染和破坏环境的根源和危害，有计划地保护环境、恢复生态，预防环境质量的恶化，控制环境污染，促进人类与环境的协调发展。

2) 国际社会环境保护概述

西方发达国家在环境污染发生初期，采取过一些限制性措施，如英国1863年颁布的《碱业法》、1876年颁布的《河流防污法》等。此后，美国、法国等也陆续颁布了防治大气、水、放射性物质、食品等污染的法规，但均未能阻止环境污染蔓延的势头。

1962年美国海洋生物学家卡尔逊花费4年时间出版了《寂静的春天》一书，这是首次由科学权威人士向全世界揭示：无限制地滥用化学制品给人类的生活环境造成的极大危害。该书出版后，引起了全美国的震动，并由此推动了全世界对环境污染问题的深切关注。1968年，10个国家的专家在罗马成立"罗马俱乐部"，探讨人类的环境问题。1970年，在日本东京召开"公害问题国际座谈会"，发表了《东京宣言》。1970年4月22日，美国举行了规模宏大的群众性环境保护运动——"地球日"活动。1972年联合国在瑞典斯德哥尔摩召开了"人类环境会议"，会议发布了《人类环境宣言》，这次会议是全世界环境保护工作的重要里程碑之一，它加深了人们对环境问题的认识，把环境、人口、资源和发展联系了起来，试图从整体解决环境问题。

1992年，全世界183个国家和联合国及其下属机构等70个国际组织的代表聚集在巴西里约热内卢，举行了"联合国环境与发展大会"。本次会议正式否定了西方开始工业革命以来"高投入、高消耗、高污染、高消费"的传统发展模式，就世界环境与发展问题进行协商，探索协调环境与人类社会发展的途径，让世界各国接受了可持续发展战略，并在发展中逐步付诸实践和完善。它标志着全世界环境保护事业迈上了新的历史阶段，从单纯治理环境污染深入到人类发展与社会进步的范畴，环境保护与经济发展相互协调的模式成为人们广泛的共识，"环境与发展"成为全世界环境保护的基本工作内容。会议形成了《里约宣言》、《21世纪议程》等文件。

联合国环境与发展大会后，世界各国的环境保护工作都出现了一些积极的变化，但是全球的环境形势依然严峻。2002年，联合国在南非约翰内斯堡召开了"可持续发展全球首脑会议"。会议涉及政治、经济、环境与社会等广泛的议题，审议了1992年"联合国环境

与发展大会"通过的《里约宣言》、《21世纪议程》等文件和其他主要环境公约的执行情况，提出了今后具体的行动战略和实施措施，全面推进世界各国的可持续发展。作为新世纪首次世界环境与发展首脑大会，在人类环境与发展文明史上谱写了新的篇章，大会通过了《可持续发展世界首脑执行计划》，这表明人类从来没有像现在这样关注和忧虑自己的家园。

据联合国统计，进入21世纪以来，全球已有100多个国家设立了专门的可持续发展委员会，许多国家制订了自己的可持续发展战略或本国的《21世纪议程》。在世界银行、联合国开发计划署和联合国环境规划署的管理下，已经对包括保护生物多样性在内的可持续发展多个领域投入了大量资金，有力地促进了可持续发展在全球各地的实施。

3）我国环境保护概述

由于经济发展和社会历史的原因，我国的环境保护工作与发达国家相比起步较晚。1973年在北京召开了第一次全国环境保护会议，确定了"全面规划、合理布局、综合利用、化害为利、依靠群众、大家动手、保护环境、造福人民"的环境保护方针。1983年在全国第二次环境保护会议上把环境保护确定为一项重大的基本国策。

1992年，中共中央、国务院批准并转发了《中国环境与发展十大对策》，随后制定了《中国21世纪议程》、《中国环境保护21世纪议程》等重要的行动纲领，这两个文件的颁发标志着我国可持续发展战略的正式确立。根据统计，至2007年我国环保从业人员超过300万，年产值超过6 000亿元。目前，我国已颁布了几十部环境方面的法律、法规，形成了比较完善的法律、法规体系。在环境保护制度方面，实行"建设项目环境影响评价"、"三同时制度"、"排污收费制度"等。此外，我国已制定了几十个环境标准，为环境法的实施提供了数量化的依据。

在了解我国环境保护工作取得成绩的同时，更应该清醒地认识到我国环境状况仍不容乐观，很多地区的环境污染和生态破坏状况还未得到有效遏制，一些地区生态环境恶化、土地沙化、水土流失加剧、生物多样性锐减等问题还很突出。环境污染和生态破坏已成为危害人民健康和制约经济社会发展的重要因素。

2.生态学基础

1）生态学

自然界中，多种多样的生物体构成了生物圈，生物体尽管都以个体的形式存在，但它们从来都不是孤立的，由于亲缘和生态关系使它们彼此之间以及与环境之间都有着不可分割的联系，形成了生物系统的不同层次。学术界把生物的层次分为个体、种群、群落、生态系统、生物圈这几个层次。

（1）种群。

种群是指在特定时间内，分布在同一区域的同种生物个体的集合。种群内部个体之间能够进行自然交配并繁衍后代，种群是种族生存的前提，是物种的存在单位、繁衍单位和进化单位。自然界中任何生物个体都不可能单一地生存在地球上，生物个体只有与同种及其他种类的个体形成一个相互依赖、相互制约的群体才能生存。种群的主要特征表现在数量、空间和遗传等三个方面。

① 数量特征。任何种群都有一定数量的个体。种群的数量特征是生态学关注的一个重点。种群的数量越多、密度越大、种群就越大,种群的生态学作用也可能就越大。种群数量的多少受到出生率、死亡率、迁入率和迁出率等四个种群基本参数的影响。

② 空间特征。任何种群都要占据一定的空间。根据种群内部个体的排列方式,可分为聚群分布、随机部分和均匀分布三个类型。

③ 遗传特征。种群具有一定的遗传组成,是一个基因库。繁殖既遗传种群基因库的基本信息,又积累个体变异,完成进化,实现种群对环境的适应,维持种群的存在。

（2）群落。

种群在自然界中也不是单独存在的,而是与其他种群通过种间关系紧密联系的。在一定的自然区域内,生活在一起的各种动物、植物或微生物的集合体称为生物群落,简称群落。群落具有下列基本特征。

① 一定的分布范围。群落分布在特定地段或特定生境上,不同群落的生境和分布范围不同。

② 一定的动态特征。群落是生物系统中具有生命的部分,群落的动态特征包括季节动态、年际动态、演替与演化。

③ 具有一定的物种组成。不同的群落都是由不同的动植物或微生物种群组成的。物种组成是区别不同群落的第一特征。

④ 具有一定的结构。群落的结构是指群落内部的垂直结构、水平结构和外貌的季相变化。

⑤ 群落的边界特征。有些群落具有明显的边界,可以清晰地加以区分;有的则不具有明显边界,处在连续变化之中。在大多数情况下,不同群落之间都存在过渡带,称为群落交错区,并导致明显的边缘效应。

（3）生态系统。

生态系统是指在一定空间内共同栖息着的所有生物（即生物群落）与其环境之间由于不断进行物质循环和能量流动过程而形成的统一整体。能量流动、物质循环和信息传递是生态系统的三大功能。

（4）生物圈。

生物圈是一个以物质流和能量流循环为其特点的大系统,它为整个地球上所有生物体的生存和繁殖提供了必需的物质和能量。生物圈内物质和能量的循环是生命存在的根本保障。

（5）生态学。

生态学是研究生物与其环境之间相互关系的科学。或者说生态学就是研究生命系统与环境系统之间相互作用的规律及其机理的一门学科。在自然界中,生物个体、种群、群落都可以看成是生命系统,这些生命系统周边的能源、温度、土壤等都是环境系统。

生态学是研究以种群、群落和生态系统为中心的宏观生物学。

2）生态系统

地球上有无数大大小小的生态系统。大到整个海洋、整块大陆,小至一片森林、一块草地、一个小田块等,都可以看成是生态系统。地球上的自然生态系统都是开放的,有物质和能量的流动。

(1) 生态系统的组成。

除了非生物环境以外,生态系统还包括生物成分。生态系统中生物成分有三大功能类群:生产者、消费者和分解者。

① 非生物环境。即无机环境,它包括驱动整个生态系统运转的能源和热量等气候因子、生物生长的基质和媒介、生物生长代谢的材料等。

② 生产者。也称初级生产者,包括所有的绿色植物和化能细菌等,是生态系统中最积极和最稳定的因素。太阳能和化学能只有通过生产者才能源源不断地输入到生态系统,成为消费者和分解者的唯一能源。

③ 消费者。主要由动物组成,它们自己不能生产食物,必须以其他生物为食,只能直接或间接地从植物获得能量。

④ 分解者。又称还原者,是分解已死的动植物残体的异养生物。主要是细菌、真菌和某些营腐生生活的原生动物和小型土壤动物。

生态系统的各组分只有通过一定的方式组成一个完整的、可以实现一定功能的系统时,才能称其为完整的生态系统。生态系统结构包括两方面的内容,一是生态系统的形态结构,二是生态系统的营养结构。

植物所固定的太阳能通过一系列的取食和被取食过程在生态系统内不同生物之间的传递关系称为食物链。在自然界中,存在着捕食食物链、碎屑食物链、寄生食物链和腐食食物链等四种食物链类型。如枯枝落叶——→真菌——→红松鼠、花鼠。

(2) 生态系统的功能。

生态系统的组成和结构为了解生态系统的功能奠定了基础。生态系统的功能包括物质循环和能量流动两个方面的内容,两者不可分割,成为生态系统的核心。

① 能量流动。植物和某些细菌从太阳获取能量,它们是进行光合作用的生物。实际上除了少数进行化学能合成作用的细菌之外,地球上所有的生物都能直接或间接地依赖太阳光获取能量。

生态系统的能量流动是通过在各营养级间进行流动来实现的。能量不断地沿着生产者、草食动物、一级肉食动物、二级肉食动物等逐级流动。在能量流动过程中,能量的利用效率就叫生态效率。生态效率的表示方法很多,常用的主要有光合作用效率、消费者同化效率、生长效率等。按照林德曼的"百分之十定律",从一个营养级到另一个营养级的能量转换效率为10%,也就是说,能量流动过程中有90%的能量损失掉了。

② 物质循环。在生态系统中,物质循环指营养物质被生物从环境中摄取,并可被其他生物依次利用,然后复归于环境被重复利用的过程。生态系统中的物质循环,是各种化学物质在地球非生物环境与生物之间的循环运转,故又称为生物地球化学循环。通常,人们比较关注氮、碳、水、磷等的循环,下面以氮为例介绍生态系统的物质循环。

氮(N)循环,氮是生命的重要元素之一,也是氨基酸、蛋白质和核酸的主要组成成分。氮在生态系统中主要以N_2的状态存在于大气中,约占大气的79%。N_2是惰性气体,不能被植物直接利用,氮必须以铵盐、亚硝酸盐和硝酸盐的形式从土壤或水体中被植物吸收。

N_2转变为氨、亚硝酸盐和硝酸盐的过程,叫硝化作用,这一过程由固氮菌等完成。进入植物体的硝酸盐和铵盐进一步与植物中的碳(C)结合,形成氨基酸,进而形成蛋白质和核酸。当动物啃食植物后,氮被摄入到动物体内。

动植物死后,蛋白质被微生物分解成简单的氨基酸,进而被分解成氨、CO_2和水,返还到环境中,这一过程叫氨化作用,也叫反硝化作用。这些重新进入环境的氮,又开始新的循环。

此外,信息传递在生态系统中是一个比较新颖的研究领域。在生态系统中,种群与种群之间,同一个种群内部个体与个体之间,甚至生物与环境之间都可以表达、传递信息。信息传递与能量流动和物质循环一样,都是生态系统的重要功能。

3) 生态平衡

(1) 生态平衡的概念及特点。

一般而言,生态平衡是指生态系统的各个因素或各个成分在较长时间内保持相对协调,即系统中的生产者、消费者和分解者的种类数量,或物质和能量的输入和输出的强度,保持相对平衡的关系。

生态平衡的特点主要有两点:一是处于平衡状态的生态系统,仍然时刻与周围环境进行着能量流动、物质交流和信息传递,因此它不是静止的,而是运动的;二是在一定时间段内,承载生态系统物质流、能量流和信息流的各要素,都保持稳定的结构、形态,系统的整体外观也保持稳定。

(2) 生态平衡遭到破坏的原因。

生态平衡遭到破坏的原因主要有两类,即自然原因(各种地质、气候灾害和病害、虫害、兽害等)和人为作用(毁林开荒、滥垦草地,破坏水体,大气、土壤和水环境的污染),其中主要是被破坏系统内外的人类活动。人们已普遍接受了这样的观点:由于人类的干扰超过了生态系统的调节能力,导致生态系统的生物种类减少、生物数量下降、生产力衰退、系统结构改变,从而使生态平衡遭到破坏。

4) 生物与环境

生物是随着地球环境的演化而发生、发展的,是地球环境演化的产物。一切生物都离不开环境,生物必须从环境中获取各种生活必需的能量与物质,并且受到各种各样外界环境因素的影响。

在环境中,对生物个体或群体的生活或分布起着影响作用的因素称为环境因子,或称生态因子。生物生活所不可缺少的各种生态因子,统称为生存条件。根据生态因子的性质和作用,通常可以将它们分为五类:一是气候因子,包括各种主要的气候参数,如光、风、温度、降水等;二是土壤因子,指土壤的各种性质,如土壤理化结构、酸碱度等;三是地形因子,包括各种地面特征,如海拔高度、坡向、坡度等;四是生物因子,包括不同种或同种生物之间的各种相互关系,如竞争、捕食、寄生、种群内部的社会等级等;五是人为因子,人类对环境和周边生物的影响越来越大,是其他生物所不可比拟的,因此将人为因子从生物因子中划分出来成为独特的一类。

生物与环境关系比较复杂,下面简单介绍最小因子定律、耐受定律和限制因子。

一是德国科学家利比希的最小因子定律,即当某一特定因子的存在量低于某种生物的最小需要量时,便成为决定该种物种生存或分布的根本原因。实际上,因子过量时,同样也会影响生物生存。

二是美国科学家谢尔福德的耐受定律,即任何一个生态因子在数量上或质量上的不足或过多,即当其接近或达到某种生物的耐受限度时,就会影响该种生物的生存和分布。

三是结合最小因子定律和耐受定律的思想,生态学家们提出了一个综合的生态学概念——限制因子,即当生态因子(一个或相关的几个),接近或超过某种生物的耐受性极限而阻止其生存、生长、繁殖、扩散或分布时,这些因子就称为限制因子。也就是说,在自然界中,生物不仅受制于最小量需要物质的供给,而且也受制于其他的临界生态因子,这就是这个概念的最主要的价值。

复习思考题

1. 简述环境、环境问题、环境科学、环境保护、生态学、生态系统和生态平衡的概念。
2. 简述种群表现在数量、空间和遗传等三个方面的主要特征。
3. 阐述污染物对人体作用的机制。

项目二

大气污染及其治理

项目简介:本项目概述了大气污染物的定义、分类及其危害;结合化工的特点,着重讲述了化工气体、烟尘的来源、特点及其处理方法,重点介绍了SO_2、NO_x等典型化工废气的处理方法;介绍了烟尘处理方法。

教学目标:理解大气污染物的定义、分类、来源、危害及其常用的基本处理方法;掌握SO_2、NO_x等典型化工废气的处理方法及其基本工艺流程,掌握烟尘的处理方法。

任务1　化工废气的认识

1. 基本知识

(1) 理想气体状态方程式。

对于理想气体,气体的体积 V、温度 T 及压力 p 三者的关系遵从以下状态方程

$$pV = \frac{m}{M}RT \tag{2-1}$$

式中:m——气体的质量,g;

　　M——气体的摩尔质量,g/mol;

　　V——体积,m^3;

　　T——温度,K;

　　p——压力,Pa;

　　R——摩尔气体常数,$R = 8.314\ \text{Pa} \cdot m^3/(\text{mol} \cdot \text{K})$。

理想气体在任何温度和压力下,都服从公式(2-1)。在压力不太大、湿度不太接近气体液化点时,实际气体的性质接近理想气体。因此,在大气污染控制工程中,可以应用上述公式进行计算。

(2) 气体的密度。

单位体积气体的质量称为气体的密度,用 ρ 表示,kg/m^3。设 m 为大气质量,V 为气体的体积,则

$$\rho = \frac{m}{V} \qquad (2\text{-}2)$$

在本书涉及的范围内,气体通常可近似地看做理想气体,其密度可用理想气体状态方程式来计算。将式(2-1)代入式(2-2),得

$$\rho = \frac{p}{RT} \qquad (2\text{-}3)$$

2. 大气及大气污染

1) 大气及大气圈

(1) 大气。

大气主要指环境空气,即研究大环境的大气物理学、大气气象学等,主要研究范围是对流层空气。

(2) 大气圈及其垂直结构。

地球是太阳系至今唯一知道有生命的行星,它上面有适于人类生存和发展的自然环境。地球表面环绕着一层很厚的气体,即大气。大气是自然环境的重要组成部分,是人类赖以生存必不可少的物质。

自然地理学把受地心引力而随地球旋转的大气叫做大气圈。大气圈层厚度有 2 000~3 000 km。由于大气圈层与宇宙空间很难确切划分,在大气物理学和污染气象学研究中,常把大气圈层界定为 1 200~1 400 km。1 400 km 以外,气体已非常稀薄,就是宇宙空间了。

大气圈中的空气分布是不均匀的。海平面上的空气密度最大,近地层的空气密度随高度上升而减小。在地球表面上空 400~1 400 km 的大气层里,空气是逐渐变稀薄的。地球表面的大气温度不仅随纬度、季节变化,而且随高度变化。根据大气温度垂直分布特点,并考虑大气垂直运动等情况,将大气分为五层:对流层、平流层、中间层、暖层和逸散层(图 2-1)。从地球表面向上到 80~85 km 高度,大气的主要成分氮和氧的组成比例几乎不变,这一部分被称为均质大气层(简称均质层)。均质层按气温在垂直方向上的变化情况分为对流层、平流层和中间层。均质层以上的大气层,其气体组成随高度变化很大,称为非均质层。非均质层又分为暖层(电离层)和逸散层(外层)。大气圈中的对流层和平流层与大气污染关系密切,尤其是对流层,大气污染主要涉及的是对流层空气污染。

2) 大气污染

(1) 大气的重要性。

水是生命之源,没有水就没有生命。但是,人和其他生物赖以生存的空气是比水更重要的物质资源,人类生存离不开空气,发展工农业生产离不开空气,燃料燃烧离不了空气。

空气、水和土壤是人类生存所不可缺少的三大自然环境要素,缺一不可。人们时刻都要呼吸空气,一个成年人每天呼吸 10~12 m³ 的空气,即 13~15 kg 空气,相当于一天食物量的 10 倍,饮水量的 5~6 倍。生命的新陈代谢每时每刻都离不开空气:一个人五周不吃饭,五天不喝水,尚可能生存,而五分钟不呼吸空气就会死亡。人的生命离不开空气,健康的身体需要新鲜清洁的空气。不少调查表明,肺癌等疾病与大气污染有密切关系。

(2) 大气污染。

随着工业的发展和人口的集中,环境空气,特别是城市空气已经受到了污染。所谓污染,从广义上讲,空气中进入了异物,改变了其原来的组成比例或成分,就可能造成大气污

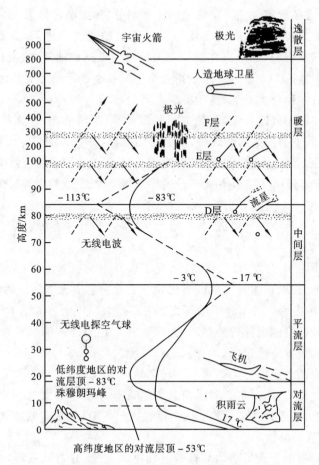

图 2-1　大气垂直方向的分层

染。但是,通常讲的大气污染是狭义的,是与人们的生产和生活密切相关的。所以,大气污染是指空气中进入了某些物质(有害气体、颗粒物质),其数量、浓度和在空气中的滞留时间足以危害人们的舒适、健康和福利,影响动植物生长,损害人们的财产和器物。自然过程和人类活动都会引起大气污染,但主要是人类活动,包括生产和生活活动,如工业生产、交通运输、炊事、取暖等引起的大气污染。一般来说,就全球而言,自然过程如火山喷发、山林火灾、海啸、土壤和岩石风化及大气运动等造成的大气污染,由于其现有规模及物理、化学和生物机能等自然环境的自净作用,经过一定时间后会自动消除,即逐渐恢复生态平衡,所以不会影响人类生存,不是大气污染的主要原因。

随着现代工业和交通运输的发展,人口的相对集中,大气污染已经成为城市和工厂矿区的重要公害。如大气污染对人体舒适和健康的危害,包括对人体正常生活环境和生理机能的影响,可能引起的慢性病、急性病,甚至死亡等;所谓对福利的影响,是指对与人类共存的生物、自然资源以及财产和器物的影响等。

3.化工废气来源及防治方法

1) 大气污染物

大气污染源通常是指向大气排放出足以对大气环境产生有害影响的有毒或有害物质

的生产过程、设备或场所等。按污染物质的来源划分,污染源可分为天然污染源和人为污染源。天然污染源是指自然原因向环境排放污染物的地点或地区,如排出火山灰、SO_2、H_2S 等污染物的活火山,自然逸出瓦斯气和天然气的煤田和油气井,发生森林火灾、飓风和海啸等自然灾害地区。人为污染源是指人类生活和生产活动形成的污染源。

人为污染源有多种分类方法,按污染源空间分布可分为:点污染源,即污染物集中于一点或相当于一点的小范围发生源,如工厂的烟囱等;面污染源,即在相当大的面积内有多个污染物发生源,如居民区的炉灶等;区域性污染源,即更大面积范围内,其至超出行政区或国界的大气污染物发生源。另外,还有高架点源、低架点源和复合污染源等提法。按人们的社会活动功能划分,可将人为污染源分为生活污染源、工业污染源及交通运输污染源。

① 生活污染源。人们由于烧饭、取暖、沐浴等生活需要,燃烧化石等燃料时向大气中排放烟气所造成大气污染的污染源,如炉灶、民用锅炉等。这类污染源因分散于整个居民区,往往构成面污染源。

② 工业污染源。火力发电厂、钢铁厂、化工厂及水泥厂等工矿企业在生产和燃料燃烧过程中所排放的煤烟、粉尘及无机或有机化合物等所造成大气污染的污染源。

③ 交通运输污染源。汽车和船舶等交通工具排放尾气所造成的大气污染,称为交通运输污染源。这种污染源因位置是移动的,又称移动污染源或流动性污染源。生活污染源和工业污染源的位置是固定的,故称固定污染源。

大气污染按范围大小可分为四类:① 局部地区大气污染,如某个工厂烟囱排气造成的污染;② 区域性大气污染,如工矿区及其附近或整个城市的大气污染;③ 广域性大气污染,如城市群或大工业地带的污染;④ 全球性大气污染,如温室效应、酸雨和臭氧洞等。

2) 主要的大气污染物

大气污染物是指由于人类活动或自然过程排入大气,并对人或环境产生有害影响的那些物质。大气污染物种类很多,按其存在状态可概括为两大类,即气溶胶状态污染物和气体状态污染物。

(1) 气溶胶状态污染物。

在大气污染中,气溶胶是指细小固体粒子、液体粒子,或固体和液体粒子在气体介质中的悬浮体系。

(2) 气体状态污染物。

气体状态污染物是指以分子状态存在的污染物,简称气态污染物。气态污染物种类很多,主要有五类:含硫化合物、含氮化合物、碳氧化合物、碳氢化合物及卤素化合物等,如表 2-1 所示。

表 2-1 气体状态污染物种类

污 染 物	一次污染物	二次污染物
含硫化合物	SO_2、H_2S	SO_3、H_2SO_4、MSO_4
含氮化合物	NO、NH_3	NO_2、HNO_3、MNO_3
碳氧化合物	CO、CO_2	
碳氢化合物	CH	醛、酮、过氧乙酰硝酸酯、O_3
卤素化合物	HF、HCl	

气态污染物还可分为一次污染物和二次污染物。一次污染物，也称原发性污染物，指从污染源直接排入大气中的原始污染物；二次污染物，也称继发性污染物，指一次污染物进入大气后经过一系列大气化学或光化学反应生成的与一次污染物性质不同的新污染物。在大气污染中受到普遍重视的一次污染物主要有硫氧化物、氮氧化物、碳氧化物和碳氢化合物等；二次污染物主要有硫酸雾和光化学烟雾。

① 硫氧化物。SO_2 是主要的硫氧化物，它是大气污染物中数量较大、影响范围较广的一种气态污染物。大气中的 SO_2 来源很广，几乎所有的化工企业都可能产生，但主要来自化石燃料的燃烧过程，如硫酸厂、炼油厂等化工企业生产过程。

② 氮氧化物。氮和氧的化合物形态很多，一般用氮氧化物（NO_x）表示。造成大气污染的主要是 NO 和 NO_2。NO 进入大气后可缓慢地氧化成 NO_2。大气中存在 O_3 等强氧化剂，或在催化剂作用下，其氧化速度加快。NO_2 的毒性约为 NO 的 5 倍。NO_2 参与光化学反应形成光化学烟雾后，其毒性更大。人类活动产生的 NO_x 主要来自各种炉窑和机动车船排气，其次是硝酸生产、硝化过程、炸药生产及金属表面处理等过程，其中燃料燃烧产生的氮氧化物约占 83%。

③ 碳氧化物。CO 和 CO_2 是各种大气污染物中发生量最大的一类污染物，主要来自燃料燃烧和机动车船排气。CO 是一种窒息性气体，进入大气后，由于大气的扩散稀释和氧化作用，一般不会造成危害。但城市冬季采暖季节或交通繁忙的十字路口，在不利气象条件下，CO 浓度严重超标也是常有的。而且冬季居室内 CO 中毒事例屡见不鲜。

CO_2 属无毒气体，但局部空气中浓度过高时，使氧气含量相对减少，也会对人产生不良影响。由于 CO_2 浓度增加而产生的温室效应，已引起世界各国的密切关注。

④ 碳氢化合物。碳氢化合物主要来自机动车船排气和燃料燃烧，以及炼油和有机化工企业等。除甲烷等直链碳氢化合物外，还有芳烃等复杂的有机化合物，多数有毒有害，有的甚至致癌、致畸，导致遗传因子变异。

⑤ 硫酸烟雾。硫酸烟雾是大气中的 SO_2 等硫氧化物在有水雾、含重金属的飘尘或氮氧化物存在时，经一系列化学或光化学反应而生成的硫酸雾或硫酸盐气溶胶，它引起的刺激作用和生理反应等危害比 SO_2 大得多。

⑥ 光化学烟雾。光化学烟雾是在阳光作用下，大气中的氮氧化物、碳氢化合物和氧化剂之间发生一系列光化学反应生成的蓝色烟雾（有的呈紫色或黄褐色）。其主要成分有臭氧、过氧乙酰硝酸酯、酮类和醛类等。光化学烟雾的刺激性和危害比一次污染物强烈得多。

3）大气污染物的综合防治技术

（1）加强规划管理。

从现实出发，以技术可行性和经济合理性为原则，对不同地区确定相应的大气污染控制目标，并对污染物集中的地区实行总量排放标准。按工业分散布局的原则规划城镇的工业布局和调整老城镇的工业布局，控制城镇内工业人口。

（2）提高能源和原材料的利用率。

我国当前的大气污染在很大程度上是由于能源利用率低所造成的，所以各企业、事业单位都要在降低能耗上发掘潜力。

（3）提倡清洁生产。

要发展无污染和少污染的生产工艺，以减少污染物在生产过程中的排放和泄漏。

（4）使用清洁能源。

防治能源型大气污染的主要措施之一就是使用清洁能源，如采用燃煤脱硫技术，可以有效减少大气中 SO_2 的含量。此外，开发应用清洁能源，如应用太阳能、地热能、核能、生物能、风能等都是防治大气污染的好方法。

任务2 除尘技术

1. 除尘装置的主要性能

除尘装置的性能通常是以其处理量、效率、阻力降这三个主要技术指标来表示的。

1）除尘装置的处理量

除尘装置的处理量是指除尘装置在单位时间内所能处理的含尘气体量。它取决于装置的形式和结构尺寸。在选择装置时必须注意这个指标，否则将会影响除尘效率。

2）除尘装置的效率

除尘装置的效率是指除尘装置除下的烟尘量与未经除尘前含尘气体（烟气）中所含烟尘量的百分比，通常用 η 表示。如图2-2所示，装置进口处的烟尘流量为 q_1，烟气的含尘浓度为 c_1；烟气经除尘后，装置出口处的烟尘流量为 q_2，烟气的含尘浓度为 c_2；此外，由除尘装置分离捕集的烟尘流量为 q_3，则除尘效率（η）可表示为

$$\eta = \frac{q_3}{q_1} \times 100\% \tag{2-4}$$

因为，$q_3 = q_1 - q_2$，所以，η 又可以表示为

$$\eta = \frac{q_1 - q_2}{q_1} \times 100\% = \left(1 - \frac{q_2}{q_1}\right) \times 100\% \tag{2-5}$$

又知，$\qquad q_1 = q_{1n} \cdot c_1, \qquad q_2 = q_{2n} \cdot c_2$

式中：q_{1n}——在标准状况（0 ℃，101 325 Pa）下单位时间内进入除尘装置的烟气量，m^3/s；

q_{2n}——在标准状况（0 ℃，101 325 Pa）下单位时间内经净化后离开除尘装置的烟气量，m^3/s。

则

$$\eta = \left(1 - \frac{q_{2n} \cdot c_2}{q_{1n} \cdot c_1}\right) \times 100\% \tag{2-6}$$

若烟气中含尘浓度不高时，可取 $q_{1n} = q_{2n}$，则

$$\eta = \left(1 - \frac{c_2}{c_1}\right) \times 100\% \tag{2-7}$$

η 也可用烟尘流量表示为

$$\eta = \frac{q_3}{q_1} \times 100\% = \frac{q_3}{q_2 + q_3} \times 100\% \tag{2-8}$$

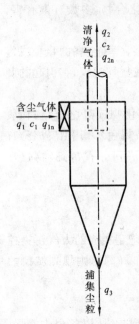

清净气体 q_2 c_2 q_{2n}

含尘气体 q_1 c_1 q_{1n}

捕集尘粒 q_3

图 2-2 除尘装置简图

3）除尘装置的阻力降

除尘装置的阻力降有时被称为压力降，通常用 Δp 表示。它是烟尘经过除尘装置时，能量消耗的一个重要指标。压力损失大的除尘装置，在工作时能量消耗就大，运转费用就高。此外，除尘装置阻力降的大小还关系到所需烟囱高度，以及在烟气净化过程中是否需要安装引送风机等。

除尘装置的阻力降大小，不仅取决于设备的结构形式，而且与流体的流速有关。对统一形式的除尘设备，若经过的烟气流速不同，则其阻力也不同，烟气流速愈大，其阻力降也愈大。除尘装置的阻力降可表示为

$$\Delta p = \xi \frac{\rho v_0^2}{2} \qquad (2\text{-}9)$$

式中：ξ——除尘装置的压力降（阻力）系数，它与除尘装置的形式、尺寸及烟气的运动状态有关，可根据实验和经验公式来定；

v_0——烟气进口时的流速，m/s；

ρ——烟气的密度，kg/m³。

在需要计算除尘装置的阻力降时，可根据选用的装置形式及其工况，直接查阅有关文献所给出的公式进行计算。

2. 除尘装置的工作原理和特性

烟尘和粉尘，都是以固态或液态的粒子存在于气体中，从气体中除去或收集这些固态或液态离子的设备，称为除尘（集尘）装置，也叫除尘（集尘）器。

根据在除尘过程中是否采用湿润剂，除尘装置的类型可分为湿式除尘装置和干式除尘装置。此外，根据除尘过程中的粒子分离原理，除尘装置又可分为以下几种类型：重力除尘装置，惯性力除尘装置，离心力除尘装置，洗涤式除尘装置，过滤式除尘装置，电除尘装置，声波除尘装置。

下面对几种主要类型除尘装置的工作原理和性能作简单介绍。

1）重力除尘装置

重力除尘装置是使含尘气体中的尘粒借助重力作用使之沉降，并将其分离捕集的装置。

重力除尘装置有单层沉降室或多层沉降室。假设进入水平式沉降室的含尘气流为理想流动状态，即在气流流动方向上，尘粒和气流具有同一速度；气流的流速在沉降室横截面上是均匀的；气流在沉降室内为层流流动，而且尘粒在沉降时不受涡流干扰，在此情况下，某一尘粒 A 的重力沉降轨迹如图 2-3 所示。尘粒沉降点 A 的位置与流体的流动状态、尘粒的大小及其在气流中的自由沉降速度等因素有关。当粒径（d）在 3～100 μm 时，其自由沉降速度（或称分离速度）v_g 可由斯托克斯式计算，即

$$v_g = \frac{d^2(\rho_s - \rho)g}{18\mu} \qquad (2\text{-}10)$$

式中：v_g——尘粒的自由沉降速度（分离速度），m/s；

d——尘粒的粒径，m；

ρ_s——尘粒的密度，kg/m³；

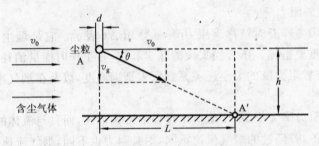

图 2-3　在水平气流中尘粒的重力沉降

ρ——气体的密度, kg/m^3;

g——重力加速度, $9.8\ m/s^2$;

μ——气体的黏度, $Pa \cdot s$。

重力除尘装置构造简单, 施工方便, 投资少, 收效快, 但体积庞大, 占地多, 效率低, 不适于除去细小尘粒。

2) 惯性力除尘装置

使含尘气体冲击挡板或使气流急剧地改变流动方向, 然后借助粒子的惯性力将尘粒从气流中分离的装置, 称为惯性力除尘装置(图 2-4)。当含尘气体以 v_1 的速度, 按与挡板 B_1 垂直方向流入装置, 粒径为 d_1 的尘粒首先冲击挡板 B_1, 并由于重力而降落; 粒径为 $d_2(d_1 > d_2)$ 的尘粒冲击在挡板 B_2 上, 以相同原理而沉降下来。这样含尘气体由于挡板作用, 以曲率半径 R_1、R_2 转换流动方向, 含尘气体中的尘粒在惯性力和离心力的作用下而被捕集。此时, 尘粒 d_2 的自由沉降速度(分离速度) v_g 与回旋气流的曲率半径 R_2 及该点的圆周速度 v_0 之间的关系可表示为

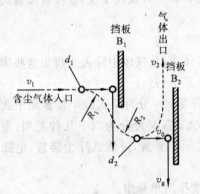

图 2-4　惯性力除尘装置工作原理示意图

$$v_g = k d_2^2 \frac{v_0}{R_2} \tag{2-11}$$

式中: k——常数。

由式(2-11)可知, 回旋气流的曲率半径愈小, 愈能分离微小粒子。

3) 离心力除尘装置

离心力除尘装置是含尘气体进入装置后, 由于离心力作用将尘粒分离出来。其除尘原理与反转式惯性力除尘装置类似。但惯性力除尘器中的含尘气流只是受设备的形状或挡板的影响, 简单地改变了流动方向, 有时只作半圈或一圈旋转, 而离心力除尘器中的气流旋转不止一圈, 旋转流速也较大, 因此旋转气流中的粒子受到的离心力比重力大得多。对于小直径、高阻力的旋风除尘器, 其离心力比重力可大 2 500 倍; 对大直径、低阻力的旋风除尘器, 其离心力比重力约大 5 倍。所以用旋风式离心除尘装置从含尘气体中除去的粒子比用沉降室或惯性力除尘装置除去的粒子要小得多, 而且在处理相同的含尘气体时, 除尘装置所占空间比较小。这种装置的压力损失比较大。

离心力除尘装置的结构类型主要有切线进入式旋风除尘器和轴向进入式除尘器两种。

在切线进入式旋风除尘器内，含尘气体的流动及尘粒的捕集分离状态如图 2-5 所示。含尘气体(流量为 q_1)经过设在外筒壁上的入口管流入，并在同心的内外两圆筒的中间及锥底处向下旋转。大约有 $0.8q_1$ 的气体旋入下部后又反转螺旋上升，净化后的气体从顶部的内筒流出。在此过程中，尘粒借助离心力的作用达到捕集分离的目的。大约有 $0.2q_1$ 的气体沿圆筒和圆锥内壁把尘粒旋转输送到尘粒收集器中，然后反转合入涡心旋转上升，经内筒排出。如分离室高度 H_c 和圆锥与尘粒收集器连接口处的半径 R_3 设计得不合理，将会使落入尘粒收集器中的尘粒再度受强制涡流作用而被扬起，再从内筒排出。

另外，由图 2-5 还可以看到，在除尘器上部，内筒和外筒之间还产生局部的二次涡流。

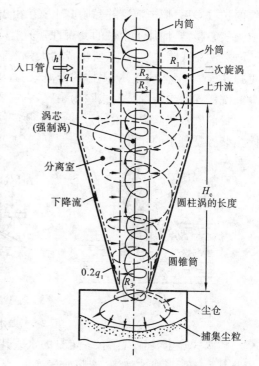

图 2-5 旋风除尘器内气流的流动

在这二次涡流作用下，有部分尘粒形成短路，由气流经内筒下端直接带出，形成再逸散现象。

切线进入式旋风除尘器进口烟气的速度，一般取 7～15 m/s。这种形式的除尘器多用于小烟气量的除尘。旋风除尘器内排气管(内筒)直径愈小，愈能分离细小粒尘。但内筒直径过小容易堵塞，阻力损失增大。因此，当处理烟气量大且又要求除尘效率高时，可采用并联多个小口径的旋风除尘器。切线进入式旋风除尘器的压力损失大约为 980 Pa。

轴向进入式旋风除尘器进口烟气的速度，一般为 10 m/s。它可组成多管式旋风除尘器，用于处理大烟气量的除尘。轴向反转式除尘器的压力损失为 784～980 Pa，除尘效率与切线进入式除尘器基本相似。轴向直流式除尘器的压力损失为 392～490 Pa。

离心力除尘装置性能的分析：

① 除尘装置的排气管愈小，愈能捕集细小的尘粒，但阻力增大；

② 进入除尘器的烟气速度有一定限度，烟气进入速度在极限范围内，进口速度愈大，除尘效率愈高，若烟气进入速度超过允许极限，除尘效率反而降低，同时还增大了压力损失；

③ 在轴向进入式和切线进入式小孔径多管除尘器中，尘粒的排除方式不同，除尘效率也不同。

4) 洗涤式除尘装置

洗涤式除尘装置是用液体所形成的液滴、液膜、雾沫等洗涤含尘气体，而将尘粒进行分离的装置。这种洗涤装置捕集尘粒的机理有以下几点：① 尘粒与液滴碰撞；② 由于微粒的扩散作用,撞击液滴并黏附其上;③ 由于烟气增湿,使尘粒互相凝聚;④ 因蒸汽以尘粒为核心凝结,增加了尘粒的凝聚性;⑤ 尘粒与液膜或气泡接触而被黏附。

在洗涤式除尘装置中,所形成的大量液滴、液膜、雾沫和气泡等能与烟气很好地接触,可提高气体、液体或气体、固体的分离效能,从而获得较高的除尘效率。

洗涤式除尘装置是湿式除尘装置,它主要有贮水式和加压水式两类。

目前贮水式除尘装置的形式已有很多种(图 2-6)。涡流型、旋转型及喷水型贮水式除尘装置是其中的几种。

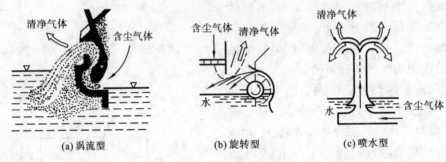

|(a) 涡流型 | (b) 旋转型 | (c) 喷水型|

图 2-6 贮水式除尘装置

贮水式除尘装置内存有一定量的水或其他液体,由于含尘气体的吹入,使小的尘粒碰撞并黏附于所形成的液滴、液膜或气泡上,从而达到除尘目的。这种形式的除尘装置,一般多设有贮水和循环水池,洗涤水可循环使用。所以,它具有补充液体量少的优点。其压力损失随结构不同而有很大差异,为 1 176～1 961 Pa。

另外还有加压水式除尘装置,这种除尘装置是靠加压水进行喷雾洗涤来达到除尘目的的。就其形式来看有文丘里洗涤器、喷射洗涤器、旋风洗涤器、喷雾塔、泡罩塔和各种填料塔等(图 2-7)。其中文丘里洗涤式除尘器是使用广泛、效率较高的一种。

文丘里除尘器的除尘机理是使含尘气流经过文丘里管的喉径形成高速流体,并与在

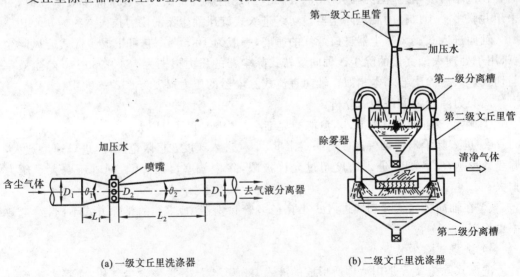

|(a) 一级文丘里洗涤器 | (b) 二级文丘里洗涤器|

图 2-7 加压水式除尘装置

喉径处喷入的高压水所形成的液滴相碰撞,使尘粒黏附于液滴上而达到除尘目的。实验验证,雾化后的液滴直径与尘粒的粒径之比,从碰撞效率方面考虑,大约取值 150 为宜。

5)过滤式除尘装置

过滤式除尘装置是使含尘气体通过滤料后将尘粒分离捕集的装置。

袋式除尘器是过滤式除尘装置的主要形式之一。

袋式除尘器是在除尘室内悬吊许多滤布袋来净化含尘气体的装置(图 2-8)。滤布、清灰机构、过滤速度等因素都会影响其除尘性能。

过滤式除尘装置滤布的形状有圆筒形和平板形等多种形状,一般多用圆筒形。另外,根据所处理的含尘气体的性质和清灰机构,滤布应具有耐酸性、耐碱性和一定的机械强度。

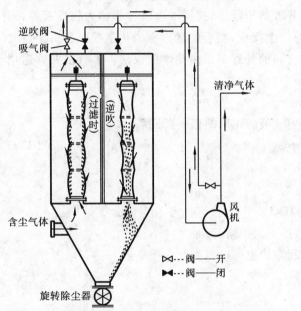

图 2-8 袋式除尘器

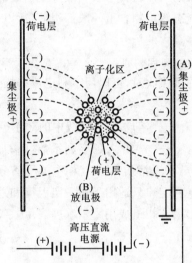

图 2-9 平板形集尘极的不均匀电场

6)电除尘装置

电除尘器是用特高电压直流电源产生不均匀电场(图 2-9),再利用电场中的电晕放电使尘粒荷电,然后在电场库仑力的作用下把荷电的尘粒集向集尘极,当形成一定厚度的集尘层时,振打电极使其凝聚成较大的尘粒集合体而从电极上沉落于集尘器中,从而达到除尘目的。

在电除尘器中,若尘粒荷电与向集尘极聚集是在同一区域中完成,则称为单区(或单极)电除尘器;若是分别在两个区域完成,则称为双区电除尘器。

任务3 气态污染物的处理技术

治理气态污染物的基本方法有吸收法、吸附法、催化转化法、焚烧法和冷凝法等。对具体污染物究竟选用何种方法治理,需根据污染物的性质和方法的经济性决定。应尽可

能地降低处理费用,考虑资源的回收和利用。减少污染物的产量,开发清洁能源,改变燃料结构,革新工艺与设备,改进燃烧技术,推广清洁生产等技术措施,既能提高原材料的利用率,又是减少空气污染的重要途径。

1.吸收法

吸收是利用气体混合物的各组分在液体中的溶解度不同,将气体与适当的液体接触,混合气体中易溶的一个或几个组分便溶于该液体内形成溶液,而不能溶解的组分则仍留在气体中从而实现气体混合物的分离。能够用吸收法净化的气态污染物主要有 SO_2、H_2S、HF 和 NO_x 等。

吸收可分为物理吸收和化学吸收两大类。若吸收时所溶解的气体与吸收液不发生明显的化学反应,仅仅是被吸收的气体组分溶解于液体,这样的吸收过程称为物理吸收;若被吸收的气体组分与吸收液发生明显的化学反应,则吸收过程称为化学吸收。由于废气中的气态污染物含量一般都很低,所以它们的处理都采用化学吸收法。吸收法尤其适用于气体量大的场合。

(1)物理吸收。

物理吸收时,可以用亨利定律来描述气液两相间的相平衡关系。

$$p'_A = E_A x_A \tag{2-12a}$$

式中:x_A——溶质 A 在溶液中的摩尔分数;

E_A——溶质 A 的亨利系数,Pa;

p'_A——溶质 A 在气相中的平衡分压,Pa。

亨利定律只适用于在一定温度和总压不大的情况。

如果液相组成用摩尔浓度表示,亨利定律也可以写为

$$p'_A = \frac{c_A}{H_A} \tag{2-12b}$$

式中:c_A——溶质 A 在液相中的物质的量浓度,$kmol/m^3$;

H_A——溶质 A 的溶解度系数,$kmol/(m^3 \cdot Pa)$。

式(2-12a)和式(2-12b)中的两个系数 E_A 和 H_A 可通过实验测定或从相关手册中查出。它们都是温度的函数,通常 E_A 随温度的升高而增大,H_A 随温度的升高而减小。

吸收过程是物质从气相到液相的两相传递过程,这个过程是比较复杂的,已提出了各种不同的模型和理论对此过程进行描述,其中双膜理论应用最为普遍。双膜理论的基本论点如下。

① 互相接触的气、液两相间有一个固定的相界面,在相界面上,气、液两相处于相平衡状态。

② 界面两侧分别存在着气膜和液膜,膜内的液体是层流流动,膜外的流体是湍流流动,在膜层,溶质以分子扩散的形式通过。

③ 在膜层外的气、液两相主体区内,由于液体的充分混合,溶质浓度均匀分布,因此,传质过程的阻力主要分布在界面两侧的膜层内。

根据双膜理论,吸收过程中气、液两相界面附近的浓度分布如图 2-10 所示。

在单位时间内通过单位相界面被液体吸收的气态污染物的量称为吸收速率。根据双膜理论，吸收速率可表示为

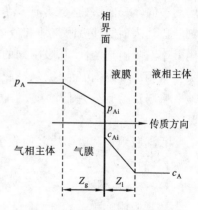

图 2-10　双膜模型示意图

$$N_A = k_g(p_A - p_{Ai}) = k_l(c_{Ai} - c_A) \qquad (2-13)$$

式中：k_g——气膜传质系数，可由试验确定，$kmol/(m^2 \cdot s \cdot Pa)$；

　　　k_l——液膜传质系数，m/s。

由式(2-13)可见，提高吸收过程的推动力$(p_A - p_{Ai})$、$(c_{Ai} - c_A)$或提高膜层的传质系数k_g、k_l，都可以提高吸收过程的速率。

将式(2-13)改写为

$$N_A = \frac{p_A - p_{Ai}}{1/k_g} = \frac{c_{Ai} - c_A}{1/k_l} = \frac{(c_{Ai} - c_A)/H}{1/(Hk)_l} = \frac{p_{Ai} - p_A^*}{1/(Hk)_l} = \frac{p_A - p_A^*}{1/k_g + 1/(Hk)_l} = \frac{p_A - p_A^*}{1/K_g}$$

$$\qquad (2-14)$$

式中：K_g——气相总传质系数，可由试验确定，$kmol/(m^2 \cdot s \cdot Pa)$。

同理可定义液相总传质系数K_l。

（2）化学吸收。

化学吸收过程中有显著的化学反应，有较高的选择性和反应速度，能够较彻底地除去气态混合物中很少量的有害气体。由于化学吸收远比物理吸收复杂，其吸收机理尚不十分清楚，下面只做一些简单的介绍。

化学反应对相平衡有影响。设可溶的气态污染物 A 能与吸收剂 B 发生如下反应

$$A + B \Longleftrightarrow N$$

反应平衡常数为

$$K = \frac{c_N}{c_A c_B}$$

式中：c_A、c_B、c_N——液相中 A、B、N 的浓度。

进入液相 A 的总浓度 c 为生成物浓度 c_N 与溶解物浓度 c_A 之和，即 $c = c_A + c_N$，将 $c_N = c - c_A$ 代入上式，得

$$c_A = \frac{c}{1 + Kc_B}$$

若被吸收组分 A 的气液平衡关系服从亨利定律，$c_A = p_A H_A$，则

$$p_A^* = \frac{c}{1 + Kc_B} \cdot \frac{1}{H_A} \qquad (2-15)$$

当溶液浓度不高时，c_B可认为是常数，而平衡常数 K 不随浓度变化，因此$1 + Kc_B$可认为是常数。此时 p_A^* 与总浓度 c 成正比关系，即形式上仍服从式(2-12b)，但溶解度系数H_A则因被吸收组分与溶剂相互作用扩大了$(1 + Kc_B)$倍。

2.吸附法

当流体（气体与液体）和固体表面接触时，由于固体表面存在着表面力，流体中的某些

物质被固体表面所捕获,这种现象称为吸附。被吸附的物质称为吸附质,固体称为吸附剂。固体表面能够吸附气体和液体的现象很早就被人们发现,并获得了广泛的应用。吸附效率与吸附剂的性质、吸附剂的比表面积、吸附时间以及混合物中被吸附组分的浓度有关。常用的吸附剂有活性炭、硅胶、分子筛、化学氧化铝、焦炭等,其中应用最广的是活性炭。吸附法适宜处理低浓度、大流量的气体,可将废气中的有机污染物净化到极低的浓度。

根据吸附剂和吸附质之间发生吸附作用的性质不同,通常把吸附分为物理吸附和化学吸附两种。

(1) 物理吸附。

物理吸附亦称范德华吸附,是由于吸附剂和吸附质分子之间的静电引力或范德华引力引起的。例如,当固体和气体(或蒸汽)之间的分子引力大于气体分子之间的引力时,即便是气体的压力低于与操作温度相对应的饱和蒸汽压,气体分子也会凝聚到固体的表面上。物理吸附是一种放热过程,其放热量相当于被吸附气体的升华热。物理吸附过程是可逆的,当系统的温度升高或被吸附气体的压力降低时,被吸附的气体将从表面逸出,并且不改变吸附剂与吸附质分子原来的性状。

(2) 化学吸附。

化学吸附亦称活性吸附,是由于吸附剂表面与吸附质分子间的活性反应导致的吸附,它涉及分子中化学键的破坏和重新组合。因此,化学吸附过程中放出的热量较大,其数值相当于化学反应热。化学吸附的速率随温度的升高显著增加,宜在较高温度下进行。化学吸附有很强的选择性,仅能吸附参与化学反应的某些气体,且吸附一般是不可逆过程。

对于同一系统,往往在低温下是物理吸附,而在高温下却是化学吸附,以致两种吸附会同时发生。作为吸附分离操作主要是利用物理吸附。

吸附剂经过一段时间使用后将达到饱和,失去吸附能力,这时需停止吸附操作,用加热升温、减压、溶剂冲洗或置换等方法把吸附剂中吸附的物质脱附出来,吸附剂得到再生、循环使用。在实际操作中,为了回收被吸附的有用物质以及吸附剂再生循环使用,常常是吸附和解吸(又称脱附)交替进行。

(3) 吸附速率。

通常一个吸附过程由下列步骤组成。

① 外扩散。吸附质分子从气相主体到吸附剂颗粒外表面的扩散。

② 内扩散。吸附质分子沿着吸附剂的孔道深入吸附位置的扩散。

③ 吸附。已经进入到微孔表面的吸附质分子被固体表面吸附。

因此,吸附速率将取决于外扩散速率、内扩散速率及吸附本身的速率。实验表明,吸附本身的速率是很快的,在吸附剂内部的扩散阻力,一般也可以不计,因而吸附速率可以用外扩散速率来近似表示。当外扩散速率为吸附速率的控制步骤时,吸附速率可表示为

$$\frac{\mathrm{d}x}{\mathrm{d}t} = K_V(y - y^*)$$

式中: x —— 被吸附组分的质量,kg;

t —— 时间，s；

y —— 吸附前吸附质在气相中的浓度，kg/m³；

y^* —— 吸附达到平衡时吸附质在气相中的浓度，kg/m³；

K_V ——体积传质系数，1/s。

3. 冷凝净化

冷凝法为废气治理的另一类重要方法，多用于有机废气的回收，特别适合于高浓度有机蒸气废气，但不适宜处理低浓度废气，故其常作为吸附、燃烧等净化高浓度废气的前处理，回收有价值物质，并减轻这些方法的负荷。例如，氧化沥青废气先冷凝回收馏出油及大量水分，再送去燃烧净化等。

冷凝法是利用气态污染物在不同温度及压力下具有不同饱和蒸气压，在降低温度和加大压力下使某些污染物凝结出来，以达到净化或回收目的。当废气中污染物的蒸气分压等于该温度下的饱和蒸气压时，废气中的污染物开始凝结出来，该温度称为某一系统压力下的露点温度；另外在恒压下加热液体，开始出现第一气泡时的温度称为泡点。冷凝温度一般在露点与泡点之间，冷凝温度越接近泡点，则净化程度越高。

某一温度下的饱和蒸气压表示仍残留在气相中的某污染物的大小。因此某一冷凝温度下的有害物质的最大回收量为

$$G = 0.12\left(\frac{p_1}{T_1} - \frac{p_2}{T_2} \times \frac{101.325 - p_1}{101.325 - p_2}\right)QM \tag{2-16}$$

式中：M —— 有害物摩尔质量，g/mol；

Q —— 废气处理量，m³/h；

G —— 有害物的最大回收量，g/h；

p_1，T_1 ——冷凝前废气中有害物分压及温度，Pa 及 K；

p_2，T_2 ——冷凝后废气中有害物分压及温度，Pa 及 K。

4. 燃烧净化

燃烧净化是利用某些废气中的污染物可燃烧氧化的特性，将其燃烧变成无害或易于进一步处理和回收物质的方法。如石油工业的碳氢化合物废气及其他有害气体、溶剂等工业废气、城市废弃物的焚烧处理产生的有机废气，以及几乎所有恶臭物质（硫醇、H_2S）等，都可用燃烧法处理。该法工艺简单、操作方便，可回收含烃废气的热能。但处理可燃烧物含量低的废气时，需预热耗能，应注意热能回收。

5. 其他处理方法

（1）催化转化法。

催化转化法是利用催化剂的催化作用，使废气中的有害组分发生化学反应（氧化、还原、分解），并转化为无害物质或易于去除物质的一种方法。包括催化燃烧（氧化）、催化还原、催化分解。选择合适的催化剂是催化转化法的关键。

（2）冷凝法。

冷凝法是采用降低系统温度或提高系统压力的方法，使气态污染物冷凝并从废气中分离出来的过程。它尤其适用于处理浓度较高且有回收价值的有机气态污染物。单纯的

冷凝法往往达不到规定的分离要求,故此方法常作为净化高浓度废气的预处理方法。

（3）生物净化法。

生物净化法是利用微生物的生化反应,使气态中的污染物净化的重要方法。近年来的研究表明,生物技术对烟气脱硫和脱氮也有良好的应用前景。

生物净化法的原理是利用微生物的生化作用使外界物质转化为代谢产物、二氧化碳和水,并使部分外界物质转化为自身的细胞物质。因此,可以利用生化反应,使污染物转化为非污染或少污染的物质。

生物净化法的工艺过程是让废气与含有微生物、营养物和水组成的悬浮液接触,或与表面上长有微生物膜的固体物料接触,吸收和降解废气中的有毒、有害组分。

任务4　大气污染处理实例

1.吸收法净化 SO_2 废气

1）概述

国内外防治 SO_2 污染的方法主要有:清洁生产工艺,采用低硫燃料,燃料脱硫,燃料固硫及烟气脱硫等。其中,烟气脱硫居主要地位。

目前烟气脱硫方法有一百多种,可用于工业上的有十几种方法。按应用脱硫剂的形态可分为干法脱硫和湿法脱硫。干法采用粉状或粒状吸收剂、吸附剂或催化剂等脱除烟气中的 SO_2 ;湿法是采用液体吸收剂洗涤烟气,以除去 SO_2 。干法脱硫净化后的烟气温度降低很少,从烟囱向大气排出时易于扩散,干法脱硫无废水产生问题。湿法脱硫的脱硫率高,易操作控制,但存在废水的后处理问题,由于洗涤过程中,烟气温度降低很多,不利于高烟囱排放后扩散稀释,已造成污染。

烟气脱硫方法根据净化原理的不同,可分为吸收法、吸附法和气相催化转化法等。表2-2 简单列出了几种主要烟气脱硫方法及其特点。表2-3 列出了目前火电厂、锅炉烟气、冶炼厂、硫酸厂、钢厂尾气等常用的脱硫方法。吸收法是烟气脱硫方法中的主要方法之一,本节将主要介绍吸收法在锅炉烟气中的应用。

表 2-2　主要烟气的脱硫方法及特点

脱硫方法及分类		脱硫剂	脱硫方法	中间阶段	最终产物
吸收法	石英石/石灰法	$CaCO_3$ 、CaO 、$Ca(OH)_2$	直接喷射法	无	石膏
			湿式石灰石/石灰-石膏法	氧化	石膏
			石灰-亚硫酸钙法	无	亚硫酸钙
			喷雾干燥法	无	石膏等
	氨法	NH_3 、铵盐	氨-酸法	酸化	浓 SO_2 、硫铵
			氨-亚硫酸铵法	无	亚硫酸铵
			氨-硫铵法	氧化	硫铵

续表

脱硫方法及分类		脱硫剂	脱硫方法	中间阶段	最终产物
吸收法	钠碱法	Na_2CO_3、$NaOH$、Na_2SO_4	亚硫酸钠循环法	热再生	浓SO_2
			亚硫酸钠法	无	亚硫酸钠
			钠盐-酸分解法	酸化	浓SO_2、冰晶石
			钠碱-石膏法	石灰复反应	石膏
			碳酸钠干喷法	还原/再生	硫
				无	亚硫酸钠
	铝法	碱性硫酸铝	碱式硫酸铝-石膏法	石灰复反应	石膏
			碱式硫酸铝-二氧化硫法	热再生	浓SO_2
	金属氧化物法	金属氧化物	氧化镁法	热再生	浓SO_2
			氧化锌法	热再生	浓SO_2、氧化锌
			氧化锰法	电解	金属锰
	酸溶液法	酸溶液	稀硫酸法（千代田法）	液相氧化 石灰复反应	石膏
吸附法	反应	石灰石 金属氧化物 碱性氧化铝		无 还原 还原	钙盐 SO_2 H_2S或S
	吸附	活性炭吸附	热再生 洗涤再生	氧化、还原 氧化、还原	SO_2 稀硫酸
		非反应性吸附剂		热再生	SO_2
气相催化转化法	催化氧化	氧		氧化-吸收	硫酸
	催化还原	碳		冷凝	S
		还原气		催化	S

表 2-3　几种主要污染装置和行业常用的脱硫方法

污染装置和行业	火力发电厂烟气	燃煤锅炉烟气	硫酸厂尾气	冶炼厂烟气	钢厂尾气	造纸、纺织、食品工业等
常用脱硫方法	钠吸收法	钠吸收法（双碱法）	韦尔曼-洛德法（钠吸收法）	亚硫酸钠、硫酸钠法	碱性硫酸铝-石膏法	钠碱吸收法
	石灰-石灰石/石膏法	氨-石膏法	酸钠法	氨-酸法、二段氨-酸法、亚氨法	氨-石膏法	氨-酸法、氨-亚硫酸铵法
	氧化镁法	石灰-石灰石/石膏法				石灰-亚硫酸钙法
		氧化镁法				钠盐-酸分解法
	活性炭吸附法	氧化镁法				氧化锌法及氧化锰法等

2) 燃煤锅炉烟气脱硫工艺

燃煤锅炉烟气的主要特点是含尘量大,温度较高,SO_2浓度低,气量大,故锅炉烟气脱硫工艺中加有除尘、调温等预处理过程。吸收法净化锅炉烟气应用较多的方法有石灰/石灰石法、金属氧化物法、钠碱法等。下面介绍石灰/石灰石法和金属氧化物法。钠碱法与石灰/石灰石法工艺流程相似,在此不再介绍。

(1) 石灰/石灰石法。

石灰石是最早作为烟气脱硫的吸收剂之一,目前应用较普遍的是湿式石灰/石灰石-石膏法、改进的石灰/石灰石法和喷雾干燥法。最初采用的是干式抛弃法,它投资和运行的费用最低,但存在脱硫效率较低、增加除尘设备的负荷等缺点,近年来重点转向湿式洗涤法和喷雾干燥法。

① 湿式石灰/石灰石-石膏法。

湿式石灰/石灰石-石膏法,是采用石灰或石灰石浆液脱除烟道气中的SO_2并副产石膏的方法。本法的优点是采用的吸收剂价格低廉、易得,缺点是易发生设备堵塞或磨损。

用石灰石或石灰浆液吸收烟气中的SO_2,分为吸收和氧化两个工序。先吸收生成亚硫酸钙,然后再氧化为硫酸钙。

吸收过程:在吸收塔内进行,主要反应如下。

$$Ca(OH)_2 + SO_2 \longrightarrow CaSO_3 \cdot \frac{1}{2}H_2O + \frac{1}{2}H_2O$$

$$CaCO_3 + SO_2 + \frac{1}{2}H_2O \longrightarrow CaSO_3 \cdot \frac{1}{2}H_2O + CO_2$$

$$CaSO_3 \cdot \frac{1}{2}H_2O + SO_2 + \frac{1}{2}H_2O \longrightarrow Ca(HSO_3)_2$$

由于烟道气中含有氧,还会发生如下副反应。

$$2CaSO_3 \cdot \frac{1}{2}H_2O + O_2 + 3H_2O \longrightarrow 2CaSO_4 \cdot 2H_2O$$

氧化过程:在氧化塔内进行,将生成的亚硫酸钙用空气氧化成石膏,主要反应如下。

$$2CaSO_3 \cdot \frac{1}{2}H_2O + O_2 + 3H_2O \longrightarrow 2CaSO_4 \cdot 2H_2O$$

$$Ca(HSO_3)_2 + \frac{1}{2}O_2 + H_2O \longrightarrow CaSO_4 \cdot 2H_2O + SO_2$$

② 工艺过程及操作要点。

工业上实际应用的石灰-石膏法烟气脱硫工艺及其流程,多以开发厂商命名。现以三菱重工业的石灰-石膏法工艺流程(图2-11)为例作简要说明。

烟气进入冷却塔,在冷却塔内用水洗涤、降温(至60 ℃左右)、增湿并除去89%～90%的烟尘,然后进入二级串联吸收塔内,塔内用石灰浆液进行洗涤脱硫。经脱硫并除去雾沫净化的烟气,再经加热器升温至140 ℃左右,由烟囱排入大气。

冷却塔采用空塔,液气比为14 L/m³(标态),包括雾沫分离器在内的压力降约为5 065.4 Pa。为了防止石膏在吸收塔内沉积,采用低密度的栅条填料塔和高液气比,同时在浆液内加入石膏"晶种"。

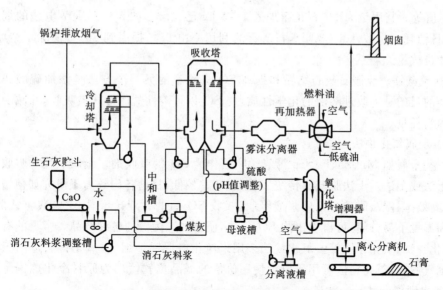

图 2-11 三菱重工业的石灰-石膏法工艺流程

吸收 SO_2 后的浆液，用硫酸调整 pH 值至 4～4.5 后，在氧化塔内 60～80 ℃下，用 4.9×10^5 Pa 的压缩空气进行氧化。自氧化塔出来的尾气因含有微量的 SO_2，需送入吸收塔内。氧化后的浆液经增稠、脱水即得产品。滤液除去不溶性杂质后，送往石灰乳槽，洗液返至冷却塔。

该法脱硫率在 90% 以上，可得副产品含水 5%～10% 的优质石膏。

石灰石较石灰容易制备，且在石灰石的洗涤中亚硫酸钙的氧化速率远大于石灰洗涤；石灰石价廉，处理时较石灰方便而且安全。

石灰较石灰石更易反应，但在石灰消化过程中，易引起硫酸钙结垢，在石灰浆液中，加入石膏"晶种"可以消除结垢。

因此，在应用中倾向于使用石灰石。

（2）改进的石灰石/石灰湿法脱硫。

为了克服石灰/石灰石法的结垢和堵塞，提高 SO_2 的脱除率，开发了加入缓冲剂的石灰/石灰石法。该方法对原有流程不做任何修改。

常用的缓冲剂有己二酸、硫酸镁等。

① 己二酸。其成分是二羧基有机酸 $HOOC(CH_2)_4COOH$，其酸度介于碳酸与亚硫酸之间，在原有的石灰/石灰石中加入己二酸，可起到缓冲吸收液 pH 值的作用。

己二酸的缓冲机理是：在洗涤液储罐内己二酸与石灰/石灰石反应，形成己二酸钙，在吸收器内，己二酸钙与已吸收的 SO_2（以 H_2SO_3 形式）反应生成 $CaSO_3$，己二酸得以再生，并返回洗涤液储罐，重新与石灰/石灰石反应。己二酸的存在抑制了气液界面上由于 SO_2 溶解而导致 pH 值降低，从而使液面处 SO_2 的浓度提高，大大地加速了液相传质速率，提高了 SO_2 的吸收效率。因洗涤液中己二酸钙较易溶解，避免了石灰/石灰石法的结垢和堵塞现象，同时也降低了钙硫比。

在实际应用中，己二酸可在浆液循环回路的任何位置加入，加入量取决于操作条件，如 pH 值等。其用量为 1 t 石灰石加入 1~5 kg 己二酸。如 5×10^5 kW 电站的烟气脱硫系统,日消耗己二酸 0.6~3.0 t,石灰石的利用率由 65% 提高到 80%,消除了结垢,减少了固体排放量。

② 硫酸镁。克服石灰石结垢和提高 SO_2 去除率的另一个方法是添加硫酸镁。加入硫酸镁的目的是为改进溶液的化学性质,使 SO_2 以可溶性盐的形式被吸收,并减少了系统的能源消耗量。

3) 金属氧化物法

一些金属如 Mn、Zn、Fe、Cu 等氧化物可作为 SO_2 的吸收剂。金属氧化物吸收 SO_2 可采用干法或湿法。干法脱硫属传统工艺,脱硫率较低,目前各国致力于研究如何增加其活性、提高效率;湿法脱硫多采用浆液吸收,吸收 SO_2 后的含亚硫酸盐-亚硫酸氢盐的浆液,在较高温度下易分解,可再生出浓 SO_2 气体,便于加工为硫的各种产品。常见的有氧化镁法、氧化锌法、氧化锰法等。氧化镁法多用来净化电厂锅炉烟气;氧化锌法适用于锌冶炼厂的烟气脱硫;氧化锰法可用于以无使用价值的低品位软锰矿为原料净化炼铜尾气中的 SO_2,并得到副产品——锰矿。

下面以氧化镁法为例介绍金属氧化物吸收流程。氧化镁法由美国化学基础公司开发,又叫开米柯-氧化镁(Chemico-MgO)法,它采用氧化镁料浆处理含 SO_2 的烟气,脱硫率可达 90% 以上,国外应用较多。

(1) 原理。

本法采用氧化镁料浆做吸收剂,吸收烟气中的 SO_2 后,吸收液可再生循环使用。同时副产高浓度 SO_2 气体,用于制硫酸或固体硫黄。氢氧化镁在吸收塔内与烟气中的 SO_2 接触反应生成含结晶水的亚硫酸镁和硫酸镁,随后将这些生成物脱水和干燥,再进行煅烧,使之发生分解。为了还原硫酸镁,还需在煅烧炉内添加少量焦炭,这样煅烧炉内的硫酸镁和亚硫酸镁就分解成高浓度的 SO_2 气体和氧化镁。氧化镁水合后成为氢氧化镁循环使用,高浓度 SO_2 气体作为副产品加以回收利用。其主要反应如下。

① 吸收工序。

$$Mg(OH)_2 + SO_2 + 5H_2O \longrightarrow MgSO_3 \cdot 6H_2O$$
$$MgSO_3 + SO_2 + H_2O \longrightarrow Mg(HSO_3)_2$$
$$Mg(HSO_3)_2 + Mg(OH)_2 + 10H_2O \longrightarrow 2MgSO_3 \cdot 6H_2O$$

副反应:

$$Mg(HSO_3)_2 + \frac{1}{2}O_2 + 7H_2O \longrightarrow MgSO_4 \cdot 7H_2O + SO_2$$

$$MgSO_3 + \frac{1}{2}O_2 + 7H_2O \longrightarrow MgSO_4 \cdot 7H_2O$$

$$Mg(OH)_2 + SO_3 + 6H_2O \longrightarrow MgSO_4 \cdot 7H_2O$$

② 干燥工序。

$$MgSO_3 \cdot 6H_2O \longrightarrow MgSO_3 + 6H_2O \uparrow$$
$$MgSO_4 \cdot 7H_2O \longrightarrow MgSO_4 + 7H_2O \uparrow$$

③ 分解工序。

$$MgSO_3 \longrightarrow MgO + SO_2 \uparrow$$

$$MgSO_4 + \frac{1}{2}C \longrightarrow MgO + SO_2 \uparrow + \frac{1}{2}CO_2 \uparrow$$

④ 吸收剂再水合工序。

$$MgO + H_2O \longrightarrow Mg(OH)_2$$

（2）工艺流程。

图 2-12 为 MgO 浆液脱除烟气 SO_2 的流程示意图。流程中的洗涤设备采用开米柯式文丘里洗涤器,吸收后的浆液先进行离心脱水,干燥后再经回转窑加热煅烧(煅烧温度为800～1 100 ℃),可得到氧化镁和 SO_2 气体,煅烧生成的气体的组分为:10%～13%的 SO_2,3%～5%的 O_2,少于 0.2%的 CO,少于 13%的 CO_2,其余为 N_2。回转窑所得的 MgO 进入 MgO 浆液槽,重新水合后循环使用,系统中所需补充的 MgO 为 5%～20%。

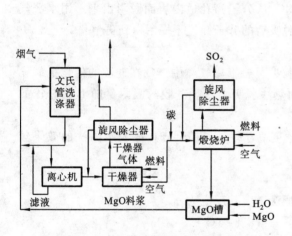

图 2-12　MgO 浆洗-再生法工艺流程

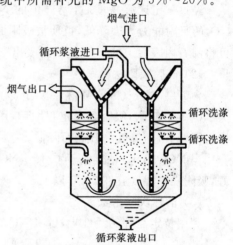

图 2-13　开米柯式文丘里洗涤器

（3）开米柯式文丘里洗涤器。

开米柯式文丘里洗涤器的构造见图 2-13。烟气由洗涤器顶部引入,在文氏管喉部与发生强烈雾化的循环液作用,达到高效率的气液接触,获得较高的脱硫、除尘效果。排出烟气再与从喷嘴喷出的循环液进一步接触脱硫后,由百叶窗除雾器除去雾沫后经烟囱排空。除雾器能完全捕集烟气夹带的雾滴,固定期清洗,不会堵塞;而洗涤器内壁经常用微循环液冲洗,也不会结垢和堵塞,可长期连续运转。

开米柯式文丘里洗涤器的特点:① 处理气体量大,一台洗涤器处理气量可达90 000 m^3/h;② 无结垢故障,可长期连续运转;③ 气液接触效率高,可获得高的脱硫率。

2.吸附法净化含氮氧化物尾气

净化含氮氧化物常用的吸附剂有分子筛、硅胶、活性炭、含氨泥煤等,常用的吸附法如下。

（1）分子筛吸附法。

用作吸附剂的分子筛有氢型丝光沸石、氢型皂沸石、脱铝丝光沸石、13X 型分子筛等。

下面以丝光沸石为例介绍其吸附原理。

丝光沸石分子筛为笼型孔洞骨架的晶体,脱水后空间十分丰富,具有很高的比表面积(一般在 $500\sim1\,000\ m^2/g$),可容纳相当数量的吸附质分子,同时内晶表面高度极化,微孔分布单一、均匀,并有普通分子般大小,适于吸附分离不同物质的分子。

丝光沸石具有很高的硅铝比,热稳定性好,耐酸性强,其化学组成为 $Na_2Al_2Si_{10}O_{24}\cdot 6H_2O$,用 H^+ 取代 Na^+ 即得氢型丝光沸石。

含 NO_x 尾气通过分子筛床层时,由于水和 NO_2 分子的极性强,被选择性地吸附在分子筛微孔内表面上,两者在表面上生成硝酸并放出 NO。

$$3NO_2+H_2O\longrightarrow 2HNO_3+NO$$

放出的 NO 连同尾气中的 NO,与氧气在分子筛表面上被催化氧化成 NO_2 而被吸附。

$$2NO+O_2\longrightarrow 2NO_2$$

经过一定床层高度后,尾气中的 NO_x 和水均被吸附。当温度升高时,丝光沸石对 NO_x 的吸附能力大大降低,可使被吸附的 NO_x 从分子筛孔道内表面脱附出来。用水蒸气可将沸石内表面上的 NO_x 置换解吸出来,脱吸后的分子筛经干燥后得到再生。

(2)硅胶吸附法。

含 NO_x 的废气经水喷淋冷却后,以硅胶去湿。干燥气体中 NO 在硅胶的催化下氧化为 NO_2 并被吸附,吸附到一定程度后,用加热法脱吸再生。硅胶的吸附量随 NO_2 分压的增大而增大,随温度的升高而降低。

当 NO_x 中 NO 浓度高于 0.1%,NO_2 浓度高于 1%~1.5% 时,硅胶吸附法的效果较好,吸附操作温度宜在 30 ℃以下。

(3)活性炭吸附法。

利用特定品种的活性炭,可将 NO_x 还原为 N_2,其反应为

$$2NO+2C\longrightarrow N_2+2CO$$
$$2NO_2+2C\longrightarrow N_2+2CO_2$$

(4)泥煤吸附法。

泥煤、褐煤中含有大量原生腐殖酸,风化煤中含有大量再生腐殖酸。腐殖酸是一种无定形高分子化合物,通常呈黑色或棕色胶体状,具有很大的内表面和很强的吸附能力。用经过氨化的泥煤、褐煤或风化煤处理 NO_x 尾气,可得到硝基腐殖酸铵、硝酸铵、亚硝酸铵等优质肥料,达到变害为利的目的。

任务5 技能工种培训

1.气体净化工职业概况

1)气体净化工

气体净化工是指操作气体净化器及辅助设备,除去气体物料中的固体颗粒、液滴及其他非目的组分的人员。

2）职业等级

本职业共设五个等级，分别为：初级（国家职业资格五级）、中级（国家职业资格四级）、高级（国家职业资格三级）、技师（国家职业资格二级）、高级技师（国家职业资格一级）。

3）职业环境

常温、常压、易燃、易爆、存在一定有毒有害气体和噪声。

4）职业能力特征

具有一定的学习、理解、分析判断和表达能力；四肢灵活，动作协调；嗅觉、听觉、视觉及形体知觉正常，具有分辨颜色的能力。

5）基本文化程度

初中毕业。

6）培训要求

（1）培训期限。

全日制职业学校教育，根据其培养目标和教学计划确定。晋级培训的培训期限分别为：初级不少于 360 标准学时；中级不少于 300 标准学时；高级不少于 240 标准学时；技师不少于 240 标准学时；高级技师不少于 200 标准学时。

（2）培训教师。

培训初级、中级的教师应具有本职业高级及以上职业资格证书；培训高级的教师应具有本职业技师职业资格证书或本专业中级及以上专业技术职务任职资格；培训技师的教师应具有本职业技师职业资格证书 3 年以上或本专业高级专业技术职务任职资格；培训高级技师的教师应取得本职业高级技师职业资格证书 2 年以上或本职业高级技术职务任职资格 2 年以上。

（3）培训场地设备。

理论培训场地应为可容纳 20 名以上学员的标准教室。技能操作培训场所应为具有本职业必备设备，安全设施完善的场所。

7）鉴定要求

（1）适用对象。

从事或准备从事本职业的人员。

（2）申报条件。

初级（具备以下条件之一者）：

① 经本职业初级正规培训达规定标准学时数，并取得结业证书；

② 本职业连续工作 2 年以上。

中级（具备以下条件之一者）：

① 取得本职业或相关初级职业资格证书后，连续从事本职业工作 2 年以上。经本职业中级正规培训达规定标准学时数，并取得结业证书；

② 取得本职业或相关职业初级职业资格证书后，连续从事本职业工作 4 年以上；

③ 取得与本职业相关职业中级职业资格证书后，连续从事本职业工作 2 年以上；

④ 连续从事本职业工作 6 年以上；

⑤ 取得经劳动保障行政部门审核认定的、以中级技能为培养目标的中等以上职业学

校本职业(专业)毕业证书。

（3）鉴定方式。

分为理论知识考试和技能操作考核。理论知识考试采用闭卷笔试方式,技能操作考核采用现场实际操作或口述操作过程方式。理论知识考试和技能操作考核均实行百分制,成绩皆达 60 分以上者为合格。技师和高级技师还需进行综合评审。

（4）考评人员与考生配比。

理论知识考试考评人员与考生配比为 1∶20,每个标准教室不少于 2 名考评人员;技能操作考核考评人员与考生配比为 1∶3,且不少于 3 名考评人员;综合评审委员会成员不少于 5 人。

（5）鉴定时间。

理论知识考试时间不少于 90 分钟;技能操作考核时间不少于 60 分钟;综合评审时间不少于 30 分钟。

（6）鉴定场所设备。

理论知识考试在标准教室进行。技能操作考核在标准教室、生产装置现场或计算机模拟仿真系统上进行。

2. 基础知识

1）化学基础知识

（1）无机化学基本知识。

（2）有机化学基本知识。

2）流体力学知识

（1）流体的物理性质及分类。

（2）流体静力学知识。

（3）流体动力学知识。

（4）流体输送基本知识。

（5）理想气体与实际气体的状态方程式。

3）传热学知识

（1）热传导传热。

（2）对流传热。

4）化学反应动力学知识

（1）气-液相反应知识。

（2）气-固相反应知识。

5）设备基础知识

（1）主要设备工作原理。

（2）设备维护保养知识。

（3）设备安全使用知识。

6）计量知识

（1）计量与计量单位。

（2）计量国际单位制。

7）机械制图

（1）流程图。

（2）设备图。

（3）三视图。

（4）机械零件。

8）电工学基础知识

（1）简单电路知识。

（2）直流电与交流电。

（3）安全用电知识。

9）仪表基础知识

（1）常用温度、压力、流量测量仪表。

（2）控制回路。

10）安全、环保知识

（1）安全技术规程。

（2）劳动保护知识。

（3）环境保护知识。

（4）产品的危险性及特点。

（5）常用灭火器材及使用方法。

11）相关法律、法规知识

（1）劳动法相关知识。

（2）安全生产法及化工安全生产法规相关知识。

（3）化学危险品管理条例相关知识。

（4）职业病防治法及化工职业卫生法规相关知识。

3.气体净化工技能要求

1）初级

根据申报情况选择气体脱硫、气体变换、气体脱碳、气体精炼四个职业功能之一进行考评,参照如表 2-4 所示气体净化初级工工作要求。

表 2-4　气体净化初级工工作要求

职业功能	工作内容	技能要求	相关知识
气体脱硫	（一）工艺准备	1.能确认气体脱硫装置所属阀门开关状态正常与否。 2.能进行岗位照明、安全、消防设施的检查确认工作。 3.能确认离心式鼓风机、脱硫泵是否处于备用状态。 4.能识读脱硫装置操作技术规程	1.阀门开关状态标志。 2.鼓风机、脱硫泵备车条件

职业功能	工作内容	技 能 要 求	相 关 知 识
	(二) 脱硫 操作	1. 能进行脱硫塔、贫液槽、富液槽液位调节操作。 2. 能进行溶液再生槽硫泡沫和贫液的分离操作。 3. 能进行安全生产水封的加水、排水操作。 4. 能排放各分离装置中的油、水。 5. 能按批示进行物料的引入操作。 6. 能按要求抄写气体脱硫岗位记录报表。 7. 能进行脱硫装置日常巡检工作	1. 液位调节方法。 2. 硫泡沫分离原理。 3. 安全水封结构原理。 4. 分离器装置导淋排放注意事项。 5. 记录报表抄写格式与要求。 6. 日常巡检内容
	(三) 设备 维护	1. 能进行脱硫泵、鼓风机的日常维护保养。 2. 能进行脱硫泵、鼓风机的正常盘车工作	1. 设备保养知识。 2. 脱硫泵、鼓风机的盘车方法
	(四) 工艺 计算	1. 能进行压力、温度等常用单位换算。 2. 能进行溶液浓度及相对浓度计算	1. 单位换算知识。 2. 浓度换算知识
气体 变换	(一) 工艺 准备	1. 能确认气体变换装置所属阀门开关状态正常与否。 2. 能使用氧气呼吸器。 3. 能确认热水泵是否处于备用状态。 4. 能识读变换装置岗位操作技术规程	1. 气体变换装置概况。 2. 氧气呼吸器使用方法及注意事项。 3. 热水泵备车条件
	(二) 变换 操作	1. 能根据变换气出口工艺指标调节变换炉各段蒸汽加入量。 2. 能调节触媒床层各段炉温。 3. 能按要求排放分离装置导淋。 4. 能控制变换气出口气体各组分指标。 5. 能根据炉温调节增湿器补水量。 6. 能完成变换装置日常巡检工作	1. 气体变换要求控制工艺指标范围。 2. 分离装置导淋排放方法。 3. 变换工序工艺指标控制方法。 4. 增湿器补水注意事项
	(三) 设备 维护	1. 能完成冷凝水泵的日常维护保养。 2. 能维护好润滑器具,经常检查,定期清洗	1. 冷凝水泵的保养知识。 2. 本岗位设备的润滑部位
	(四) 工艺 计算	1. 能进行气体质量分数和摩尔分数换算。 2. 能进行压力、温度等常用单位换算	1. 质量分数和摩尔分数表示法。 2. 压力、温度换算方法

续表

职业功能	工作内容	技 能 要 求	相 关 知 识
气体脱碳	（一）工艺准备	1. 能确认气体脱碳装置所属阀门开关状态正常与否 2. 能完成脱硫装置照明、安全、消防设施的检查确认工作。 3. 能确认脱碳泵和涡轮装置是否具备开车备用状态。 4. 能识读脱碳装置操作技术规程	1. 阀门开关状态标志。 2. 脱碳泵和涡轮备车条件
	（二）脱碳操作	1. 能完成脱碳塔、再生塔、一闪塔、贫液槽的液位和压力调节操作。 2. 能完成再生气回收操作。 3. 能根据工艺指标要求控制吸收塔出口气的 CO_2 含量。 4. 能按要求排放分离装置中的油、水。 5. 能完成脱碳装置日常巡检工作	1. 液位、压力调节方法。 2. 脱碳再生气的回收步骤及方法。 3. 脱碳气控制工艺指标范围。 4. 脱碳装置日常巡检内容
	（三）设备维护	1. 能进行碱泵和涡轮装置的日常维护保养。 2. 能按要求对碱泵进行盘车。 3. 能进行碱泵日常巡检工作	1. 碱泵盘车方法。 2. 压力、温度表示法
	（四）工艺计算	1. 能进行脱碳液浓度计算。 2. 能进行压力、温度等常用单位换算	1. 溶液浓度含义。 2. 压力、温度表示法
气体精炼	（一）工艺准备	1. 能确认精炼装置所属阀门开关状态正常与否。 2. 能进行精炼装置照明、安全、消防设施的检查确认工作。 3. 能确认三柱往复式泵是否具备开车条件。 4. 能识读精炼装置操作技术规程	1. 阀门开关状态标志。 2. 安全、消防基础知识。 3. 三柱往复式铜泵和碱泵备车条件。 4. 精炼工艺原理
	（二）精炼操作	1. 能进行铜塔、碱塔、再生器液位调节操作。 2. 能进行铜液再生温度、压力调节。 3. 能进行再生气回收操作。 4. 能根据分析数据调节气氨、液氨量和空气加入量。 5. 能进行磁翻板、玻璃板液位计吹除。 6. 能按要求排放分离装置中的油、水。 7. 能根据工艺指标要求控制精炼气、出口气组分指标。 8. 能进行日常巡检工作	1. 液位调节方法。 2. 温度、压力调节方法。 3. 再生气回收注意事项。 4. 溶液组分补充注意事项。 5. 磁翻板、玻璃板液位计吹除方法。 6. 分离装置中的油、水的排放方法。 7. 工艺指标控制方法。 8. 巡检路线及内容

续表

职业功能	工作内容	技能要求	相关知识
	（三） 设备 维护	1. 能进行铜泵、碱泵的日常维护保养和卫生工作。 2. 能确认三柱往复式铜泵和碱泵是否具备开车条件。 3. 能按要求对铜泵、碱泵进行盘车。 4. 能清理和回收岗位泄漏溶液	1. 设备维护知识。 2. 三柱往复式铜泵和碱泵的结构原理。 3. 铜泵、碱泵盘车方法。 4. 有关环保知识

2）中级

根据申报情况选择气体脱硫、气体变换、气体脱碳、气体精炼四个职业功能之一进行考评，参照表 2-5 所示气体净化初级工工作要求。

表 2-5　气体净化初级工工作要求

职业功能	工作内容	技能要求	相关知识
气体脱硫	（一） 工艺 准备	1. 能确认脱硫溶液是否具备开车要求。 2. 能完成脱硫装置开车前系统充压操作。 3. 能完成贫液槽灌液操作	1. 脱溶液开车质量、数量要求。 2. 系统充压注意事项。 3. 系统灌液注意事项
	（二） 脱硫 操作	1. 能进行脱硫系统正常开车、停车操作。 2. 能根据生产负荷变化情况进行脱硫泵加减负荷操作。 3. 能进行气体脱硫溶液再生工艺指标的调整。 4. 能根据生产负荷变化情况调节脱硫塔液位。 5. 能按规定使用离心式泵、鼓风机。 6. 能进行岗位泄漏脱硫液的清理和回收	1. 脱硫装置开车、停车程序。 2. 脱硫泵加减量方法。 3. 脱硫和溶液再生原理。 4. 脱硫塔液位调节方法。 5. 离心式泵、鼓风机开车步骤及方法
	（三） 工艺 计算	1. 能进行脱硫塔脱硫效率的计算。 2. 能进行再生器喷头的清洗。 3. 能进行鼓风机添加润滑油	1. 效率的计算方法。 2. 压差计算方法
	（四） 设备 维护	1. 能进行脱硫装置检修配合和监护工作。 2. 能进行再生器喷头的清洗。 3. 能进行鼓风机添加润滑油	1. 检修设备化工交出标准。 2. 再生器喷头结构原理
	（五） 事故 判断 与处理	1. 能判断并处理鼓风机轴瓦温度超标事故。 2. 能判断脱硫效率低的原因。 3. 能判断并处理脱硫塔、贫液槽、富液槽液位波动的事故。 4. 能判断溶液再生度低的原因。 5. 能判断并分析仪表是否运行正常	1. 风机结构原理。 2. 脱硫生产原理。 3. 影响液位波动的因素。 4. 溶液再生原理。 5. 自动仪表工作原理

职业功能	工作内容	技 能 要 求	相 关 知 识
气体变换	（一）工艺准备	1. 能确认变换工艺条件是否符合开车要求。 2. 能确认原料、辅料是否具备开车要求。 3. 能完成变换装置开车前系统充压操作	1. 脱硫装置开车工艺要求。 2. 原料、辅料开车质量要求。 3. 系统充压方法
	（二）变换操作	1. 能进行变换系统的正常开车、停车操作。 2. 能根据氧含量和蒸汽压力变化情况调节变换炉温度。 3. 能根据生产负荷变化情况调节工艺参数。 4. 能进行变换系统开车前工艺条件的检查确认工作。 5. 能进行变换触媒升温、还原、硫化、钝化操作。 6. 能进行变换装置停车后触媒降温、保护操作。 7. 能操作解散控制系统	1. 变换装置开车、停车要求。 2. 变换炉温度调节方法。 3. 变换反应机理。 4. 变换生产原理。 5. 触媒升温、活化方法注意事项。 6. 触媒降温、保护注意事项。 7. 计算机操作及集散控制系统基本知识
	（三）工艺计算	1. 能进行饱和塔出口气自产蒸汽量的计算。 2. 能进行变换炉各段反应效率的计算	1. 饱和蒸汽理化知识。 2. 反应效率的计算方法
	（四）设备维护	1. 能确认本岗位设备检修的隔离和动火条件。 2. 能配合进行装置设备、管道的防腐蚀、保温、保冷等项目的施工	1. 设备检修条件。 2. 设备、管道的防腐蚀、保温、保冷知识
	（五）事故判断与处理	1. 能判断变换炉各段触媒层温度波动的原因。 2. 能判断处理变换工序工艺指标超标事故。 3. 能判断处理饱和塔出口气温度低的故障。 4. 能判断换热器泄漏事故。 5. 能判断系统阻力上涨的原因	1. 引起触媒温度波动的因素。 2. 造成触媒活性低的因素。 3. 饱和塔出口气温度的控制方法。 4. 系统阻力表示方法
气体脱碳	（一）工艺准备	1. 能检查确认脱碳溶液质量是否具备开车要求。 2. 能进行脱碳装置开车前后系统充压操作。 3. 能进行贫液槽灌液。 4. 能绘制本岗位设备示意图	1. 脱硫装置概况。 2. 系统充压步骤及注意事项。 3. 系统灌液方法

职业功能	工作内容	技能要求	相关知识
	（二） 脱碳 操作	1. 能进行脱碳系统的正常开车、停车。 2. 能根据生产负荷进行贫液和半贫液比例调节。 3. 能进行脱碳溶液再生。 4. 能使微孔过滤器进行溶液过滤。 5. 能根据工艺要求将本岗位各工艺参数调节到正常范围。 6. 能按停车要求切断本岗位所需公用工程介质、电源和原料、辅料。 7. 能进行脱碳溶液的回收和补充。 8. 能疏通脱碳泵冲洗液、冷却水管堵塞。 9. 能清理和回收泄漏脱碳液。 10. 能识读各种警示标志	1. 脱碳系统的开车、停车步骤。 2. 贫液和半贫液分配原则。 3. 脱碳液再生原理。 4. 微孔过滤器使用步骤及方法。 5. 氨冷器、水冷器温度控制方法。 6. 稀溶液补充注意事项。 7. 脱碳泵冲洗液、冷却系统流程。 8. 岗位警示标志的类别
	（三） 工艺 计算	1. 能进行脱碳溶液质量分数和物质的量浓度的换算。 2. 能进行本岗位脱碳效率的计算	质量分数和物质的量浓度表示法
	（四） 设备 维护	1. 能完成脱碳装置检修配合和监护工作。 2. 能控制好脱碳设备升温速率，做好防冻、防结晶工作。 3. 能对离心式泵添加润滑油	1. 设备检修化工处理要求。 2. 设备防冻、防结晶知识。 3. 离心式泵添加润滑油方法
	（五） 事故判断 与处理	1. 能判断处理脱碳气 CO_2 超标的事故。 2. 能处理吸收塔自调阀压缩空气中断时液位的调节。 3. 能判断脱碳泵加不上压力的事故。 4. 能判断系统操作单元堵塞现象。 5. 能判断处理设备管线泄漏事故	1. 净化空气 CO_2 控制指标。 2. 自调阀工作原理。 3. 脱碳泵工作原理。 4. 操作单元结构功能。 5. 水冷器作用原理
气体精炼	（一） 工艺 准备	1. 能检查确认精炼溶液质量是否具备开车要求。 2. 能进行精炼装置开车前系统充压。 3. 能进行再生器灌液	1. 精炼溶液开车质量要求。 2. 系统充压注意事项。 3. 再生器灌液方法
	（二） 精炼 操作	1. 能根据操作规程要求进行精炼系统的正常开车、停车。 2. 能完成精炼溶液再生。 3. 能控制氨冷器温度。 4. 能根据分析报告单进行化工原材料的补充。 5. 能进行三柱往复式压缩泵加减量。 6. 能进行磁翻板液位计吹除。 7. 能排放碱洗用氨水。 8. 能进行岗位泄漏溶液的清洗和回收	1. 精炼系统开车和停车步骤及方法。 2. 铜液再生原理。 3. 高压调节阀使用方法。 4. 再生气回收方法。 5. 往复式压缩泵调速注意事项。 6. 氨水排放注意事项

续表

职业功能	工作内容	技能要求	相关知识
	（三） 工艺 计算	1. 能进行非标态气体和标态气体的换算。 2. 能进行变换装置物料衡算和热量衡算	气体状态方程
	（四） 设备 维护	1. 能进行往复式压缩泵检修配合和监护工作。 2. 能进行换热器、微孔过滤器反吹、反洗。 3. 能进行往复式压缩泵添加润滑油。 4. 能控制氨冷器升温、降速，防止热胀冷缩效应损坏设备	1. 换热器、微孔过滤器反吹步骤及方法。 2. 往复式压缩泵润滑系统流程。 3. 热胀冷缩现象避免方法
	（五） 事故判断 与处理	1. 能判断处理精炼气微量超标事故。 2. 能判断水冷器、氨冷器冷却效果差的原因。 3. 能判断磁翻板液位计是否畅通。 4. 能判断处理三柱往复式压缩泵夹气现象。 5. 能判断处理再生器液位上涨事故	1. 微量控制指标。 2. 换热器使用常识。 3. 磁翻板液位计使用常识。 4. 铜泵夹气处理方法。 5. 再生器液位上涨原因

复习思考题

1. 大气的组成有哪些？什么是干洁空气？

2. 你对大气污染有何认识？举出你所见的大气污染实例。

3. 大气污染的综合防治措施有哪些？

4. 简述重力除尘的基本原理。

5. 简述袋式除尘器的主要优缺点。

6. 有一沉降室长 7.0 m，高 1.2 m，气流速率 30 m/s，空气温度 $30\ ℃$，尘粒密度 $2\,500$ kg/m³，空气黏度 $\mu = 1.86 \times 10^{-5}$ Pa·s，求该沉降室能 100% 捕获的最小颗粒直径。

7. 简述吸附法治理 NO_x 污染的基本原理。

8. 简述石灰石-石膏法吸收 SO_2 气体的原理。

9. 物理吸收与化学吸收的主要差别是什么？

项目三

水污染及其治理

项目简介：本项目在介绍化工废水基本知识的基础上，详细介绍了化工废水的各种治理技术，包括物理处理法、化学处理法、物理化学处理法及生物处理法等。通过典型案例介绍了几种常见化工废水的具体处理方法。

教学目标：了解化工废水的基本知识，化工废水的来源及防治途径，能进行实验设计，能处理生产中产生的各种化工废水。掌握化工废水的各种处理方法及污水处理工所要求的基本技能。

任务1　化工废水的认识

1. 化工废水基本知识

1) 化工废水概况

随着经济的高速发展，化工产品生产过程对环境的污染加剧，对人类健康的危害也日益普遍和严重，其中特别是精细化工产品（如制药、染料、日化等）生产过程中排出的有机物质，大多都是结构复杂、有毒有害和生物难以降解的物质。因此，化工废水处理的难度较大。化工废水的基本特征为极高的COD（化学需氧量）、高盐度、对微生物有毒性，是典型的难降解废水，是目前水处理技术方面的研究重点和热点。

2) 化工废水的特征

化工废水具有以下主要特征：① 水质成分复杂，副产物多，反应原料常为溶剂类物质或环状结构的化合物，增加了废水的处理难度；② 废水中污染物含量高，这是由于原料反应不完全、原料或生产中使用的大量溶剂介质进入了废水体系所引起的；③ 有毒有害物质多，精细化工废水中有许多有机污染物对微生物是有毒有害的，如卤素化合物、硝基化合物、具有杀菌作用的分散剂或表面活性剂等；④ 生物难降解物质多，可生化性差；⑤ 废水色度高。

3) 化工废水处理技术发展情况

废水处理技术经过100多年的发展，使得污水中的污染物种类、污水量也随着社会经济的发展、生活水平的提高而不断增加,污水处理技术也随着科学技术的发展而发生了日新月异的变化,同时旧的污水处理技术也不断被革新和发展着。尤其现在的化工废水中的污染物是多种多样的,往往用一种工艺是不能将废水中所有的污染物去除殆尽的。用物化工艺将化工废水处理到排放标准难度很大,而且运行成本较高;化工废水含较多的难降解有机物,可生化性差,而且化工废水的废水水量水质变化大,故直接用生化方法处理化工废水效果不是很理想。

针对化工废水处理的这种特点,对其处理宜根据实际废水的水质采取适当的预处理方法,如絮凝、内电解、电解、吸附、光催化氧化等工艺,破坏废水中难降解有机物、改善废水的可生化性;再联用生化方法,如 SBR 工艺(序列间歇式活性污泥法)、接触氧化工艺,A/O 工艺(厌氧好氧法)等,对化工废水进行深度处理。

目前,国内对处理化工废水工艺的研究也趋向于采用多种方法的组合工艺。例如,采取内电饵混凝沉淀-厌氧-好氧工艺处理医药废水,采用大孔吸附树脂吸附和厌氧-好氧生物处理-絮凝沉淀法处理有机化工废水,采用絮凝-电饵法联用处理麻黄素废水,采取臭氧-生物活性炭工艺去除水中有机污染物,采用光催化氧化-内电饵-SBR 组合方法处理高浓度化工废水都取得了比较好的结果。

2. 化工废水的来源

化学工业包括有机化工和无机化工两大类,化工产品多种多样,成分复杂,排出的废水也多种多样。多数有剧毒,不易净化,在生物体内有一定的积累作用,在水体中具有明显的耗氧性质,易使水质恶化。

1) 无机化工

无机化工是无机化学工业的简称,是以天然资源和工业副产物为原料生产硫酸、硝酸、盐酸、磷酸等无机酸、纯碱、烧碱、合成氨、化肥以及无机盐等化工产品的工业。包括硫酸工业、纯碱工业、氯碱工业、合成氨工业、化肥工业和无机盐工业。广义上也包括无机非金属材料和精细无机化学品如陶瓷、无机颜料等的生产。无机化工产品的主要原料是含硫、钠、磷、钾、钙等的化学矿物和煤、石油、天然气以及空气、水等。

工业副产物如钢铁工业中炼焦生产过程的焦炉煤气,其中所含的氨可用硫酸加以回收制成硫酸铵,黄铜矿、方铅矿、闪锌矿的冶炼废气的 SO_2 可用来生产硫酸等。无机化工在化学工业中是发展较早的,为单元操作的形成和发展奠定了基础。主要产品多为用途广泛的基本化工原料。除无机盐品种繁多外,其他无机化工产品品种不多。与其他化工产品相比较,无机化工产品的产量较大。由于原料和能源费用在无机化工产品中占有较大比例,如合成氨工业、氯碱工业、黄磷、电石生产都是耗能较多的,故技术改造的重点将趋向采用低能耗工艺和原料的综合利用。

无机化工是基础原料-材料工业产品,用途广、需求量大。其用途涉及造纸、橡胶、塑料、农药、饲料添加剂、微量元素肥料、空间技术、采矿、采油、航海、高新技术领域中的信息产业、电子工业以及各种材料工业,又与日常生活中人们的衣、食、住、行以及轻工、环保、交通等息息相关。所以,无机化工废水包括从无机矿物制取酸、碱、盐类基本化工原料的工业,这类生产中主要是冷却用水,排出的废水中含酸、碱、大量的盐类和悬浮物,有时还含硫化物和有毒物质。

2) 有机化工

有机化工是以石油、天然气、煤等为基础原料，主要生产各种有机原料的工业。有机化工是基本有机化学工业的简称，又称基本有机合成工业。总体上说，其主要部分是石油化工。

有机化工的直接原料包括氢气、一氧化碳、甲烷、乙烯、乙炔、丙烯、脂肪烃、苯、甲苯、二甲苯、乙苯等。从原油、石油馏分或低碳烷烃的裂解气、炼厂气以及煤气，经过分离处理，可以制成用于不同目的的脂肪烃原料；从催化重整的重整汽油、烃类裂解的裂解汽油以及煤干馏的煤焦油中，可以分离出芳烃原料；适当的石油馏分也可直接用作某些产品的原料；由湿性天然气可以分离出甲烷以外的其他低碳烷烃；从煤气化和天然气、炼厂气、石油馏分或原油的蒸汽转化或部分氧化可以制成合成气；由焦炭制得的碳化钙，或由天然气、石脑油裂解均能制得乙炔。此外，还可从农林副产品获得原料。

有机化工产品品种繁多，按化学组成可分为，烯烃类，如异戊二烯、苯乙烯等；含氧化合物，醇、酚、环氧化合物、多元醇、醚、醛酮、酸、酸酐、酯；含卤素化合物，如氯乙烯、四氟乙烯；含氮化合物，如丙烯腈、己二胺；含其他元素，含铅、含硅化合物。

其产品用途可概括为三个方面：① 生产合成橡胶、合成纤维、塑料和其他高分子化工产品的原料，即聚合反应的单体；② 其他有机化学工业，包括精细化学品的原料；③ 按产品所具性质用于某些直接消费，如冷冻剂、防冻剂、载热体、气体吸收剂，以及直接用于医药的麻醉剂、消毒剂等。所以，有机化工废水成分多样，包括合成橡胶、合成塑料、人造纤维、合成染料、油漆涂料、制药等过程中排放的废水，具有强烈耗氧的性质，毒性较强，且由于多数是人工合成的有机化合物，因此污染性很强，不易分解。

3. 化工废水的防治途径

化工废水最主要的特点是水质水量变化大，B/C 比低，可生化性差。一般化工废水还有较高的色度。pH 值多为强酸性或强碱性，故处理的难度很大。处理化工废水已经成为世界性难题。高效、低成本的处理化工废水新工艺的研究具有非常重要的意义，这对于摆脱目前化工行业面临的尴尬局面，保护水环境，健康发展化工行业具有十分现实的影响。

1) 按处理方法进行分类

化工废水处理工艺习惯上按处理方法划分为物理处理法、化学处理法、物理化学处理法和生物处理法四类。

(1) 物理处理法。

物理处理法是主要通过物理作用，以分离、回收废水中不溶解的呈悬浮状态污染物质（包括油膜和油珠）的废水处理法。根据物理作用的不同，又可分为重力分离法、离心分离法和筛滤截流法等。属于重力分离法的处理单元有沉淀、上浮（气浮、浮选）等，相应使用的处理设备是沉沙池、沉淀池、除油池、气浮池及其附属装置等。离心分离法本身就是一种处理单元，使用的处理装置有离心分离机和水旋分离器等；筛滤截流法包括截留和过滤两种处理单元，前者使用的处理设备是隔栅、筛网，而后者使用沙滤池和微孔滤池等。

(2) 化学处理法。

化学处理法利用化学反应来改变污染物的性质，降低其危害性或有利于污染物的分离除去。化学处理法的去除对象主要是污水中无机的或有机的溶解性物质(难于生物降解的)或胶体物质。常见的方法有:利用中和作用处理酸性或碱性废水的中和法;利用混凝剂使废水中细小悬浮颗粒和胶体微粒聚集成较粗大的颗粒而沉淀的化学混凝法;利用某些化学药剂使废水中污染物发生化学反应形成难溶的沉淀物,然后进行固液分离的化学沉淀法;利用液氯、臭氧等强氧化剂氧化分解废水中污染物的化学氧化法。

(3) 物理化学法。

物理化学法利用物理化学的原理和化工单元操作可以去除污水中的杂质,其处理对象是污水中无机的或有机的溶解性物质(难于生物降解的)或胶体物质,尤其适用于处理杂质浓度很高的污水(用作回收利用的方法)或是杂质浓度很低的废水(用于污水的深度处理)。包括吸附、浮选、反渗透、电渗析等。

(4) 生物处理法。

生物处理法是废水处理中应用最久、最广和比较经济有效的一种方法。生物处理工艺是通过微生物的生物氧化作用去除废水中的有机物,污染物经处理后可彻底消除对环境的污染和危害。新一代生物处理工艺在高效去除有机物的同时,又能高效地去除营养物,提高了出水水质,有效地保护了水资源和水环境。常见的生物处理法包括活性污泥法、生物过滤法等。

2) 按处理程度进行分类

按处理程度划分可分为一级处理、二级处理和三级处理。

(1) 一级处理。

污水一级处理是去除废水中的漂浮物和部分悬浮状态的污染物质,调节废水 pH 值、减轻废水的腐化程度和后续处理工艺负荷的处理方法。

污水经一级处理后,一般达不到排放标准。所以一般以一级处理为预处理,以二级处理为主体,必要时再进行三级处理,即深度处理,使污水达到排放标准或补充工业用水和城市供水。一级处理的常用方法有筛滤法、沉淀法、上浮法、预曝气法。

(2) 二级处理。

污水二级处理是在污水通过一级处理后,再次进行处理,用以除去污水中大量有机污染物,使污水进一步净化的工艺过程。相当长时间以来,主要把生物化学处理作为污水二级处理的主体工艺。近年来,采用化学或物理化学处理法作为二级处理主体工艺,并随着化学药剂品种的不断增加,处理设备和工艺的不断改进而得到推广。因此,二级处理原作为生化处理的同义词已失去意义。污水经过一级处理之后,可以有效地去除部分悬浮物,生化需氧量(BOD)也可以去除一部分,但一般不能去除污水中呈溶解状态的和呈胶体状态的有机物、氧化物和硫化物等有毒物质,不能达到污水排放标准。因此需要进行二级处理。目前,二级处理的主要工艺为生物处理,包括厌氧生物处理及好氧生物处理,其中好氧生物处理主要有活性污泥法及生物膜法。

近年来,有的国家正在研究和采用化学或物理化学处理法作为二级处理主体工艺,预期这些方法将随着化学药剂品种的不断增加,处理设备和工艺的不断改进而得到推广。

(3) 三级处理。

污水三级处理又称污水深度处理或高级处理。为进一步去除二级处理未能去除的污

染物质,其中包括微生物以及未能降解的有机物或磷、氮等可溶性无机物。三级处理是深度处理的同义词,但两者又不完全一致。三级处理是经二级处理后,为了从废水中去除某种特定的污染物质,如磷、氮等而补充增加的一项或几项处理单元;至于深度处理则往往是以废水回收、复用为目的,而在二级处理后所增设的处理单元或系统。三级处理耗资较大,管理也较复杂,但能充分利用水资源。完善的三级处理由除磷,除氮,去除有机物(主要是难以生物降解的有机物)、病毒和病原菌等单元过程组成。

根据三级处理出水的具体去向的不同,其处理流程和组成单元是不同的。如果为防止受纳水体富营养化,则采用除磷和除氮的三级处理;如果为保护下游饮用水源或浴场不受污染,则应采用除磷、除氮、除毒物、除病菌和病原菌等三级处理,可直接作为城市饮用水以外的生活用水,如洗衣、清扫、冲洗厕所、喷洒街道和绿化地带等用水。

任务 2　物理处理法

物理处理法是通过物理作用分离和去除废水中不溶解的呈悬浮状态的污染物(包括油膜、油珠)的方法。处理过程中,污染物的化学性质不发生变化。方法有:① 重力分离法,其处理单元有沉淀、上浮(气浮)等,使用的处理设备是沉淀池、沉沙池、隔油池、气浮池及其附属装置等;② 离心分离法,其本身是一种处理单元,使用设备有离心分离机、水旋分离器等;③ 筛滤截留法,有栅筛截留和过滤两种处理单元,前者使用格栅、筛网,后者使用砂滤池、微孔滤机等。此外,还有废水蒸发处理法、废水气液交换处理法、废水高梯度磁分离处理法、废水吸附处理法等。物理处理法的优点是设备大都较简单,操作方便,分离效果良好,故使用极为广泛。

化工废水常用的物理法包括过滤法、重力沉淀法和气浮法等。过滤法是以具有孔粒状粒料层截留水中杂质,主要是降低水中的悬浮物,在化工废水的过滤处理中,常用板框过滤机和微孔过滤机,微孔管由聚乙烯制成,孔径大小可以进行调节,调换较方便;重力沉淀法是利用水中悬浮颗粒的可沉淀性能,在重力场作用下的自然沉降作用,以达到固液分离的一种过程;气浮法是通过生成吸附微小气泡附裹携带悬浮颗粒而带出水面的方法。这三种物理方法工艺简单,管理方便,但不能适用于可溶性废水成分的去除,具有很大的局限性。

1. 均衡和调节

工业废水与城市污水的水量和水质都是随时间而不断变化的,有高峰流量和低峰流量,也有高峰浓度和低峰浓度。但是废水处理的装备和流程都是以一定的水质和水量设计的,它的运行都有一定的操作指标,偏离这个指标就会降低处理效率,或使运转发生困难。如果废水的水质水量变化幅度过大,对废水处理设备设施的正常运作是很不利甚至是有害的。为了使处理过程正常工作,不受废水高峰流量或高峰浓度的变化影响,要求废水进行处理前有一个稳定的水量和均匀的水质,必须进行水量和水质的调节。

1) 调节的功能

污水处理前进行调节的目的是尽可能减少污水流量和污染物浓度的波动对水处理过

程的影响,为后续处理过程提供最佳的条件,具体表现在以下几个方面:① 尽量减小有机物浓度的波动以避免对生化处理系统的冲击;② 实现 pH 值的控制和调节或减少中和时所需要的化学药剂量;③ 尽量减小物理化学处理时流量的波动,使得废水的排放速度与处理装置的能力相符合;④ 当工厂间歇排水时,可以在一段时间内保持生物处理系统连续进水;⑤ 控制废水进入生化系统的速度,使污水负荷分配比较均匀;⑥ 防止高浓度的有毒物质进入生物处理系统。

2)调节的方式

调节的主要方式是设置污水调节池,用它来调节水量和水质。调节池的大小应根据水量大小、水质变化情况来决定。一般来说,调节池越大,其均化程度就越高,但占地及投资费用也越大,应根据具体情况来决定。按调节池的作用,调节池可分为均量池、均质池、均化池和事故池。均量池的作用主要是调节水量,均质池主要是均匀水质,均化池既能调节水量又能均匀水质,事故池主要是在工业企业出现生产事故的情况下使用。

2.沉淀

1)定义及应用

污水的沉淀分离技术是依靠污水中悬浮物的密度与水不同这一特点来分离污水中固体悬浮物的方法。当悬浮物的密度大于水的密度时,在重力作用下,悬浮物下沉形成沉淀物。沉淀处理是一种物理过程,简便易行,效果良好,是污水处理的重要方法之一,几乎所有的污水处理工程都包括沉淀分离方法。

在废水处理与利用方法中,有些废水只需要经过沉淀处理就能满足要求。如生活污水及符合灌溉标准的工业废水,通常只要经过沉淀处理,废水就可用来进行农田灌溉。有些废水只需经沉淀,就能重复利用,如炼钢车间烟道洗涤废水和选煤厂的洗煤废水,通过沉淀处理就能循环使用,沉淀下来的氧化铁渣和煤泥可回收利用。沉淀法常常作为其他处理方法前的预处理。例如,用生物处理法处理废水时,一般需要先经沉淀去除大部分悬浮物并减少生化需氧量,且生物处理构筑物的出水还要通过二次沉淀做进一步的处理。

2)沉淀过程的分类

根据污水中可沉淀物质颗粒的大小、凝聚性能的强弱及其浓度的高低,可把沉淀过程分为四种类型:自由沉淀、絮凝沉淀、成层沉淀和压缩沉淀。

(1)自由沉淀。

自由沉淀是在污水中悬浮物的浓度不高,颗粒之间不具有凝聚性时发生的。其特征是在沉淀过程中,固体颗粒小、呈离散状态,其形状、尺寸、密度等均不改变,各自独立地完成沉淀过程,颗粒之间互不干扰。颗粒的沉淀速度在经一定的沉淀时间后保持不变。可以观察到的现象是水从上到下逐渐变清。典型例子是沙粒在沉沙池中的沉淀以及悬浮物浓度较低的污水在初次沉淀池中的沉淀过程。

(2)絮凝沉淀。

絮凝沉淀是在污水中悬浮物浓度不高(50~500 mg/L),但有絮凝性时进行的沉淀。其特征是在沉淀过程中,颗粒互相碰撞、黏合,结合成较大的絮凝体而沉淀,其粒径与质量增大,沉淀速度加快。可观察到的现象也是水由上到下逐渐变清。这类沉淀的典型例子是初次沉淀池的后期沉淀和活性污泥在二次沉淀池中的初期沉淀。

（3）成层沉淀。

成层沉淀是污水中悬浮颗粒浓度达到一定程度（大于 500 mg/L）时发生的。其特征是在沉淀过程中，每个颗粒的沉淀受到周围颗粒的干扰，沉淀速度有所降低，如浓度进一步提高，颗粒间的干扰影响加剧，沉速大的颗粒也不能超过沉速小的颗粒，并在聚合力的作用下，颗粒互相牵扯形成网状的"絮毯"整体下沉。观察到的现象是在颗粒群与澄清水层之间存在明显的固-液分界面，沉淀速度就是界面下移的速度。典型例子是高浊度水的沉淀、二次沉淀池后期的沉淀以及浓缩池开始阶段的沉淀。

（4）压缩沉淀。

压缩沉淀是成层沉淀的继续，是当污水中悬浮物的浓度很高时发生的。当悬浮物浓度很高时，固体颗粒互相接触，互相支承，在上层颗粒的重力作用下，下层颗粒间的液体被挤出界面，使得污泥被压缩。特征是颗粒群与水之间也有明显的界面，但颗粒群部分比成层沉淀时密集，界面的沉淀速度很慢。典型例子是活性污泥在二次沉淀池的污泥斗中的沉淀及浓缩池中的浓缩过程。

3）沉淀池的分类

沉淀池是物理处理工艺中最重要的一种构筑物。按工艺目的以及所设位置的不同，沉淀池可分为初次沉淀池（简称初沉池）和二次沉淀池（简称二沉池）。初沉池是用于生物处理法中预处理的沉淀池，可以去除约 30% 的 BOD_5 和 55% 的悬浮物。二沉池是设置在生物处理构筑物后的沉淀池，用于生物污泥的沉淀分离。

根据水流方向，沉淀池可以分为平流式、辐流式、竖流式和斜管沉淀池四种。

平流式沉淀池（图 3-1）：污水从池一端流入，沿水平方向在池内流动，从另一端溢出，池的形状呈长方形，一般在进口处的底部设储泥斗。

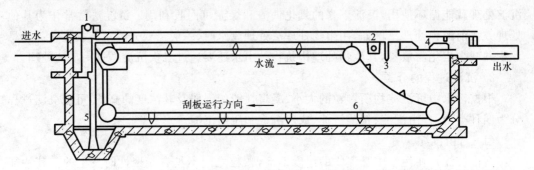

图 3-1　链条式刮泥机平流初次沉淀池
1—驱动电机；2—浮渣槽；3—挡板；4—出水堰；5—排泥管；6—刮板

辐流式沉淀池（图 3-2）：池的形状通常呈圆形，按不同的进出水方式可以分为周边进水中心出水、中心进水周边出水和周边进水周边出水三种。在池内污水是呈水平方向流动，但水流的分布是放射状的，由于过水断面是变化的，所以水流速度也是变化的。

竖流式沉淀池（图 3-3）：形状多为圆形，但也有呈方形或多角形的。为保证池内水流分布均匀，池径不宜太大，一般不大于 10 m。污水从池中央上部进入，经过挡射板，由下向上流动，沉淀后的水由池面和池边溢出。

斜管式沉淀池：是根据"浅层沉淀"理论，在沉淀池中设斜板或蜂窝斜管，以提高沉淀

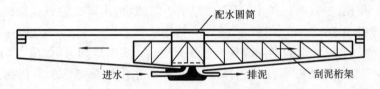

图 3-2　辐流式沉淀池

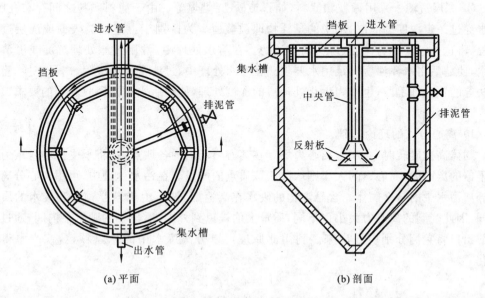

(a) 平面　　　　　　　　　　　(b) 剖面

图 3-3　圆形竖流式沉淀池

效率的一种沉淀池。按水流与沉淀的相对运动方向,斜板沉淀池可分为异向流、同向流和侧向流三种形式。

沉沙池也是沉淀池的一种,其作用是去除废水中的沙子等密度较大的无机物,为废水进一步处理创造条件。常用的沉沙池是平流式沉沙池。

3.过滤

过滤法主是要用于去除废水中的悬浮固体,特别是去除浓度比较低的悬浊液中微小颗粒的一种有效方法。过滤时,含悬浮物的水流通过具有一定孔隙率的过滤介质,水中的悬浮物被截留在介质表面或内部而除去。当使用到一定时间后,过水阻力增大,就需要采取措施,将截留物从过滤介质中除去,一般常用反洗法来实现。

在过滤过程中,如果悬浮颗粒的尺寸大于滤料的孔隙,则固体物被截留在滤层表面,这种类型的过滤称为表面过滤、滤饼过滤或载体过滤。如果固体物是载留在多孔介质之中,则称为深层过滤、滤床过滤或体积过滤。

常用的过滤材料及设备有格栅、滤网、滤布、微滤器和粒状介质过滤器。根据所采用的过滤介质不同,可将过滤分为以下几类。

① 格筛过滤。过滤介质为栅条或滤网,用以去除粗大的悬浮物,如杂草、破布、纤维、纸浆等,其典型设备有格栅、筛网和微滤机。

② 微孔过滤。采用成型滤材,如滤布、滤片、烧结滤管、蜂房滤芯等,也可在过滤介质

上预先涂上一层助滤剂（如硅藻土）形成孔隙细小的滤饼,用以去除粒径细微的颗粒。其定型的商品设备很多。

③ 膜过滤。采用特别的半透膜作为过滤介质在一定的推动力（如压力、电场力等）下进行过滤,由于滤膜孔隙极小且具选择性,可以除去水中细菌、病毒、有机物和溶解性溶质。其主要设备有反渗透、超过滤和电渗析等。

④ 深层过滤。采用颗粒状滤料,如石英砂、无烟煤等。由于滤料颗粒之间存在孔隙,原水穿过一定深度的滤层,水中的悬浮物即被截留。为区别于上述三类表面或浅层过滤过程,将这类过滤称为深层过滤,简称过滤。在给水处理中,常用过滤处理沉淀或澄清池出水,使滤后出水浑浊度满足用水要求。在废水处理中,过滤常作为吸附、离子交换、膜分离法等的预处理手段,也作为生化处理后的深度处理,使滤后水达到回收利用的要求。

4. 离心分离

1) 离心分离的理论基础

物体高速旋转时,会产生离心力场。在离心力场内的各质点,都将承受比本身重力大若干倍的离心力,离心力的大小则取决于该质点的质量。在污水处理中,可用离心分离技术分离污水中的悬浮固体。含悬浮物的废水在高速旋转时,由于悬浮颗粒和废水的质量不同,因此受到的离心力大小也不同,质量大的被甩到外围,质量小的则留在内圈,通过不同的出口将它们分别引导出来。利用此原理可以分离废水中的悬浮颗粒,使废水得到净化。

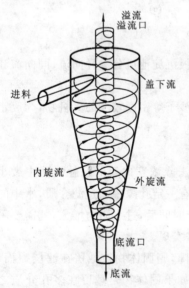

图 3-4 水力旋流器

2) 离心分离设备

离心分离设备,按离心力产生的方式,可分为两种类型:一种是由水流本身旋转产生离心力的水力旋流器（图 3-4）;另一种是由设备旋转同时也带动液体旋转产生离心力的高速离心机。

水力旋流器有压力式和重力式两种,其设备固定,液体靠水泵压力或重力（进出水头差）由切线方向进入设备,造成旋转运动产生离心力。高速离心机依靠转鼓高速旋转,使液体产生离心力。现分别介绍如下。

（1）水力旋流器。

① 压力式水力旋流器。

液体靠水泵压力以切线方向进入旋流器后高速旋转,在离心力作用下,水中较大的悬浮固体颗粒被甩向器壁,并在其本身重力的作用下沿器壁向下滑动,随浓液经排出管连续排出。较小颗粒旋转到一定程度后,随二次涡流向上运动通过清液管排出。水力旋流器的中心部分还上下贯通,有空气漩涡柱,空气一般由下部进入,上部排出。

② 重力式水力旋流器。

重力式水力旋流器又称为水力旋流沉淀池。污水也是从切线方向进入器内,水流在器内旋转靠进水、出水的水头差达到。与压力式旋流器相比,这种设备的容积大,电能消耗低。

(2) 离心机。

离心机的种类很多,常用离心机按分离因素的不同,大致可分为高速离心机(分离因素 $a > 3\ 000$)、中速离心机(分离因素 a 为 $1\ 500 \sim 3\ 000$)和低速离心机(分离因素 a 为 $1\ 000 \sim 1\ 500$)。

任务3 化学处理法

化学处理法是通过化学反应完成废水处理的过程。其处理对象主要是废水中的无机或有机的(难于降解的)溶解物质或胶体物质。主要包括化学中和、化学混凝、化学沉淀以及化学氧化过程。应用化学中和法可以控制废水的 pH 值;应用化学混凝法可以去除水中悬浮物质及胶体;应用化学沉淀法可以提高初沉池中悬浮固体和 BOD(生化需氧量)的去除率,也可用来除氮、除磷、除重金属;应用化学氧化法可以去除有机物、氨氮,改善废水可生化性,也可用来消毒、脱色和去除异味。

1.中和法

许多企业在生产过程中都会排出酸性或碱性废水,酸性和碱性废水如不经回收和处理,直接排入下水道或水体,将腐蚀管道和构筑物,并使水体的 pH 值发生变化,破坏自然缓冲作用,抑制微生物生长,妨碍水体自净。同时酸碱还会溶解土壤或底泥中的矿物质,大大增加了水中的一般无机盐类浓度和水的硬度,而酸碱造成水体硬度的增加对地下水的影响尤为显著。中和法是利用化学酸碱中和的原理消除废水中过量的酸或碱,使其 pH 值达到中性左右的过程。

1) 中和处理适用情况

(1) pH 值指标超过排放标准的废水,在排入受纳水体前,应采用中和处理,以减少对水生生物的影响。

(2) 酸性或碱性工业废水在排入城市污水管网系统前,应采用中和处理,以避免对管道系统造成腐蚀。

(3) 在进行生物处理前,可作为前处理过程,将污水、废水的 pH 值调整到 $6.5 \sim 8.5$ 范围内,以确保最佳的生物活力。

2) 中和的方法及中和剂

中和处理的方法因废水的酸碱性不同而不同。针对酸性废水主要有酸性废水与碱性废水相互中和、药剂中和、过滤中和三种方法;而对碱性废水,主要有碱性废水与酸性废水相互中和、药剂中和、烟气中和等方法。

酸性污水中和处理采用的中和剂有石灰、石灰石、苏打、苛性钠等。碱性污水中和处理则通常采用盐酸和硫酸。

(1) 酸性废水中和处理。

在处理酸性废水时,对于浓度较高,例如含酸 3% 以上时应首先考虑综合利用,这样

既可回收酸,又可大大减轻或消除酸水的处理。酸性废水综合利用的技术措施是多种多样的,应当根据具体情况,选择经济有效的综合利用方法。对于浓度在3%以下的含酸废水,由于没有经济有效的回收利用方法,可在排放前进行中和处理,以免腐蚀排水管网及构筑物,造成环境污染。

① 碱性污水中和法。

利用工厂中产生的碱性废水或碱性废渣(电石渣、碳酸钙、碱渣等)进行中和,达到以废治废的目的。酸、碱污水中和的结果,应使液体呈中性或弱碱性。根据中和反应的化学计量关系,可以计算酸、碱污水的流量,并且使得碱的物质的量大于酸的物质的量。

当酸、碱污水的流量和浓度经常变化,而且波动很大时,应该设均化池加以均化。中和反应在中和池中进行,其容积可按1.5~2 h的污水量考虑。

② 药剂中和法。

由于酸性污水中常含有一些重金属,为了使它们也能沉淀分离,就要使污水达到一定的pH值。为此可采用投药中和法。这种方法既可中和各种酸性污水又能将重金属离子与杂质一起沉淀下来,适应条件比较强。

碱性中和剂的选择应根据污水中酸的种类和含量以及中和反应速度、中和生成物的性质,药剂取得的难易和经济价值来考虑。常用的碱性中和剂有石灰、石灰石、白云石等,苏打、苛性钠因价格较贵,一般不用。药剂中和酸性污水在混合反应池中进行,其后设沉淀池及污泥干化床。在混合反应池中应进行搅拌,以防止石灰渣沉淀。污水在混合反应池中的停留时间一般不大于5 min,在沉淀池中的停留时间一般为1~2 h。

③ 过滤中和法。

过滤中和法是让酸性废水流过具有中和能力的滤料,例如石灰石、白云石、大理石等,使酸性废水得到中和。这种方法适用于含硫酸浓度不大于2~3 g/L的硫酸污水和可与碱生成易溶盐的各种酸性污水的中和处理。

(2) 碱性废水中和处理。

碱性废水的中和处理法有用含酸污水中和、投酸中和和利用烟道废气中CO_2和SO_2中和等方法。

2.混凝沉淀法

混凝法在给水处理中广泛应用于去除水中细分散颗粒及胶体物质。在污水处理中,某些工业污水例如油罐蒸洗站、枕木防腐厂蒸煮车间的污水,煤气发生站的煤气洗涤污水、货车洗刷污水等也均可应用混凝法作为处理方法。

1) 混凝的原理

混凝法的基本原理是在废水中投入混凝剂,在废水里形成胶团,与废水中的胶体物质发生电中和,形成絮粒沉降。混凝沉淀不但可以去除废水中粒径为$10^{-3}\sim10^{-6}$ mm的细小悬浮颗粒,而且还能够去除色度、油分、微生物、氮和磷等富营养物质、重金属以及有机物等。

废水在未加混凝剂之前,水中的胶体和细小悬浮颗粒的本身质量很轻,受水的分子热运动的碰撞而做无规则的布朗运动。颗粒都带有同性电荷,它们之间的静电斥力阻止微粒间彼此接近而聚合成较大的颗粒;其次,带电荷的胶粒和反离子都能与周围的水分子发生水化作用,形成一层水化膜,阻碍各胶体的聚合。一种胶体的胶粒带电越多,其电位就越大;其扩散层中反离子越多,水化作用也越大,水化层也越厚,因此扩散层也越厚,稳定性越强。

废水中投入混凝剂后,胶体因电位降低或消除,破坏了颗粒的稳定状态(称脱稳)。脱稳的颗粒相互聚集为较大颗粒的过程称为凝聚。未经脱稳的胶体也可形成大的颗粒,这种现象称为絮凝。不同的化学药剂能使胶体以不同的方式脱稳、凝聚或絮凝。按机理,混凝可分为压缩双电层、吸附电中和、吸附架桥、沉淀物网捕四种。

2) 混凝剂和助凝剂

水处理工艺中,使用的混凝剂种类很多,按其化学成分可为两大类。一类是无机盐类混凝剂,应用最广的是铝盐,比如硫酸铝、硫酸钾铝和铝酸钠等;其次是铁盐,有三氯化铁、硫酸亚铁和硫酸铁等。另一类就是高分子混凝剂,可分为无机和有机两类。无机类中聚合氯化铝目前使用得比较广泛,有机类中聚丙烯酰胺使用得最普遍。当使用混凝剂不能取得良好效果时,就需投加助凝剂了。助凝剂种类很多,大体也分为两类:一类是用于调节和改善混凝条件的药剂,如石灰、苏打等;另一类是用于改善絮凝体结构的高分子助凝剂,有聚丙烯酰胺、活化硅酸、骨胶、海藻酸钠等。

3) 影响混凝效果的因素

在废水的混凝沉淀处理过程中,影响混凝效果的因素比较多。其中重要的有以下几方面。

(1) 水样的影响。

对不同水样,由于废水中的成分不同,同一种混凝剂的处理效果可能会相差很大。

(2) 药剂投加量的影响。

药剂投加量有其最佳值,混凝剂投加量不足,则水中杂质未能充分脱稳去除,加入太多则会再稳定。

(3) 水温的影响。

水温影响主要表现在:① 影响药剂在水中起化学反应的速度,对金属盐类混凝剂影响很大,因其水解是吸热反应;② 影响矾花的形成和质量,水温较低时,絮凝体形成缓慢,结构松散,颗粒细小;③ 水温低时水的黏度较大,布朗运动强度减弱,不利于脱稳胶粒相互凝聚,水流剪力也增大,影响絮凝体的成长(该因素主要影响金属盐类的混凝,对高分子混凝剂影响较小)。

(4) 碱度的影响。

碱度的影响主要指金属盐类,因其混凝过程中水解产生大量 H^+,造成 pH 值下降,以至降到最优混凝条件以下,保持一定碱度则使反应过程中 pH 值基本保持恒定;对于高分子混凝剂,因其作用并非靠大量水解来实现,且水中均会保持有一定的碱度,故对其最佳投加量影响不大。

(5) 废水 pH 值的影响。

对金属盐类,pH 值影响其在水中水解产物的种类与数量,一般在 pH 值为 5.5~8.0 时有较高脱除率;对人工合成高分子混凝剂,则影响其活性基团的性质。

(6) 水力条件的影响。

混凝的过程是混凝剂与胶粒发生反应并逐步凝聚在一起的过程,水流紊动过于缓慢,则混凝剂与胶粒反应速度太小，紊动过于激烈则使结成的絮体重新破裂。一般混凝过程分为混合与反应两个阶段。混合阶段的要求是使药剂迅速均匀地扩散到全部水中以创造良好的水解和聚合条件，使胶体脱稳并借颗粒的布朗运动和紊动水流进行凝聚。在此阶段并不要求形成大的絮凝体。混合要求快速和剧烈搅拌，在几秒钟或一分钟内完成。反应阶段的要求是使混凝剂的微粒通过絮凝形成大的具有良好沉淀性能的絮凝体。反应阶段的搅拌强度或水流速度应随着絮凝体的结大而逐渐降低，以免结大的絮凝体被打碎。

3. 化学氧化法

溶解于废水中的有毒物质，在难于用生物法或其他方法处理时，可利用它在化学反应过程中能被氧化或还原的性质，将它转变成无毒或微毒的新物质，从而达到处理的目的。

氧化还原法的实质是：在化学反应中，元素（原子或离子）失去或得到电子，引起化合价升高或降低。其中氧化是指原子、离子失去电子过程，还原是原子、离子得到电子过程，氧化还原在反应中是同时进行的。在氧化还原反应中得到电子的物质称为氧化剂，在反应中氧化剂本身被还原，其化合价降低；失去电子的物质称为还原剂，在反应中还原剂本身被氧化，其化合价升高。

下面仅介绍化学氧化法在工业废水处理中的实际应用。

1）常用的氧化剂

在工业废水处理中，一般可用以下物质作为氧化剂。

（1）在接受电子时转变成带负电荷离子的中性原子。例如，氧气（O_2）、氯气（Cl_2）、臭氧（O_3）等。

（2）带正电荷的离子，接受电子后形成带负电荷离子。例如，在碱性介质中，漂白粉的次氯酸根 OCl^- 中 Cl^+ 接受电子转变为 Cl^-。

（3）带正电荷的离子，接受电子后转变成带有较低正电荷的离子。例如，过氧化物 H_2O_2、H_2SO_5、$H_2S_2O_8$ 及其盐类等。其中 S 的表观氧化态由 +8 价或 +7 价还原为 +6 价，形成 SO_4^{2-}。

2）氧化法的实际应用

（1）空气氧化。

空气氧化是利用空气中的氧气氧化废水中有机物质和还原性物质的一种处理方法。例如，石油炼制厂的含硫废水中硫化物一般以钠盐或铵盐形式存在，当含硫量不大无回收价值时，就可用空气氧化法脱硫。同时向废水中注入空气和蒸汽，硫化物即被氧化成无毒的硫代硫酸盐或硫酸盐，少量硫代硫酸盐可进一步氧化成硫酸盐。

（2）氯氧化。

在废水处理中，除消毒外，氯还用来氧化废水中的一些有机物和还原性有害物质。氯氧化常用的化学药剂有漂白粉和液氯。

（3）臭氧氧化。

臭氧是氧的同素异构体，它是一种具有特殊气味的淡紫色气体，它的密度是氧气的1.5 倍，在水中的溶解度是氧气的 10 倍。臭氧很不稳定，在常温下即可逐渐自行分解为氧，加热可促使其分解，在 270 ℃左右则可立刻转化为氧。

臭氧是一种强氧化剂，它的氧化能力在天然元素中仅次于氟居第二位，在水处理中对除臭,脱色,杀菌,除酚、氰、铁、锰和降低 COD、BOD 等都具有显著的效果。剩余臭氧很容易分解为氧,一般来说不会产生二次污染,且能增加水中溶解氧。

任务 4　物理化学处理方法

废水物理化学处理法是废水处理方法的一种,是运用物理和化学的综合作用使废水得到净化的方法。它是由物理方法和化学方法组成的废水处理系统,或是包括物理过程和化学过程的单项处理方法,如浮选、吹脱、结晶、吸附、萃取、电解、电渗析、离子交换、反渗透等。如为去除悬浮的和溶解的污染物而采用的化学混凝——沉淀和活性炭吸附的两级处理,是一种比较典型的物理化学处理系统。和生物处理法相比,此法优点为:占地面积少;出水水质好,且比较稳定;对废水水量、水温和浓度变化适应性强;可去除有害的重金属离子;除磷、除氮、脱色效果好;管理操作易于自动检测和自动控制等。但是,处理系统的设备费和日常运转费较高。

1. 吸附

1) 吸附的原因和类型

吸附是指体系中一相物质或溶解在其中的溶质在相界面上转移的过程,例如活性炭与污水相接触,污水中的污染物会从水中转移到活性炭的表面上,这就是吸附作用。活性炭这一类物质称为吸附剂,水中的污染物称为被吸附物。吸附剂具有吸附性能的原因是由于吸附剂存在表面力,固体内部由于周围分子的相互作用,粒子之间的作用力,在各个方向上都是均衡的,而表面分子的情况却不同,在垂直表面的方向上,受到内部分子的引力,而外部没有相应的引力与它均衡,因此,表面上存在着一种对外界的吸引力,它会吸引表面外侧其他物质的粒子。吸附剂的表面积对吸附过程具有重要意义,单位重量吸附剂所具有的表面积称为吸附剂的比表面积。能作为吸附剂使用的物质必须有很大的比表面积,一般常用多孔状结构或路状物质。吸附剂与被吸附物之间的作用力,除了分子间的引力以外还有化学键力和静电引力。

根据作用力的不同,吸附可分为物理吸附、化学吸附和交换吸附等三种类型。物理吸附是最常见的一种吸附,由分子间引力引起。被吸附的分子由于热运动还会离开表面,这种现象称为解吸,它是吸附的反过程,降温有利于吸附,升温有利于解吸。因为分子间的引力普遍存在,一种吸附剂可以物理吸附多种物质,但由于被吸附物性质的差异,对各种物质的吸附量是不相同的。化学吸附的作用力是化学键力,吸附剂与被吸附物之间发生了电子转移作用,即氧化还原反应。化学吸附具有一定的选择性,一种吸附剂只能对某几种物质产生化学吸附。化学吸附比较稳定,不易解吸。交换吸附是指通常所说的离子交换。对于成分复杂的污水吸附处理,往往同时兼有这三种类型的吸附,而以其中某一种类型为主。

2) 影响吸附的因素

(1) 吸附剂性质。

吸附剂的吸附效果用吸附容量和吸附速度来衡量。吸附容量是指单位重量吸附剂所

能吸附溶质的数量,它决定了吸附剂再生周期的长短,影响吸附剂的再生费用和再生损耗。吸附速度是指单位时间内单位重量吸附剂吸附溶质的量,它决定了吸附时间的长短,影响吸附装置容积的大小。一种良好的吸附剂应该兼有吸附容量大、吸附速度快的性能。

(2)被吸附物的性质。

一般是极性大的物质较难吸附,非极性或极性较小的物质易被吸附。属于同一类化合物,在水中溶解度小的比溶解度大的容易吸附,相对分子质量大的比相对分子质量小的容易吸附。活性炭的主要成分为元素碳,具有石墨环状结构,吸附芳香族有机物的效果比脂肪族的好。

(3)pH值。

活性炭从水中吸附有机物,pH值不宜太高,pH值高于9,会使活性炭吸附有机物的效果明显下降。活性炭吸附水中的无机物,对于不同的被吸附物各有最佳的pH值,此外,吸附效果还与这些无机物质在水中的存在形式有关。

(4)温度。

吸附是一种放热反应,水温高对吸附不利。对于在自然温度下的污水吸附处理,水温变化不大,对吸附的影响不显著。

(5)多种溶质的共存。

采用吸附法处理污水,吸附的溶质往往不是单一的,而是多种溶质的混合物。当水中存在两种以上的溶质,最常见的是每种溶质的吸附容量和吸附速度较之它们单独存在时都降低了,彼此产生了制约。而且,各种溶质吸附效果降低的程度是不一样的,它们之间存在着竞争,吸附剂优先吸附那些浓度高和较为容易吸附的溶质。

2.浮选

浮选是用空气泡吸附污水中污染物质的一种处理方法。空气泡挟带着污染物质上浮到水面,形成泡沫,与水分离从而净化了污水,又回收了有用物质。浮选法适用于去除水中密度接近于1和粒径小的不溶解物质,这些物质因自然沉淀或上浮作用不易从水中分离出来。

浮选法广泛应用于含油污水处理。含油污水经隔油池处理,只能除去粒径大于 $30\sim50~\mu m$ 的油珠。小于这个粒径的油珠,具有很大的稳定性,不易合并变大迅速上浮,称为乳化油。乳化油易被气泡吸附,增加其上浮速度,例如粒径为 $1.5~\mu m$ 的油珠,上浮速度不大于 $0.001~mm/s$,吸附在气泡上以后,平均上浮速度可达 $0.9~mm/s$。因此,在含油污水处理中常把浮选处理置于隔油池的后面,作为进一步去除乳化油的措施。此外,浮选法也可用来回收水中细小的悬浮物质。在含油污水中,常含有如环烷酸等的表面活性剂,这些物质有的来自石油本身的组分,有的来自其他途径。表面活性剂是一种大分子,它的一端具有亲水性质,另一端具有憎水性质。当细小的油珠表面吸附了表面活性剂,表面活性剂的憎水端朝向油粒,亲水端朝向水中,亲水端活性基团离解时,使油粒表面上带上负电荷,产生双电层现象,阻碍油粒互相凝聚,这是产生稳定的乳化油的原因。当水中表面活性剂含量过多时,油粒高度乳化,表面呈现很强的亲水性,使空气泡难于吸附油粒,浮选效果显著下降。在碱性条件下,表面活性剂亲水端的羧酸基团大量离解也会使乳化趋于严重。当水中存在砂土等一类亲水性不十分强的固体颗粒时,它的大部分表面被水湿润,小部分表面贴附在油珠上,使油珠包上了一层亲水的固体外壳,阻碍油粒互相凝聚,影响浮选效果。因此,采用浮选法处理含油污水,应防止含有表面活性物质、碱性物质和砂土的污水流入。为了提高浮选效果,常采用投加混凝剂的方法来破除乳化现象,常用的混凝剂有硫酸铝和聚合铝等,当水中无硫化物时,也可采用三氯化铁。投加混凝剂的作用是压缩乳化油的双电层和使污水中的固体粉末凝聚。

当被浮选物是属于煤粉等一类具有亲水性表面的物质时,可以在水中投加浮选剂来改变它们的表面性质。浮选剂实际上就是一种表面活性剂,常用的有环烷酸、硬脂酸、松香油等。水中投加浮选剂以后,浮选剂的亲水端被亲水物质的表面吸附,憎水端朝向水中,亲水物质的表面变成具有憎水性,使它能被空气浮选。浮选法依靠空气泡的表面吸附油粒或悬浮物,对于一定量的空气,若气泡的粒径小,则提供的表面积大,吸附量多,而且气泡与被浮选物相碰的机会也多,浮选效率高。根据各种产生气泡的方法,浮选设备有加压溶气浮选、喷嘴浮选和叶轮浮选等。

3.反渗透

反渗透法最早是用于美国太空人将尿液回收为纯水使用。医学界还以反渗透法的技术用来洗肾(血液透析)。反渗透膜可以将重金属、农药、细菌、病毒、杂质等彻底分离。整个工作原理均采用物理法,不添加任何杀菌剂和化学物质,所以不会发生化学变相。并且反渗透膜并不分离溶解氧,所以通过此法生产得出的纯水是活水,喝起来清甜可口。

反渗透,它所描绘的是一个自然界中水分自然渗透过程的反向过程。早在1950年美国科学家Sourirajan有一回无意中发现海鸥在海上飞行时从海面啜起一大口海水,隔了几秒后吐出一小口的海水。他由此而产生疑问:陆地上由肺呼吸的动物绝对无法饮用高盐分的海水,那为什么海鸥就可以饮用海水呢?这位科学家把海鸥带回了实验室,经过解剖发现在海鸥嗉囔位置有一层薄膜,该薄膜构造非常精密。海鸥正是利用了这薄膜把海水过滤为可饮用的淡水,而含有杂质及高浓缩盐分的海水则吐出嘴外。这就是以后反渗透法(Reverse Osmosis,简称R.O)的基本理论架构。

对透过的物质具有选择性的薄膜称为半透膜,一般将只能透过溶剂而不能透过溶质的薄膜视为理想的半透膜。当把相同体积的稀溶液(如淡水)和浓液(如海水或盐水)分别置于一容器的两侧,中间用半透膜阻隔,稀溶液中的溶剂将自然的穿过半透膜,向浓溶液侧流动,浓溶液侧的液面会比稀溶液的液面高出一定高度,形成一个压力差,达到渗透平衡状态,此种压力差即为渗透压。渗透压的大小取决于浓液的种类,浓度和温度与半透膜的性质无关。若在浓溶液侧施加一个大于渗透压的压力时,浓溶液中的溶剂会向稀溶液流动,此种溶剂的流动方向与原来渗透的方向相反,这一过程称为反渗透。

反渗透机理有如下几个经典模型。

① 优先吸附毛细孔模型:弱点干态膜电镜下,没发现孔。湿态膜标本不是电镜的样品。

② 溶解扩散模型:不认为有孔。

③ "干闭湿开"模型:20世纪八九十年代,邓宇等提出的能够解释上述1和2模型的统一的现代最贴切的逆渗透机理模型。"干闭湿开"反渗透模型,统一了两个最经典的反渗透机制模型,即膜干时,膜孔收缩致密,孔隙闭合,电镜下看不到;膜湿时,膜材料溶胀,

膜的孔隙被溶剂溶胀,孔打开。合并就是"干闭湿开"脱盐模型。

4.电渗析

利用半透膜的选择透过性来分离不同的溶质粒子(如离子)的方法称为渗析。在电场作用下进行渗析时,溶液中带电的溶质粒子(如离子)通过膜而迁移的现象称为电渗析。利用电渗析进行提纯和分离物质的技术称为电渗析法,它是 20 世纪 50 年代发展起来的一种新技术,最初用于海水淡化,现在广泛用于化工、轻工、冶金、造纸、医药工业,尤以制备纯水和在环境保护中处理三废最受重视,例如用于酸碱回收、电镀废液处理以及从工业废水中回收有用物质等。

电渗析与近年引进的另一种膜分离技术——反渗透相比,它的价格便宜,但脱盐率低。当前国产离子交换膜质量亦很稳定,运行管理也很方便,自动控制频繁倒极电渗析(EDR),运行管理更加方便。原水利用率可达80%,一般原水回收率在 45%~70% 之间。电渗析主要用于水的初级脱盐,脱盐率在 45%~90% 之间。它被广泛用于海水与苦咸水淡化,制备纯水时的初级脱盐以及锅炉、动力设备给水的脱盐软化等。

实质上,电渗析可以说是一种除盐技术,因为各种不同的水(包括天然水、自来水、工业废水)中都有一定量的盐分,而组成这些盐的阴、阳离子在直流电场的作用下会分别向相反方向的电极移动。如果在一个电渗析器中插入阴、阳离子交换膜各一个,由于离子交换膜具有选择透过性,即阳离子交换膜只允许阳离子自由通过,阴离子交换膜只允许阴离子通过,这样在两个膜的中间隔室中,盐的浓度就会因为离子的定向迁移而降低,而靠近电极的两个隔室则分别为阴、阳离子的浓缩室,最后在中间的淡化室内达到脱盐的目的。

实际应用中,一台电渗析器并非由一对阴、阳离子交换膜所组成,而是采用一百对,甚至几百对交换膜,因而大大提高了效率。

1) 应用范围

目前电渗析器应用范围广泛,它用于水的淡化除盐、海水浓缩制盐、精制乳制品,果汁脱酸精和提纯,制取化工产品等方面,还可以用于食品、轻工等行业制取纯水及电子、医药等工业制取高纯水的前处理。如锅炉给水的初级软化脱盐,将苦咸水淡化为饮用水。

电渗析器适用于电子、医药、化工、火力发电、食品、啤酒、饮料、印染及涂装等行业的给水处理,也可用于物料的浓缩、提纯、分离等物理化学过程。

电渗析还可以用于废水、废液的处理与贵重金属的回收,如从电镀废液中回收镍。

2) 基本性能

(1) 操作压力:0.5~3.0 kg/cm²。

(2) 操作电压、电流:100~250 V、1~3 A。

(3) 本体耗电量:每吨淡水 0.2~2.0 度。

3)电渗析法的特点

(1) 可以同时对电解质水溶液起淡化、浓缩、分离、提纯作用。

(2) 可以用于蔗糖等非电解质的提纯,以除去其中的电解质。

(3) 在原理上,电渗析器是一个带有隔膜的电解池,可以利用电极上的氧化还原提高效率。

4）电渗析过程的次要过程

（1）同名离子的迁移。离子交换膜的选择透过性往往不可能是百分之百的，因此总会有少量的相反离子透过交换膜。

（2）离子的浓差扩散。由于浓缩室和淡化室中的溶液存在着浓度差，总会有少量的离子由浓缩室向淡化室扩散迁移，从而降低了渗析效率。

（3）水的渗透。尽管交换膜是不允许溶剂分子透过的，但是由于淡化室与浓缩室之间存在浓度差，就会使部分溶剂分子向浓缩室渗透。

（4）水的电渗析。由于离子的水合作用和形成双电层，在直流电场作用下，水分子也可从淡化室向浓缩室迁移。

（5）水的极化电离。有时由于工作条件不良，会强迫水电离为氢离子和氢氧根离子，它们可透过交换膜进入浓缩室。

（6）水的压渗。由于浓缩室和淡化室之间存在流体压力的差别，迫使水分子由压力大的一侧向压力小的一侧渗透。

显然，以上这些次要过程对电渗析是不利因素，但是它们都可以通过改变操作条件予以避免或控制。

任务5 生物处理法

1. 生物处理法

在工业发展初期，废水污染物成分较为简单，可以采用相对比较简单的物理法和化学法进行处理。随着工业的发展，特别是石油、化学工业的发展，污染物成分日渐复杂，废水中含有大量的有机污染物，如仅采用物理或化学的方法很难达到治理的要求。废水中的主要污染物有悬浮物氨氮及油类，这些污染物排入地面水系后造成河流污染。废水的生化处理方法是利用微生物的新陈代谢作用，对废水中的污染物质进行转化与稳定，从而使其无害化的处理过程。对污染物进行转化与稳定的主体是微生物。

（1）生物处理中常见的微生物。

废水生物处理主要是通过微生物的新陈代谢作用来实现的。参与这一过程的微生物主要有细菌、真菌、原生动物、后生动物以及藻类等，其中细菌起主要作用。

① 细菌。细菌（图3-5）是微小的单细胞生物，按其外形可分为球、杆菌和弧菌三种类型。球菌的直径一般为 $0.5\sim2~\mu m$，杆菌和弧菌一般长为 $1\sim5~\mu m$，宽为 $0.5\sim1~\mu m$。在生物处理中，比较重要的高等细菌有球衣菌、硫丝菌等丝状细菌。这些细菌在活性污泥中大量繁殖后，使污泥的脱水困难。

② 真菌。真菌（图3-6）具有单细胞和多细胞两种形态，前者细胞多呈圆形或椭圆形，常见的有酵母菌；后者细菌呈丝状，分支交织成团，统称霉菌。霉菌细胞比细菌细胞大得多，其菌丝肉眼能观察到，如灰白的棉花丝，附着于沟渠或池壁上。在生物膜内，真菌形成大的网状组织，是结合生物膜的一种材料；在活性污泥中，大量霉菌的生长繁殖会引起污

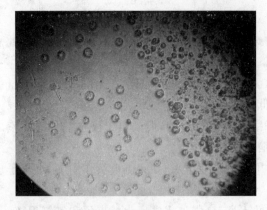

图 3-5 细菌

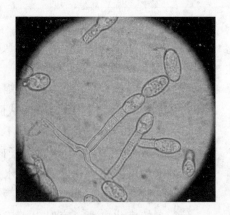

图 3-6 真菌

泥膨胀。

③ 原生动物。在生物处理中,主要的原生动物(图 3-7)有肉足虫类、鞭毛虫类、纤毛虫类等,其中以纤毛虫类原生动物与废水处理的关系最为密切,因为它爱吃细菌和有机物。纤毛虫类按其运动方式可分为游泳型和固着型两种,正常的活性污泥以固着型纤毛虫为主,如钟虫等,此时活性污泥生长良好,净化效果也较好。根据各种属原生动物在活性污泥中数量的多少,可以判断活性污泥状态的好坏。

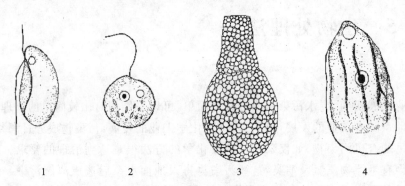

图 3-7 土壤原生动物
1—梨波豆虫;2—气球屋滴虫;3—梨壳虫;4—四线甲变形虫

图 3-8 轮虫

④ 后生动物。又称多细胞动物,主要有轮虫(图 3-8)、线虫等。轮虫以吞食有机物颗粒、细菌、藻类以及小的原生动物为主,要求较高的溶解氧,所以轮虫常在有机物含量较低的水中出现,表明废水处理的效果较好。活性污泥中线虫很多,无净化能力,其出现表明污泥已培养成熟。

⑤ 藻类。它是一种单细胞或多细胞的植物,富含蛋白质、脂肪等营养物质。藻类细胞内有叶绿素,能进行光合作用,可以利用光能将空气中所吸收的二氧化碳合成为细胞质,放出氧气,增加水中的溶解氧。藻类在活性污泥中很少,生物滤池表面可以见到,而生物氧化塘则有多种种属的藻类。

（2）微生物生长的影响因素。

废水生化处理是以废水中所含的污染物作为营养源,利用微生物的代谢作用使污染物被降解,废水得以净化。因此,进行生化处理时,给微生物的生长繁殖提供适宜的环境条件是非常重要的。生物处理对废水水质的要求主要有以下几个方面。

① pH 值。在废水处理中,pH 值不能有突然变动,否则将使微生物的活力受到抑制,以至于造成生物的死亡。对好氧生物的处理,pH 值可以保持在 6～9 范围内,对厌氧生物的处理,pH 值应保持在 6.5～8 之间。

② 温度。温度过高时,微生物会死亡;而温度过低,微生物的新陈代谢作用将变缓,活力受到抑制。一般生物处理要求水温控制在 20～40 ℃之间。

③ 水中的营养物及其毒物。微生物的生长、繁殖需要多种营养物质,其中包括碳源、氮源、无机盐类等。水质经过分析后,需向水中投加缺少的营养物质,以满足所需的各种营养物,并保持一定的比例关系。在工业废水中,有时存在着对微生物具有抑制和毒害作用的化学物质,即有毒物质。有毒物质对微生物生长的毒害作用,使细菌细胞的正常结构遭到破坏且使菌体内的酶变质,并失去活性。但在容许浓度以内,微生物可以承受。对生物处理来讲,废水中存在的有毒物质浓度的容许范围,至今还没有统一的资料,而且在废水生物处理中毒物最高容许浓度的规定差别也很大。

④ 氧气。根据微生物对氧的要求,可分为好氧微生物、厌氧微生物及兼性微生物。好氧微生物在降解有机物的代谢过程中以分子氧作为受氢体,如果分子氧不足,降解过程就因没有受氢体而无法进行,微生物的正常生长规律就会受到影响,甚至被破坏。所以在好氧生物处理的反应过程中,一般需从外界供氧。一般要求废水中的溶解氧浓度维持在 2～4 mg/L为宜。而厌氧微生物对氧气很敏感,当有氧存在时,它们就无法生长。这是因为在有氧存在的环境中,厌氧微生物在代谢过程中由脱氢酶所活化的氢将会与氧结合形成 H_2O_2,而厌氧生物缺乏分解的 H_2O_2 酶,从而形成 H_2O_2 积累,对微生物细胞产生了毒害作用。所以厌氧处理设备要严格密封,隔绝空气。

⑤ 有机物的浓度。进水有机物的浓度高,将增加生物反应所需的氧量,此时往往由于水中含氧量不足造成缺氧,影响生化处理效果。但进水有机物的浓度太低,容易造成养料不够,缺乏营养也使处理效果受到影响。

2.活性污泥法

1）传统活性污泥法

（1）基本原理。

活性污泥法是利用悬浮生长的微生物絮体处理废水的一类好氧生物处理方法,这种生物絮体称为活性污泥,它由好氧性微生物(包括细菌、真菌、原生动物及后生动物)及其代谢的和吸附的有机物、无机物组成,具有降解废水中有机污染物(也有些可部分分解无机物)的能力,显示生物化学活性。活性污泥法处理废水的关键在于具有足够数量和性能良好的污泥,它是大量微生物聚集的地方,即微生物高度活动的中心。在处理废水过程中,活性污泥对废水中的有机物具有很强的吸附和氧化分解能力。污泥中的微生物,在废水处理中起主要作用的是细菌和原生动物。活性污泥处理废水中有机质的过程分两个阶段进行,即生物吸附阶段和生物氧化阶段。

① 生物吸附阶段。

废水与活性污泥微生物充分接触,形成悬浊混合液,废水中的污染物被比表面积巨大且表面上含有多糖类黏性物质的微生物吸附和粘连。大分子有机物被吸附后,首先在水解酶作用下,分解为小分子物质。然后这些小分子与溶解性有机物在酶的作用下或在浓差推动下选择性渗入细胞体内,从而使废水中的有机物含量下降而得到净化。这一阶段进行得非常迅速,对于含悬浮状态有机物较多的废水,有机物的去除率是相当高的,往往在 10~40 min 内,BOD 可下降 80%~90%。此后,下降速度迅速减缓。在这个阶段,吸附作用是主要的,生物氧化作用是次要的。

② 生物氧化阶段。

在这一阶段,被吸附和吸收的有机物质继续被氧化,这需要很长时间,进行非常缓慢。在生物吸附阶段,随着有机物吸附量的增加,污泥的活性逐渐减弱。当吸附饱和后,污泥失去吸附能力。经过生物氧化阶段吸附的有机物被氧化分解后,活性污泥又呈现活性,恢复吸附能力。

(2) 活性污泥指标。

衡量活性污泥数量和性能好坏的指标主要有以下几项。

① 活性污泥的浓度:指 1 L 混合液内所含的悬浮固体的量。单位是 g/L 或 mg/L。污泥浓度可间接地反映废水中所含微生物的浓度。

② 污泥沉降比:是指一定量的曝气池废水静置 30 min 后,沉淀污泥与废水的体积比,用"%"表示。它反映污泥的沉淀和凝聚性能。污泥沉降比越大,越有利于活性污泥与水的分离。

③ 污泥容积指数:是指一定量的曝气池废水经 30 min 沉淀后,1 g 干污泥所占有沉淀污泥容积的体积,单位为 mL/g。它的实质是反映活性污泥的松散程度。污泥指数越大,则污泥越松散,这样就有较大表面积,易于吸附和氧化分解有机物,提高废水的处理效果。

2)活性污泥法基本流程图

如图 3-9 所示,流程中的主体构筑物是曝气池,废水经沉淀预处理(如初沉),除去某些大的悬浮物及胶状颗粒等后,进入曝气池与池内活性污泥混合成混合液,并在池内充分曝气。这一方面使活性污泥处于悬浮状态,废水与活性污泥充分接触;另一方面,通过曝气,向活性污泥提供氧气,保持好氧条件,保证微生物的正常生长和繁殖,水中的有机物被活性污泥吸附、氧化分解。处理后的废水和活性污泥一同流入二次沉淀池,进行泥水分离,上层净化后的废水排出。沉淀的活性污泥部分回流入曝气池进口,与进入曝气池的废水混合,以补充曝气池内活性污泥的流失。由于微生物的新陈代谢作用,不断有新的原生质合成,所在系统中活性污泥量会不断增加,多余的活性污泥应从系统中排出,这部分污泥称为剩余污泥量;回流使用的污泥,称为回流活性污泥。通常,参与分解废水中有机物的微生物的增殖速度,都慢于微生物在曝气池内的平均停留时间。因此,如果不将浓缩的活性污泥回流到曝气池,则净化增殖的细胞物质将作为剩余污泥排出,具有污泥处理功能的微生物将会逐渐减少。

3)活性污泥法的分类

(1) 按废水和回流污泥的进入方式及其在曝气池中的混合方式划分,活性污泥法可

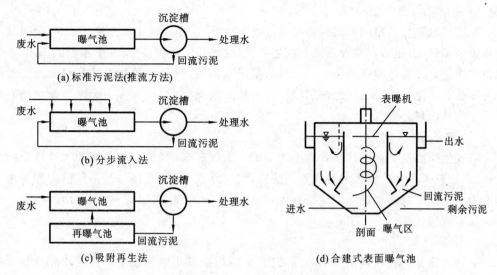

图 3-9　活性污泥法基本流程图

分为推流式和完全混合式两大类。

（2）按供氧方式划分,活性污泥法可分为鼓风曝气式和机械曝气式两大类。

3. 生物膜法

生物膜法是另一种好氧生物处理法。但活性污泥法是依靠曝气池中悬浮流动着的活性污泥来分解有机物的,而生物膜法是通过废水同生物膜接触,生物膜吸附和氧化废水中的有机物并同废水进行物质交换,从而使废水得到净化的过程。常用的有生物滤池、塔式滤池、生物转盘、生物接触氧化和生物流化床等。与活性污泥法相比,生物膜法具有以下特点。

（1）固着于固体表面上的生物膜对废水水质、水量的变化有较强的适应性,操作稳定性好。

（2）不会发生污泥膨胀,运行管理较方便。

（3）由于微生物固着于固体表面,即使增殖速度慢的微生物也能生长繁殖。而在活性污泥法中,世代期比停留时间长的微生物被排出曝气池,因此,生物膜中的生物相更为丰富,且沿水流方向膜中生物种群具有一定分布。

（4）因高营养级的微生物存在,有机物代谢时较多地转移为能量,合成新细胞时剩余污泥量较少。

（5）采用自然通风供氧。

（6）活性生物难以人为控制,因而在运行方面灵活性较差。

（7）由于载体材料的比表面积小,故设备容积负荷有限,空间效率较低。

生物膜法设备种类很多,按生物膜与废水的接触方式不同,可以分为填充式和浸渍式两类。在填充式生物膜法中,废水和空气沿固定的填料或转动的盘片表面流过,与其上生长的生物膜接触,典型设备有生物滤池和生物转盘。在浸渍式生物膜法中,生物膜载体完全浸没在水中,通过鼓风曝气供氧。如载体固定,称为接触氧化法;如载体流化,则称为生物流化床。

1) 生物接触氧化法

生物接触氧化的早期形式为淹没式好气滤池,即在曝气池中填充块状填料,经曝气的废水流经填料层,使填料颗粒表面长满生物膜,废水和生物膜接触,在生物膜的作用下,废水得到净化。随着各种新型的塑料填料的制成和使用,目前这种淹没式好气滤池已发展成为接触氧化池。接触氧化池内用鼓风或机械方法充氧,填料大多为蜂窝型硬性填料或纤维型软性填料。

2) 塔式生物滤池

塔式生物滤池是在床式生物滤池的基础上发展起来的,是一种新型的大处理量的生物滤池,滤料采用孔隙率大的轻质塑料滤料,滤层厚度大,从而提高了抽风能力和废水处理能力。塔式生物滤池进水负荷特别大,自动冲刷能力强,只要滤料填装合理,不会出现滤层堵塞现象。

3) 生物转盘

生物转盘是一种新颖的废水处理装置,又称为浸没式生物滤池。其工作原理与生物滤池基本相同,但其构造却完全不一样。生物转盘由固定在一根轴上的许多间距很小的圆盘或多角形盘片组成。盘片作为生物膜的载体,当生物膜处于浸没状态时,废水有机物被生物膜吸附,而当它处于水面上时,大气的氧向生物膜传递,生物膜内所吸附的有机物氧化分解,生物膜恢复活性。这样,生物转盘每转动一圈即完成一个吸附和一个氧化周期。转盘不断地转动,上述过程不停地循环进行,使废水得到净化。

任务6 化工废水处理实例

1.造纸废水处理实例

该厂是一家以废纸为主要原料,年产 10 t 各类涂布纸板的大型企业,废水处理系统与主生产线同时建成投产。该厂的纸板机是引进福依特公司的全新纸机,浆料准备系统则以福依特的设备为主,由福依特公司选配其他公司的设备组成。

1) 废水来源及水量水质特征

该厂的多余造纸白水首先经属造纸车间管理的气浮澄清设备处理以回收纤维,经回收纤维后的澄清水一部分在纸机回用,多余的澄清水供浆料准备部分使用。浆料准备部分共有 4 条生产线,包括一条长纤维化学浆板碎解生产线,一条短纤维浆板碎解生产线,一条 250 t/d 混合废纸浆生产线和一条 150 t/d 脱墨浆生产线。上述浆料准备部分的多余废水送废水处理系统处理。由于废水在制浆、造纸系统中已经过较大程序的循环使用,设计的排水量较少,排出的废水污染负荷较重,为了减轻物化沉淀处理阶段的负荷,该厂在废水进入处理系统之前增装了一套简易的纤维过滤回收装置。废水过滤后 SS 和 COD_{cr} 去除率分别达 32% 和 29%。2000 年 3—4 月份,生产线产量达到设计水平时,经简易纤维过滤回收装置过滤后,进入废水处理系统的废水特性如表 3-1 所示。

表 3-1 废水特征

月 份	平 均 值				
	废水量/(m³/d)	COD_Cr/(mg/L)	BOD₅/(mg/L)	SS/(mg/L)	pH 值

月 份	废水量/(m³/d)	COD_{Cr}/(mg/L)	BOD_5/(mg/L)	SS/(mg/L)	pH 值
3	9 449	1 341.7	275	1 356.4	7.94
4	11 008	1 488.1	288.2	1 643	7.53

2）处理工艺流程

该厂废水处理系统是引进芬兰 YIT 公司的关键设备和技术，并配以部分国产设备而建成的物理-生物二级处理系统。生物处理的工作原理是活性污泥法，其工艺流程如图 3-10 所示。

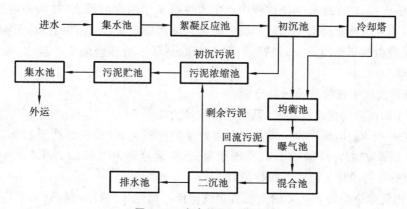

图 3-10 废水处理工艺流程

该废水处理系统的设计处理能力是 10 000 m³/d，进水 COD_{Cr}、BOD_5、SS 浓度分别为 1 500 mg/L、450 mg/L 和 1 500 mg/L。设计出水 COD_{Cr}、BOD_5、SS 浓度分别为 110 mg/L、25 mg/L 和 50 mg/L。

3）主要构筑物及设备

（1）初沉池 1 个，直径 30 m，池壁处水深 4.5 m，池底斜度 1:20，配刮泥机 1 台。

（2）曝气池 4 个，15 m×15 m 的方池，池壁处水深 4.5 m，可以 4 个串联或串联、并联的方式运行。每池各配表面曝气机 1 台。

（3）曝气机主要参数：曝气溶氧能力 61 kg/h，转子直径 2.5 m，转子转速 42 r/min，转子浸入深度可调。

（4）二沉池，直径 30 m，池壁处水深 3.5 m，池底斜率 1:100，配刮泥机 1 台。

（5）污泥浓缩池 1 个，直径 18 m，池壁处水深 3 m，配污泥搅拌器 1 台。

（6）污泥储存池 1 个，容积 200 m³，配污泥搅拌器 1 台。

（7）污泥压滤机 1 台，能力为 300 m³/h，污泥浓度 2.2%，泥饼干度 25%。

（8）控制系统采用 DCS 集散控制系统。

4）处理效果

由于主生产线的浆料制备系统实际上只是以商品化学浆板和废纸为原料的碎浆净化系统，废水中的溶解 BOD 和 COD 浓度较低。废水经物化沉淀处理后，BOD 和 COD 的去除率都较高。经测定，在 SS 的去除率约为 85% 时，COD 的去除率约为 80%，BOD 的去除率约55%。出水 COD 大约在280 mg/L,BOD 大约在130 mg/L。生产正常之后,即开始启动废水二级生化处理系统的调试。运行约三个星期后,二沉池回流污泥的浓度已达到5 000~6 000 mg/L。排放水的质量得到了明显的提高。各项污染指标全部达到国家环保部批准的排放标准。由于生物处理效果较好,物化沉淀系统停止加药,仍能达到排放标准,降低了处理费用。目前该系统的处理费用为0.40元/吨废水(包括化学药品消耗及电耗)。

2. 中和循环法治理硫酸生产废水实例

某磷化公司年产2万余吨硫酸的硫酸车间,是采取投资较少,工艺较简单的沸腾焙烧,文、泡、文水洗净化,一转一吸工艺流程的小型硫酸生产装置,由于该工艺流程中净化工段为水洗流程,故在硫酸生产过程中产生大量带矿尘的含酸废水,排放至河道中,不仅淤塞航道,而且也严重污染了水质。属于淮河流域污染企业,环保部门下达限期治理通知后,该公司经由科研部门论证,经筛选采用中和、循环法治理硫酸生产废水,取得了显著效果。

1)处理前废水排放量及污染分析

硫酸车间排放的废水经检测,其废水排放量为35~50 m³/h,其中排出矿尘350~450 kg/h,SO_2 4~7 kg/h,SO_3 30~60 kg/h,含砷量因矿种而异,检测也严重超标,排放废水的温度在45 ℃左右,pH 值约1.5,总酸度为2.06,悬浮物为1 538 mg/L。

2)硫酸车间净化工段工艺操作原理

来自沸腾焙烧炉约850 ℃的高温含尘气体经二级除尘及冷却降温后,炉气温度仍高达350 ℃左右,还有少量渣尘。为满足工艺要求,需对此高温含尘气体进行洗涤冷却,净化工段承担洗涤冷却的设备计3台,即第一文丘里洗涤器、泡沫塔、第二文丘里洗涤器。高温含尘气体首先进入第一文丘里洗涤器,经与该设备送入的大量冷却水接触换热后,气体温度降至50~60℃,同时第一文丘里洗涤器也除掉绝大部分气体含尘,由此产生10~15 m³/h 的废水。经第一文丘里冷却除尘后的气体再进泡沫塔,泡沫塔的主要作用是进一步降温将原始 SO_3 酸雾的颗粒变大,气体经泡沫塔处理后,温度降至30~40 ℃,并同时产生18~25 m³/h 的废水。经泡沫塔处理后的气体,此时温度及含尘量已大为降低,温度为30~40 ℃,含尘量仅为原来的3%~5%,但气体所含的 SO_3 量仍较大,故再进入第二文丘里洗涤器进行洗涤,以除净炉气中所含的 SO_3 酸雾,由此产生7~10 m³/h 废水。

3)适度中和、循环使用处理废水工艺的原理

净化工段操作的目的,是冷却降温、除尘及除去 SO_3 酸雾,而要达到这一目的必须使用大量的冷却水。该工艺使用的冷却水在水质上却无特殊要求。因此,把净化工段排出的废水经中和沉淀,冷却降温后再返回净化工段循环使用,从理论、工艺要求上讲,应该是可行的。但是,如果完全中和掉水中的酸性,必将生成大量的硫酸钙、亚硫酸钙。而硫酸钙很容易积聚在管道及设备上而引起管道设备堵塞。因此,采取适度中和的方法,使 pH 值控制在3~4,即保持循环水是酸性,减少设备的结垢。其工艺流程见图3-11。其反应方程式如下。

$$Ca^{2+} + SO_4^{2-} \longrightarrow CaSO_4 \downarrow$$
$$Ca^{2+} + SO_3^{2-} \longrightarrow CaSO_3 \downarrow$$

$$3Ca^{2+} + 2AsSO_4^{3-} \longrightarrow Ca_3(AsSO_4)_2 \downarrow$$
$$3Ca^{2+} + 2AsSO_3^{3-} \longrightarrow Ca_3(AsSO_3)_2 \downarrow$$

石灰乳与酸性废水反应生成硫酸钙、亚硫酸钙、砷酸钙、亚砷酸钙,从而达到除硫、除砷的目的。

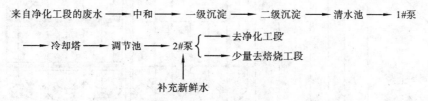

图 3-11　适度中和、循环使用处理废水工艺流程

4)适度中和循环使用工艺的具体操作

来自净化工段的含尘废水的 pH 值为 1.5 左右,使其在未沉淀前投加 10％浓度的石灰乳,待其 pH 值升到 3～4,再经一级沉淀、二级沉淀,再流入清水池,此时废水中悬浮物除掉 90％以上,废水的温度也从高于 40 ℃降到 30 ℃。用 1＃泵将清水泵至冷却塔冷却降温后,水温降到 20 ℃。因循环水中含有大量被溶解的钙盐,如不经处理,由于净化工段温度较高,因水温升高而使钙盐溶解度降低,会引起设备的结垢而堵塞设备。因此,在 2＃泵前的调节池内滴加少量阻垢剂(ATMP),以防设备中钙盐因结垢而引起堵塞。由于水始终处于循环使用状态,在使用过程中钙盐的浓度会不断增加,如果不能采取控制其浓度的办法,最终由于水中的钙盐达到饱和而不能使用,导致循环使用工艺失效。而采取分流部分循环水,补充部分新鲜水的办法,即将部分循环水用于焙烧工段的高温炉渣、灰尘的冷却降温增湿。由于循环水中始终不断地补充部分新鲜水,循环水中钙盐的浓度得到控制,循环水又不断地被加入阻垢剂,设备的结垢堵塞现象就不会出现。

5)运行结果

(1)实现废水循环使用,在循环水量上保持了平衡。

(2)循环水的水质及水温完全满足硫酸生产的工艺要求。

(3)废水实现了封闭循环,达到"零排放",废水的 pH 值由处理前的 1.5 升至 5 左右,悬浮物由处理前的 1 583 mg/L 降至 19 mg/L,污水总酸度由处理前的 2.06 mg/L 降至 0.8 mg/L,废水温度由处理前的 40～45 ℃降至约 20 ℃。只要控制好水的温度、pH 值、水质、水量 4 个环节,适度中和循环工艺在处理硫酸生产废水方面是一种投资较少,操作简单的处理方案。减少甚至可达到废水污染物"零排放",具有显著的环境效益和社会效益。

3.城市生活污水处理实例

邯郸市东污水处理厂,是我国首次采用三沟式氧化沟技术处理城市污水的一个范例。该厂占地面积 50 000 m²,平面布置图如图 3-12 所示。

该厂工艺流程并不复杂,如图 3-13 所示,由三部分组成:第一部分是由格栅及曝气沉沙池组成的物理处理系统、以除去大的悬浮物;第二部分是以三沟式氧化沟为处理构筑物的生物处理,三沟式氧化沟中间的一个充当曝气池,连续曝气,而两侧的氧化沟则交替作为曝气池和二沉池,这一交替过程是通过改变曝气转刷的转速来实现的;第三部分为污泥

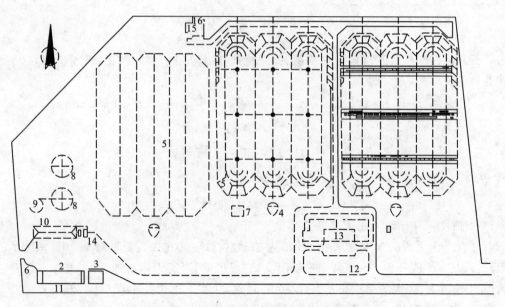

图 3-12　邯郸市东污水处理厂总平面布置

1—格栅间；2—曝气沉沙池；3—计量室；4—分配井；5—氧化沟；6—鼓风机房；7—污泥泵站；
8—污泥浓缩池；9—均质沟；10—污泥脱水机房；11—废水泵房；12—变压器/配电室；
13—管理室；14—容器；15—反冲洗泵站；16—处理水泵站

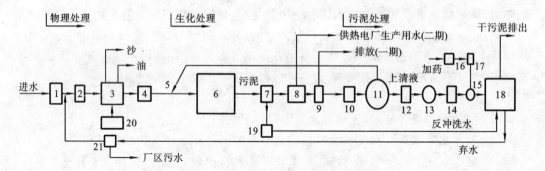

图 3-13　邯郸市东污水处理厂处理流程

1—泵站；2—格栅间；3—曝气沉沙池；4—计量室；5—分配井；6—氧化沟；7—集水池；
8—出水泵站；9—高位水池；10—剩余污泥泵房；11—浓缩池；12、14—污泥泵；
13—均质池；15—混合器；16—溶药池；17—投药泵；18—脱水机房；
19—反冲洗泵；20—空压机房；21—弃水泵房

处理系统,污泥由泵抽送到浓缩池,然后经均质池送往带式压滤机,脱水后外运。

该工艺流程有一特点,它无须单独另设初沉池、二沉池、污泥回流装置和污泥消化池。该厂三沟式氧化沟目前有两组,远期准备再增加一组。每组平面尺寸 98 m×73 m,水深 3.5 m,每座氧化沟各有 1 个进水点,共安装有直径 1 m、长 9 m 的曝气转刷 28 台,其中 12 台是可变速的,低速运行时不起充氧功能,只是维持污泥的悬浮状态并推动混合液前进。为控制出水和转刷的淹没深度,在两侧沟的另一端共设有 5 m 长的可调式溢流堰 32 座。该厂的维护管理手段较先进,各处理构筑物的运行状况均能在中心控制室的模拟盘上显示出来。并能通过预先设定的硝化和反硝化运行程序相溶解氧浓度,自动控制转刷的运行,取得脱氯的效果。该厂的各项处理指标均达到设计要求(表 3-2)。

表 3-2　邯郸市东污水处理厂进水及处理水水质情况一览表

类　　别		BOD/ (mg/L)	COD/ (mg/L)	SS/ (mg/L)	NH₃-N/ (mg/L)	FN/ (mg/L)	TP/ (mg/L)
原污水	范围	90～130	178～225	70～150	14.5～22.3	38.5～50.4	6.9～13.3
	平均	105.8	194.8	95.5	17.4	43.8	8.3
处理水	范围	2.5～17.1	19.5～35.8	5.5～11.8	0.65～4.1	8.9～17.9	1.8～5.3
	平均	6.8	26.6	7.7	2.5	11.7	3.1
设计值	范围	184	—	100	22.0	—	—
	平均	15	—	10	2～3	6～12	

任务7　技能工种培训

1. 污水处理工职业技能岗位标准

专业名称:燃气工程。

岗位名称:污水处理工。

岗位定义:在污水处理过程中,对污水处理设备进行操作及运行管理,投加药剂等,使外排水达到国家或地区排放标准。

技能等级:设初、中、高三级。

学徒期:2 年。其中培训期 1 年,见习期 1 年。

1) 初级污水处理工

(1) 知识要求(应知)。

① 熟知活性污泥法的基本工艺流程。

② 了解活性污泥的特征。

③ 了解预处理、生物处理的作用。

④ 了解国家工业废水排放标准中的几个主要指标。

⑤ 掌握气浮、均合调节、曝气、沉淀的名称、作用及安全知识。

⑥ 了解活性污泥的影响因素。

⑦ 掌握设备规格、型号及操作要点。

⑧ 熟知岗位操作规程及各种规章制度。

⑨ 了解鼓风机组、水泵机组运行的基本知识。

⑩ 掌握水泵的基本知识。

⑪ 了解计算机基本知识。

(2) 操作要求(应会)。

① 按操作规程操作本岗位的设备。

② 对水泵机组、鼓风机组进行维护保养。

③ 进行溶解氧、沉降比、回流比、温度、pH 值等常规项目的检验操作。

④ 分析判断生产中常见的设备故障及一般水质事故,并能采取相应处理措施。

⑤ 准确填写各类日报,做好各项原始记录。

⑥ 正确使用各岗位的仪表。

⑦ 正确确定剩余污泥排放量及磷盐投加量。

2) 中级污水处理工

(1) 知识要求(应知)。

① 掌握生化处理构筑物的类型、构造和主要设计参数及运行中的主要技术控制指标。

② 掌握传统活性污泥法净化处理知识。

③ 了解污水中污染物的类型及其污染指标。

④ 了解微生物代谢作用及沉淀的基本理论。

⑤ 掌握设备的组成及工作原理。

⑥ 了解有关电气和机械知识。

⑦ 运行中常见事故分析及处理。

⑧ 具有计算机应用的一般知识。

(2) 操作要求(应会)。

① 独立进行污水处理各工序的生产操作,处理一般事故。

② 水质常规指标的测定。

③ 排除常见设备事故。

④ 对污水处理构筑物及附属设备大修后的质量验收。

⑤ 熟练使用本岗位的各种仪表,正确操作自动化控制设备。

⑥ 对构筑物性能进行测定。

⑦ 对初级工示范操作,传授技能。

3) 高级污水处理工

(1) 知识要求(应知)。

① 掌握污水处理工艺设计的基本理论知识。

② 熟悉各项污染指标的含义。

③ 了解国内外先进污水处理工艺的现状和发展趋势。

④ 掌握设备运行管理知识。

⑤ 掌握微生物有关知识及判别菌种好坏的方法。

⑥ 了解污泥浓缩及脱水知识。

⑦ 具有计算机应用的一般知识及基本操作方法。

(2) 操作要求(应会)。

① 独立进行污水处理运行各工序的生产操作,处理各工序所发生的一般事故。

② 按照水质检验的操作方法,能对常规指标进行测定。

③ 看懂污水处理构筑物及设备工艺图。

④ 对污水处理中突发性故障能正确处理。

⑤ 对构筑物及其附属设备大修后的质量验收。

⑥ 能讲授技术理论与技术操作课。

2.污水处理工职业技能岗位鉴定规范

1）说明

（1）鉴定要求。

① 鉴定试题符合本职业技能鉴定规范的内容。

② 职业技能岗位鉴定分为理论考试和实际操作考核两部分。

③ 理论部分试题分为：是非题、选择题、计算题和简答题。

④ 考试时间：原则上理论考试时间为 1.5 h，实际操作考核为 1～2 h。

⑤ 鉴定标准：理论考试和实际操作考核均实行百分制，成绩均达到 60 分者为技能鉴定合格。技能鉴定与道德鉴定、业绩鉴定均合格视为岗位鉴定合格。

（2）申报条件。

① 申请参加初级工技能岗位鉴定的人员必须具有初中以上文化程度，从事本岗位工作 2 年以上；或经正规培训机构培训的本专业（工种）的毕业生或结业生（培训期 1 年以上）。

② 申请参加中级工技能岗位鉴定的人员必须具有初级证书，且在初级岗位工作 3 年以上；或经评估合格的中等专业学校、技工学校、职业学校的本专业（工种）毕业生，且持有初级证书者。

③ 申请参加高级工技能岗位鉴定的人员必须具有中级证书，且在中级岗位上工作 5 年以上；或经评估合格的中等专业学校、技工学校、职业学校的本专业（工种）毕业生，持有中级证书，且在中级岗位上工作 3 年以上者。

（3）考评员构成及要求。

① 考评初、中级技工的考评员，需由具有高级工以上证书的技工或中级以上专业技术职称的技术人员组成。考评高级技工的考评员，需由具有技师以上证书的技工或中级以上专业技术职称的技术人员组成。

② 考评员需熟练掌握本职业技能岗位鉴定规范的内容。

③ 理论部分考评员原则上按每 20 名考生配备 1 名考评员，即 20∶1。操作部分考评员原则上按每 5 名考生配备 1 名考评员，即 5∶1。

2）岗位鉴定规范

（1）道德鉴定规范。

① 本标准适用于从事本行业的所有初级工、中级工、高级工的道德鉴定。

② 道德鉴定在企事业单位广泛开展道德教育的基础上，采取笔试或用人单位按实际表现鉴定的形式进行。

③ 道德鉴定的内容主要包括：遵守宪法、法律、法规、国家的各项政策和各项技术安全操作规程及本单位的规章制度，树立良好的职业道德和敬业精神及刻苦钻研技术的精神。

④ 道德鉴定由用人单位负责，职业技能岗位鉴定站审核，考核结果分为优、良、合格、不合格。对笔试考核的，60 分以下的为不合格，60～79 分为合格，80～89 分为良，90 分以上为优。

（2）业绩鉴定规范。

① 本标准适用于从事本行业的所有初级工、中级工、高级工的业绩鉴定。

② 业绩鉴定在加强企事业单位日常管理和工作考核的基础上,针对所完成的工作任务,采取定量为主、定性为辅的形式进行。

③ 业绩鉴定的内容主要包括:完成生产任务的数量和质量,解决生产工作中技术业务问题的成果,传授技术、经验的成绩以及安全生产的情况。

④ 业绩鉴定由用人单位负责,职业技能岗位鉴定站审核,考核结果分为优、良、合格、不合格。对定量考核的,60分以下的为不合格,60～79分为合格,80～89分为良,90分以上为优。

（3）技能鉴定规范。

① 初级工职业技能岗位鉴定规范内容（表3-3）。

表 3-3　初级工职业技能岗位鉴定规范内容

项　目		鉴　定　内　容	鉴定比重	备　注
知识要求	基础知识 40%	1. 了解本岗位污水处理设备及构筑物名称及作用。	10%	
		2. 熟知本单位污水处理工艺流程。	15%	
		3. 了解污水的分类及特点。	10%	
		4. 熟悉本工种岗位的各项规程、规范	5%	
	专业知识 40%	1. 传授活性污泥法的工艺流程。	10%	
		2. 气浮、均合调节、曝气、沉淀的名称、作用及安全知识。	10%	
		3. 活性污泥的影响因素。	10%	
		4. 国家关于工业废水排放的几个主要指标。	5%	
		5. 活性污泥的特征	5%	
	相关知识 20%	1. 掌握电工、钳工基本知识。	5%	
		2. 了解污水处理厂（或车间）调度的一般知识。	5%	
		3. 水泵、鼓风机组运行的基础知识。	5%	
		4. 了解计算机初步知识。	5%	
技能要求		1. 按操作规程操作本岗位主要设备及附属设备。	20%	
		2. 定期对设备进行维护保养。	10%	
		3. 常规项目溶解氧、沉降比、回流比、温度、pH 值的测定。	15%	
		4. 分析判断生产中常见事故,并采取相应措施。	15%	
		5. 确定污泥排放量及药剂投加量。	15%	
		6. 准确填写各类日报,做好原始记录。	10%	
		7. 正确使用仪表	15%	

② 中级工职业技能岗位鉴定规范内容（表3-4）。

表 3-4　中级工职业技能岗位鉴定规范内容

项　目		鉴　定　内　容	鉴定比重	备　注
知识要求	基础知识 40%	1. 熟知构筑物的类型、构造和主要设计参数,运行中主要技术控制指标。	10%	
		2. 了解进水水质、预处理与生化处理的关系。	10%	
		3. 掌握沉淀池的基本原理、作用、类型。	10%	
		4. 曝气池的类型、作用	10%	

续表

项 目		鉴定内容	鉴定比重	备 注
知识要求	专业知识 40%	1. 活性污泥法处理污水的原理。 2. 活性污泥的评价指标。 3. 微生物的代谢作用及净化机理。 4. 设备的构造及作用原理	10% 10% 10% 10%	
	相关知识 20%	1. 熟知本岗位常用机电设备、器材、装置的性能和工作原理。 2. 了解本单位原水水质常年变化规律。 3. 掌握安全及卫生防护知识。 4. 具有计算机应用的一般知识	5% 5% 5% 5%	
技能要求		1. 独立进行污水处理各工序操作和处理所发生的一般事故。 2. 排除主要设备及附属设备常见故障。 3. 常规指标的测定。 4. 对设备检修后的恢复运行工作。 5. 熟练使用岗位仪表及自动化设备。 6. 对构筑物性能进行测定。 7. 对污水处理系统发生的综合性故障进行正确处理	30% 10% 10% 10% 10% 10% 20%	

③ 高级工职业技能岗位鉴定规范内容(表3-5)。

表 3-5 高级工职业技能岗位鉴定规范内容

项 目		鉴定内容	鉴定比重	备 注
知识要求	基础知识 40%	1. 污水处理工艺设计的基本理论知识。 2. 掌握水处理的有关知识。 3. 了解国内外先进污水处理工艺现状及发展趋势。 4. 了解污泥浓缩及脱水知识	10% 10% 10% 10%	
	专业知识 40%	1. 生化处理的原理、作用。 2. 污染物指标的含义。 3. 设备运行管理知识。 4. 微生物的有关知识	10% 10% 10% 10%	
	相关知识 20%	1. 掌握电工原理的基本知识。 2. 熟悉本单位管道、阀门布置作用与操作方法。 3. 掌握设备运行规律。 4. 具有计算机应用知识并能进行基本操作	5% 5% 5% 5%	
技能要求		1. 掌握原水水质动态变化规律。 2. 能够正确操作本单位水处理设备,并能发现和处理污水处理过程中的疑难问题。 3. 能够参与本单位污水处理设备维修后的验收与调试。 4. 熟悉本单位水处理构筑物、设备图纸,并能根据生产要求提出改进意见。 5. 掌握本单位水处理设备及污泥脱水设备性能并熟练操作。 6. 能对初、中级工进行指导授课	20% 20% 20% 20% 10% 10%	

复习思考题

1.化工废水的来源与特征有哪些？

2.化工废水的种类有哪些？

3.沉淀的概念和沉淀过程的分类及特征是什么？

4.根据水流方向,沉淀池可以分为哪几种？

5.根据所采用的过滤介质不同,可将过滤分为哪几类？

6.中和处理适用于在哪些情况下处理废水？

7.影响混凝效果的因素有哪些？

8.在工业废水处理中,一般可用哪些氧化剂？

9.影响吸附的因素有哪些？

10.生物处理中常见的微生物有哪些？

11.微生物生长的影响因素有哪些？

12.活性污泥指标有哪些？

13.简述污水处理工职业技能岗位申报条件及岗位鉴定规范内容。

项目四

固体废物及其治理

项目简介:本项目概述了固体废物的定义、分类及其危害;结合化工的特点,着重讲述了化工废渣的定义、来源、特点及其处理的基本方法,重点介绍了磷石膏废渣、硫酸废渣、农林废渣、塑料废渣等典型化工废渣的处理方法、基本工艺及有关处理设备;介绍了化工"三废"处理工的职业定义、等级及其应具备的基础知识和基本要求,明确了化工"三废"处理工应熟悉掌握的技能要求和国家鉴定标准。

教学目标:理解固体废物及其化工废渣的定义、分类、来源、特点、危害及其常用的基本处理方法,掌握磷石膏、硫酸、农林、塑料等典型化工废渣的处理方法及其基本工艺流程,明确和掌握化工"三废"处理工的工作内容及其技能要求和相关知识。

固体废物是指人类在生产建设、日常生活和其他活动中产生的不再需要或没有利用价值而被遗弃的固体或半固体物质。固体废物是一个相对的概念,在某一过程或某一条件下它为废物,而在另一过程或另一条件下它却可能成为原料,所以固体废物又有"放在错误地点的原料"之称。

固体废物组成复杂,种类繁多。按其性质可分为有机废物和无机废物;按其形状可分为固状(粉状、粒状、块状)废物和泥状废物;按其来源可分为矿业废物、工业废物、城市垃圾、农业废物和放射性废物;按其危害可分为一般固体废物和危险废物。凡是具有毒性、易燃性、反应性、腐蚀性、爆炸性、传染性、放射性的且可能对人类的生活环境产生危害的废物,都是危险废物。

固体废物对人类环境危害很大,它侵占土地、破坏地貌和植被;污染土壤、水体和大气;城市的生活垃圾、粪便还会严重影响人们居住环境的卫生状况,对人们的健康构成潜在的威胁;某些危险固体废物的排放还可能造成燃烧、爆炸、中毒、严重腐蚀等意外事故和特殊损害。因此,对固体废物必须做好认真的治理和利用。

固体废物的处理就是通过物理、化学、生物、焚烧、热解、固化处理等方法,使固体废物转化为适于运输贮存、无害化排放、资源化利用或最终处置的过程。本项目主要介绍工业废物中化工工业产生的化工废渣的处理方法及利用实例。

任务1 化工废渣的认识

1.化工废渣的分类、来源及特点

1) 化工废渣的分类

(1) 化工废渣的定义。

化工废渣是指化学工业生产中产生的固体和泥浆废物,主要包括硫酸矿烧渣、硫石膏、磷石膏、电石渣、碱渣、煤气炉渣、汞渣、铬渣、硼渣、污泥、废塑料及橡胶碎屑等。此外,具有毒性、易燃性、腐蚀性、放射性的危险废物也大部分来自于化学工业。

(2) 化工废渣的分类。

化工废渣组成复杂,种类多。按照化学性质进行分类,一般将化工废渣分为无机废渣和有机废渣。无机废渣有些是有毒的废渣,如铬盐生产排出的铬渣,其特点是废渣排放量大、毒性强,对环境污染严重。有机废渣大致指的是高浓度有机废渣,其特点是组成复杂,有些具有毒性、易燃性和爆炸性,但其排放量不大。根据废渣对人体和环境的危害性不同,又将化工废渣分为一般工业废渣和危险废渣。一般工业废渣指对人体健康或环境危害性较小的废物,如硫酸矿烧渣和合成氨造气炉渣等。危险废渣则是指具有毒性、腐蚀性、反应性、易燃易爆性等特性之一的废渣。如铬盐生产过程中产生的铬渣,水银法烧碱生产过程中产生的含汞盐泥,各种有机化工生产过程中产生的含氮、硫、磷等有机物。为了便于管理统计,化工废渣通常按废物产生的行业和生产工艺过程进行分类,即化工废渣按来源分类,如图4-1所示。

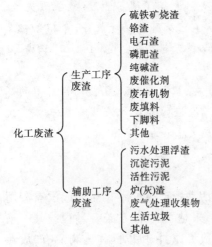

图4-1 化工废渣按来源分类

(引自汪大翚、徐新华、赵伟荣,2007)

2) 化工废渣的来源

化工废渣来源于化学工业生产过程中产生的固体和泥浆废物。化工生产的特点是原料多,生产方法多,产品种类多,产生的废物也多。各种化工原料最终约有2/3变成了废物,在这些废物中约有1/2为固体废物。在治理废水和废气过程中也会有新的废渣产生。化工废渣除由生产过程中产生之外,还有非生产性的固体废物,如原料及产品的包装垃圾、工厂的生活垃圾等。

化工废渣的来源及主要污染物见表4-1所示。

表 4-1 化学工业固体废物来源及主要污染物

生产类型及产品	主 要 来 源	主 要 污 染 物
无机盐行业		
重铬酸钾	氧化焙烧法	铬渣
氰化钠	氨钠法	氰渣
黄磷	电炉法	电炉炉渣、富磷泥
氯碱工业		含汞盐泥、盐泥、汞膏、废石棉隔膜、电石渣泥、废汞催化剂
烧碱	水银法、隔膜法	
聚氯乙烯	电石乙炔法	电石渣
磷肥工业		
黄磷	电炉法	电炉炉渣、泥磷
磷酸	湿法	磷石膏
氮肥工业		
合成氨	煤造气	炉渣、废催化剂、铜泥、氧化炉灰
纯碱工业		
纯碱	氨碱法	蒸馏废液、岩泥、苛化泥
硫酸工业		
硫酸	硫铁矿制酸	硫铁矿烧渣、水洗净化污泥、废催化剂
有机原料及合成材料		
季戊四醇	低温缩合法	高浓度废母液
环氧乙烷	乙烯氯化(钙法)	皂化废渣
聚甲醛	聚合法	稀醛液
聚四氟乙烯	高温裂解法	蒸馏高沸残液
聚丁橡胶	电石乙炔法	电石渣
钛白粉	硫酸法	废硫酸亚铁
染料工业		
还原艳绿 FFB	苯绕蒽酮缩合法	废硫酸
双倍硫化氰	二硝基氯苯法	氧化滤液
化学矿山		
硫铁矿	选矿	尾矿

注：引自汪大翚、徐新华、赵伟荣，2007。

3）化工废渣的特点

化工废渣的特点主要有以下几个方面。

（1）废物产量和排放量都比较大。化学工业固体废物产生量约占全国固体废物产生量的 6.16%，排放量约占全国工业固体废物总排放量的 7.24%。

（2）危险废物种类多、有毒物质含量高。化学工业固体废物中，有相当一部分具有剧毒性、反应性、腐蚀性、易燃易爆性等特征，对人体健康和环境有危害或潜在的危害。

（3）废物再资源化可能性大。化工废渣组成中有相当一部分是未反应的原料和反应副产物，都是很宝贵的资源，如硫酸废渣、合成氨造气炉渣、烧碱盐泥等，可用作制砖、水泥的原料；一部分硫铁矿烧渣、废胶片、废催化剂中还含有金、银、铂等贵金属，有回收利用的价值。

2.化工废渣的处理方法

化工废渣的处理是指通过物理、化学、物化、生物等方法,使化工废物转变为适于运输、利用、贮存以及最终处置的过程。其处理方法主要有物理处理法、物化处理法、化学处理法和生物处理法四大类。具体方法如图4-2所示。

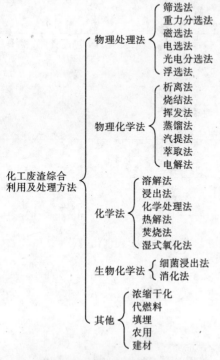

图 4-2　化工废渣主要处理方法

（引自汪大翚、徐新华、赵伟荣,2007）

化工废渣处理的目的是使其无害化、减量化、资源化。化工废渣由于其来源、种类的多样化和复杂性,它的处理方法应根据其各自的特性和不同的组成成分,综合考虑各种因素来确定采用哪种处理方法。

化工废渣常用的基本处理方法主要有以下几种。

1）压实

压实是利用外界压力作用于固体废物达到增大容重、减小表现体积的目的,以减少运输和处理费用、延长填埋场寿命的预处理技术。它适用于处理压缩性能大而恢复性小的固体废物,如化学加工工业排出的各种松散废物、某些纤维制品废物等。对于某些可能引起操作问题的废物,如焦油、污泥或液体物料一般不宜作压实处理。

压实一般采用压实器进行,有固定和移动两种形式。

2）破碎

破碎是用机械外力将废物分裂为小块的过程。其目的是使固体废物的尺寸减小（变为细小颗粒）、容积减小,便于运输、贮存、资源化利用和最终处置。

破碎的方法主要有挤压破碎、剪切破碎、冲击破碎、低温破碎和湿式破碎等。这些破碎方法各有优缺点,对处理对象的性质也有一定程度的限制。

破碎可分为机械能破碎和非机械能破碎两类。机械能破碎是利用破碎机进行,常用的破碎机类型有颚式、锤式、冲击式、剪切式、辊式破碎机和球磨机等。

3）分选

固体废物分选是根据物质的粒度、密度、磁性、电性、光电性、摩擦性、弹性以及表面润湿等不同的特性差异,将各种有用的物料和有害组分分离出来的过程。通过分选可以提高回收物质的纯度和价值,有利于后续的加工处理。

分选的方法主要有筛分、重力分选、磁力分选、电力分选、光电分选、浮力分选等。不同的分选方法应用不同的机械设备,如共振筛、隔膜跳汰机、卧式风力分选机、圆筒式磁选机等。

4）固化

固化是指通过物理化学方法将有害固化废物固定或包含在坚固固化基材中的一种处理方法。固化的目的是使废物中所有污染成分呈现化学惰性或包裹起来,降低或消除有害成分的溶出,以便运输、利用和处置。

固化方法可根据固化基材及固化过程分为水泥固化、石灰固化、热塑性材料固化、高分子有机聚合固化和玻璃固化等。

5）脱水和干燥

（1）脱水。

脱水是进一步降低泥浆状废物中含水量的一种处理方法,目的是使废物减容便于运输。脱水主要有自然干化法和机械脱水法,前者是利用太阳能自然蒸发污泥中的水分;后者是利用机械设备进行脱水。机械脱水设备有真空过滤机、板框压流机、带式压滤机和离心式脱水机等。

（2）干燥。

干燥是废物经破碎、分选之后对所得的轻物料需进行能源回收或焚烧处理时的一种方法。常用的干燥器有转筒式干燥器等。

6）焚烧和热解

（1）焚烧。

焚烧是对那些不适于安全填埋或不可再循环利用的有害固体废物进行高温分解和深度氧化的综合处理过程。通过焚烧使其中的化学活性成分被充分氧化分解,剩下的无机成分(灰渣)被排出,在此过程中废物的容积减小,毒性降低,同时可回收热量及副产品。但在焚烧过程中产生的有害气体和未燃尽的有机组分易造成二次污染。

焚烧设备主要有流化床焚烧炉、多段炉、回转窑焚烧炉、敞开式焚烧炉、多室焚烧炉等。

（2）热解。

热解是利用多数有机物的热不稳定性的特征,在无氧或缺氧条件下受热分解的过程。热解过程是先将水分从废物中蒸发掉,然后随着温度升高使有机成分裂解,由相对分子质量大的有机物转化为相对分子质量较小的可燃的低分子化合物、油、固体炭等。

热解过程在热解炉中进行。热解法的优点是能够将废物中的有机物转化为便于储存和运输的有用燃料,而且尾气排放量和残渣量较少,是一种低污染的处理与资源化利用技术。城市垃圾、污泥、工业废料中的塑料、树脂、橡胶以及农林废料、人畜粪便等含有机物较多的固体废物都可以采用热解方法处理。

7）堆肥

堆肥是依靠自然界广泛分布的细菌、放射菌、真菌等微生物,人为地促进可生物降解的有机物向稳定的腐殖质转化的生化过程。堆肥转化过程形成的产物称为堆肥,是一种良好的改良土壤的肥料,从而防止有机肥的下降,维持农作物长期稳产、高产。

根据堆肥过程中微生物对氧的需求可分为厌氧堆肥和好氧堆肥两种。

厌氧堆肥原理类似于废水处理中的厌氧消化过程,可保留较多氮素,工艺也简单,但堆制周期过长,适于小规模农家堆肥,是我国农村传统的堆肥方法。

好氧堆肥因具有堆肥温度高、基质分解比较彻底、堆制周期短等优点而被广泛采用。按照堆肥方法的不同,好氧堆肥又可分为露天堆肥和快速堆肥两种方式。

好氧堆肥技术通常由前处理、一次发酵、后处理、二次发酵、脱臭与储藏五个工序组成。

任务2 化工废渣处理实例

1.磷石膏废渣的处理

废石膏是以硫酸钙为主要成分的一种工业废渣,其中以磷石膏产量最大。由磷矿石与硫酸反应制造磷酸所得到的硫酸钙称为磷石膏。每生产 1 t 硫酸约排出 5 t 磷石膏。

磷石膏呈粉末状,主要成分以 $CaSO_4 \cdot 2H_2O$ 为主,其含量一般达 70% 左右,次要组分随矿石来源不同而异。一般都含有岩石组分 Ca 和 Mg 的磷酸盐、碳酸盐及硅酸盐。磷石膏由于含有酸性物质,且有 20% 水分,带有色质和杂质,在利用前通常要经过预先处理,下面介绍几种处理利用的方法。

1) 作水泥掺和料

生产水泥常需掺入石膏作为缓凝剂,以保证在施工过程中水泥不固化。磷石膏一般呈酸性,还含有水溶性五氧化二磷和氟,一般不能直接作水泥缓凝剂,必须进行预处理,以除去磷石膏中可溶性磷酸盐及其杂质。处理可采用水洗法,先将磷石膏加水调成含 50% 的固体浆料,再经真空过滤即可除去可溶性磷酸盐;也可用中和法,用石灰将可溶性磷酸盐转变为不溶性的磷酸盐,再进行干燥焙烧,碾磨后加水造粒,使之成为 10~30 mm 粒度的产品,每吨水泥约需掺加 4%~6% 的石膏。

上海水泥厂将改性磷石膏作水泥缓凝剂,将含约 25% 游离水的磷石膏(pH 值≈4)用水泥生产中过剩的窑灰(或石灰电石渣)搅拌中和(按 2∶1 加窑灰),使磷石膏含水量降低到 9% 左右,水溶性 P_2O_5 转化为磷酸钙,pH 值达 10~11,再经成型即可。用改性磷石膏作缓凝剂制成的矿渣水泥,无论 425# 和 525#,其后期强度均比用天然石膏制成的矿渣水泥高。该厂使用磷石膏 4 kt/a,用磷石膏比天然石膏价格低,每年可节约一百万元。

2) 制造半水石膏和石膏板

半个结晶水的硫酸钙称为烧石膏或熟石膏,将它的粉料加水调和可塑制成各种形状,不久就硬化成二水石膏。利用这一性质可将石膏制成天花板、外墙的内部隔热板、石膏覆面板等各种建筑材料。磷石膏内含大量二水硫酸钙,如何由二水硫酸钙变成半水硫酸钙,同时去除杂质是磷石膏处理利用的关键。许多国家开发了由磷石膏制取半水石膏的工艺流程。

英国 ICI 公司采用高压釜法,用磷石膏生产 α-半水石膏。

该流程是先将磷石膏加水调成浆,真空过滤除去杂质,洗净的磷石膏再加水并投入半水物的晶种以控制半水物晶体类型。在两个连续的高压釜中,使二水物转变成 α-半水物。

生成 α-半水物的最佳条件是 150～160 ℃,第二高压釜的出口压力为 8 个大气压,由直接送到高压釜中的蒸汽维持所需温度。在第一高压釜中有 80% 的磷石膏转化为 α-半水石膏。脱水时间约 3 min。成品含水率为 8%～15%,经干燥后可做成建筑石膏或模制成型。其工艺流程如图 4-3 所示。

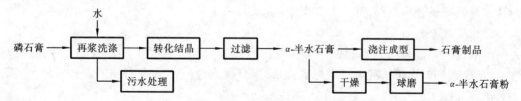

图 4-3 磷石膏制 α-半水石膏及其制品工艺流程
(引自汪大翚、徐新华、赵伟荣,2007)

3) 生产硫酸铵

用磷石膏生产硫酸铵的公司有奥地利 OSW 公司,其生产是将磷石膏先经洗涤,真空过滤去掉杂质后,打成浆与碳酸铵的水溶液反应,制得硫酸铵与碳酸钙的浆料,再用转筒式真空过滤器滤去碳酸钙,得到硫酸铵 41% 的溶液,蒸发浓缩后冷却结晶,离心分离即制得硫酸铵晶体。其基本生产工艺流程如图 4-4 所示。

图 4-4 转化磷石膏制硫酸铵和碳酸钙工艺流程
(引自汪大翚、徐新华、赵伟荣,2007)

近几年来,我国建设的 30 kt/a 磷酸铵的装置中,有 1/3 是建在小氮肥厂内,因此对磷石膏转化碳酸铵生产硫酸铵十分有利。

4) 作土壤改良剂

磷石膏呈酸性,且磷石膏中还含有作物生长所需的磷、硫、钙、硅、锌、镁、铁等养分。而盐碱土壤含有大量的碳酸钠和碳酸氢钠,这种土壤排水性能差,表土板结,如果这类土壤施以磷石膏,可对盐碱地进行适当中和,能起到改良土壤、肥田增产的作用。

多年来,国内一大批农科研究单位陆续开展用磷石膏改土肥田增产的实验研究。例如,云南省在德宏自治州用磷石膏进行水稻田实验,结果表明水稻增产幅度为 8%～30.2%;江苏沿海地区农科所等单位在江苏盐城市的实验结果表明,水稻(施用量为 75 kg/亩)增产 13.98%～18.26%,大豆(施用量为 200 kg/亩)增产 16.07%。

2. 硫酸废渣的处理

硫酸废渣是用硫铁矿为原料生产硫酸时产生的废渣,所以又叫硫铁矿渣或烧渣。当前采用硫铁矿或含硫尾矿生产的硫酸约占中国硫酸总产量的 80%。一般来说,每生产 1 t 硫酸约排出 0.5 t 硫酸废渣。

不同的硫铁矿焙烧所得的矿渣组成是不同的,但其组成主要是三氧化二铁、四氧化三铁、金属的硫酸盐、硅酸盐和氧化物以及少量的铜、铅、锌、银等有色金属。

大量的硫酸废渣如未经处理利用,会占用大量土地,细微粉尘随风飘扬会污染空气,

随水流走还会污染水体和土壤,给环境造成污染。

1) 硫酸废渣炼铁

以硫酸矿为原料生产硫酸的过程产生的硫酸废渣中含有丰富的铁,但直接用于炼铁,经济上并不理想,所以在炼铁之前,还需采取预处理措施,以提高含铁品位,降低含硫量,为高炉炼铁提供合格原料,其方法如下。

(1) 磁力选矿。

硫酸废渣可以采用适当的磁性场强度进行磁力选矿。主要是以含磁性铁为主的废渣,杭州硫酸厂就采用这种方法进行实验,结果一次磁选回收率达 75.49%～89.92%,其工艺流程如图 4-5 所示。

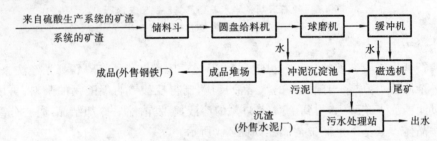

图 4-5 磁选铁精矿工艺流程
(引自庄伟强、尤峥,2004)

硫酸生产系统产生的矿渣收集到储料斗,用圆盘给料机自动计量加入到球磨机中,同时磨到一定粒度,料浆倒流缓冲机,并不断搅拌,控制适当流量送入磁选机进行磁选,铁精矿中夹带的泥渣经水力冲泥后,送至成品堆场。尾矿和冲泥水送污水处理站处理,废渣可送水泥厂作为原料。

(2) 重力选矿。

红色硫酸废渣中绝大多数是磁性很弱的铁矿物,最好的处理方法是用重力选矿。将一定浓度的硫酸废渣浆,经溜槽重选,可提高硫酸废渣的铁含量。其工艺流程如图 4-6 所示。

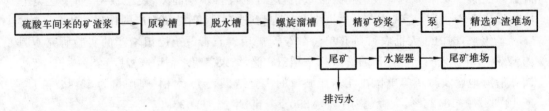

图 4-6 重选铁精矿工艺流程
(引自庄伟强、尤峥,2004)

硫酸车间来的硫酸废渣浆浓度为 10% 左右,经脱水槽脱水后送螺旋溜槽进行重选。重选后的精矿浓度为 35%,由砂浆泵送到精选矿渣场,而重选后的尾砂用尾矿砂泵经水旋器送到尾矿堆场,可作为水泥厂添加剂。

经脱硫和磁选或重选的硫酸废渣的成品铁精矿含铁量可达 55%～60%,含硫量可降低到 0.3% 以下,将其配以适量的焦炭和石灰进入高炉后可以得到合格的铁水。

2）回收有色金属

硫酸废渣除含铁外，一般都含有一定的铜、铅、金、银等有价值的有色金属。国外的日本光和精矿厂和德国都依斯堡炼钢厂，国内的大连钢厂、开封钢铁厂等采用高温氯化法回收其有色金属效果都很好。其原理是将废渣与氯化钙均匀混合制成球团，在高温下焙烧，废渣中的有色金属生成金属氯化物，以蒸汽形式随烟气排出，然后用水吸收，回收有色金属氧化物，回收有色金属后的硫酸废渣可作为炼铁原料，硫酸废渣中的有色金属的回收率达 90% 左右。

高温氯化法回收有色金属的工艺流程如图 4-7 所示。

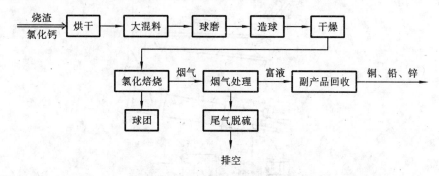

图 4-7　用高温氯化法回收硫酸废渣中的有色金属的工艺流程

（引自庄伟强、尤峥，2004）

3）作水泥配料

当硫酸废渣含铁量不高，而且有色金属的含量又不值得回收时，可以用废渣代替铁矿粉作为水泥烧成时的助熔剂生产水泥，既可满足需要的含铁量，又可以降低水泥的成本。

如图 4-8 所示，应用回转炉生铁-水泥法，可将硫酸废渣制成部分生铁，同时又得到炉渣作为良好的水泥熟料。

4）制矿渣砖

用硫酸废渣生产矿渣砖其工艺流程如图 4-9 所示。硫酸废渣经充分粉细化与辅料按比例混合均匀，再加入适量水进行轮碾，使坯料进一步细化、均匀化和胶体化；经过轮碾后的混合物料，再进一步陈化后，送入压砖机压制成型，成型后的砖坯送去养护、检查即为成品砖。硫酸废渣制砖实现了废渣资源化，消除了污染，节省了废渣占地，是处理废渣的有效途径之一。

3. 农林废渣的处理

农林废渣主要是农牧林业生产过程中所废弃的固体物质，主要包括稻草、秸秆、果皮菜叶、树枝落叶、糠秕、农用塑料薄膜、人畜粪便、农林产品加工废脚料及农村生活废弃物等。

我国是一个农业大国，农林废渣种类繁多，数量巨大，若不经妥善处理，它不仅占用土地，损伤地表，还污染土地、水体和大气，严重影响生物的生长，甚至导致传染病的滋生，危害人类健康。

由于农林废渣中常含有丰富的有机质和作物养分，对其处理通常采用生物处理技术，及利用微生物对有机固体废物进行分解，将其转化为肥料和能源。此外，还有饲料化和材料化处理技术。目前，应用比较广泛的是堆肥化和沼气化处理技术。

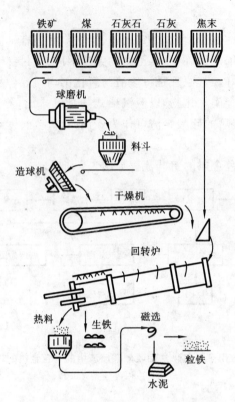

图 4-8　回转炉生铁-水泥法工艺流程

（引自杨永杰,2006）

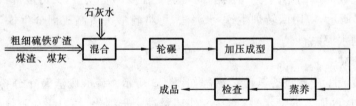

图 4-9　烧渣砖生产工艺流程

（引自庄伟强、尤峥,2004）

1) 堆肥化处理

堆肥化是指在一定控制条件下,通过生物化学作用使来源于生物的有机固体废物分解成比较稳定的腐殖质的过程。堆肥化产物称为堆肥。农林废渣经过堆肥化处理,可以作为良好的肥料,起到改良土壤结构、增加土壤有机质、促进生物生长和增产的效用。

堆肥按堆制过程中需氧程度分为厌氧堆肥和好氧堆肥,好氧堆肥使用广泛,其基本工艺流程如图 4-10 所示。

2) 沼气化处理

沼气化处理就是利用秸秆、草、皮壳、水生作物、人畜粪便和生活垃圾等农林废渣为原料,在完全隔绝氧气的条件下,利用多种厌氧菌的生物转化作用使其中可生物降解的有机物分解为稳定的无害物质,同时获得以甲烷为主的沼气作燃料,沼气液和沼气渣为农田肥

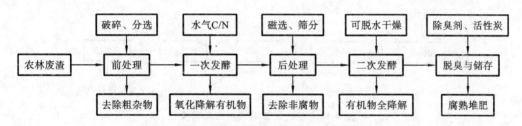

图 4-10 好氧堆肥处理技术工艺流程

料。这种农林废渣沼气化是处理农村生活和生产过程中产生的各种废物,同时提供农村能源需求的有效途径;这种处理方法简便易行,便于推广,因此这种方法在处理城市垃圾中也被广泛使用。沼气化处理主要包含三道工序:废渣预处理、配料制浆、厌氧消化处理和沼气回收。其基本工艺流程如图 4-11 所示。

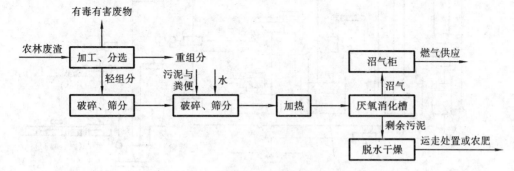

图 4-11 城市垃圾厌氧消化处理工艺流程

(引自朱蓓丽,2007)

4.塑料废渣的处理

塑料废渣属于废弃的有机物,主要来源于树脂生产过程、塑料的制造加工过程以及包装材料。塑料的性质之一是在低温条件下可以软化成型,另外在有催化剂的作用下,通过适当温度和压力,高分子可以分解成低分子烃类。根据各种塑料废渣的不同性质,经过预分选后,废塑料可进行熔融固化或热分解处理。

1)分选预处理

一般废品中的塑料均为混合物,通常需采用分选技术对其进行预处理。分选的目的是要得到单一种类的塑料废渣,而将其他杂物分离出去。

在分选之前有时需加以粉碎或水洗,然后可进行水选、浮选,有时为了排除铁质金属也可采用磁选。

2)再生处理法

对于单一种类热塑性塑料废渣的再生称为单纯性再生即熔融再生。整个再生过程由挑选、粉碎、洗涤、干燥、造粒或成型等工序组成,其工艺流程如图 4-12 所示。

3)熔融固化法

熔融固化法主要是在回收的废塑料中按一定比例加入新的塑料原料,以提高再制品的性能。或是在混合废塑中,按不同密度回收各种塑料,再依其不同密度以一定配比制成再生制品。其工艺流程如图 4-13 所示。

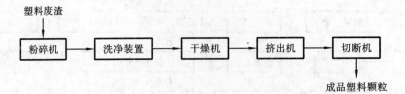

图 4-12 塑料废渣熔融再生工艺流程

(引自杨永杰,2006)

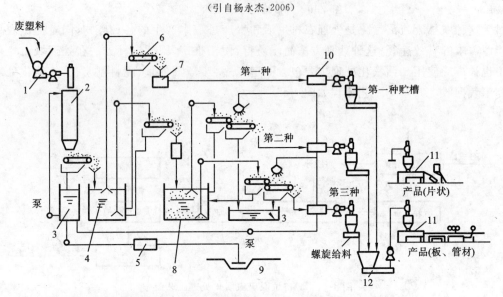

1—破碎机;2—洗涤塔;3—贮水槽;4—第一分离槽;5—污水处理机;
6—螺旋输送器;7—离心脱水机;8—第二分离槽;9—排水槽;
10—气流干燥管;11—挤压机;12—混合螺旋给料机

图 4-13 熔融固化法处理废塑料工艺流程

(引自汪大翚、徐新华、赵伟荣,2007)

4) 热分解法

热分解法是通过加热等方法将塑料高分子化合物的链断裂,使之变成低分子化合物单体、燃烧气或油类等。塑料热分解技术可分为熔融液槽法、流化床法、螺旋加热挤压法、管式加热法等。目前广泛应用的是熔融液槽法,其工艺流程如图 4-14 所示。

5) 焚烧法

塑料焚烧法可分为传统的一般法和部分燃烧法两种。一般法是在一次燃烧室内可以达到高温,由火焰、炉壁等辐射热使塑料在一次燃烧室内热分解。但是,一次燃烧室内往往燃烧不完全,会产生煤烟和未燃烧体,需再经二次或三次燃烧室用助燃喷嘴使之燃尽。部分燃烧法是在一次燃烧室控制空气量,在 800~900 ℃的温度下,使废塑料的一部分燃烧,再将热分解气体和未燃气、煤烟等送至二次燃烧室,并充分供给空气,使温度提高到 1 000~1 200 ℃后完全燃烧。其装置系统如图 4-15 所示。

6) 化学处理法

化学处理法是一种利用塑料废渣的化学性质,将其转化为无害的最终产物的方法。如常用的有酸碱中和、氧化还原和混凝法等。

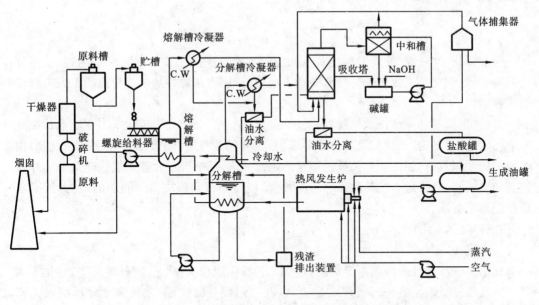

图 4-14 熔液槽热分解法处理废塑料工艺流程

（引自杨永杰,2006）

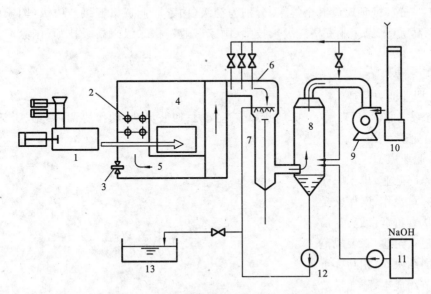

图 4-15 部分焚烧法处理废塑料工艺流程

1—加料装置;2—空气喷嘴;3—重油烧嘴;4——次燃烧室;5—二次燃烧室;

6—气体冷却室;7—湿式喷淋塔;8—气液分离器;9—抽风机;

10—烟囱;11—碱罐;12—循环泵;13—排水槽

（引自汪大翚、徐新华、赵伟荣,2007）

任务3 技能工种培训

为加强化工"三废"处理岗位技术工人技能培养,适应化工"三废"处理工职业技能鉴定的要求,达到化学工业化工"三废"处理工职业标准,有必要对从事该行业的工人进行技能工种培训。

遵循《国家职业标准技术规程》的要求,参照《化工"三废"处理工化学工业职业标准》,本节明确化工"三废"处理工及其技能要求,重点介绍废气处理、废水处理、废渣处理的相关技能的知识点、技能点及有关技能鉴定的国家要求,使"三废"处理工能快速地明确和理解其知识要点,熟练地掌握其操作的基本技能,提高分析和解决实际问题的能力,达到职业技能鉴定标准。

1.化工"三废"处理工

1) 职业定义

化工"三废"处理工的职业定义是:能按工艺操作规程操作"三废"处理装置,对化工生产中的废气、废水、废渣进行处理或处置,以及有用成分回收,使之达到排放标准或无害标准。

2) 职业等级

化工"三废"处理工设五个等级,分别为初级(国家职业资格五级)、中级(国家职业资格四级)、高级(国家职业资格三级)、技师(国家职业资格二级)、高级技师(国家职业资格一级)。

3) 基本要求

(1) 职业能力特征。

具有一定的学习、理解、分析判断和表达能力;四肢灵活,动作协调,嗅觉、听觉、视觉及整体知觉正常。

(2) 职业道德。

① 爱岗敬业,忠于职守。

② 按章操作,确保安全。

③ 认真负责,诚实守信。

④ 遵守纪律,着装规范。

⑤ 团结协作,相互尊重。

⑥ 节约成本,降耗增效。

⑦ 保护环境,文明生产。

⑧ 不断学习,努力创新。

(3) 基础知识。

① 化学基础知识。

a.物质的组成和分类;化学反应式及计算;常见酸、碱、盐的性质;沉淀和溶解;溶液。

b.影响化学反应的主要因素;影响化学反应速度的主要因素;沉淀的转化。

c.常用有机化合物(指"三废"处理所涉及的有毒、有害物质)的名称、分子式和性质。

d.工业品和化学试剂的使用和保管。

② 化工基础知识。

a.流体力学知识。

b.流体输送知识。

c.传热、传质的基本知识。

③ 化工机械与设备知识。

a.常用("三废"处理中所涉及的)化工设备的工作原理、结构及用途。

b.设备的性能、使用、维护保养知识。

c.设备安全使用常识。

④ 电工知识。

a.电工基础知识。

b.仪器基础知识。

c.控制电路知识。

d.安全用电常识。

⑤ 分析知识。

a."三废"处理中常用的分析仪器、设备的名称和作用。

b.取样点和取样操作。

c.取样中的注意事项。

⑥ 记录填写知识。

a.运行记录和交接班记录。

b.设备保养记录和其他相关记录。

⑦ 消防知识。

a.物料危险性及特点。

b.灭火的基本原理及方法。

c.常用灭火设备及器具的性能和使用方法。

⑧ 相关法律法规知识。

a.劳动法相关知识。

b.安全生产法及化工安全生产法规相关知识。

c.化学危险品管理条例相关知识。

d.职业病防治法及化工职业卫生法规相关知识。

e.环境保护法相关知识。

2.化工"三废"处理工技能要求

化工"三废"处理工职业等级分为五级,根据高职高专本专业培养层次和目标,依据本教材基本知识和内容,以及该职业对初级、中级、高级、技师和高级技师的技能要求依次递进,高级别涵盖低级别的要求。下面主要描述高级化工"三废"处理工的工作内容、技能要求以及相关知识点,如表4-2所示。

表 4-2　化工"三废"处理工化学工业职业标准(高级)

职业功能	工作内容	技 能 要 求	相 关 知 识
工艺准备	(一)工艺文件准备	1. 能识读工艺配管图。 2. 能识读仪表连锁图。 3. 能参与本车间大检修方案的编制	1. 化工机械安装的基本知识。 2. 检修方案制订的基本原则
	(二)设备准备	1. 能确认本装置设备、电器、仪表等是否具备开车条件。 2. 能确认设备的运行参数,保持设备良好的运行状态。 3. 能根据工艺要求提供仪表、电器应达到的范围	1. 设备运行参数调节的措施和手段。 2. 设备的性能和主要技术参数。 3. 设备的验收检查方法和程序
废气处理	(一)废气处理	1. 能按操作方法进行本装置开车、停车操作。 2. 能完成本岗位设备检修后的验收、试车操作。 3. 能根据来气的波动和外界因素的影响,调整装置的工艺参数	1. 常见废气的物理、化学性质,废气的划分和常用的去除方法。 2. 装置开车、停车步骤及注意事项。 3. 设备检修后的验收程序及技术要求。 4. 设备运行参数制定的标准和依据。 5. 分析结果对工艺操作的影响
	(二)设备维护与保养	1. 能根据本装置停车时间,对系统设备采取相应的防腐蚀措施。 2. 能根据分析结果,提出设备维护保养的改进意见或措施。 3. 能完成设备检修前各项安全条件的确认	1. 金属腐蚀与防护的有关知识。 2. 装置技术规程和操作方法。 3. 设备运行参数制定的标准和依据
	(三)事故判断和处理	1. 能判断装置上的电气故障。 2. 能判断、处理设备和管路中的安全隐患。 3. 能根据分析结果,提出大修时间。 4. 能针对装置异常情况,提出开车、停车建议和安全整改建议。 5. 能判断、处理和分析紧急停车的原因	1. 本岗位常用设备易出现的故障。 2. 设备维护程序和有关注意事项。 3. 设备故障分析知识。 4. 开车、停车条件和紧急停车处理的注意事项
	(四)工艺计算	1. 能进行本岗位的热量衡算。 2. 能进行班组经济核算。 3. 能绘制本岗位的工艺流程图	1. 热量衡算知识。 2. 装置成本核算知识。 3. 化工制图基础
废水处理	(一)废水处理	1. 能按操作方法进行本装置开车、停车操作。 2. 能完成本岗位设备检修后的验收、试车操作。 3. 能根据来水的波动和外界因素的影响,调整装置的工艺参数	1. 常见废水的物理、化学性质,废水中污染物去除的方法。 2. 装置开车、停车步骤及注意事项。 3. 设备检修后的验收程序及技术要求。 4. 设备运行参数制定的标准和依据。 5. 分析结果对工艺操作的影响

职业功能	工作内容	技 能 要 求	相 关 知 识
	（二）设备维护与保养	1. 能根据本装置停车时间,对系统设备采取相应的防腐蚀措施。 2. 能根据分析结果,提出设备维护保养的改进意见或措施。 3. 能对设备检修前各项安全条件进行确认	1. 金属腐蚀与防护的有关知识。 2. 装置技术规程和操作方法。 3. 设备运行参数制定的标准和依据
	（三）事故判断和处理	1. 能判断装置上的电气故障。 2. 能判断、处理设备和管路中的安全隐患。 3. 能根据分析结果,提出大修时间。 4. 能针对装置异常情况,提出开车、停车意见和安全整改建议。 5. 能判断和分析紧急停车的原因,并能处理紧急停车	1. 本岗位常用设备易出现的故障。 2. 设备维修程序和有关注意事项。 3. 设备故障分析知识。 4. 开车、停车条件和紧急停车处理的注意事项
	（四）工艺计算	1. 能进行本岗位的热量衡算。 2. 能进行班组经济核算。 3. 能绘制本岗位的工艺流程图	1. 热量衡算知识。 2. 装置成本核算知识。 3. 化工制图基础
废渣处理	（一）废渣处理	1. 能按操作方法进行本装置开车、停车操作。 2. 能完成本岗位设备检修后的验收、试车操作。 3. 能根据来渣的波动和外界因素的影响,调整装置的工艺参数	1. 常见废渣的物理、化学性质,废渣中污染物去除的方法。 2. 装置开车、停车步骤及注意事项。 3. 设备检修后的验收程序及技术要求。 4. 设备运行参数制定的标准和依据。 5. 分析结果对工艺操作的影响
	（二）设备维护与保养	1. 能根据本装置停车时间,对系统设备采取相应的防腐蚀措施。 2. 能根据分析结果,提出设备维护保养的改进意见或措施。 3. 能完成设备检修前各项安全条件的确认	1. 金属腐蚀与防护的有关知识。 2. 装置技术规程和操作方法。 3. 设备运行参数制定的标准和依据
	（三）事故判断和处理	1. 能判断装置上的电气故障。 2. 能判断、处理设备和管路中的安全隐患。 3. 能根据分析结果,提出大修时间。 4. 能针对装置异常情况,提出开车、停车建议和安全整改建议。 5. 能判断、处理和分析紧急停车的原因	1. 本岗位常用设备易出现的故障。 2. 设备维护程序和有关注意事项。 3. 设备故障分析知识。 4. 开车、停车条件和紧急停车处理的注意事项
	（四）工艺计算	1. 能进行本岗位的热量衡算。 2. 能进行班组经济核算。 3. 能绘制本岗位的工艺流程图	1. 热量衡算知识。 2. 装置成本核算知识。 3. 化工制图基础

注:引自中国石油和化学工业协会《化工"三废"处理工化学工业职业标准》。

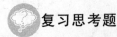复习思考题

1.什么是固体废物？按其来源可分为哪几大类？

2.什么是化工废渣？化工废渣是如何分类的？

3.化工废渣是如何产生的？其危害、特点是什么？

4.化工废渣常用的基本处理方法有哪些？

5.热解处理法的基本原理是什么？它的特点与焚烧法有何不同？

6.试述磷石膏废渣综合利用处理方法。

7.硫酸废渣中可回收哪些物质？

8.简述硫酸废渣采用高温氧化法回收有色金属的生产原理和生产工艺流程。

9.堆肥有哪些农业效用？好氧堆肥的工序有哪些？画出农林废渣沼气化处理法的工艺流程图。

10.塑料废渣处理有哪几种方法？画出再生处理法的工艺流程图。

11.化工"三废"处理工的职业定义是什么？该职业共设哪五个等级？

12.化工"三废"处理工应具备哪些相关的基础知识？

13.化工"三废"处理工处理废气、废水、废渣时应具备的基本技能分别有哪些？

14.完成一篇某化工废渣排放及处理的调查报告。

项目五

其他污染及其治理

项目简介：本项目主要介绍噪声污染、放射性污染、电磁污染、废热污染及光污染、太空污染、居室污染等污染类型，还介绍了这些污染的危害以及防治的基本措施。

教学目标：通过学习要求学生掌握噪声污染产生的原因、危害以及防治措施；掌握放射性污染和电磁污染产生的原因及危害；了解热污染、光污染、太空污染、居室污染等形成的原因、危害和防治措施；学会调查身边的各种污染现象，关注可能出现的各种新污染，并能提出初步治理措施。

任务 1 噪声污染及防治

1. 概述

1）定义

人类生存在一个有声世界里，大自然中有风声、雨声、鸟叫、虫鸣，社会生活中有语言交流、美妙音乐。有的声音是用来传递信息和进行社会交往的，人们在生活中不但要适应这个有声环境，也需要一定的声音满足身心的需求。但是，有些声音会影响人的生活和工作，甚至危害人体健康，是人们所不需要的声音。因此，噪声是指人们在日常生活中所不需要的杂乱无章的使人们烦恼的声音。如机器的轰鸣声，各种交通工具的马达声、鸣笛声，人们的嘈杂声，各种突发的声响等，都属于噪声。

2）特点

从声学的角度上看，振幅和频率杂乱、断续或统计上无规则的声振动，也称噪声。但从心理学上来说，噪声与有规则振动所产生的音乐是很难区别开的。如悦耳的歌声及悠扬的乐器，可以给人以良好的精神享受，然而对于正在思考、学习和休息的人来说，也将成为令人讨厌的噪声。因此可以说，噪声是一种感觉性的污染，它与人的主观意愿有关，与人的生活状态有关，在有无污染以及污染程度上，与人的主观评价关系密切。有些声音有时是噪声，在不同的环境和心情下，又可能变成值得欣赏的音乐。环境噪声源分布十分分散，这样对它的影响只能规划性防治而不能集中处理。噪声源停止发声，直接危害即消

除,不像其他污染源排放的污染物,即使停止排放,污染物在长时间内还是残留着,污染是持久的,这又构成了噪声的暂时性(也称瞬时性)的特点。

3)分类

向外辐射声音的振动物体称为声源。噪声源可以分为自然噪声源和人为噪声源两大类。对于自然噪声,人类目前还无法控制,噪声防治主要是对人为噪声的防治。噪声按照声源发生的场所,一般分为四类。

(1)工业噪声。

工业噪声主要指机器运转产生的噪声(如空压机、通风机、纺织机、金属加工机床等),还有机器振动产生的噪声(如冲床、锻锤等)。这些噪声的噪声级基本上在90~120 dB之间。

工业噪声强度大,是造成职业性耳聋的主要原因。它不仅给生产工人带来危害,而且厂区周围的居民也深受其害。但是,工业噪声一般是有局限性的,噪声源和污染范围固定,防治相对容易些。

(2)交通噪声。

交通噪声主要来自于城市的交通运输,包括飞机、火车、轮船、各种机动车辆,其中飞机噪声强度最大,可达110 dB以上。超声速客机在15 000 m高空飞行时,其压力波可达30~50 km范围的地面,使很多人受到影响。噪声是移动的噪声源,对环境影响最大,尤其是汽车和摩托车。机动车噪声主要是喇叭声、发动机声、进气和排气声、启动和制动声、轮胎与地面的摩擦声等。常见典型机动车辆噪声级范围见表5-1。

表5-1 典型机动车辆产生的噪声级范围

车 辆 类 型	加速时噪声级/dB(A 计权)	匀速时噪声级/dB(A 计权)
重型货车	89~93	84~89
中型货车	85~91	79~85
轻型货车	82~90	76~84
公共汽车	82~89	80~85
中型汽车	83~86	73~77
小轿车	78~84	69~74
摩托车	81~90	75~83
拖拉机	83~90	79~88

(3)建筑施工噪声。

建筑施工噪声主要包括打桩机、混凝土搅拌机、推土机等产生的噪声,这些机械设备的噪声级基本上在80~100 dB之间。它虽然是暂时性的,但随着城市建设的发展,兴建和维修工程的工程量与范围不断扩大,影响越来越广泛。另外,建筑施工现场往往在居民区,有时还在夜间施工,严重影响周围居民的休息。

(4)社会生活噪声。

社会生活噪声主要指社会活动和家庭生活设施产生的噪声,如娱乐场所、商业活动中心、运动场、高音喇叭、家用机械、电器设备等产生的噪声。表5-2列出一些典型家庭用具噪声级的范围。社会噪声一般在 80 dB 以下,虽然对人体影响不太严重,但能干扰人们的工作、学习与休息。

表 5-2 家庭噪声源及噪声级范围

设 备 名 称	噪声级/dB(A 计权)	设 备 名 称	噪声级/dB(A 计权)
洗衣机	50~80	电视机	60~83
吸尘器	60~80	电风扇	30~65
排风机	45~70	缝纫机	45~75
抽水马桶	60~80	电冰箱	35~45

4)危害

随着工业生产、交通运输、城市建设的高速发展和城镇人口的剧增,噪声污染日趋严重。根据多年来对中国 200 多个城市进行的道路交通噪声监测,发现其中 9.5% 的城市噪声污染严重,16.5% 的城市属中度污染,48.7% 的城市属轻度污染,25.3% 的城市道路交通噪声环境质量较好。平均起来,中国多个城市噪声处于中等水平,生活噪声影响范围扩大,交通噪声对环境冲击最强。概括起来,噪声的危害主要表现在以下几个方面。

(1)听力损伤。

噪声可以给人造成暂时性的或持久性的听力损伤。一般来说,80 dB 以下不会造成耳聋;若达到 85 dB 及以上,有 10% 的人可能耳聋;若达到 90 dB 及其以上,有 20% 的人可能耳聋。当然,即使在 90 dB 以上也是暂时性病患,休息后即可恢复。

当人听到噪声,会使听觉敏感性降低,听阈值就会升高。若短时间接触,可以恢复;若长时间接触,由于听觉疲劳,则恢复时间要长些。若不能隔离噪声,这时可能会使听觉发生功能性变化,导致器质性损伤,使听觉器官发生退化性变化,最后导致耳聋。值得注意的是,现代生活使得不少青少年长时间沉湎于震耳欲聋的音乐声中或终日挂着耳机听流行音乐,这可能使得听力明显下降,造成噪声性耳聋。

(2)干扰睡眠。

睡眠对人是极其重要的,它能够调节人的新陈代谢,使人的大脑得到休息,从而使人恢复体力,消除疲劳。噪声会影响人的睡眠质量。一般来说,40 dB 的连续噪声可使 10% 的人受到影响。对于睡眠的人,噪声最大允许值为 50 dB,理想值为 30 dB。

(3)干扰谈话、通信和思考。

65 dB 的噪声可以使人感到吵闹,交谈距离需 1~2 m 才行。噪声使通信质量下降。噪声还使人容易走神,影响正常思考。

(4)引起疾病。

噪声对人体健康的危害,除听觉外,还会对神经系统、心血管系统、消化系统等有影响。噪声作用于人的中枢神经系统,会引起神经衰弱、失眠、多梦、头昏、记忆力减退、全身乏力等。噪声使人烦躁、易怒,并使纠纷增加;使人疲劳,影响工作效率。据报载,日本广岛一名青年由于隔壁工厂所发出的噪声,把他折磨得难以忍受,以致失去理智,竟用刀把这个工厂主杀死。噪声可以使人神经紧张,从而引起心血管系统疾病,如高血压、心脏病等。有人认为,20 世纪生活中的噪声是造成心脏病的一个重要因素。噪声可以使内分泌

系统失调、功能减弱,可以引起消化系统功能紊乱、食欲下降、溃疡症上升。

噪声还可以引起其他生理方面的病变,形成掩蔽效应,使人不易察觉危险信号,造成工伤;飞机发动机噪声可以使人的视敏度下降,造成事故。噪声会使儿童智力发育迟缓,甚至可能造成胎儿畸形。

(5) 对动物的影响。

噪声对自然界的生物也有危害。如强噪声会使鸟类羽毛脱落、不产蛋,甚至内出血直至死亡。1961 年,美国空军 F-104 喷气战斗机在俄克拉何马市上空做超音速飞行试验,飞行高度为 10 000 m,每天飞行 8 次。6 个月内一个农场的 1 万只鸡被飞机的轰响声杀死 6 000 只,剩下的 4 000 只鸡有的羽毛脱落,有的不再生蛋。农场中所有的奶牛不再出奶。试验还证明,165 dB 的噪声场中,大白鼠会疯狂蹦跳、互相撕咬和抽搐。170 dB 的噪声可使豚鼠在 5 min 内死亡。

(6) 对物质结构的影响。

20 世纪 50 年代曾有报道,一架以 1.1×10^3 km/h 的速度飞行的飞机,作 60 m 低空飞行时,噪声使地面一幢楼房遭到破坏。在美国统计的 3 000 起喷气式飞机使建筑物受损害的事件中,抹灰开裂的占 43%,抹灰损坏的占 32%,墙开裂的占 15%,瓦损坏的占 6%。1962 年,3 架美国军用飞机以超音速低空掠过日本藤泽市时,导致许多居民住房玻璃被震碎、屋顶瓦被掀起、烟囱倒塌、墙壁裂缝、日光灯掉落。

2. 噪声控制的基本途径

噪声的整个传播过程包括三个要素,即声源、传播途径和接受者。只有当这三个要素都存在时,才有可能造成干扰和危害。控制噪声就应该从这三个要素入手,进行综合整治。

1) 降低噪声源的技术措施

控制噪声源主要是通过以下几个方面解决:研制和选用无噪声或低噪声设备,如改进设计,以焊代铆、以液压代冲压和气动等;提高机械加工、装配及安装精度,以减少机械振动和摩擦产生的噪声;使用减低噪声的新技术、新工艺,如高压高速流体要降压降速,或改变气流喷嘴形状等。

2) 降低噪声传播途径的措施

(1) 合理布局。主要噪声源车间或装置远离求静车间、实验室、办公室等,或高噪声设备尽量集中。

(2) 充分利用自然屏障。如天然地形(山冈、土坡、树林、草丛等)或高大建筑物、构筑物(如仓库、储罐等)。

(3) 利用声源指向性特点控制。如高压锅炉排气、高炉放风、制氧和排气等朝天或旷野方向。

(4) 采取必要的技术措施。表 5-3 列出了解决噪声干扰问题的技术措施。这些措施从物理学上看,也是在传播途径上控制噪声,它们各有特点,也互有联系。实际上,往往要对噪声传播的具体情况进行分析,综合应用这些措施,才能达到预期效果。

表 5-3 几种常用的声学技术措施

技 术 措 施	适 用 范 围
消声器	降低空气动力性噪声:各种风机、空气压缩机、内燃机等进气、排气噪声
隔声间(罩)	隔绝各种声源噪声:各种通用机器设备、管道的噪声
吸声处理	吸收车间、厅堂、剧场内部的混响声或做消声管道的内衬
隔振	阻止固体声传递,减少二次辐射:机器设备基础的减振器和管道的隔振
阻尼减振	减少壳板振动引起的辐射噪声:车体、船体、隔声罩、管道减振

3) 保护噪声接受者措施

当采用以上两种措施后,仍然有可能出现噪声污染问题时,应该对工作人员进行个人保护。在车间内,工人的耳内塞上防声棉、防声耳塞;处于有剧响声的工作地点,如飞机驾乘人员要配以耳罩和防声头盔等物品。此外,还应采取轮班作业,减少在高噪声环境中的工作时间。

图 5-1 所示是一个风机车间控制噪声的设施,它形象地概括了车间预防噪声的各种方法。

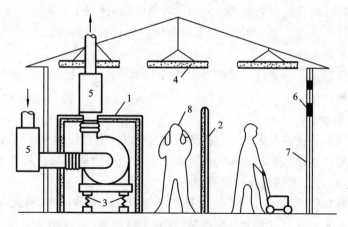

图 5-1 风机车间噪声控制示意

1—风机隔声罩;2—隔声屏;3—减振弹簧;4—空间吸声体;
5—消声器;6—隔声窗;7—隔声门;8—防声耳罩

3. 城市噪声的综合防治

城市噪声直接影响人民群众的生活、工作和学习,因此治理城市噪声是环境保护中的一项重要工作。与治理其他环境污染一样,整治城市噪声污染应在对噪声源进行详细调查的基础上,认真贯彻"预防为主、防治结合"的方针,综合利用科学技术、法律法规手段来改善城市的声环境。对城市噪声的综合防治对策如下。

(1) 制定科学合理的城市规划和城市区域环境规划,划分每个区域的社会功能,加强土地使用和城市规划中的环境管理。噪声源集中,保证住宅区、文教卫生区的安静。

(2) 有计划有组织地调整、搬迁噪声污染严重而就地改造又有困难的企业。

(3) 加强噪声(特别是城市交通噪声)现场监测分析工作。

(4) 建立卫星城,改善人口密集的现状。

（5）搞好城市绿化，尽可能降低噪声的危害。

（6）加强科学研究，研制出适用的降低噪声的新设备、新材料和新技术。

任务 2　放射性污染及防治

放射性污染指的是由于人类活动而排放出的放射性物质对环境造成的污染和对人体造成的危害。自然资源中存在着一些能自发地放射出某些特殊射线的物质，这些射线具有很强的穿透性，如 ^{235}U、^{232}Th、^{40}K 等，都是具有这种性质的物质。这些能自发放出射线的性质称为放射性。放射性核素进入环境后，会对环境及人体造成危害，成为放射性污染物。

放射性污染物与一般的化学污染物有着显著的不同，主要表现在放射性污染物与其化学状态无关，无论是单质态还是化合态，均具有放射性。放射性元素均有一定的半衰期，在其放射性自然衰变的这段时间里，都会放射出具有一定能量的射线，对环境和人体持续地造成危害。放射性污染物所造成的危害，在有些情况下并不立即显示出来，而是经过一段潜伏期后才显现出来。因此，对于放射性污染物的防治也就不同于其他污染物。

1. 放射性污染来源

放射性污染物主要是通过射线的照射危害人体和其他生物体。环境中的放射性物质主要有两个来源。

1）天然放射源

人类本来就生活在具有天然放射源的环境中，并且也已经适应了这种辐射。天然放射性本底值表示自然界本来就存在的高能辐射和放射性物质的量。只要不超过天然放射性本底值，就不会对人类的健康构成威胁。

天然放射源有 ^{235}U、^{232}Th、^{40}K、^{14}C、^{3}H 等。还有一些宇宙间高能粒子构成的宇宙线，以及这些粒子进入大气层后与大气中的氧、氮原子核碰撞产生的次级宇宙线。

2）人工放射源

20 世纪 40 年代以来，核军事工业逐渐建立和发展起来，50 年代后又逐渐被广泛应用于各行各业和人们的日常生活中，因此构成了放射性污染的人工污染源。主要有以下四类。

（1）核爆炸的沉降物。在大气层进行核爆炸试验时，伴随着爆炸产生的大量赤热气体，会将各种放射性污染物带到大气中和地面上，进而飘逸到各类水体中。这些物质称为放射性沉降物，或称为沉降灰，可以造成全球性的污染。

（2）核工业过程的排放物。核能应用于动力工业，构成了核工业的主体。在核燃料的开采、冶炼、精制与加工中，含有 ^{222}Rn、^{235}U、^{226}Ra 等放射性污染物的"三废"排放是造成环境放射性污染的重要原因。

（3）医疗照射的射线。随着现代医学的发展，辐射作为诊断、治疗的手段得到越来越广泛的应用。除了外照射以外，还发展到了内照射治疗技术。由于广泛应用放射线，也就增加了医务人员和患者受到过量照射的危险。因此,应该说医疗照射已成为目前环境中的主要人工污染源,约占全部污染源的 90%。

(4)其他方面的污染源。某些控制、分析、测试等设备中用了放射性物质,对于职业操作人员就会产生辐射危害。另一方面,在一些生活消费品中使用了放射性物质,如夜光表、彩色电视机等;某些建筑材料中含有超量的 ^{222}Rn、^{235}U、^{226}Ra 等放射性污染物,如花岗岩、钢渣砖等,都会造成一定的辐射伤害。甚至香烟烟雾中的放射性同位素也会对人的健康造成威胁。

2. 放射性物质的危害

1)造成危害的放射性物质

主要的放射性物质有 ^{90}Sr、^{137}Cs、^{131}I、^{14}C、^{222}Rn 和 ^{60}Co。造成放射性物质危害的主要有以下几种射线。

(1)α射线。α射线是由速度约为 2×10^7 m/s 的氦核(^4_2He)组成的粒子流。它产生于核素的α衰变,如 ^{238}U 衰变为 ^{234}Th 的同时释放出α粒子。

$$^{238}_{92}U \longrightarrow ^{234}_{90}Th + ^4_2He$$

α粒子穿透力较小,在空气中易被吸收,外照射对人的伤害不大,但其电离能力强,进入人体后会因内照射造成较大的伤害。

(2)β射线。β射线是速度为($2 \times 10^5 \sim 2.7 \times 10^8$) m/s 带负电的电子流。它产生于自衰变,穿透能力较强。如 ^{234}Th 衰变为 ^{234}Po 的同时释放出电子。

$$^{234}_{90}Th \longrightarrow ^{234}_{91}Po + ^0_{-1}e$$

(3)γ射线。γ射线是波长很短的电磁波,或者说是能量极高的光子,穿透能力极强,对人的危害最大。它产生于核从不稳定的激发态转变到能级较低的稳定态的过程。

(4)X射线。X射线穿透力很强。

2)危害途径

直接途径是可以通过呼吸道、消化道、皮肤等进入人体,间接途径是通过食物链富集进入人体。放射性物质进入人体的途径见图 5-2。

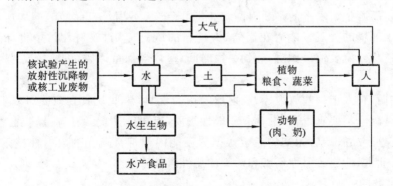

图 5-2 放射性物质进入人体的途径

3)特点

不同放射性物质进入人体可以在不同的组织中进行富集。如 ^{131}I 主要蓄积在甲状腺内,^{32}P 对于骨髓呈现高度蓄积作用,^{90}Sr 主要分布在骨组织内,^{238}U 主要蓄积在肾脏内等。这一特性可以集中造成对某一器官或某几种器官的损伤。

放射性物质进入人体后主要危害机理是损伤人体细胞、破坏人体组织,可使人体组织产生电离作用,使体内细胞分子受到破坏而致病。对人体的损害方式有两种。

(1) 个人效应。短时间或一次大剂量受到放射性辐射污染,可以使血小板降低、白血球降低、淋巴结上升、损害生殖腺而危害后代,使甲状腺肿大、寿命缩短等。如辐射量在 6 Gy 以上,通常在几小时或几天内立即引起死亡,死亡率达 100%,称为致死量。辐射剂量在 4 Gy 左右,死亡率下降到 50%,称为半致死量。在不发生重大事故的情况下,对健康产生影响主要是低剂量长期作用的结果。有人提出低于 0.1 Gy 是低剂量的界限。

(2) 遗传效应。放射性辐射导致染色体损伤、遗传基因突变,并致使皮肤癌和骨髓癌等疾病发生。如 1945 年在日本广岛和长崎发生的原子弹爆炸事件,当地居民长期受到辐射远期效应的影响,肿瘤、白血病的发病率明显增高,同时遗传给后代而生下畸形儿。

3. 放射性污染的防治

环境核辐射对人体危害很大,应该积极进行防护和治理。防治的基本出发点是避免射线对人体的照射,使照射量减到最小。由于放射性核素具有固有的特性,所以其防治应着重在控制污染源,防护措施仅能起辅助、补救作用。

1) 防护方法

(1) 缩短接触时间。人体受照射的时间越长,累积的剂量就越多,这就要求所有接触放射性物质的人员操作熟练、准确、敏捷,尽可能缩短操作时间。

(2) 远距离操作。人距离辐射源越近,受照量越大。所以进行放射性操作时,应该采用长柄钳、机械手或远距离的自动控制装置。

(3) 屏蔽保护。根据射线通过物质时被减弱的原理,在放射源和人体之间放置屏蔽材料,如有机玻璃、钢板、铅板、水泥等,以削弱放射性的作用。屏蔽材料的选择和厚度应由射线的类型和能量强弱来决定,一次 X 射线透视使照射者受到 0.01~10 mGy 的剂量。

(4) 加强日常生活中的防范意识。不要以为远离了核试验、核工业区就可以掉以轻心。必须认识到,放射性污染可能就在自己身边。

一方面,随着生活水平的不断提高,越来越多的人不满足自己简陋的居所,对室内进行装修,以求环境的美观。随着花岗岩、大理石的广泛应用,放射性污染事件不断出现。因此,装修选材一定要慎重,装修后的一段时间,室内要保持通风,以稀释或排除氯气等放射性物质。

另一方面,有人把一些放射棒、放射球等作为玩具,这些玩具在夜晚可以发出各种荧光,非常好看。但不要忘记,其中含有放射性物质,有可能使玩者轻者得病、重者丧命。巴西就曾发生过废品收购店无知的老板娘把黑夜能闪耀神奇蓝光的放射性核素 ^{137}Cs 涂在脸上手上来欣赏,造成放射性伤害和污染的恶性事故。

2) 污染源的控制

(1) 放射性废气、废水、废渣的处理。对于放射性废料,必须进行妥善处理。目前只是利用放射性自然衰减的特性,采用浓缩储存的方法,将放射性废物安全地永久储存在专门的地方与环境隔绝,或是根据综合防治、化害为利的原则回收利用,以达到减少或消除放射性污染的目的。

现在,对固体和液体放射性废物的处理一般采用三种方法:一是把核废料先固化成玻璃块装入特制的合金密封容器,外面装上隔热外套,然后用航天飞机把它带入太空,让核废料远离人类生活的地球;二是将核废料装入密封合金容器,投入事先开掘的深海竖井内,用水泥封死;三是把放射性废料融入玻璃块或者铸石块内,再放入深坑内用特制的密封盖封好,最后用泥土把坑封死,使放射性不外泄。

值得注意的是放射性废物的半衰期,短的仅几天,长的可达几十万年,甚至同地球同龄。即使过了上万年,埋在地下的核废料仍可置人于死地,所以留给子孙后代的警示标志至少得保持1万年。对于放射性气体,一般是先经过过滤、吸附、吸收等处理,监测合格后,最后通过高烟囱排放。

另外,可以通过循环使用,回收废物中某些放射性物质。这样既不浪费资源,又可减少污染物的排放。如在废液中回收半衰期长、毒性大的放射性核素^{137}Cs、^{90}Sr等,供工业、医疗及科学研究使用。

(2) 全面禁止核试验。

(3) 核工业的选址应在人口密度小,气象、水文条件符合要求的地区。

任务3 电磁污染及防护

电磁辐射属于物理性污染。一方面,电器与电子设备在工业生产、科学研究与医疗卫生等各个领域都得到了广泛的应用,随着经济、技术水平的提高,其应用范围还将不断扩大与深化;另一方面,各种视听设备、微波加热设备等也被广泛应用于人们的生活之中,应用范围越来越广,设备功率越来越大。所有这些都会导致电磁辐射的大幅度增加,直接威胁人类的身心健康。中国自20世纪60年代以来,在这方面已经做了大量的工作,研制了一些测量设备,制定了有关高频电磁辐射安全卫生标准及微波辐射卫生标准,在防护技术水平上也有了很大提高,取得了良好成效。

1. 电磁波来源

电磁波是电场和磁场周期性变化产生波动,并通过空间传播的一种能量,也称电磁辐射。在环境保护研究中,电磁污染主要是指当电磁场的强度达到一定限度时,对人体机能产生的破坏作用。电磁污染源主要来自两个方面。

1) 天然电磁污染源

天然电磁污染源是由于大气中的某些自然现象引起的。最常见的是大气中的雷电电磁干扰。此外,太阳和宇宙的电磁场源的自然辐射、火山爆发、地震和太阳黑子活动、新星爆发等都会产生电磁干扰。

2) 人工电磁污染源

自从1895年无线电波发明,使大西洋两岸成功地进行电信号传送后,各国便纷纷设立自己的无线通信系统,这种革命性的信息传送方式很快风靡世界。如今,电磁波作为物质能量和信息的载体被广泛地应用到工业、交通、医疗、通信等各行各业,在社会的发展中

图 5-3 手机与电磁辐射

发挥了重要作用,由此也产生了污染。所谓人工电磁污染源是指人工制造的各种电子系统、电气和电子设备产生的电磁辐射,主要有脉冲放电(产生于切断大电流电路时的火花放电,其本质与雷电相同)、工频交变电磁场(指低频的电力设备和输电线路所激发的电磁场)、射频电磁辐射(指无线电广播、电视、微波通信等各种射频设备的辐射)等。图 5-3 为手机与电磁辐射。

2. 电磁污染的传播途径

从污染源到受体,电磁污染主要通过以下两个途径进行传播。

1) 空间直接辐射干扰

空间直接辐射是指各种电气装置和电子设备在工作过程中,不断地向周围空间辐射电磁能量,每个装置或设备本身都相当于一个多向的发射天线。这些发射出来的电磁能,在距场源不同距离的范围内,是以不同的方式传播并作用于受体的。一种是在以场源为中心、半径为一个波长的范围内,传播的电磁能以电磁感应的方式作用于受体,如可使日光灯发光;另一种是在以场源为中心、半径为一个波长的范围之外,电磁能以空间放射方式传播并作用于受体。

2) 线路传导干扰

线路传导是指借助于电磁耦合由线路传导。当射频设备与其他设备共用同一电源时,或它们之间有电气连接关系,那么电磁能即可通过导线传播。此外,信号的输出、输入电路和控制电路等,也能在强电磁场中拾取信号,并将所拾取的信号进行再传播。

通过空间辐射和线路传导均可使电磁波能量传播到受体,造成电磁辐射污染。有时通过空间传播与线路传导所造成的电磁污染同时存在,这种情况称为复合传播污染。

3. 电磁辐射的危害

电磁辐射污染不仅能引起身体各个器官的不适,直接危害人类的身心健康,而且还能干扰各种仪器设备的正常工作,对人类生命和财产安全构成很大的威胁。

1) 危害人体健康

人本身存在一个生物电磁场,环境中如果存在强电磁场,就可能吸收一定的辐射能量,影响人体的电磁场运动,并因此产生生物效应,这种效应主要表现为热效应。因为在生物体中一般均含有极性分子与非极性分子,在电磁场的作用下,极性分子重新排列的方向与极化的方向变化速度很快。改变方向的分子与其周围分子发生剧烈的碰撞而产生大量的热能。这种变化作用如果恰到好处,会促进人体的健康,如用电磁理疗机治病。但当电磁场能量超过一定限度时,就能诱发各种疾病。一般认为,电磁辐射的致病效应,与电磁波的波长有关,微波、超短波对人体的影响是最大的,长波的影响最小。在电磁辐射污染中,最直接伤害人和生物机体的是高频微波辐射,它能穿透生物体直接对内部组织"加热",往往表面上没有什么,而内部组织已被严重"烧伤"。

人受到电磁波的干扰,可以使人体热调节系统失调,对心脑血管疾病起着推波助澜的作用;可以干扰人体自然节律,引起头痛、失眠、健忘等神经衰弱症状;可以导致人体染色体异常,免疫能力下降,诱发基因突变和染色体畸变。随着辐射量的增高,还能引发癌症。电磁辐射有累积效应。

2)干扰通信系统

电磁辐射可以对电子设备和家用电器产生不良的影响。大功率的电磁波会互相产生严重的干扰,导致通信系统受损,影响电子设备、仪器仪表的正常工作,使信息失误、控制失灵,造成严重事故。1998 年 2 月春运期间,广州白云机场电台受到干扰,空中航线被迫关闭 5 h,造成多次航班延误,大量旅客滞留。当地无线电监测站组织力量,紧急行动,关闭 40 多台寻呼发射机才使问题得以缓解。然而事隔半年,该机场导航系统使用的电磁波频率,又一次遭到外来电磁发射的严重干扰。一些装有心脏起搏器的病人因微波炉干扰而莫名其妙地感到不适,有的起搏器还失灵骤停,对患者造成威胁。

4.电磁辐射污染的防护

为了防止和抑制电磁干扰,目前主要采取电磁兼容来减少电磁辐射,即在共同的电磁环境下,通过屏蔽、滤波、接地三种途径,使设备相互间不受干扰。

1)控制电磁波源的建设和规模

在建设有强大电磁场系统的项目时,应组织专家论证,通过合理布局使电磁污染源远离居民稠密区,以加强损害防护;另一方面,限制电磁波发射功率,制定职业人员和居民的电磁辐射安全标准,避免人员受到过度辐射。

2)做好电磁辐射防护工作

(1)屏蔽保护。

使用某种能够抑制电磁辐射扩散的材料,将电磁场源与其环境隔离开来,使辐射能限制在某一范围内,达到防止电磁污染的目的,这种技术手段称为屏蔽保护。电磁屏蔽保护装置一般为金属材料制成板或网结构的封闭壳体,亦可用涂有导电涂料或金属镀层的绝缘材料制成。一般来说,电场屏蔽用铜材为好,磁场屏蔽则用铁材。

(2)吸收保护。

吸收保护就是在近场区的场源外围敷设对电磁辐射具有强烈吸收作用的材料或装置,以减少电磁辐射的大范围污染。

实际应用时可在塑料、橡胶、陶瓷等材料中加入铁粉、石墨和水等制成,如塑料板吸收材料、泡沫吸收材料等。

(3)个人保护。

需要操作人员进入微波辐射源的近场区作业,或因某些原因不能对辐射源采取有效的屏蔽、吸收等措施时,必须采取个人防护措施,以保证作业人员的人身安全。个人保护措施主要有穿保护服、带保护头盔和防护眼镜等,并注意休息。

(4)家庭生活中的防护。

正确使用家用电器设备。一些易产生电磁波的家用彩电、冰箱、空调、电脑等不集中放置,尽量避免将它们摆放在卧室;观看电视应保持适当距离,注意通风;并避免与带电磁场的电器长时间接触。此外,经常暴露在高压输电网周围或其他电气设备微弱电场的人,要注意定期检查身体,发现征兆及时治疗。必须长期处于高电磁辐射环境中工作的人需要多食用胡萝卜、豆芽、西红柿、油菜、海带、卷心菜、瘦肉、动物肝脏等富含维生素 A、维

生素 C 和蛋白质的食物,以加强肌体抵抗电磁辐射的能力。

(5) 加强区域控制。

对工业集中,特别是电子工业集中的城市,以及电子、电气设备密集使用的地区,可以将电磁辐射源相对集中在某一区域,使其远离一般工业区或居民区,并应采用覆盖钢筋混凝土或金属材料的办法来衰减室内场强。对这样的地区还应设置安全隔离带,从而在较大范围内控制电磁辐射的危害。在安全隔离带做好绿化工作,减少电磁辐射的危害。同时要加强监测,尽量减少射频电磁辐射对周围环境的影响。

3) 加强电磁辐射污染的管理工作

尤其是在位于市区或市郊的卫星地面站、移动通信、无线寻呼及大型发射台站和广播、电视发射台、高压输变电设施等项目,要建立健全有关电磁辐射建设项目的环境影响评价及审批制度。

任务 4　其他污染类型及其防治

1. 废热污染

由于人类的活动使局部环境或全球环境发生增温,并可能对人类和生态系统产生直接或间接、即时或潜在危害的现象称为热污染。热污染包括以下内容:① 燃料燃烧和工业生产过程中产生的废热向环境的直接排放;② 温室气体的排放,通过大气温室效应的增强,引起大气增温;③ 由于消耗臭氧层物质的排放,破坏了大气臭氧层,导致太阳辐射的增强;④ 地表状态的改变,使反射率发生变化,影响了地表和大气间的换热等。

1) 热污染的来源

热污染主要来自能源的消费。现代化的生产和生活一刻也离不开电,而现在绝大部分电力是通过燃烧化石燃料获得的。

$$C(s) + O_2 \xrightarrow{\text{燃烧}} CO_2(g) + 393.5 \text{ kJ/mol}$$

按照理论计算,燃烧 1 t 煤(含杂质 10%)可以产生的热能为

$$\frac{1\,000\,000 \text{ g} \times (1-10\%)}{12 \text{ g/mol}} \times 393.5 \text{ kJ/mol} \approx 2.95 \times 10^7 \text{ kJ}$$

工业需要的冷却水中大约 80% 用于发电站。一个大型核电站每秒钟需要 42.5 m³ 的冷却水,这相当于直径 3 m 的水管、24 km/h 流速的流量。这些来自河流、湖泊或海洋的水在发电厂的冷却系统流动的过程中,水温升高了大约 11 ℃,然后又返回它的发源地。

能源消耗过程中生成 SO_2 和 CO_2 等物质。前者称为物质污染;后者对环境可产生增温作用,称为能量污染。像这种因能源消费而引起环境增温效应的污染,就是典型的热污染。

2) 危害

热污染除影响全球的或区域性的自然环境热平衡外,还对大气和水体造成危害。

① 大气中的 CO_2 引起温室效应。

② 热污染引起城市热岛效应。

③ 由于废热气体在废热排放总量中所占比例较小,因此对大气环境的影响尚不明显,还不能构成直接的危害。而温热水的排放量大,排入水体后会在局部范围内引起水温升高,使水质恶化,对水生物圈和人的生产、生活造成危害,其危害主要有以下三点。

a.影响水生生物的生长。在高温条件下,鱼在热应力作用下发育受阻,严重时导致死亡;水温的升高,降低了水生动物的抵抗力,破坏水生动物的正常生长。

b.导致水中溶解氧降低。水温比较高时,使水中溶解氧浓度降低,加之鱼及水中动物代谢率增高,它们将会消耗更多的溶解氧,势必对鱼类生存形成更大的威胁。

c.藻类和湖草大量繁殖。水温升高时,藻类种群将发生改变,蓝藻占优势时则发生水污染,水有不好的味道,不宜供水,并可使人、畜中毒。

环境热污染对人类的危害大多是间接的,首先冲击对温度敏感的生物,破坏原有的生态平衡,然后以食物短缺、疾病流行等形式波及人类,但危害的出现往往要滞后较长的时间。

3) 热污染的防治

(1) 改进热能利用技术,提高热能利用率。

目前所用的热力装置的热效率一般都比较低,工业发达的美国1966年平均热效率为33%,近年才达到44%。将热直接转换为电能可以大大减少热污染。如果把热电厂和聚变反应堆联合运行的话,热效率将可能高达96%,只浪费4%的热,有效地控制了热污染。

(2) 利用冷却温排水的技术来减少温排水。

电力等工业系统的温排水,主要来自工艺系统中的冷却水,可以通过冷却的方法使温排水降温,降温后的冷水可以回到工业冷却系统中重新使用。应用冷却回用的方法,节约了水资源,又可不向或少向水体排放温热水,减少热污染的危害。

(3) 废热的综合利用。

废热是一种宝贵的资源,通过技术创新,如热管、热泵等,可以把过去放弃的低品位的"废热"变成新能源。如用电站温热水进行水产养殖,放养非洲饵鱼、热带鱼类;冬季用温热水灌溉农田,使之更适宜农作物的生长;利用发电站的热废水在冬季供家庭取暖等。

(4) 加强城市和区域绿化。

绿化是降低热污染的有效措施。需注意树种选择和搭配,并加强空气流通和水面的结合。

2.光污染

在防治城市污染方面,受到人们重视的主要是大气、水、噪声和固体废物。对城市的另一个污染问题——光污染,尚未引起足够的重视。人类活动造成的过量光辐射对人类生活和生产环境产生不良影响的现象,称为光污染。

1) 光污染种类

目前,对光污染的成因及条件研究尚不充分,因此不能形成系统的分类及相应的防治措施。一般认为光污染有三种类型。

(1) 可见光污染。

① 眩光污染。眩光污染最为常见,有人把它称为噪光。它使人的视觉受损。如电焊

时产生的强烈眩光会对人眼造成伤害,夜间行驶的汽车头灯的灯光会使人视物极度不清,造成事故。车站、机场、控制室过多闪动的信号以及为渲染气氛而快速切换各种颜色的灯光,也属于眩光污染,使人视觉容易疲劳。

② 灯光污染。城市夜间营业部门灯光不加控制,使夜空亮度增加,影响天文观测。路灯控制不当或建筑工地安装的聚光灯照进住宅,影响居民休息。

③ 视觉污染。城市中杂乱的视觉环境,如杂乱的垃圾堆物,乱摆的货摊,五颜六色的广告、招贴等。这是一种特殊形式的光污染。

④ 人工白昼污染。城市在夜间灯火通明,如同白天,使人分不清白天与黑夜,可以引起人体生物钟的紊乱。

⑤ 其他可见光污染。现代城市的商店、写字楼、大厦等全部用玻璃或反光玻璃装饰。在阳光或强烈灯光照射下所反射的光,会扰乱驾驶员或行人的视觉,成为交通肇事的隐患。

(2) 红外线污染。

近年来,红外线在军事、科研、工业、卫生和生活等领域应用日益广泛,由此可以产生红外线污染。如日常生活中的加热炉、加热器、炽热灯泡都是主要的红外辐射源。红外线通过高温灼烧人的皮肤,还可以透过眼睛角膜,对角膜产生热损伤,出现疼痛和结膜炎性充血。长期的红外线照射可以引起白内障。

(3) 紫外线污染。

由于人类活动的加剧,臭氧层耗损非常严重,因此紫外线污染成为环境光污染的新问题。波长为 250~320 nm 的紫外光,对人具有伤害作用,主要伤害表现为角膜损伤和皮肤灼伤,易患白内障和皮肤癌等疾病。

2) 光污染的危害

(1) 对人体健康的影响。

光污染打乱了人生物节律和人体的平衡状态,干扰了大脑中枢神经的正常活动,造成人体内分泌失调,引起头晕目眩、失眠心悸、神经衰弱等症状,严重者可以导致精神疾病和心血管疾病。生活在"不夜城"的人们会产生失眠、神经衰弱等各种不适症,导致白天精神萎靡、工作效率低下。据测定,白色的粉刷面反射系数为 69%~80%,而镜面玻璃的反射系数为 82%~88%,比绿色草地、森林、深色或毛面砖石外装修建筑物反射系数大 10 倍左右,大大超过人生理上的适应范围,危及人体健康。长期处在白色光污染环境下的人,眼角膜和虹膜都会受到不同程度的损害,视力急剧下降,白内障发病率高达 40% 以上。

(2) 对安全的影响。

强光、彩光和玻璃幕墙反射光都会使驾驶员产生视觉错觉,对行车安全造成隐患。

(3) 对动物的影响。

动物保护者称,耀眼的光源可以危害到鸟类和昆虫的生命安全,是杀死它们的罪魁祸首之一。如在饰有华灯的华盛顿纪念碑下,曾有一次经过强烈光照后,在 1.5 h 内就找到 500 余只鸟的尸骸。德国的法兰克福游乐场霓虹灯每晚要烤死几万只有益昆虫。美国杜森市夏夜蚊虫多的原因与该市上千组霓虹灯"杀死"无数食蚊的益虫和益鸟有关。因此,目前许多城市的光彩亮化工程会对城市的生态平衡产生严重影响。

（4）直接干扰、影响天文观测。

3）光污染的防治

目前，世界各国对光污染还没有制定出相关的法律法规，还没有形成较为完整的研究、控制系统和相应的防治措施。在这种情况下，防止产生光污染最为重要，尤其是建筑物中使用玻璃幕墙和其他强反光性装饰，一旦建成便不易改变。国外有些人甚至对服装都提出"生态颜色"的概念，他们认为，过分雪白颜色的衣服会引起周围人视觉上的不适感。因此，在防、治并重时，还是以防为主。

① 加强城市规划和管理，合理布局光源，减少光源集中布置，以便减少光污染来源。

② 对有红外线、紫外线的场所，采取必要的安全防护措施。

③ 采取个人防护措施，主要是戴眼镜和防护面罩。

④ 加强绿化建设，在建筑物周围种树栽花、广植草坪，以改善和调节光线环境。

⑤ 对室内装饰，避免使用反射系数过大的装饰材料，室内光源强度要适度。由于蓝、紫光易引起疲劳，红橙光次之，黄绿、蓝绿、淡青色反射系数最小。所以，一般光源外壳采用黄绿、蓝绿等色。

⑥ 全人类都来关心和制止人类对臭氧层的破坏。

3. 太空污染

宇宙航天事业的发展，给人类展示了飞出地球的美好前景，但也给地球周围的宇宙空间带来污染。人类丢弃的人造卫星和火箭碎片基本处于无人管理而不断增加的状态，将来很可能危及人类在宇宙空间的活动。因此，越来越多的人呼吁，要尽早找出治理宇宙空间垃圾的办法。

1）定义

漂浮在宇宙空间的垃圾称为太空垃圾。它与人造卫星一样，也是按照一定的轨道绕地球旋转的。处在较低轨道上的太空垃圾会逐渐降低高度，直到最终在大气层中焚毁；但处于高轨道（比如 3.6×10^4 km）上的太空垃圾，可能永远不会焚毁而留在太空。

2）来源

① 造成太空污染的主要是那些已经废弃的卫星。在人类迄今发射升空的 5 000 多颗卫星中，有大约 2 400 颗仍在太空飞行，但其中 75% 的卫星都已废弃不用。科学家预计在未来 50～100 年内，太空垃圾可能遍及空间的各个角落，使太空轨道上无法再容纳新发射的卫星和太空舱。

② 除卫星本身外，对太空造成污染的还有卫星和火箭由于爆炸或故障而抛撒于太空的零部件碎片、残余的燃料以及寿命已尽的卫星残骸等。

③ 空间站上产生的各种垃圾也造成污染。

④ 为了地球的安全而计划人为送上太空的各种垃圾。如把核废料先固化成玻璃块装到特制的合金密封容器中，外面装上隔热外套，然后用航天飞机带到太空去。

3）危害

① 太空污染将威胁人类的各种空间开发活动。因为太空垃圾即使体积不大，但若与飞行中的卫星相撞，也会对卫星造成损坏。太空垃圾甚至还会使空间站或太空舱星毁人亡，严重威胁宇航员的生命安全。到现在为止，虽未发生大的灾难，但已经发现，美国航天

飞机的玻璃窗和外壳有被细小金属微粒和卫星涂料剥离物碎片擦碰的痕迹。1991 年 9 月,美国"发现号"航天飞机距火箭残骸特别近时,为避免灾难性的相撞,不得不改变运行轨道。

② 即便是微粒垃圾,数量多了也足以使卫星减少寿命。还有,太空垃圾造成的光线散射将会使人类对宇宙空间星体的观测受到影响。现在有可能给人类的宇宙活动带来危险的直径在 1 mm 以上的垃圾已有数百万个。

4) 太空垃圾处置设想

美国、日本等国正在研究减少、清除太空垃圾的办法。日本宇宙航空学会的报告书提出研究不会产生垃圾的火箭和卫星。1992 年 5 月,美国发射升空的航天飞机"奋进号"的任务就是回收一颗游荡在宇宙空间的卫星,并把它重新发回静止轨道。日本科学厅人士认为,"将来宇宙空间往返的航天飞机或许将活跃在回收和清除太空垃圾的领域"。

4. 居住环境与装修污染

美国国家环保局经过检测,得出一个令人惊异的结论:污染最严重的地方是每天生活的居室。据统计,现代人,尤其是城市居民,大约有 80% 的时间是在室内度过的,而室内空气中有害物质比室外可高出数十倍,可检出挥发性有机物达数百种。2003 年初,据中国室内装饰协会环境监测中心发布的公告指出,中国每年由室内空气污染引起死亡的人数已达 11.1 万人。

1) 居室环境污染源

① 用于室内装修和家具制作的化工产品,如人造板、合成革、壁纸、涂料、油漆、化纤地毯、胶黏剂等。

② 家用电器及办公设备等释放出的电磁污染。

③ 人在室内活动形成的污染,如抽烟等。

④ 烹调时产生的各种有害物质造成的污染。

如果室内使用了空调,门窗密闭,空气不流通,则室内污染会更严重,对人体的危害也会更大。

2) 家庭居室中主要污染物

豪华的装修已经成为现代人的时尚。然而,此时不自觉地已将污染带进了居室。

室内污染源主要有以下几种。

① 甲醛。目前多种人造板材、胶黏剂、壁纸等都含有甲醛。甲醛是世界上公认的潜在致癌物,最终可以造成免疫功能异常、肝损伤、肺损伤及中枢神经系统受到影响,而且还能致使胎儿畸形。

② 苯。主要来源于胶、漆、涂料和胶黏剂中,是强烈的致癌物。

③ 氨及其同系物。室内空气中氨超标的主要原因是由于冬季施工时混凝土中含有尿素成分的防冻剂。氨无色却具有强烈的刺激性气味,可引起流泪、咽喉痛、呼吸困难及头晕、头痛、呕吐等症状。

④ 氡及其他放射性物质。装修中的放射性物质主要是氡。^{222}Rn 的半衰期为 3.8 d,经过多次衰变最终变成稳定性元素 ^{206}Pb,在衰变过程中可以产生 α 辐射、β 辐射和 γ 辐射。一般说来,建筑材料是室内氡最主要的来源,如花岗岩、瓷砖及石膏等。氡看不见、嗅

不到,即使在氡浓度很高的环境中,人们对它也毫无感觉,然而氡对人体的危害却是终身的,它是导致肺癌的第二大因素。据美国国家环保局估计,美国每年有 5 000~20 000 人死于氡气引起的肺癌。

⑤ 总挥发性有机化合物(TVOC)。它有刺激性臭味,有些化合物具有基因毒性,能引起机体免疫水平失调,影响中枢神经系统功能,出现头晕、头痛、嗜睡、无力、胸闷等自觉症状,还可能影响消化系统,出现食欲不振、恶心等。严重时可损伤肝脏和造血功能,出现变态反应等。对上述 5 种主要污染物的国家标准见表 5-4。

表 5-4 民用建筑室内环境主要有害污染物质浓度限量标准

有害污染物	甲醛/(mg/m³)	苯/(mg/m³)	氨/(mg/m³)	氡/(Bq/m³)	TVOC/(mg/m³)
国家标准	≤0.08	≤0.09	≤0.2	≤200	≤0.5

除以上 5 种主要污染物外,还有游离甲苯二异氰酸酯(DTI),氯乙烯单体,苯乙烯单体,吸烟烟雾,可溶性的铅、镉、铬、汞、砷,厨房产生的油烟。从广义上说,室内主要污染物范围比较广泛,还应包括生物污染,有细菌、真菌、花粉和生物体有机成分等。在这些生物污染因子中有一些细菌和病毒是人类呼吸道传染病的病原体,有些真菌、花粉和生物体有机成分则能够引起人的过敏反应。室内空气生物污染的来源复杂,主要来源于患有呼吸道疾病的患者、小动物(鸟、猫、狗等宠物)、空调器和环境等。室内主要污染物(不包括生物污染)及其危害见表 5-5。

表 5-5 室内主要污染物及其危害

污 染 物	来 源	危 害
石棉	防火材料、绝缘材料、乙烯基地板、水泥制品	致癌
生物悬浮颗粒	藏有病菌的暖气设备、通风和空调设备	流行性感冒、过敏
一氧化碳	煤气灶、煤气取暖器、壁炉、抽烟	引起大脑和心脏缺氧,重者死亡
甲醛	家具胶黏剂、海绵绝缘材料、墙面木镶板	引起皮肤敏感,刺激眼睛
挥发性有机物	室内装修料、油漆、清漆、有机溶剂、炒菜油烟、空气清新剂、地毯、家具、胶黏剂、涂料、装饰材料	具有多种刺激性或毒性,引起头疼、过敏、肝脏受损,甚至致癌
可吸入颗粒	抽烟、烤火、灰尘、烧柴	损伤呼吸道和肺
无机物(硝酸、硫酸、重金属)颗粒	户外空气	损伤呼吸道和肺
砷	抽烟、杀虫剂、鼠药、化妆品	伤害皮肤、肠道和上呼吸道
镉	抽烟、杀真菌剂	伤害上呼吸道、骨髓、肺、肝、肾
铅	汽车尾气	毒害神经、骨髓和肠道
汞	杀真菌剂、化妆品	毒害大脑和肾脏
二氧化氮	户外汽车尾气、煤气灶	刺激眼睛和呼吸道,诱发气管炎、致癌
二氧化硫	家庭燃煤、户外空气	损伤呼吸系统

续表

污 染 物	来 源	危 害
臭氧	复印机、静电空气清洁器、紫外灯	尤其对眼睛和呼吸道有伤害
氡气	建筑材料、户外的土壤气体	诱发肺癌
杀虫剂	杀虫喷雾剂	致癌、损伤肝脏
铝	铝制品、食品、饮料等	损害消化系统、神经系统
电磁波	家电、通信、医学设备等	影响中枢神经、心血管系统

3) 室内污染的症状

2001 年 12 月 23 日,中国室内环境检测中心公布了室内环境污染的 12 种症状,提醒消费者如发现类似情况应尽快检测。室内空气污染的 12 种表现分别如下。

① 每天清晨起床时,感到憋闷、恶心,甚至头晕目眩。

② 家里人经常容易感冒。

③ 虽然不吸烟,也很少接触吸烟环境,但是经常感到嗓子不舒服,有异物感,呼吸不畅。

④ 家里小孩常咳嗽、打喷嚏、免疫力下降,新装修的房子孩子不愿意回家。

⑤ 家人常有皮肤过敏等毛病,而且是群发性的。

⑥ 家人共有一种疾病,而且离开这个环境后,症状就有明显变化和好转。

⑦ 新婚夫妇长时间不怀孕,查不出原因。

⑧ 孕妇在正常怀孕情况下发现胎儿畸形。

⑨ 新搬家或者装修后,室内植物不易成活,叶子容易发黄、枯萎,特别是一些生命力最强的植物也难以正常生长。

⑩ 新搬家后,家养的宠物猫、狗甚至热带鱼莫名其妙地死掉,而且邻居家也是这样。

⑪ 一上班就感觉喉疼、呼吸道发干,时间长了头晕,容易疲劳,下班以后就没问题了,而且同楼其他工作人员也有这种感觉。

⑫ 新装修的家庭和写字楼的房间或者新买的家具有刺眼、刺鼻等刺激性异味,而且超过一年仍然气味不散。

以上这些现象都是由于室内空气质量不合格造成的。室内空气质量与我们的健康是密切相关的。2002 年,有两家公司从北京一座颇有名气的写字楼中搬出,在"白领"中引起了一番不小的震动。这两家公司之所以"挪窝",不在于房屋租金、工作需要等通常人们所能够想象得到的理由,而是因为这幢写字楼是"不良建筑"。

首先发现那幢建筑的不良情况并请人进行鉴定检测的是××××公司。公司职员从自己身上觉出了不对头,"下班的时候没有问题,但一上班就感觉腿酸",公司职员"每天都吃药"。写字楼里其他公司职员也都有"咽喉疼、呼吸道发干,时间长了脑袋发昏、特容易得感冒"等症状。北京市化学物质毒性鉴定检测中心检测结果证明,该公司的办公室空气中的氨气严重超标,竟高达国家卫生标准的 18 倍。"对人可以产生轻度、中度中毒症状,浓度过高还会造成神经系统的问题"。经过分析认为,"大楼的抗冻剂和空调的制冷剂是产生氨气的原因,施工部门在冬季施工时若将含氨物质加入混凝土的防冻剂中,只要墙体不被破坏,大楼内的氨气就会一直保留。加之为了节能,把房间密闭起来,人在这样的环境中就会产生昏昏沉沉的感觉"。这就是不良建筑综合征。在该公司办公室里,连花都养不活。身处密闭大楼里的人们感到的是莫名其妙的"病":咳嗽、胸闷、心痛、疲劳、不适,工作能力失常,效率下降,但离开后病症会自然消失。中国预防医学科学院的报告称:"人由于生理的需要,本身就是污染源,再加之室内装饰材料、家用电器、日用生活品(化妆品、清洁剂)等都会产生污染,造成室内的环境污染其实要比室外严重得多。"尽管目前对于严重程度还说法不一,但可以肯定的是,对于 80% 的时间都在室内的人来说,室内环境污染的情况更为复杂。

不良建筑综合征对人类的影响已经越来越普遍。1984 年在美国加州一幢新建成的大厦内发现,172 名雇员中就有 154 名患有不良建筑综合征,每人平均有 7.2 种症状。英国学者将在一座新建空调办公楼内工作的 525 名员工与在另外 3 座自然通风楼内工作的281 人作比较,结果显示,前者的发病症状发生率比后者高出 3~4 倍。武汉市于 1999—2000 年两次对一家报社的电脑网络中心制作室的空气质量和人员健康状况的调查显示,有 9 种与室内空气质量相关的症状时常发生。

4) 室内污染的防治

① 购买合格装饰材料。室内装修材料中包含的有毒气体及有害放射性元素,被视为"室内凶手"。然而,由于缺乏明确的检测标准,致使"室内凶手"长期逍遥法外。

2002 年 1 月 1 日,国家标准《民用建筑工程室内环境污染控制规范》(下简称《控制规范》)正式实施,并公布了 GB 18580—2001《室内装饰装修材料人造板及其制品中甲醛释放限量》等 10 项国家标准。自 2002 年 1 月 1 日起,生产厂家开始执行以上 10 项国家标准。2002 年 7 月 1 日起,市场上必须停止销售不符合该 10 项国家标准的产品。

② 工程完工后要经过检测。国家公布的《控制规范》中明确规定,民用建筑工程及室内装修工程应在工程完工至少 7 d 后并且在工程交付之前,由具有一定资质的检测机构对室内环境质量进行综合验收。工程交付使用时,施工单位须向住户提供相应的达标证书。

③ 不要立即入住新装修好的居室。

④ 锻炼身体,增强体质。

⑤ 多食富含维生素的食品。

⑥ 预防为主,发现异常,及时检查。

复习思考题

1. 什么是噪声? 对人体有什么危害?
2. 按照声源发生的场所可以把噪声分为哪四类?
3. 控制噪声污染有哪些措施?
4. 你身边有哪些噪声污染的困扰? 你对控制这些噪声污染有何建议?
5. 什么是放射性污染?
6. 放射性污染的来源和危害有哪些? 对人类危害最大的人工放射性污染源是哪一种?

7.放射性污染的防治方法有哪些?

8.何谓电磁辐射?电磁辐射的来源有哪些?

9.电磁污染的传播途径主要有哪几种?

10.电磁辐射的危害是什么?手机就是一种电磁辐射污染源,谈谈你对机场、医院、加油站等地方不能使用手机的看法。

11.热污染的概念是什么?

12.热污染主要来源于何处?

13.热污染对环境有哪些影响?

14.什么是光污染?目前对光污染分为哪几类?

15.现代建筑中的玻璃外幕墙有什么危害?

16.查找资料,谈谈你对太空污染的看法。

17.居室环境中主要污染物有哪些种类?你对这些污染物有什么认识和看法?调查自己的居室环境中有哪些污染物?它们的危害是什么?你如何处理这些问题?

项目六

环 境 监 测

项目简介：主要介绍大气环境监测和水质环境监测的内容，其中包括大气和废气环境监测方案的制订、大气样品的采集和保存、大气和废气中主要污染物质的监测方法和监测原理，水和污水环境监测方案的制订、水质样品的采集和保存、水和污水中主要污染物质的监测方法和监测原理。

教学目标：熟悉大气监测方案的制订，掌握气态和颗粒状污染物质的监测分析方法，掌握固定污染源的监测方法，熟悉水体监测方案的制订，掌握水样的采集、运输和保存方法，掌握主要水质项目的监测分析方法。

环境监测是环境科学的一个重要分支学科。"监测"一词的含义可理解为监视、测定、监控等，因此环境监测就是通过对影响环境质量因素的代表值的测定，确定环境质量（或污染程度）及其变化趋势。环境监测的对象包括：反映环境质量变化的各种自然因素；对人类活动与环境有影响的各种人为因素；对环境造成污染危害的各种成分。

环境监测的过程一般为：现场调查──→监测计划设计──→优化布点──→样品采集──→运送保存──→分析测试──→数据处理──→综合评价等。从信息技术角度看，环境监测是环境信息的捕获──→传递──→解析──→综合的过程。只有在对监测信息进行解析、综合的基础上，才能全面、客观、准确地揭示监测数据的内涵，对环境质量及其变化作出正确的评价。

任务1 大气污染监测方法

1. 大气污染监测方案的制订

制订大气污染监测方案的程序，首先要根据监测目的进行调查研究，收集资料，然后经过综合分析，确定监测项目，根据监测对象的特点设计布点网络，选定采样频率、采样方法和监测技术，建立质量保证程序和措施，提出监测结果报告要求及进度计划等。

1）监测目的

（1）通过对大气环境中主要污染物质进行定期或连续地监测，判断大气质量是否符合国家制订的大气质量标准，并为编写大气环境质量状况评价报告提供数据。

（2）为研究大气质量的变化规律和发展趋势，开展大气污染的预测预报工作提供依据。

（3）为政府部门执行有关环境保护法规，开展环境质量管理、环境科学研究及修订大气环境质量标准提供基础资料和依据。

2）有关资料的收集

（1）污染源分布及排放情况。

通过调查，将监测区域内环境的污染源类型、数量、位置、排放的主要污染物及排放量弄清楚，同时还应了解所用原料、燃料及消耗量。

（2）气象资料。

污染物在大气中的扩散、输送和一系列的物理、化学变化在很大程度上取决于当时当地的气象条件。因此，要收集监测区域的风向、风速、气温、气压、降水量、日照时间、相对湿度和温度的垂直梯度及逆温层底部高度等资料。

（3）地形资料。

地形对当地的风向、风速和大气稳定情况等有影响，因此，它是设置监测网点应当考虑的重要因素。

（4）土地利用和功能分区情况。

不同功能区的污染状况是不同的，如工业区、商业区、混合区、居民区等。

（5）人口分布及人群健康状况。

环境保护的目的是维护自然环境的生态平衡，保护人群的健康，因此，掌握监测区域的人口分布、居民和动植物受大气污染危害情况及流行性疾病等资料，对制订监测方案、分析判断监测结果是有益的。

3）监测项目

存在于大气中的污染物质多种多样，应根据优先监测的原则，选择那些危害大、涉及范围广、已建立成熟的测定方法，并有标准可比的项目进行监测。在我国《环境监测技术》中规定的监测项目分为必测项目和选测项目两种。必测项目有二氧化硫、氮氧化物、总悬浮颗粒物、硫酸盐化速率、灰尘自然沉积量。选测项目有一氧化碳、飘尘、光化学氧化剂、氟化物、铅、汞、苯并［a］芘、总烃及非甲烷烃。

4）监测网点的布设

（1）布设采样点的原则。

① 采样点应设在整个监测区域的高、中、低三种不同污染物浓度的地方。

② 在污染源比较集中、主导风向比较明显的情况下，应将污染源的下风向作为主要监测范围，布设较多的采样点；上风向布设少量的采样点作为对照。

③ 工业较密集的城区和工矿区，人口密度及污染物超标地区，要适当增设采样点；城市郊区和农村，人口密度小及污染物浓度低的地区，可酌情少设采样点。

④ 采样点的周围应开阔，采样口的水平线与周围建筑物高度的夹角应不大于 $30°$。

采样点周围无局地污染源,并应避开树木及吸附能力较强的建筑物。交通密集区的采样点应设在距人行道边缘至少 1.5 m 远处。

⑤ 各采样点的设置条件要尽可能一致或标准化,使获得的监测数据具有可比性。

⑥ 采样高度根据监测目的而定。研究大气污染对人体的危害,采样口应在离地面 1.5~2 m 处;研究大气污染对植物或器物的影响,采样口高度应与植物或器物高度相近。连续采样例行监测的采样口高度应距地面 3~15 m;若置于屋顶采样,采样口应与基础面有 1.5 m 以上的相对高度,以减小扬尘的影响。特殊地形地区可视实际情况选择采样高度。

(2)采样点数目。

在一个监测区域内,采样点设置数目是与经济投资和精度要求相应的一个效益函数,应根据监测范围大小、污染物的空间分布特征、人口分布及密度、气象、地形及经济条件等因素综合考虑确定。我国对大气环境污染例行监测采样点规定的设置数目列于表 6-1 中。

表 6-1 我国对大气环境污染例行监测采样点的设置数目

市区人口/万人	SO_2、NO_x、TSP	灰尘自然降尘量	硫酸盐化速率
<50	3	≥3	≥6
50~100	4	4~8	6~12
100~200	5	8~11	12~18
200~400	6	12~20	18~30
>400	7	20~30	30~40

(3)布点方法。

① 功能区布点法。

按功能区布点的方法多用于区域性常规监测。先将监测区域划分为工业区、商业区、居住区、工业和居住混合区、交通稠密区、清洁区等,再根据具体的污染情况和人力、物力条件,在各功能区设置一定数量的采样点。各功能区的采样点数目不要求平均,一般在污染较集中的工业区和人口较密集的居住区多设采样点。

② 网格布点法。

这种布点法是将监测区域地面划分成若干均匀网状方格,采样点设在两条直线的交点处或方格中心(图 6-1)。网格大小视污染源强度、人口分布及人力、物力条件等确定。若主导风向明显,下风向设点应多一些,一般约占采样点总数的 60%。对于有多个污染源且污染源分布较均匀的地区,常采用这种布点方法。

③ 同心圆布点法。

这种方法主要用于多个污染源构成污染群且大污染源较集中的地区。先找出污染群的中心,以此为圆心在地面上画若干个同心圆,再从圆心作若干条放射线,将放射线与圆周的交点作为采样点(图 6-2)。不同圆周上的采样点数目不一定相等或均匀分布,常年主导风向的下风向比上风向多设一些点。例如,同心圆半径分别取 4、10、20、40 km,从里向外各圆周上分别设 4、8、8、4 个采样点。

④ 扇形布点法。

扇形布点法适用于孤立的高架点源且主导风向明显的地区。以点源所在位置为顶点,以主导风向为轴线,在下风向地面上划出一个扇形区作为布点范围。扇形的角度一般

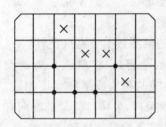

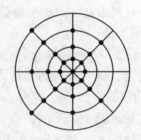

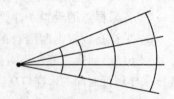

图 6-1　网格布点法　　　　图 6-2　同心圆布点法　　　　图 6-3　扇形布点法

为 45°,也可更大些,但不能超过 90°。采样点应设在扇形平面内距点源不同距离的若干弧线上(图 6-3)。每条弧线上设 3~4 个采样点,相邻两点与顶点连线的夹角一般取 10°~20°。在上风向应设对照点。

(4) 采样时间和采样频率。

采样时间指每次采样从开始到结束所经历的时间,也称采样时段。采样频率指在一定时间范围内的采样次数。这两个参数要根据监测目的、污染物分布特征及人力、物力等因素决定。采样时间短,试样缺乏代表性,监测结果不能反映污染物浓度随时间的变化,仅适用于事故性污染、初步调查等情况的应急监测。

为了增加采样时间,目前采用两种办法。一是增加采样频率,即每隔一定时间采样测定一次,取多个试样测定结果的平均值为代表值。这种方法适用于受人力、物力限制而进行人工采样测定的情况。二是使用自动采样仪器进行连续自动采样,若再配用污染组分连续或间歇自动监测仪器,其监测结果能很好地反映污染物浓度的变化,得到任何一段时间的代表值(平均值),这是最佳采样和测定方式。我国监测技术规范对大气污染例行监测规定的采样时间和采样频率列于表 6-2 中。

表 6-2　采样时间和采样频率

监测项目	采样时间和采样频率
二氧化硫	隔日采样,每天连续采样(24±0.5)小时,每月 14~16 天,每年 12 个月
氮氧化物	同二氧化硫
总悬浮颗粒物	隔双日采样,每天连续采样(24±0.5)小时,每月 5~6 天,每年 12 个月
灰尘自然降尘量	每月采样(30±2)天,每年 12 个月
硫酸盐化速率	每月采样(30±2)天,每年 12 个月

2.大气样品的采集方法和技术

采集大气样品的方法可归纳为直接采样法和富集(浓缩)采样法两类。

1) 直接采样法

当大气中的被测组分浓度较高,或者监测方法灵敏度高时,从大气中直接采集少量气样,即可满足监测分析要求。例如,用气相色谱法测定空气中的非甲烷烃等都用直接采样法。这种方法测得的结果是瞬时浓度或短时间内的平均浓度,能较快地测知结果。常用的采样容器有注射器、塑料袋、真空瓶(管)等。

(1) 注射器采样。

常用 100 mL 注射器采集有机蒸气样品(图 6-4)。采样时,先用现场气体抽洗 2~3

次,然后抽取 100 mL,密封进气口,带回实验室分析。样品存放时间不宜长,一般应当天分析完。

(2)塑料袋采样。

应选择与样气中污染组分既不发生化学反应,也不吸附、不渗漏的塑料袋。常用的有聚四氟乙烯袋、聚乙烯袋及聚酯袋等(图 6-5)。为减小对被测组分的吸附,可在袋的内壁衬银、铝等金属膜。采样时,先用二联球打进现场气体冲洗 2~3 次,再充满样气,夹封进气口,带回实验室尽快分析。

(3)采气管采样。

采气管是两端具有旋塞的管式玻璃容器,其容积为 100~500 mL(图 6-6)。采样时,打开两端旋塞,将二联球或抽气泵接在管的一端,迅速抽进比采气管容积大 6~10 倍的欲采气体,使采气管中原有气体被完全置换出来,关上两端旋塞,采气体积即为采气管的容积。

(4)真空瓶采样。

真空瓶是一种用耐压玻璃制成的固定容器,容积为 500~1 000 mL(图 6-7)。采样前,先用抽真空装置将采气瓶(瓶外套有安全保护套)内抽至剩余压力达 1.33 kPa 左右;如瓶内预先装入吸水液,可抽至溶液冒泡为止,关闭旋塞。采样时,打开旋塞,被采空气即充入瓶内,关闭旋塞,则采样体积为真空采气瓶的容积。

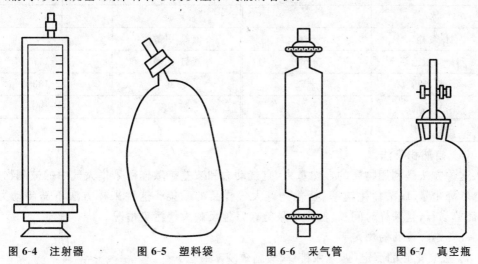

图 6-4 注射器　　图 6-5 塑料袋　　图 6-6 采气管　　图 6-7 真空瓶

2) 富集(浓缩)采样法

大气中的污染物浓度一般都比较低(10^{-6}~10^{-9}数量级),直接采样法往往不能满足分析方法检出限的要求,故需要用富集采样法对大气中的污染物进行浓缩。富集采样时间一般比较长,测得结果代表采样时段的平均浓度,更能反映大气污染的真实情况。这种采样方法有溶液吸收法、固体阻留法(填充柱阻留法、滤料阻留法)、低温冷凝法及自然积集法等。

(1)溶液吸收法。

该方法是采集大气中的气态、蒸气态及某些气溶胶态污染物质的常用方法。采样时,用抽气装置将被测空气以一定流量抽入装有吸收液的吸收管(瓶)。采样结束后,倒出吸收液进行测定,根据测得结果及采样体积计算大气中污染物的浓度。

(2) 填充柱阻留法。

填充柱是用一根长 6~10 cm、内径 3~5 mm 的玻璃管或塑料管,内装颗粒状填充剂制成。采样时,让气样以一定流速通过填充柱,则被测组分因吸附、溶解或化学反应等作用被阻留在填充剂上,达到浓缩采样的目的。采样后,通过解吸或溶剂洗脱,使被测组分从填充剂上释放出来进行测定。

(3) 滤料阻留法。

该方法是将过滤材料(滤纸、滤膜等)放在采样夹上,用抽气装置抽气,则空气中的颗粒物被阻留在过滤材料上,称量过滤材料上富集的颗粒物质量,根据采样体积,即可计算出空气中颗粒物的浓度。

(4) 低温冷凝法。

大气中某些沸点比较低的气态污染物质,如烯烃类、醛类等,在常温下用固体填充剂等方法富集效果不好,而低温冷凝法可提高采集效率。低温冷凝采样法是将 U 形或蛇形采样管插入冷阱中,当大气流经采样管时,被测组分因冷凝而凝结在采样管底部。制冷方法有制冷剂法和半导体制冷器法。表 6-3 列出的是常用制冷剂。

表 6-3 常用制冷剂

名　　称	制冷温度/℃	名　　称	制冷温度/℃
冰	0	干冰	−78.5
冰-食盐	−4	液氮-甲醇	−94
干冰-二氯乙烯	−60	液氮-乙醇	−117
干冰-乙醇	−72	液氧	−183
干冰-乙醚	−77	液氮	−196
干冰-丙酮	78.5		

(5) 自然积集法。

这种方法是利用物质的自然重力、空气动力和浓差扩散作用采集大气中的被测物质,如自然降尘量、硫酸盐化速率、氟化物等大气样品的采集。这种采样方法不需要动力设备,简单易行,且采样时间长,测定结果能较好地反映大气污染情况。

3. 气态污染物的测定

1) 二氧化硫的测定(四氯汞钾-盐酸副玫瑰苯胺法)

(1) 原理。

用氯化钾和氯化汞配制成四氯汞钾吸收液,气样中的二氧化硫用该溶液吸收,生成稳定的二氯亚硫酸盐配合物,该配合物再与甲醛和盐酸副玫瑰苯胺作用,生成紫色配合物,其颜色深浅与 SO_2 含量成正比,用分光光度法测定。

(2) 测定。

先用亚硫酸钠标准溶液配制标准色列,在最大吸收波长处以蒸馏水为参比测定吸光度,用经试剂空白修正后的吸光度对 SO_2 含量绘制标准曲线。然后,以同样方法测定显色后的样品溶液,经试剂空白修正后,按式(6-1)计算样气中 SO_2 的浓度

$$w_{SO_2}(\mathrm{mg/m^3}) = \frac{m}{V_n} \times \frac{V_t}{V_a} \tag{6-1}$$

式中:m——测定时所取样品溶液中 SO_2 的质量(由标准曲线查知),μg;

V_t——样品溶液总体积,mL;

V_a——测定时所取样品溶液体积,mL;

V_n——标准状态下的采样体积,L。

该方法适用于大气中二氧化硫的测定,检出限为 0.03 $\mu g/mL$,浓度范围为 0.015~0.500 mg/m^3。该方法的灵敏度高,选择性好,但吸收液毒性较大。

(3)注意事项。

① 温度、酸度、显色时间等因素影响显色反应;标准溶液和试样溶液的操作条件应保持一致。

② 氮氧化物、臭氧及锰、铁、铬等离子对测定有干扰。采样后放置片刻,臭氧可自行分解;加入磷酸和乙二胺四乙酸二钠盐可消除或减小某些金属离子的干扰。

由于四氯汞钾吸收液毒性较大,可以用甲醛缓冲溶液吸收-盐酸副玫瑰苯胺分光光度法测定 SO_2,在灵敏度、准确度诸方面均可与四氯汞钾溶液吸收法相媲美,且样品采集后相当稳定,但操作条件要求较严格。该方法原理基于:气样中的 SO_2 被甲醛缓冲溶液吸收后,生成稳定的羟基甲磺酸加成化合物,加入氢氧化钠溶液使加成化合物分解,释放出 SO_2 与盐酸副玫瑰苯胺反应,生成紫红色配合物,其最大吸收波长为 577 nm,用分光光度法测定。

2)二氧化氮的测定(盐酸萘乙二胺分光光度法)

(1)原理。

用冰乙酸、对氨基苯磺酸和盐酸萘乙二胺配成吸收液采样,大气中的 NO_2 被吸收转变成亚硝酸和硝酸,在冰乙酸存在条件下,亚硝酸与对氨基苯磺酸发生重氮化反应,然后再与盐酸萘乙二胺耦合,生成玫瑰红色偶氮染料,其颜色深浅与气样中的 NO_2 浓度成正比,因此,可用分光光度法测定。

(2)测定。

① 标准曲线的绘制:用亚硝酸钠标准溶液配制系列标准溶液,各加入等量吸收液显色、定容,制成标准色列,于 540 nm 处测其吸光度及试剂空白溶液的吸光度,以经试剂空白修正后的标准色列的吸光度对亚硝酸根含量绘制标准曲线,或计算出单位吸光度相应的 NO_2 质量分数。

② 试样溶液的测定:按照绘制标准曲线的条件和方法测定采样后的样品溶液吸光度,按式(6-2)计算样气中 NO_2 的浓度

$$w_{NO_2}(mg/m^3) = \frac{(A - A_0 - b) \times V \times D}{a \times f \times V_0} \tag{6-2}$$

式中:A——样品溶液的吸光度;

A_0——试剂空白溶液的吸光度;

a——标准曲线回归方程式的斜率;

b——标准曲线回归方程式的截距,$mL/\mu g$;

V——采样用吸收液体积,mL;

V_0——换算为标准状态下的采样体积,L;

D——样品的稀释倍数；

f——实验系数，取0.88(当空气中的NO_2浓度高于0.720 mg/m³时，f值为0.77)。

(3) 注意事项。

① 吸收液应为无色，如显微红色，说明已被亚硝酸根污染，应检查试剂和蒸馏水的质量。

② 吸收液长时间暴露在空气中或受日光照射，也会显色，使空白值增高，应密闭避光保存。

③ 氧化管适于相对湿度30%～70%条件下使用，应经常注意是否吸湿引起板结或变成绿色而失效。

4.颗粒物的测定

1) 总悬浮颗粒物的测定(TSP)

测定原理为用抽气动力抽取一定体积的空气通过已恒重的滤膜，则空气中的悬浮颗粒物被阻留在滤膜上，根据采样前后滤膜重量之差及采样体积，即可计算出TSP的质量浓度。滤膜经处理后，可进行化学组分分析。按式(6-3)计算

$$总悬浮颗粒物(TSP) = \frac{m}{q_{Vn}t} \qquad (6\text{-}3)$$

式中：m——采集在滤膜上的总悬浮颗粒物的质量，mg；

t——采样时间，min；

q_{Vn}——标准状态下的采样流量，m³/min。

2) 可吸入颗粒物的测定(PM_{10})

可吸入颗粒物广泛使用大流量采样器进行测定。在连续自动监测仪器中，可采用静电捕集法、β射线吸收法或光散射法直接测定。但不论哪种采样器都装有分离粒径大于10 μm颗粒物的装置(称为分尘器或切割器)。切割器有旋风式、向心式、撞击式等多种。

任务2　废气污染监测方法

废气污染监测即污染源监测。污染源包括固定污染源和流动污染源。固定污染源是指烟道、烟囱及排气筒等。它们排放的废气中既包含固态的烟尘和粉尘，也包含气态和气溶胶态的多种有害物质。流动污染源是指汽车、内燃机车等交通运输工具，其排放的废气中也含有烟尘和某些有害物质。两种污染源都是大气污染物的主要来源。

1.固定污染源监测

1) 监测目的和要求

对污染源进行监测的目的是检查污染源排放废气中的有害物质是否符合排放标准的要求；评价净化装置的性能和运行情况及污染防治措施的效果；为大气质量管理与评价提供依据。

对污染源进行监测时的要求：① 生产设备处于正常运转状态下；② 对因生产过程而引起排放情况变化的污染源，应根据其变化的特点和周期进行系统监测；③ 当测定工业

锅炉烟尘的浓度时,锅炉应在稳定的负荷下运转,不能低于额定负荷的85%,对于手烧炉,测定时间不得少于两个加煤周期。污染源监测的内容包括:排放废气中有害物质的浓度(mg/m^3);有害物质的排放量(kg/h);废气排放量(m^3/h)。在有害物质排放浓度和废气排放量的计算中,都采用现行监测方法中推荐的标准状态(温度为0 ℃,大气压力为101.3 kPa或760 mmHg)下的干气体表示。

2)采样位置和采样点布设

正确地选择采样位置,确定适当的采样点数目,是决定能否获得代表性的废气样品和尽可能地节约人力、物力的一项很重要的工作。

(1)采样位置。

采样位置应选在气流分布均匀稳定的平直管段上,避开弯头、变径管、三通管及阀门等易产生涡流的阻力构件。一般原则是按照废气流向,将采样断面设在阻力构件的下游方向大于6倍管道直径处或上游方向大于3倍管道直径处。即使客观条件难以满足要求,采样断面与阻力构件的距离也不应小于管道直径的1.5倍,并适当增加采样点数目。采样断面气流流速最好在5 m/s以下。此外,由于水平管道中的气流速度与污染物的浓度分布不如垂直管道中均匀,所以应优先考虑垂直管道。还要考虑方便、安全等因素。

(2)采样点数目。

因烟道内同一断面上各点的气流速度和烟尘浓度分布通常是不均匀的,因此,必须按照一定原则进行多点采样。采样点的位置和数目主要根据烟道断面的形状、尺寸大小和流速分布情况确定。常见的有矩形烟道、圆形烟道和拱形烟道(图6-8)。

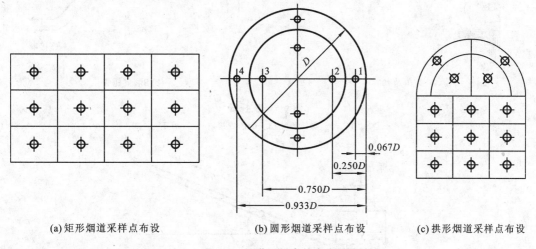

(a)矩形烟道采样点布设　　(b)圆形烟道采样点布设　　(c)拱形烟道采样点布设

图6-8　烟道采样点的布设

3)基本状态参数的测定

烟气的体积、温度和压力是烟气的基本状态参数,也是计算烟气流速、烟尘及有害物质浓度的依据。其中,烟气体积由采样流量和采样时间的乘积求得,而采样流量由采样点烟道断面乘以烟气流速得到,流速又由烟气压力和温度计算得知。下面介绍温度和压力的测量。

（1）温度的测量。

对于直径小、温度不高的烟道,可使用长杆水银温度计。测量时,应将温度计球部放在靠近烟道中心位置,读数时不要将温度计抽出烟道外。对于直径大、温度高的烟道,要用热电偶测温毫伏计测量。测温原理是将两根不同的金属导线连成闭合回路,当两接点处于不同温度环境时,便产生热电势,两接点温差越大,热电势越大。如果热电偶的一个接点温度保持恒定(称为自由端),则热电偶的热电势大小便完全取决于另一个接点的温度(称为工作端),用毫伏计测出热电偶的热电势,即可得知工作端所处的环境温度。

根据测温高低,选用不同材料的热电偶。测量 800 ℃以下的烟气用镍铬-康铜热电偶;测量 1 300 ℃以下烟气用镍铬-镍铝热电偶;测量 1 600 ℃以下的烟气用铂-铂铑热电偶。

（2）压力的测量。

烟气的压力分为全压(p_t)、静压(p_s)和动压(p_v)。静压是单位体积气体具有的势能,表现为气体在各个方向上作用于器壁的压力。动压是单位体积气体具有的动能,是使气体流动的压力。全压是气体在管道中流动具有的总能量。在管道中任意一点上,三者的关系为 $p_t = p_s + p_v$,所以只要测出三项中任意两项,即可求出第三项。测量烟气压力常用测压管和压力计。常用的测压管有两种,即标准皮托管和S形皮托管(图6-9),它们都能同时测出全压和静压;常用的压力计有 U 形压力计和斜管微压计(图6-10)。

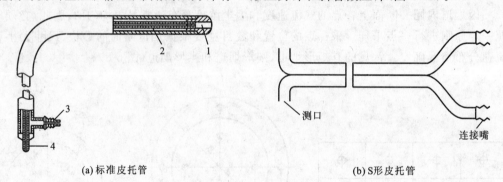

(a) 标准皮托管   (b) S形皮托管

图 6-9　皮托管

1—全压测孔;2—静压测孔;3—静压管接口;4—全压管接口

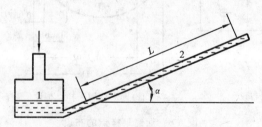

图 6-10　斜管微压计

1—容器;2—玻璃管

（3）流速和流量的计算。

在测出烟气的温度、压力等参数后,按式(6-4)计算各测点的烟气流速(v_s)。

$$v_s = K_P \sqrt{\frac{2P_v}{\rho_s}} \tag{6-4}$$

式中：K_P——皮托管校正系数；

　　　P_v——烟气动压，Pa；

　　　ρ_s——烟气密度，kg/m。

烟气中的流量为采样点烟道断面面积乘以烟气流速，按式（6-5）计算。

$$Q_s = 3\,600 F v_s \tag{6-5}$$

式中：Q_s——烟气流量，m^3/h；

　　　F——采样点烟道断面面积，m^2；

　　　v_s——烟气平均流速，m/s。

4）含湿量的测定

与大气相比，烟气中的水蒸气含量较高，变化范围较大，为便于比较，监测方法规定，以除去水蒸气后标准状态下的干烟气为基准，表示烟气中有害物质的测定结果。含湿量的测定方法有重量法、冷凝法等。

（1）冷凝法。

由烟道中抽取一定体积的烟气，通过冷凝器，根据冷凝出的水量及从冷凝器排出的烟气中的饱和水蒸气量，计算烟气的含湿量。其装置如图 6-11 所示。

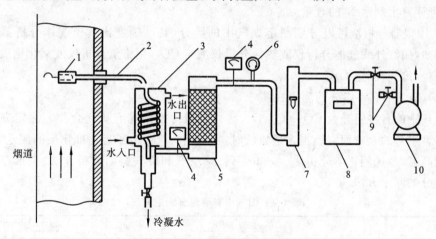

图 6-11　冷凝法测定烟气含湿量装置

1—滤筒；2—采样管；3—冷凝器；4—温度计；5—干燥器；6—真空压力表；
7—转子流量计；8—累计流量计；9—调节阀；10—抽气泵

（2）重量法。

从烟道采样点抽取一定体积的烟气，使之通过装有吸收剂的吸收管，则烟气中的水蒸气被吸收剂吸收，吸收管的增重即为所采烟气中的水蒸气重量。其装置如图 6-12 所示。

5）烟气组分的测定

烟气组分包括主要气体组分和微量有害气体组分。

（1）烟气主要组分的测定。

烟气中的主要组分为 N_2、O_2、CO_2 和水蒸气等，可采用奥氏气体分析器吸收法或仪器分析法测定。

① 奥氏气体分析器吸收法的测定原理。用不同的吸收液吸收烟气中的被测组分，通过吸收前后气体体积的变化，计算被测组分占排气中各被测组分总体积的百分数。例如，

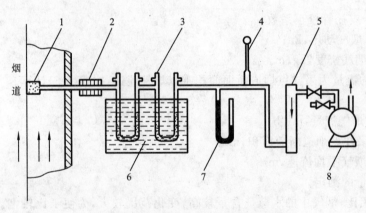

图 6-12　重量法测定烟气含湿量装置

1—过滤器；2—加热器；3—吸湿管；4—温度计；

5—流量计；6—冷却器；7—压力计；8—抽气泵

用 KOH 溶液吸收 CO_2；用焦性没食子酸的碱溶液吸收 O_2；用氯化亚铜氨溶液吸收 CO 等；改良的奥氏气体分析器还带有燃烧法测 H_2 的装置。依次测出 CO_2、O_2、CO 和 H_2 含量后，可计算出剩余 N_2 的含量。

② 用仪器分析法可以分别测定烟气中的组分，其准确度比奥氏气体分析器吸收法高。例如，用红外线气体分析仪或热导分析仪测定 CO_2，用磁氧分析仪或氧化锆氧量分析仪(测高温烟气)测定 O_2 等。

（2）烟气中有害组分的测定。

烟气中的有害组分为 CO、NO_x、O_3、氟化物及挥发酚等有机化合物。测定方法视烟气中有害组分的含量而定。当含量较低时，可选用大气中分子态污染物质的测定方法；当含量较高时，多选用化学分析法。表 6-4 列出《空气和废气监测分析方法》中推荐的部分有害组分的测定方法。

表 6-4　烟气中有害组分测定方法

组　　分	测定方法	测定范围
CO	红外线气体分析法	$0\sim1\,000\ \mu g/L$
SO_2	甲醛吸收-盐酸副玫瑰苯胺分光光度法	$2.5\sim5\ mg/m^3$
NO_x	二磺酸酚分光光度法 盐酸萘乙二胺分光光度法	$20\sim2\,000\ mg/m^3$ $2\sim500\ mg/m^3$
氟化物	硝酸钍容量法 离子选择电极法 氟试剂分光光度法	$>1\%$ $1\sim1\,000\ mg/m^3$ $0.01\sim50\ mg/m^3$
挥发酚	4-氨基安替比林分光光度法	$0.5\sim50\ mg/m^3$
苯（苯系物）	气相色谱法	$4\sim1\,000\ mg/m^3$
光气	碘量法 紫外分光光度法	$50\sim2\,500\ mg/m^3$ $0.5\sim50\ mg/m^3$
铬酸雾	二苯碳酰二肼分光光度法	$2\sim100\ mg/m^3$

(3) 烟气含尘浓度的测定。

取一定体积的烟气通过已知质量的捕尘装置,根据捕尘装置采样前后的质量差和采样体积计算出烟尘的浓度。将采样体积转化为标准状态下的采样体积,按式(6-6)计算烟尘浓度。

$$w_{烟尘}(mg/m^3) = \frac{m}{V_0} \times 10^6 \tag{6-6}$$

式中:m——测得的烟尘质量,g;

V_0——标准状态下烟气体积,L。

2. 流动污染源监测

汽车排气是石油类燃料在内燃机内燃烧后的产物,含有 NO_x、碳氢化合物、CO 等有害组分,是污染大气环境的主要流动污染源。

汽车排气中污染物的含量与其行驶状态有关,空转、加速、匀速、减速等行驶状态下的排气中污染物含量均应测定。下面将我国《环境监测技术规范》中规定的测定项目作一简单介绍。

1) 汽车怠速 CO、碳氢化合物的测定

该指标适用于新型、新生产、在用及进口汽油车在怠速工况下由排气管排出的废气中 CO 和碳氢化合物浓度的测定。

(1) 怠速工况的条件。

发动机旋转;离合器处于结合位置;油门踏板与手油门位于松开位置;安装机械式或半自动式变速器时,变速杆应位于空挡位置;当安装自动变速器时,选择器应在停车或空挡位置;阻风门全开。

(2) 测定方法。

根据 CO 和碳氢化合物对红外光有选择性吸收的原理,一般采用非色散红外气体分析仪对其进行测定。已有专用分析仪器,如国产 MEXA-324F 型汽车排气分析仪,可以直接显示测定结果。测定时,先将汽车发动机由怠速加速至中等转速,维持 5 s 以上,再降至怠速状态,插入取样管(深度不少于 300 mm)测定,读取最大指示值。若为多个排气管,应取各排气管测定值的算术平均值。

2) 汽油车排气中 NO_x 的测定

在汽车尾气排气管处用取样管将废气引出(用采样泵),经冰浴(冷凝除水)、玻璃棉过滤器(除油尘),抽取到 100 mL 的注射器中,然后将抽取的气样经氧化管注入冰乙酸-对氨基苯磺酸-盐酸萘乙二胺吸收显色液,显色后用分光光度法测定,测定方法同大气中 NO_x 的测定。

3) 柴油车排气烟度的测定

由汽车柴油机或柴油车排出的黑烟含有多种颗粒物,其组分复杂,但主要是炭的聚合体(占 85% 以上),还有少量氧、氢、灰分和多环芳烃化合物等。

烟度的含意是使一定体积的排气透过一定面积的滤纸后,滤纸被染黑的程度,用波许(R_b)单位表示。

(1) 测定原理。

用一只活塞式抽气泵在规定的时间内从柴油机排气管中抽取一定体积的排气,让其

通过一定面积的白色滤纸,排气中的炭粒就附着在滤纸上,将滤纸染黑,然后用光电测量装置测量染黑滤纸的吸光度,以吸光度大小表示烟度大小。规定洁白滤纸的烟度为0,全黑滤纸的烟度为10。滤纸式烟度计的烟度刻度计算式为

$$R_b = 10 \times \left(I - \frac{I}{I_0} \right) \tag{6-7}$$

式中:R_b——波许烟度单位;

$\quad I$——被测烟气滤纸反射光强度;

$\quad I_0$——洁白滤纸反射光强度。

由于滤纸的质量会直接影响烟度测定结果,所以要求滤纸色泽洁白,纤维及微孔均匀,机械强度和通气性良好,以保证烟气中的炭粒能均匀地分布在滤纸上,提高测定精度。

(2) 波许烟度计。

当抽气泵活塞受脚踏开关的控制而上行时,排气管中的排气依次通过取样探头、取样软管及一定面积的滤纸后被抽入抽气泵,排气中的黑烟被阻留在滤纸上,然后用步进电机(或手控)将已抽取黑烟的滤纸送到光电检测系统测量,由仪表直接指示烟度值。操作规程中要求,按照一定时间间隔测量三次,取其平均值。采集烟气后的滤纸经光源照射,则部分光被滤纸上的炭粒吸收,另一部分光则被滤纸反射给环形硒光电池,产生相应的光电流,再送入测量仪表测量。

任务3 水和污水监测方法

1. 水质监测的目的和项目

1) 水质监测的对象和目的

水质监测可分为环境水体监测和水污染源监测。环境水体包括地表水(江、河、湖、库、海水)和地下水;水污染源包括生活污水、医院污水及各种废水。对它们进行监测的目的可概括为以下几个方面。

(1) 对进入江、河、湖泊、水库、海洋等地表水体的污染物质及渗透到地下水中的污染物质进行经常性的监测,以掌握水质现状及其发展趋势。

(2) 对生产过程、生活设施及其他排放源排放的各类废水进行监视性监测,为污染源管理和排污收费提供依据。

(3) 对水环境污染事故进行应急监测,为分析判断事故原因、危害及采取对策提供依据。

(4) 为国家政府部门制定环境保护法规、标准和规划,全面开展环境保护管理工作提供有关数据和资料。

(5) 为开展水环境质量评价、预测预报及进行环境科学研究提供基础数据和手段。

2) 监测项目

监测项目依据水体功能和污染源的类型不同而异,其数量繁多,但受人力、物力、经费等各种条件的限制,不可能也没有必要——监测,而应根据实际情况,选择环境标准中要

求控制的、危害大、影响范围广，并已建立可靠分析测定方法的项目。根据该原则，发达国家相继提出优先监测污染物。例如，美国环境保护署（EPA）在"清洁水法"（CWA）中规定了129种优先监测污染物；俄罗斯卫生部公布了561种有机污染物在水中的极限容许浓度；中国环境监测总站提出了68种水环境优先监测污染物黑名单。

下面介绍我国《环境监测技术规范》中对地表水和废水规定的监测项目。

（1）地表水监测项目（表6-5）。

表6-5 地表水监测项目

项 目	必 测 项 目	选 测 项 目
河流	水温、pH值、溶解氧、高锰酸盐指数、化学需氧量、生化需氧量、氨氮、总氮、总磷、铜、锌、氟化物、硒、砷、汞、镉、铬（六价）、铅、氰化物、挥发酚、石油类、阴离子表面活性剂、硫化物和类大肠菌群	总有机碳、甲基汞，其他项目参照工业污水监测项目，根据纳污情况确定
集中式饮用水源地	水温、pH值、溶解氧、高锰酸盐指数、化学需氧量、生化需氧量、氨氮、总氮、总磷、铜、锌、氟化物、铁、锰、硒、砷、汞、镉、铬（六价）、铅、氰化物、挥发酚、石油类、阴离子表面活性剂、硫化物、硫酸盐、氯化物、硝酸盐和类大肠菌群	三氯甲烷、四氯化碳、三溴甲烷、苯乙烯、甲醛、乙醛、苯、甲苯、乙苯、二甲苯、硝基苯、四乙基铅、滴滴涕、对硫磷、乐果、敌敌畏、敌百虫、甲基汞、多氯联苯等
湖泊水库	与河流必测项目相同	总有机碳、甲基汞、硝酸盐、亚硝酸盐，其他项目参照工业污水监测项目，根据纳污情况确定
排污河（渠）	参照工业污水监测项目，根据纳污情况确定	
底质	砷、汞、烷基汞、铬、六价铬、铅、镉、铜、锌、硫化物和有机物质	有机氯农药、有机磷农药、除草剂、烷基汞、苯系物、多环芳烃和邻苯二甲酸酯类等

（2）工业废水监测项目（表6-6）。

表6-6 工业废水监测项目

类 别	监 测 项 目
黑色金属矿山（包括磁铁矿、赤铁矿、锰矿等）	pH值、悬浮物、硫化物、铜、铅、锌、镉、汞、六价铬等
黑色冶金（包括选矿、烧结、炼焦、炼铁、炼钢、轧钢等）	pH值、悬浮物、化学需氧量、硫化物、氟化物、挥发酚、氰化物、石油类、铜、铅、锌、砷、镉、汞等
选矿药剂	化学需氧量、生化需氧量、悬浮物、硫化物、挥发酚等
有色金属矿山及冶炼（包括选矿、烧结、冶炼、电解、精炼等）	pH值、悬浮物、化学需氧量、硫化物、氟化物、挥发酚、铜、铅、锌、砷、镉、汞、六价铬等
火力发电、热电	pH值、悬浮物、硫化物、砷、铅、镉、挥发酚、石油类、水温等
煤矿（包括洗煤）	pH值、悬浮物、砷、硫化物等

类　　别		监　测　项　目
焦化		化学需氧量、生化需氧量、悬浮物、硫化物、挥发酚、氰化物、石油类、氨氮、苯类、多环芳烃、水温等
石油开发 石油炼制		pH 值、化学需氧量、生化需氧量、悬浮物、硫化物、挥发酚、石油类等 pH 值、化学需氧量、生化需氧量、悬浮物、硫化物、挥发酚、氰化物、石油类、苯类、多环芳烃等
化学矿开采	硫铁矿	pH 值、悬浮物、硫化物、铜、铅、锌、镉、汞、砷、六价铬等
	雄黄矿	pH 值、悬浮物、硫化物、砷等
	磷　矿	pH 值、悬浮物、氟化物、硫化物、砷、铅、磷等
	萤石矿	pH 值、悬浮物、氟化物等
	汞　矿	pH 值、悬浮物、硫化物、砷、汞等
无机原料	硫　酸	pH 值(或酸度)、悬浮物、硫化物、氟化物、铜、铅、锌、镉、砷等
	氯　碱	pH 值(或酸、碱度)、化学需氧量、悬浮物、汞等
	铬　盐	pH 值(或酸度)、总铬、六价铬等
有机原料		pH 值(或酸、碱度)、化学需氧量、生化需氧量、悬浮物、挥发酚、氰化物、苯类、硝基苯类、有机氯等
化肥	磷　肥	pH 值(或酸度)、化学需氧量、悬浮物、氟化物、砷、磷等
	氮　肥	化学需氧量、生化需氧量、挥发酚、氰化物、硫化物、砷等
橡胶	合成橡胶	pH 值(或酸、碱度)、化学需氧量、生化需氧量、石油类、铜、锌、六价铬、多环芳烃等
	橡胶加工	化学需氧量、生化需氧量、硫化物、六价铬、石油类、苯、多环芳烃等
塑料		化学需氧量、生化需氧量、硫化物、氰化物、铅、砷、汞、石油类、有机氯、苯类、多环芳烃等
化纤		pH 值、化学需氧量、生化需氧量、悬浮物、铜、锌、石油类等
农药		pH 值、化学需氧量、生化需氧量、悬浮物、硫化物、挥发酚、砷、有机氯、有机磷等
制药		pH 值(或酸、碱度)、化学需氧量、生化需氧量、石油类、硝基苯类、硝基酚类、苯胺类等
染料		pH 值(或酸、碱度)、化学需氧量、生化需氧量、悬浮物、挥发酚、硫化物、苯胺类、硝基苯类等

（3）生活污水监测项目。

化学需氧量、生化需氧量、悬浮物、氨氮、总氮、总磷、阴离子洗涤剂、细菌总数、大肠菌群等。

（4）医院污水监测项目。

pH 值、色度、浊度、悬浮物、余氯、化学需氧量、生化需氧量、致病菌、细菌总数、大肠菌群等。

2.水质监测方案的制订

1）地表水质监测方案的制订

（1）基础资料的收集。

在制订监测方案之前,应尽可能完备地收集欲监测水体及所在区域的有关资料,主要有如下内容。

① 水体的水文、气候、地质和地貌资料。如水位、水量、流速及流向的变化;降雨量、蒸发量及历史上的水情;河流的宽度、深度、河床结构及地质状况;湖泊沉积物的特性、间温层分布、等深线等。

② 水体沿岸城市分布、工业布局、污染源及其排污情况、城市给排水情况等。

③ 水体沿岸的资源现状和水资源的用途;饮用水源分布和重点水源保护区;水体流域土地功能及近期使用计划等。

④ 历年的水质资料等。

（2）监测断面和采样点的设置。

在对调查研究结果和有关资料进行综合分析的基础上,根据监测目的和监测项目,并考虑人力、物力等因素确定监测断面和采样点。

① 河流监测断面的设置。

对于江、河水系或某一河段,要求设置三种断面,即对照断面、控制断面和削减断面,见图 6-13。

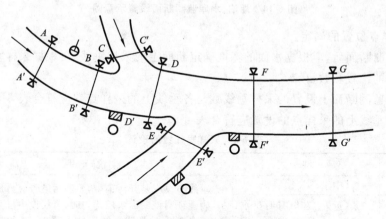

图 6-13 河流监测断面设置示意图

→水流方向;⊕自来水厂取水点;○污染源;▨排污口;

A—A′对照断面;G—G′削减断面;B—B′,C—C′,D—D′,E—E′,F—F′控制断面

有时为了取得水系和河流的背景监测值,还应设置背景断面。这种断面上的水质要求基本上未受人类活动的影响,应设在清洁河段上。

② 湖泊、水库监测断面的设置。

对不同类型的湖泊、水库应区别对待。为此,首先判断湖、库是单一水体还是复杂水体;考虑汇入湖、库的河流数量,水体的径流量、季节变化及动态变化,沿岸污染源分布及污染物扩散与自净规律、生态环境特点等。然后确定监测断面的位置。

a.在进出湖泊、水库的河流汇合处分别设置监测断面。

b. 以各功能区(如城市和工厂的排污口、饮用水源、风景游览区、排灌站等)为中心，在其辐射线上设置弧形监测断面。

c. 在湖、库中心，深、浅水区，滞流区，不同鱼类的回游产卵区，水生生物经济区等设置监测断面。

图 6-14 为典型的湖、库监测断面设置示意图。

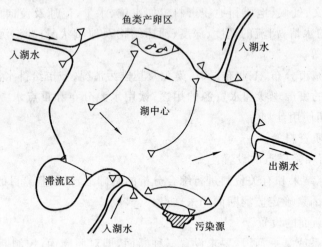

图 6-14 湖泊、水库监测断面设置示意图

③ 采样点位置的确定。

设置监测断面后，应根据水面的宽度确定断面上的采样垂线，再根据采样垂线的深度确定采样点的位置和数目。

在一个监测断面上设置的采样垂线数与各垂线上的采样点数应符合表 6-7 和表 6-8，湖(库)监测垂线上的采样点的设置应符合表 6-9。

表 6-7 采样垂线数的设置

水面宽度	垂 线 数	说 明
≤50 m	一条(中泓)	1. 垂线布设应避开污染带，要测污染带应另加垂线；
50~100 m	二条(近左、右岸有明显水流出)	2. 确能证明该断面水质均匀时，可仅设中泓垂线； 3. 凡在该断面要计算污染物通量时，必须按本表设置垂线
>100 m	三条(左、中、右)	

表 6-8 采样垂线上的采样点数的设置

水 深	采样点数	说 明
≤5 m	上层一点	1. 上层指水面下 0.5 m 处，水深不到 0.5 m 时，在水深 1/2 处； 2. 下层指河底以上 0.5 m 处；
5~10 m	上、下层两点	3. 中层指 1/2 水深处； 4. 封冻时在冰下 0.5 m 处采样，水深不到 0.5 m 时，在水深 1/2 处采样；
>10 m	上、中、下三层三点	5. 凡在该断面要计算污染物通量时，必须按本表设置垂线

表 6-9　湖(库)监测垂线上的采样点的设置

水　深	分层情况	采样点数	说　明
≤5 m		一点(水面下 0.5 m 处)	1. 分层是指湖水温度分层状况;
5~10 m	不分层	二点(水面下 0.5 m 处,水底上 0.5 m 处)	2. 水深不足 1 m 时,在 1/2 水深处设置测点;
5~10 m	分层	三点(水面下 0.5 m 处,1/2 斜温层,水底上 0.5 m 处)	3. 有充分数据证实垂线上水质均匀时,可酌情减少测点
>10 m		除水面下 0.5 m,水底上 0.5 m 外,按每一斜温分层 1/2 处设置	

(3) 采样时间和采样频率的确定。

为使采集的水样具有代表性,能够反映水质在时间和空间上的变化规律,必须确定合理的采样时间和采样频率,一般确定原则如下。

① 对于较大水系干流和中、小河流,全年采样不少于 6 次;采样时间为丰水期、枯水期和平水期,每期采样 2 次。对于流经城市工业区、污染较重的河流、游览水域、饮用水源地,全年采样不少于 12 次;采样时间为每月 1 次或视具体情况而定。底泥每年在枯水期采样 1 次。

② 潮汐河流全年在丰、枯、平水期采样,每期采样 2 天,分别在大潮期和小潮期进行,每次应采集当天涨、退潮水样分别测定。

③ 排污渠每年采样不少于 3 次。

④ 设有专门监测站的湖、库,每月采样 1 次,全年不少于 12 次。其他湖泊、水库全年采样 2 次,枯、丰水期各 1 次。有废水排入、污染较重的湖、库,应酌情增加采样次数。

⑤ 背景断面每年采样 1 次。

2) 水污染源监测方案的制订

水污染源包括工业废水源、生活污水源、医院污水源等。在制订监测方案时,首先也要进行调查研究,收集有关资料,查清用水情况、废水或污水的类型、主要污染物及排污去向和排放量,车间、工厂或地区的排污口数量及位置,废水处理情况,是否排入江、河、湖、海,流经区域是否有渗坑等。然后进行综合分析,确定监测项目、监测点位,选定采样时间和频率、采样和监测方法及技术手段,制订质量保证程序、措施和实施计划等。

(1) 采样点的设置。

水污染源一般经过管道或渠、沟排放,截面积比较小,不需设置断面,而直接确定采样点位置。

① 工业废水。

a. 在车间或车间设备废水排放口设置采样点监测一类污染物。这类污染物主要有汞、镉、砷、铅的无机化合物,六价铬的无机化合物及有机氯化合物和强致癌物质等。

b. 在工厂废水总排放口布设采样点监测二类污染物。这类污染物主要有悬浮物、硫化物、挥发酚、氰化物、有机磷化合物、石油类、铜、锌、氟的无机化合物、硝基苯类、苯胺类等。

c. 对已有废水处理设施的工厂,在处理设施的排放口布设采样点。为了解废水处理效果,可在进出口分别设置采样点。

d. 在排污渠道上,采样点应设在渠道较直、水量稳定、上游无污水汇入的地方。

② 生活污水和医院污水。

采样点设在污水总排放口。对污水处理厂,应在进、出口分别设置采样点监测。

（2）采样时间和频率。

工业废水的污染物含量和排放量常随工艺条件及开工率的不同而有很大差异，故采样时间、周期和频率的选择是一个较复杂的问题。

一般情况下，可在一个生产周期内每隔半小时或 1 小时采样 1 次，将其混合后制成混合样，测定污染物的平均值。如果取几个生产周期（如 3～5 个周期）的废水样监测，可每隔两小时取样 1 次。对于排污情况复杂，浓度变化大的废水，采样时间间隔要缩短，有时需要每 5～10 分钟采样 1 次，这种情况最好使用连续自动采样装置。对于水质和水量变化比较稳定或排放规律性较好的废水，待找出污染物浓度在生产周期内的变化规律后，采样频率可大大降低，如每月采样测定 2 次。

城市排污管道大多数受纳 10 个以上工厂排放的废水，由于在管道内废水已进行了混合，故在管道出水口，可每隔 1 小时采样 1 次，连续采集 8 小时，也可连续采集 24 小时，然后将其混合制成混合样，测定各污染组分的平均浓度。

我国《环境监测技术规范》中对向国家直接报送数据的废水排放源规定：工业废水每年采样监测 2～4 次；生活污水每年采样监测 2 次，春、夏季各 1 次；医院污水每年采样监测 4 次，每季度 1 次。

3.水样的采集和保存

1）地表水样的采集

（1）采样前的准备。

采样前，要根据监测项目的性质和采样方法的要求，选择适宜材质的盛水容器和采样器，并清洗干净。此外，还需准备好交通工具，交通工具常使用船只。对采样器具的材质要求化学性能稳定，大小和形状适宜，不吸附被测组分，容易清洗并可反复使用。

（2）采样方法和采样器（或采水器）。

① 水桶采样。

水桶（塑料材质）是一种普通的采样器具，适于采集表层水。采集的水样既有表层水，也有几十厘米深处的水，是混合水样，这在实际工作中是允许的。

塑料水桶适用于采集水体中大部分监测项目的水样（溶解氧、油类、细菌学指标等有特殊采样要求的指标除外）。注意到达采样点位置正式采样前，首先要用水冲洗桶体 2～3 次，同时应避免水面漂浮物进入采样桶。

② 有机玻璃采水器。

该采水器由桶体、带轴的两个半圆上盖和活动底板构成。桶体装有水银温度计，采水器桶体容积为 1～5 L 不等，常用的一般为 2 L，见图 6-15。有机玻璃采水器用途较广，除油类、细菌学指标等项目所需水样不能用该采水器外，其他大部分水质监测项目均可使用。

③ 单层采水器。

单层采水器适用于采集水流平缓的深层水样。单层采水器主要有采水瓶架（包括铅锤）和采水瓶构成，瓶口配塞，以绳索系牢，绳上标有刻度，其结构见图 6-16。采样时，将采水瓶降落至预定深度，然后将细绳上提，瓶塞即打开，水样便充满水瓶，迅速提出水面，倒掉瓶上部少量水样（充满容器保存的样品除外），即获得所需样品。

单层采水器的特点是样品瓶直接在水体中装样，从表层水到深层水都可以使用。它适用于大部分监测项目样品的采集，尤其是油类和细菌学指标等监测项目必须使用这类采水器，但不能用于水中微量气体（如溶解氧等）项目样品的采集，其原因在于水样充满样

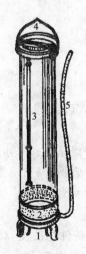

图 6-15　有机玻璃采水器
1—进水阀门；2—压重阀门；3—温度计；
4—溢水阀门；5—橡皮管

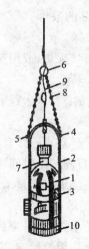

图 6-16　单层采水器
1—采水瓶；2,3—采水瓶架；4,5—平衡控制挂钩；
6—固定采水器绳的挂钩；7—瓶塞；8—采水瓶绳；
9—开瓶塞的软绳；10—铅锤

品瓶的过程中，水汽交换改变了容器内水样中微量气体的含量。

④ 急流采水器。

急流采水器适用于采集水流急、流量大的水样。其结构如图 6-17 所示。采集水样时，打开铁框的铁栏，将取样瓶用橡皮塞塞紧，再把铁栏扣紧，然后沿船身垂直方向伸入水深处，打开钢管上部橡皮管的夹子，水样便从橡皮塞的长玻璃管流入取样瓶中，瓶中空气由短玻璃管沿橡皮管排出。

⑤ 双层采水器。

双层采水器适用于采集测定溶解性气体的水样。其结构如图 6-18 所示。将采水器沉入要求的水深处后，打开上部的橡胶管夹，水样进入小瓶并将空气驱入大瓶，从连接大瓶的短玻璃管排出，直到大瓶中充满水样，提出水面后迅速密封。

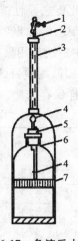

图 6-17　急流采水器
1—夹子；2—橡皮管；3—钢管；4—玻璃管；
5—橡皮塞；6—玻璃取样瓶；7—铁框

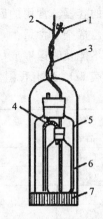

图 6-18　双层采水器
1—夹子；2—绳子；3—橡皮管；4—塑管；
5—大瓶；6—小瓶；7—带重锤的夹子

2) 废水样品的采集

（1）浅水采样。

可用容器直接采集，或用聚乙烯塑料长把勺采集。

（2）深层水采样。

可使用专制的深层采水器采集，也可将聚乙烯筒固定在重架上，沉入要求的深度采集。

（3）自动采样。

采用自动采样器或连续自动定时采样器采集。例如，自动分级采样式采水器，可在一个生产周期内，每隔一定时间将一定量的水样分别采集在不同的容器中；自动混合采样式采水器可定时连续地将定量水样或按流量比采集的水样汇集于一个容器内。

3) 水样的运输和保存

各种水质的水样，从采集到分析测定这段时间内，由于环境条件的改变，微生物新陈代谢活动和化学作用的影响，会引起水样某些物理参数及化学组分的变化。为将这些变化降低到最低程度，需要尽可能地缩短运输时间，尽快分析测定和采取必要的保护措施；有些项目必须在采样现场测定。

（1）水样的运输。

对采集的每一个水样，都应做好记录，并在采样瓶上贴好标签，运送到实验室。在运输过程中，应注意以下几点。

① 要塞紧采样容器器口的塞子，必要时用封口胶、石蜡封口（测油类的水样不能用石蜡封口）。

② 为避免水样在运输过程中因振动、碰撞导致损失或玷污，最好将样瓶装箱，并用泡沫塑料或纸条挤紧。

③ 需冷藏的样品，应配备专门的隔热容器，放入制冷剂，将样品瓶置于其中。

④ 冬季应采取保温措施，以免冻裂样品瓶。

（2）水样的保存。

贮存水样的容器可能吸附被测组分，或者玷污水样，因此要选择性能稳定、杂质含量少的材料制作的容器。常用的容器材质有硼硅玻璃、石英、聚乙烯和聚四氟乙烯。其中，石英和聚四氟乙烯杂质含量少，但价格昂贵，一般常规监测中广泛使用聚乙烯和硼硅玻璃材质的容器。不能及时运输或尽快分析的水样，则应根据不同监测项目的要求，采取适宜的保存方法。表 6-10 列出我国《水质采样》标准中建议的水样保存方法。

表 6-10　水样常用的保存技术

项　　目	采样容器	保存方法	分析地点	保存期	采样量/mL	容器洗涤
浊度	G. P.		现场	24 h	250	I
色度	G. P.		现场、实验室	12 h	250	I
pH 值	G. P.		现场、实验室	12 h	250	I
电导率	G. P.		现场、实验室	12 h	250	I
悬浮物	G. P.	0～4 ℃暗处冷藏	实验室	14 d	500	I
碱度	G. P.	0～4 ℃暗处冷藏	实验室	12 h	500	I

续表

项 目	采样容器	保 存 方 法	分析地点	保存期	采样量/mL	容器洗涤
酸度	G. P.	0~4 ℃暗处冷藏	实验室	30 d	500	I
COD	G.	加 H_2SO_4 调至 pH≤2	实验室	2 d	500	I
高锰酸盐指数	G.	0~4 ℃暗处冷藏	实验室	2 d	500	I
DO	DO 瓶	加入 1 mL 硫酸锰和 2 mL 碱性 KI 溶液,现场固定	现场、实验室	24 h	满瓶	I
BOD_5	DO 瓶	0~4 ℃暗处冷藏	实验室	12 h	满瓶	I
TOC	G.	加 H_2SO_4 调至 pH≤2	实验室	7 d	250	I
F^-	P.	0~4 ℃暗处冷藏	实验室	14 d	250	I
Cl^-	G. P.	0~4 ℃暗处冷藏	实验室	30 d	250	I
Br^-	G. P.	0~4 ℃暗处冷藏	实验室	14 h	250	I
I^-	G. P.	加 NaOH 调至 pH=12	实验室	14 h	250	I
SO_4^{2-}	G. P.	0~4 ℃暗处冷藏	实验室	30 d	250	I
PO_4^{3-}	G. P.	加 NaOH 或 H_2SO_4 调至 pH=7,$CHCl_3$ 0.5%	实验室	7 d	250	IV
总磷	G. P.	加 H_2SO_4 调至 pH≤2	实验室	24 h	250	IV
氨氮	G. P.	加 H_2SO_4 调至 pH≤2	实验室	24 h	250	I
NO_2^--N	G. P.	0~4 ℃暗处冷藏	实验室	24 h	250	I
NO_3^--N	G. P.	0~4 ℃暗处冷藏	实验室	24 h	250	I
总氮	G. P.	加 H_2SO_4 调至 pH≤2	实验室	7 d	250	I
硫化物	G. P.	每升水样加 2mL 1mol/L 乙酸锌和适量 NaOH 溶液,使水样的 pH 为 10~12	实验室	24 h	250	I
总氰	G. P.	用固体 NaOH 调至 pH>12	实验室	24 h	250	I
Mg	G. P.	1 L 水样中加浓硝酸 10 mL	实验室	14 d	250	II
Ca	G. P.	1 L 水样中加浓硝酸 10 mL	实验室	14 d	250	II
Mn	G. P.	1 L 水样中加浓硝酸 10 mL	实验室	14 d	250	III
六价铬	G. P.	用 NaOH 调至 pH 为 8~9	实验室	14 d	250	III
Cu	P.	1 L 水样中加浓硝酸 10 mL	实验室	14 d	250	III
Fe	G. P.	1 L 水样中加浓硝酸 10 mL	实验室	14 d	250	III
Zn	P.	1 L 水样中加浓硝酸 10 mL	实验室	14 d	250	III
As	G. P.	用硫酸将样品酸化至 pH<2 保存。废水样品需酸化至含酸达 1%	实验室	14 d	250	I
Se	G. P.	1 L 水样中加浓盐酸 2 mL	实验室	14 d	250	III
Cd	G. P.	1 L 水样中加浓硝酸 10 mL	实验室	14 d	250	III
Hg	G. P.	如水样为中性,1 L 水样中加浓盐酸 10 mL	实验室	14 d	250	III
Pb	G. P.	如水样为中性,1 L 水样中加浓硝酸 10 mL	实验室	14 d	250	III

项　　目	采样容器	保 存 方 法	分析地点	保存期	采样量/mL	容器洗涤
挥发酚	G.	加 H_3PO_4 酸化,并用 $CuSO_4$ 抑制生化,同时冷藏	实验室	24 h	1 000	Ⅰ
油类	G.	加入 HCl 至 pH≤2	实验室	7 d	250	Ⅱ
农药类	G.	加入抗坏血酸 0.01~0.02 g,除去残余氯	实验室	24 h	1 000	Ⅰ
微生物	G.	加硫代硫酸钠至 0.2~0.5 g/L,除去残余物,4 ℃保存	实验室	12 h	250	Ⅰ
生物	G. P.	不能现场测定时用甲醛固定	实验室	12 h	250	Ⅰ

注:(1) P 为聚乙烯桶(瓶);G 为硬质玻璃瓶。

(2) Ⅰ、Ⅱ、Ⅲ、Ⅳ表示 4 种洗涤方法。具体如下。

Ⅰ:洗涤剂洗一次,自来水三次,蒸馏水一次;

Ⅱ:洗涤剂洗一次,自来水二次,(1+3)硝酸溶液荡洗一次,自来水三次,蒸馏水一次;

Ⅲ:洗涤剂洗一次,自来水二次,(1+3)硝酸溶液荡洗一次,自来水三次,去离子水一次;

Ⅳ:铬酸洗液洗一次,自来水三次,蒸馏水一次。

如果采集污水样品,可省去用蒸馏水、去离子水清洗的步骤。

4. 物理性质的检验

水的物理性质主要包括水温、色度、残渣、浊度、电导率等。

1) 水温

水的物理化学性质与水温有密切关系。水中溶解性气体(如氧、二氧化碳等)的溶解度、水生生物和微生物活动、化学和生物化学反应速度及盐度、pH 值等都受水温变化的影响。

水的温度因水源不同而有很大差异。一般来说,地下水温度比较稳定,通常为 8~12 ℃;地面水随季节和气候变化较大,大致变化范围为 0~30 ℃。工业废水的温度因工业类型、生产工艺不同有很大差别。

水温测量应在现场进行。常用的测量仪器有水温计、颠倒温度计和热敏电阻温度计。

(1) 水温计法。

水温计是安装于金属半圆槽壳内的水银温度表,下端连接一金属贮水杯,温度表水银球部悬于杯中,其顶端的槽壳带一圆环,拴以一定长度的绳子。测温范围通常为 -6~41 ℃,最小分度为 0.2 ℃。测量时将其插入一定深度的水中,放置 5 min 后,迅速提出水面并读数。

(2) 颠倒温度计法。

颠倒温度计用于测量深层水温度,一般装在采水器上使用。它由主温表和辅温表构成。主温表是双端式水银温度计,用于观测水温;辅温表为普通水银温度计,用于观测读取水温时的气温,以校正因环境温度改变而引起的主温表读数的变化。测量时,将其沉入预定深度水层,感温 7 min,提出水面后立即读数,并根据主、辅温度表的读数,用海洋常数表进行校正。

水温表和颠倒温度表应定期校核。

2) 残渣

残渣分为总残渣、总可滤残渣和总不可滤残渣三种。它们是表征水中溶解性物质、不溶性物质含量的指标。

（1）总残渣。

总残渣是水和废水在一定的温度下蒸发、烘干后剩余的物质，包括总不可滤残渣和总可滤残渣。其测定方法是取适量（如 50 mL）振荡均匀的水样于称至恒重的蒸发皿中，在蒸汽浴或水浴上蒸干，移入 103～105 ℃烘箱内烘至恒重（两次称量相差不超过0.000 5 g），增加的重量即为总残渣。其计算式为

$$m_{总残渣} = \frac{(A-B) \times 1\,000 \times 1\,000}{V} \tag{6-8}$$

式中：A——总残渣和蒸发皿重，g；

$\quad\ \ B$——蒸发皿重，g；

$\quad\ \ V$——水样体积，mL。

（2）总可滤残渣。

总可滤残渣量是指将过滤后的水样放在称至恒重的蒸发皿内蒸干，再在一定温度下烘至恒重所增加的重量。一般测定 103～105 ℃烘干的总可滤残渣，但有时要求测定 (180±2) ℃烘干的总可滤残渣。水样在此温度下烘干，可将吸着水全部赶尽，所得结果与化学分析结果所计算的总矿物质含量较接近。其计算方法同总残渣。

（3）总不可滤残渣（悬浮物，SS）。

水样经过滤后留在过滤器上的固体物质，于 103～105 ℃烘至恒重得到的物质量称为总不可滤残渣量。它包括不溶于水的泥沙、各种污染物、微生物及难溶无机物等。常用的滤器有滤纸、滤膜、石棉坩埚。由于它们的滤孔大小不一致，故报告结果时应注明。石棉坩埚通常用于过滤酸或碱浓度高的水样。

地面水中存在悬浮物，使水体浑浊，透明度降低，影响水生生物呼吸和代谢；工业废水和生活污水含大量无机、有机悬浮物，易堵塞管道、污染环境，因此，为必测指标。

3) 电导率

水的电导率与其所含无机酸、碱、盐的量有一定关系。当它们的浓度较低时，电导率随浓度的增大而增加，因此，该指标常用于推测水中离子的总浓度或含盐量。不同类型的水有不同的电导率。新鲜蒸馏水的电导率为 0.5～2 μS/cm，但放置一段时间后，因吸收了 CO_2，增加到 2～4 μS/cm；超纯水的电导率小于 0.10 μS/cm；天然水的电导率多在 50～500 μS/cm 之间，矿化水可达 500～1 000 μS/cm；含酸、碱、盐的工业废水的电导率往往超过 10 000 μS/cm；海水的电导率约为 30 000μS/cm。

5. 金属化合物的测定

水体中的金属元素有些是人体健康必须的常量元素和微量元素，有些是有害于人体健康的，如汞、镉、铬、铅、铜、锌、镍、钡、钒、砷等。有害金属侵入人的肌体后，将会使某些酶失去活性而出现不同程度的中毒症状。其毒性大小与金属种类、理化性质、浓度及存在的价态和形态有关。例如，汞、铅、镉、铬（Ⅵ）及其化合物是对人体健康产生长远影响的有害金属；汞、铅、砷、锡等金属的有机化合物比相应的无机化合物毒性要强得多；可溶性金

属要比颗粒态金属毒性大;六价铬比三价铬毒性大,等等。

测定水体中金属元素常用的方法有分光光度法、原子吸收分光光度法、容量法等。前两种方法用得最多,容量法用于常量金属的测定。

1) 汞

汞及其化合物属于剧毒物质,特别是有机汞化合物。天然水中含汞极少,一般不超过 $0.1\ \mu g/L$。我国饮用水的标准限值为 $0.001\ mg/L$。

(1) 冷原子吸收法。

冷原子吸收法的原理是汞原子蒸气对 253.7 nm 的紫外光有选择性吸收。在一定浓度范围内,吸光度与汞浓度成正比。在硝酸-硫酸介质和加热条件下,用高锰酸钾将样品消解,或用溴酸钾和溴化钾混合试剂,在 20 ℃以上室温和 $0.6\ mol/L$ 的酸性介质中产生溴,将二价汞还原成金属汞。在室温下通入空气或氮气流,将金属汞气化,载入冷原子吸收测汞仪,测量吸收值,求得样品中汞的含量。

测定时,用氯化汞配制一系列汞标准溶液,测吸光度做标准曲线进行定量,水样经预处理后按标准溶液的方法测吸光度,从而求出水样中汞的浓度。

(2) 冷原子荧光法。

该方法是将水样中的汞离子还原为基态汞原子蒸气,吸收 253.7 nm 的紫外光后,被激发而产生特征共振荧光,在一定的测量条件下和较低的浓度范围内,荧光强度与汞浓度成正比。

该方法适用于地面水、生活污水和工业废水的测定。最低检出浓度为 $0.05\ \mu g/L$,测定上限可达 $1\ \mu g/L$,且干扰因素少。

2) 镉

镉的毒性很强,可在人体的肝、肾等组织中蓄积,造成各脏器组织的损坏,尤其对肾脏损害最为明显。还可以导致骨质疏松和软化。

绝大多数淡水的含镉量低于 $1\ \mu g/L$,海水中镉的平均浓度为 $0.1\ \mu g/L$。镉的主要污染源是电镀、采矿、冶炼、染料、电池和化学工业等排放的废水。

测定镉的方法有原子吸收分光光度法、双硫腙分光光度法、阳极溶出伏安法和示波极谱法等。

原子吸收分光光度法也称原子吸收光谱法(AAS),简称原子吸收法。该方法具有测定快速、干扰少、应用范围广、可在同一试样中分别测定多种元素等特点。测定镉、铜、铅、锌等元素时,可采用直接吸入火焰原子吸收分光光度法(适用于废水和受污染的水),用萃取或离子交换法富集后吸入火焰原子吸收分光光度法(适用于清洁水),石墨炉原子吸收分光光度法(适用于清洁水,其测定灵敏度高于前两种方法,但基体干扰较火焰原子化方法严重)。

(1) 原子吸收分析的原理及仪器。

将含待测元素的溶液通过原子化系统喷成细雾,随载气进入火焰,并在火焰中解离成基态原子。当空心阴极灯辐射出待测元素的特征波长光通过火焰时,因被火焰中待测元素的基态原子吸收而减弱。在一定实验条件下,特征波长光强的变化与火焰中待测元素基态原子的浓度有定量关系,从而与试样中待测元素的浓度(c)有定量关系,即

$$A = k'c \qquad\qquad (6\text{-}9)$$

式中：k'——与待测元素和分析条件有关的常数；

　　A——待测元素的吸光度。

这说明吸光度与浓度的关系服从朗伯-比耳定律。因此，测定吸光度就可以求出待测元素的浓度，这是原子吸收分析的定量依据。用作原子吸收分析的仪器称为原子吸收分光光度计或原子吸收光谱仪。它主要由光源、原子化系统、分光系统及检测系统四个主要部分组成。

（2）定量分析方法。

① 标准曲线法：同分光光度法一样，先配制相同基体的含有不同浓度待测元素的系列标准溶液，分别测其吸光度，以扣除空白值之后的吸光度为纵坐标，对应的标准溶液浓度为横坐标，绘制标准曲线。在同样操作条件下测定试样溶液的吸光度，从标准曲线查得试样溶液的浓度。使用该方法时应注意：配制的标准溶液浓度应在吸光度与浓度呈线性的范围内；整个分析过程中操作条件应保持不变。

② 标准加入法：如果试样溶液的基体组成复杂且对测定有明显干扰时，则在标准曲线呈线性关系的浓度范围内，可使用这种方法测定。

取四份相同体积的试样溶液，从第二份起按比例加入不同量的待测元素的标准溶液，稀释至一定体积。设试样溶液中待测元素的浓度为 c_x，加入标准溶液后的浓度分别为 $c_x + c_0$、$c_x + 2c_0$、$c_x + 4c_0$，分别测得吸光度为 A_x、A_1、A_2、A_3。以吸光度 A 对浓度 c 作图，得到一条不通过原点的直线，外延此直线与横坐标交于 c_x，即为试样溶液中待测元素的浓度。为得到较为准确的外推结果，应最少用四个点来做外推曲线；该方法只能消除基体效应的影响，而不能消除背景吸收的影响，故应扣除背景值。

3）铬

铬化合物的常见价态有三价和六价。受水体 pH 值、温度、氧化还原物质、有机物等因素的影响，三价铬和六价铬化合物可以互相转化。

铬是生物体所必需的微量元素之一。铬的毒性与其存在价态有关，六价铬具有强毒性，为致癌物质，并易被人体吸收而在体内蓄积。通常认为六价铬的毒性比三价铬大 100 倍。但是，对鱼类来说，三价铬化合物的毒性比六价铬大。当水中六价铬浓度达 1 mg/L 时，水呈黄色并有涩味；三价铬浓度达 1 mg/L 时，水的浊度明显增加。陆地天然水中一般不含铬；海水中铬的平均浓度为 0.05 μg/L；饮用水中更低。

铬的工业污染源主要来自铬矿石加工、金属表面处理、皮革鞣制、印染，照相材料等行业的废水。铬是水质污染控制的一项重要指标。

水中铬的测定方法主要有二苯碳酰二肼分光光度法、原子吸收分光光度法、硫酸亚铁铵滴定法等。分光光度法是国内外的标准方法；滴定法适用于含铬量较高的水样。

（1）二苯碳酰二肼分光光度法。

① 六价铬的测定。二苯碳酰二肼分光光度法测定六价铬原理：在酸性介质中，六价铬与二苯碳酰二肼（DPC）反应，生成紫红色配合物，于 540 nm 波长处进行比色测定。采用标准曲线法定量，测定水样中六价铬的含量。

② 总铬的测定。高锰酸钾氧化-二苯碳酰二肼分光光度法测定总铬原理：在酸性溶

液中,首先,将水样中的三价铬用高锰酸钾氧化成六价铬,过量的高锰酸钾用亚硝酸钠分解,过量的亚硝酸钠用尿素分解;然后,加入二苯碳酰二肼显色,于 540 nm 处进行分光光度测定。其最低检测浓度同六价铬。

(2)硫酸亚铁铵滴定法。

本法适用于总铬浓度大于 1 mg/L 的废水。其原理为在酸性介质中,以银盐作催化剂,用过硫酸铵将三价铬氧化成六价铬。加少量氯化钠并煮沸,除去过量的过硫酸铵和反应中产生的氯气。以苯基代邻氨基苯甲酸作指示剂,用硫酸亚铁铵标准溶液滴定,至溶液呈亮绿色。

根据硫酸亚铁铵溶液的浓度和进行试剂空白校正后的用量,可计算出水样中总铬的含量。

4)其他金属化合物

根据水和废水污染类型和对用水水质的要求不同,有时还需要监测其他金属元素。表 6-11 列出某些元素的测定方法,详细内容可查阅《水和废水监测分析方法》和其他水质监测资料。

表 6-11 　其他金属化合物的监测方法

元素	危　　害	分析方法	测定浓度范围
铍	单质及其化合物毒性都极强	(1) 石墨炉原子吸收法; (2) 活性炭吸附-铬天菁 S 分光光度法	0.04～4 $\mu g/L$ 最低 0.1 $\mu g/L$
镍	具有致癌性,对水生生物有明显危害。镍盐引起过敏性皮炎	(1) 原子吸收法; (2) 丁二酮肟分光光度法; (3) 示波极谱法	0.01～8 mg/L 0.1～4 mg/L 最低 0.06 mg/L
硒	生物必需微量元素,但过量能引起中毒。二价态毒性最大,单质态毒性最小	(1) 2,3-二氨基萘荧光法; (2) 3,3-二氨基联苯胺分光光度法; (3) 原子荧光法; (4) 气相色谱法(ECD)	0.15～25 $\mu g/L$ 2.5～50 $\mu g/L$ 0.2～10 $\mu g/L$ 最低 0.2 $\mu g/L$
锑	单质态毒性小,氢化物毒性大	(1)5-Br-PADAP 分光光度法; (2) 原子吸收法	0.05～1.2 mg/L 0.2～40 mg/L
钍	既有化学毒性,又有放射性辐射损伤,危害大	钍试剂Ⅲ分光光度法	0.008～3.0 mg/L
铀	有放射性辐射损伤;引起急性或慢性中毒	TRPO-5-Br-PADAP 分光光度法	0.0013～1.6 mg/L
铁	具有低毒性。工业用水含量高时,产品上形成黄斑	(1) 原子吸收法; (2) 邻菲啰啉分光光度法; (3) EDTA 滴定法	0.03～5.0 mg/L 0.03～5.00 mg/L 5～20 mg/L
锰	具有低毒性。工业用水含量高时,产品上形成斑痕	(1) 原子吸收法; (2) 高碘酸钾氧化分光光度法; (3) 甲醛肟分光光度法	0.01～3.0 mg/L 最低 0.05 mg/L 0.01～4.0 mg/L

元素	危　害	分　析　方　法	测定浓度范围
钙	人体必需元素,但过量能引起肠胃不适。结垢	(1) EDTA 滴定法; (2) 原子吸收法	2～100 mg/L 0.02～5.0 mg/L
镁	人体必需元素,过量有导泻和利尿作用。结垢	(1) EDTA 滴定法; (2) 原子吸收法	2～100 mg/L 0.002～0.5 mg/L

6. 非金属无机物的测定

1) pH 值

pH 值是溶液中氢离子活度的负对数,即

$$pH = -1ga_{H^+}$$

pH 值是最常用的水质指标之一。天然水的 pH 值多在 6～9 范围内;饮用水的 pH 值要求在 6.5～8.5 之间;某些工业用水的 pH 值必须保持在 7.0～8.5 之间,以防止金属设备和管道被腐蚀。此外,pH 值在废水生化处理,评价有毒物质的毒性等方面也具有指导意义。

测定水的 pH 值的方法有比色法和玻璃电极法。

(1) 比色法

比色法基于各种酸碱指示剂在不同 pH 值的水溶液中显示不同的颜色,而每种指示剂都有一定的变色范围。将系列已知 pH 值的缓冲溶液加入适当的指示剂制成标准色液并封装在小安瓿瓶内,测定时取与缓冲溶液同量的水样,加入与标准系列相同的指示剂,然后进行比较,以确定水样的 pH 值。该方法不适用于有色、浑浊或含较高游离氯、氧化剂、还原剂的水样。如果需粗略地测定水样的 pH 值,可使用 pH 试纸。

(2) 玻璃电极法

玻璃电极法(电位法)测定 pH 值是以 pH 玻璃电极为指示电极,饱和甘汞电极为参比电极,并将两者与被测溶液组成原电池。再用已用标准溶液校准的 pH 计测定水样,从 pH 计显示器上直接读出水样的 pH 值。

玻璃电极测定法准确、快速,且受水体色度、浊度、胶体物质、氧化剂、还原剂及盐度等因素的干扰程度小。

2) 溶解氧

溶解于水中的分子态氧称为溶解氧(DO)。水中溶解氧的含量与大气压力、水温及含盐量等因素有关。大气压力下降、水温升高、含盐量增加,都会导致溶解氧含量降低。

清洁地表水溶解氧接近饱和。当有大量藻类繁殖时,溶解氧可能过饱和;当水体受到有机物质、无机还原物质污染时,会使溶解氧含量降低,甚至趋于零,此时厌氧细菌繁殖活跃,水质恶化。水中溶解氧低于 3～4 mg/L 时,许多鱼类呼吸困难;继续减少,则会窒息死亡。一般规定水体中的溶解氧至少在 4 mg/L 以上。在废水生化处理过程中,溶解氧也是一项重要的控制指标。

测定水中溶解氧的方法有碘量法及其修正法和膜电极法。清洁水可用碘量法;受污染的地面水和工业废水必须用修正的碘量法或膜电极法。

（1）碘量法。

在水样中加入硫酸锰和碱性碘化钾，水中的溶解氧将二价锰氧化成四价锰，并生成氢氧化物沉淀。加酸后，沉淀溶解，四价锰又可氧化碘离子而释放出与溶解氧含量相当的游离碘。以淀粉为指示剂，用硫代硫酸钠标准溶液滴定释放出的碘，可计算出溶解氧的含量。

当水中含有氧化性物质、还原性物质及有机物质时，会干扰测定，应预先消除并根据不同的干扰物质采用修正的碘量法。

（2）修正的碘量法。

① 叠氮化钠修正法。

水样中含有亚硝酸盐会干扰碘量法测定溶解氧，可用叠氮化钠将亚硝酸盐分解后再用碘量法测定。亚硝酸盐主要存在于经生化处理的废水和河水中，它能与碘化钾作用释放出游离碘而产生正干扰。如果反应到此为止，引入误差尚不大；但当水样和空气接触时，新溶入的氧将和 N_2O_2 作用，再形成亚硝酸盐。如此循环，不断地释放出碘，将会引入相当大的误差。当水样中的三价铁离子含量较高时，将会干扰测定，可加入氟化钾或用磷酸代替硫酸酸化来消除。

应当注意，叠氮化钠是剧毒、易爆试剂，不能将碱性碘化钾-叠氮化钠溶液直接酸化，以免产生有毒的叠氮酸雾。

② 高锰酸钾修正法。

该方法适用于含大量亚铁离子，不含其他还原剂及有机物质的水样。用高锰酸钾氧化亚铁离子消除干扰，过量的高锰酸钾用草酸钠溶液除去，生成的高价铁离子用氟化钾掩蔽。其他同碘量法。

3）氨氮

水中的氨氮是指以游离氨（或称非离子氨，NH_3）和离子氨（NH_4^+）形式存在的氮，两者的组成比取决于水的 pH 值。对地面水，常要求测定非离子氨。

水中氨氮主要来源于生活污水中含氮有机物受微生物作用的分解产物，焦化、合成氨等工业废水，以及农田排水等。氨氮含量较高时，对鱼类呈现毒害作用，对人体也有不同程度的危害。

测定水中氨氮的方法有纳氏试剂分光光度法、水杨酸-次氯酸盐分光光度法、电极法和容量法。

水样有色或浑浊及含其他干扰物质会影响测定，需进行预处理。对较清洁的水，可采用絮凝沉淀法消除干扰；对污染严重的水或废水应采用蒸馏法。

（1）纳氏试剂分光光度法。

在水样中加入碘化汞和碘化钾的强碱溶液（纳氏试剂），则与氨反应生成黄棕色胶态化合物，此颜色在较宽的波长范围内具有强烈吸收作用，通常使用 410～425 nm 范围的波长光比色定量。

本法最低检出浓度为 0.025 mg/L；测定上限为 2 mg/L。采用目视比色法，最低检出浓度为 0.02 mg/L。

（2）水杨酸-次氯酸盐分光光度法。

在亚硝基铁氰化钠存在的条件下，氨与水杨酸和次氯酸反应生成蓝色化合物，于其最大吸收波长 697 nm 处比色定量。

4）其他非金属无机物

根据水体类型和对水质要求不同,还可能要求测定其他非金属无机物,如硫化物、氟化物、氰化物、氯化物、碘化物、硫酸盐、二氧化硅、含磷化合物、余氯、硼等。关于它们的监测分析方法,可参阅有关水质分析参考书。

7. 有机化合物的测定

水体中的污染物质除无机化合物外,还含有大量的有机物质,它们以毒性和使水体溶解氧减少的形式对生态系统产生影响。已经查明,绝大多数致癌物质是有毒的有机物质,所以有机物污染指标是水质十分重要的指标。

水中所含有机物种类繁多,难以逐一测定各种组分的定量数值,目前多测定与水中有机物相当的需氧量来间接表征有机物的含量(如 COD、BOD 等),或者某一类有机污染物(如酚类、油类、苯系物、有机磷农药等)。但是,上述指标并不能确切反映许多痕量危害性大的有机物污染状况和危害,因此,随着环境科学研究和分析测试技术的发展,必将大大加强对有毒有机物污染的监测和防治。

1）化学需氧量

化学需氧量(COD)是指水样在一定条件下,氧化 1 L 水样中还原性物质所消耗的氧化剂的量,以氧的 mg/L 表示。水中还原性物质包括有机物和亚硝酸盐、硫化物、亚铁盐等无机物。化学需氧量反映了水中受还原性物质污染的程度。基于水体被有机物污染是很普遍的现象,该指标也作为有机物相对含量的综合指标之一。

对废水化学需氧量的测定,我国规定用重铬酸钾法,其方法的原理是:在强酸性溶液中,用重铬酸钾氧化水样中的还原性物质,过量的重铬酸钾以试铁灵作指示剂,用硫酸亚铁铵标准溶液回滴,根据其用量计算出水样中还原性物质消耗氧的量。

测定过程如下:

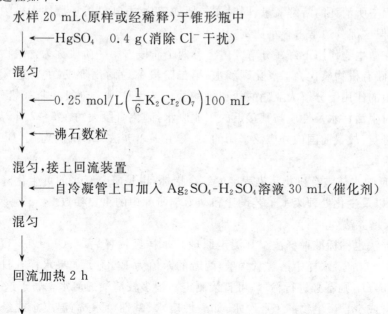

水样 20 mL(原样或经稀释)于锥形瓶中

$\longleftarrow$ HgSO$_4$ 0.4 g(消除 Cl$^-$ 干扰)

混匀

$\longleftarrow$ 0.25 mol/L$\left(\frac{1}{6}\text{K}_2\text{Cr}_2\text{O}_7\right)$100 mL

$\longleftarrow$ 沸石数粒

混匀,接上回流装置

$\longleftarrow$ 自冷凝管上口加入 Ag$_2$SO$_4$-H$_2$SO$_4$ 溶液 30 mL(催化剂)

混匀

回流加热 2 h

冷却

　　↓　←——自冷凝管上口加入 80 mL 的水于反应液中

取下锥形瓶

　　↓　←——加试铁灵指示剂 3 滴

　　用 0.1 mol/L(NH$_4$)$_2$Fe(SO$_4$)$_2$ 标准溶液滴定,终点由蓝绿色变成红棕色

　　重铬酸钾氧化性很强,可将大部分有机物氧化,但吡啶不被氧化,芳香族有机物不易被氧化;挥发性直链脂肪组化合物、苯等存在于蒸气相中,不能与氧化剂液体接触,氧化不明显。氯离子能被重铬酸钾氧化,并与硫酸银作用生成沉淀,可加入适量硫酸汞生成配合物。

　　测定结果按式(6-10)计算。

$$COD_{Cr} = \frac{c \times (V_0 - V_1) \times 8 \times 1\ 000}{V_0} \qquad (6\text{-}10)$$

式中:V_0——滴定空白时消耗硫酸亚铁铵标准溶液体积,mL;

　　　　V_1——滴定水样消耗硫酸亚铁铵标准溶液体积,mL;

　　　　V——水样体积,mL;

　　　　c——硫酸亚铁铵标准溶液浓度,mol/L;

　　　　8——氧$\left(\frac{1}{2}O\right)$的摩尔质量,g/mol。

　　用 0.25 mol/L 的重铬酸钾溶液可测定大于 50 mg/L 的 COD 值;用 0.025 mol/L 的重铬酸钾溶液可测定 5~50 mg/L 的 COD 值,但准确度较差。

　　2)生化需氧量

　　生化需氧量(BOD)是指在有溶解氧的条件下,好氧微生物在分解水中有机物的生物化学氧化过程中所消耗的溶解氧量;同时亦包括如硫化物、亚铁等还原性无机物质氧化所消耗的氧量,但这部分通常占很小比例。

　　有机物在微生物作用下好氧分解大体上分两个阶段。第一阶段称为含碳物质氧化阶段,主要是含碳有机物氧化为二氧化碳和水;第二阶段称为硝化阶段,主要是含氮有机化合物在硝化菌的作用下分解为亚硝酸盐和硝酸盐。然而这两个阶段并非截然分开,而是各有主次。对生活污水及性质与其接近的工业废水,硝化阶段大约在 5~7 日,甚至 10 日以后才显著进行,故目前国内外广泛采用的 20 ℃五天培养法(BOD$_5$法)测定 BOD 值一般不包括硝化阶段。

　　BOD 是反映水体被有机物污染程度的综合指标,也是研究废水的可生化降解性和生化处理效果,以及生化处理废水工艺设计和动力学研究中的重要参数。

　　(1) 五天培养法(20 ℃)。

　　五天培养法也称标准稀释法。其测定原理是水样经稀释后,在(20±1) ℃条件下培养 5 天,求出培养前后水样中溶解氧含量,两者的差值为 BOD$_5$。如果水样五日生化需氧量未超过 7 mg/L,则不必进行稀释,可直接测定。很多较清洁的河水就属于这一类水。

　　对于不含或少含微生物的工业废水,如酸性废水、碱性废水、高温废水或经过氯化处理的废水,在测定 BOD_5 时应进行接种,以引入能降解废水中有机物的微生物。当废水中存在着难被一般生活污水中的微生物以正常速度降解的有机物或有剧毒物质时,应将驯化后的微生物引入水样中进行接种。

① 稀释水。

对于污染的地表水和大多数工业废水,因含较多的有机物,需要稀释后再培养测定,以保证在培养过程中有充足的溶解氧。其稀释程度应使培养中所消耗的溶解氧大于 2 mg/L,而剩余溶解氧在 1 mg/L 以上。

稀释水一般用蒸馏水配制,先通入经活性炭吸附及水洗处理的空气,曝气 2~8 h,使水中溶解氧接近饱和,然后再在 20 ℃下放置数小时。临用前加入少量氯化钙、氯化铁、硫酸镁等营养盐溶液及磷酸盐缓冲溶液,混匀备用。稀释水的 pH 值应为 7.2,BOD_5 应小于 0.2 mg/L。

如水样中无微生物,则应于稀释水中接种微生物,即在每升稀释水中加入生活污水上层清液 1~10 mL,或表层土壤浸出液 20~30 mL,或河水、湖水 10~100 mL。这种水称为接种稀释水。

为检查稀释水和接种液的质量,以及化验人员的操作水平,将每升含葡萄糖和谷氨酸各 150 mg 的标准溶液以 1:50 稀释比稀释后,与水样同步测定 BOD_5,测得值应在 180~230 mg/L 之间,否则,应检查原因,予以纠正。

② 水样稀释倍数。

水样稀释倍数应根据实践经验进行估算。表 6-12 列出根据高锰酸盐指数稀释地表水的估算方法。

工业废水的稀释倍数由 COD_{Cr} 值分别乘以系数 0.075、0.15、0.25 获得。通常同时作出三个稀释比的水样。

表 6-12 高锰酸盐指数对应的系数

高锰酸盐指数/(mg/L)	系　　数	高锰酸盐指数/(mg/L)	系　　数
<5	—	10~20	0.4,0.6
5~10	0.2,0.3	>20	0.5,0.7,1.0

③ 测定结果计算。

对不经稀释直接培养的水样

$$BOD_5 = c_1 - c_2 \tag{6-11}$$

式中:c_1——水样在培养前溶解氧的浓度,mg/L;

　　　c_2——水样经 5 天培养后,剩余溶解氧浓度,mg/L。

对稀释后培养的水样

$$BOD_5 = \frac{(c_1 - c_2) - (B_1 - B_2)f_1}{f_2} \tag{6-12}$$

式中:B_1——稀释水(或接种稀释水)在培养前的溶解氧的浓度,mg/L;

　　　B_2——稀释水(或接种稀释水)在培养后的溶解氧的浓度,mg/L;

　　　f_1——稀释水(或接种稀释水)在培养液中所占比例;

　　　f_2——水样在培养液中所占比例。

　　水样含有铜、铅、锌、镉、铬、砷、氰等有毒物质时，对微生物活性有抑制，可使用经驯化微生物接种的稀释水，或提高稀释倍数，以减小毒物的影响。如含少量氯，一般放置 1～2 h 可自行消失；对游离氯短时间不能消散的水样，可加入亚硫酸钠除去之，加入量由实验确定。

　　五天培养法适用于测定 BOD_5 大于或等于 2 mg/L，最大不超过 6 000 mg/L 的水样；大于 6 000 mg/L 时，会因稀释带来更大误差。

　　(2) 其他方法。

　　除上述测定方法外，还有 BOD 测定仪、测压法、微生物电极法、活性污泥法、相关估算法等。

　　3) 其他有机污染物质

　　根据水体污染的不同情况，通常还需要测定总有机碳、总需氧量、挥发酚、阴离子洗涤剂、有机磷农药、有机氯农药、苯系物、氯苯类化合物、苯并[a]芘、多环芳烃、甲醛、三氯乙醛、苯胺类、硝基苯类等。这些物质除阴离子洗涤剂外，其他均为主要环境优先污染物，其监测方法多用气相色谱法和分光光度法。对于大分子量的多环芳烃、苯并[a]芘等要用液相色谱法或荧光分光光度法。

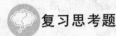复习思考题

　　1. 简要说明制订大气环境污染监测方案的程序和主要内容。

　　2. 大气采样常用的布点方法有哪些？各适用于哪些情况？

　　3. 怎样用重量法测定大气中总悬浮颗粒物和飘尘？

　　4. 在烟道气监测中，怎样选择采样位置和确定采样点的数目？

　　5. 怎样制订地面水体水质的监测方案？以河流为例，说明如何设置监测断面和采样点？

　　6. 说明碘量法和修正的碘量法测定水中溶解氧的原理。

　　7. 冷原子吸收法和冷原子荧光法测定水样中的汞，有何主要相同和不同之处？

　　8. 对于工业废水排放源，怎样布设采样点和采集代表性的水样？

　　9. 高锰酸盐指数和化学需氧量在应用上和测定方法上有何区别？

项目七

环境质量评价

项目简介：本项目介绍环境质量现状评价的程序、内容和方法，概述环境影响评价的概念、分类、功能，简要介绍环境影响评价方法、环境影响评价的内容，以及环境影响评价报告书的编制。

教学目标：掌握环境评价的基本概念与操作步骤，培养综合运用相关学科的知识和解决环境评价实际问题的能力，培养学生的专业兴趣。

任务1　环境质量现状评价

环境质量现状评价，就是对评价区域以及周围地区的污染物及相关资料进行现场考察、污染物监测和污染源调查，阐明环境质量现状，确定拟建项目所在的环境质量的本底值，为开展环境影响预测评价等工作提供基础资料。

1. 环境质量现状评价的基本程序

环境质量现状评价一般按以下程序进行。

(1) 确定评价目的。

进行环境质量现状评价首先要确定评价目的，主要是指本次评价的性质、要求以及评价结果的作用。评价目的决定了评价区域的范围、评价参数、采用的评价标准。如许昌发电厂的环境质量现状评价的目的是掌握该电厂在不同气象条件下对许昌市的大气污染程度及污染物的分布，为大气污染控制提供依据。因此，评价区域重点为许昌市区（在一定气象条件时的下风向），评价参数为 SO_2、NO_x（包括 NO 和 NO_2）和飘尘，评价标准为大气环境质量标准。同时，要制定评价工作大纲及实施计划。

(2) 收集与评价有关的背景资料。

由于评价的目的和内容不同，所收集的背景资料也要有所侧重。如以环境污染为主，要特别注意污染源与污染现状的调查；以生态环境破坏为主，要特别进行人群健康的回顾性调查；以美学评价为主，要注重自然景观资料的收集。

（3）环境质量现状监测。

在背景资料收集、整理、分析的基础上，确定主要监测因子。监测项目的选择因区域环境污染特征而异，但主要应依据评价的目的。

（4）背景值的预测。

在评价区域比较大或监测能力有限的条件下，就需要根据监测到的污染物浓度值，建立背景值预测模式。

（5）环境质量现状的分析区域。

环境质量现状的分析区域是主要污染源及污染物种类数量。

（6）评价结论与对策。

对环境质量状况给出总的结论并提出污染防治对策。

2.环境质量现状评价的内容

1）环境背景的调查与评价

环境背景调查和评价的内容可分为自然环境特征和社会环境特征两个方面。自然环境特征包括地理位置和地质与地貌、气象与气候、水文、土壤、生物等；社会环境特征包括一般情况和经济结构等。环境背景的调查与评价就是要弄清这些要素的环境背景值（也称环境本底值）及其变化和相关性，并对其与环境质量的关系作出判断。

2）污染源调查与评价

通过调查、监测和分析研究，确定调查范围内污染源的类型及其污染物，找出污染物的自然扩散和人为排放的方式、途径、特点和规律等，并按其对环境的影响程度，筛选出主要污染源和污染物。通过污染源评价能够把标准各异、量纲不同的污染源和污染物的排放量，通过一定的数学方法变成一个统一的可比较值，从而确定出区域内的主要污染物和污染源。污染源评价的方法很多，目前采用等标污染负荷法分别对水、气等污染物进行评价。

（1）等标污染负荷与等标污染负荷比。

（2）主要污染物的确定。

按污染物的等标污染负荷的大小排列，从小到大累积计算百分比，将累计百分比大于80%的污染物列为主要污染物。

（3）主要污染源的确定。

将污染源按等标污染负荷排列，计算累计百分比，将累计百分比大于80%的污染源列为主要污染源。

3）环境污染现状的调查与评价

通过布点采样和资料收集获得环境质量信息，并根据这些信息对环境质量作出定性和定量结论，进而确定环境的污染程度。

3.环境质量现状评价的技术方法

1）评价要素和评价因子的选择

（1）评价要素的选择。

对一个具体的环境，往往包括多个环境要素，在进行评价要素选择时，应根据评价的目的及条件，以不漏掉主要评价要素为原则，使评价结果能较客观地反映评价区域的环境质量特征及规律。

如以控制污染为主要目标,则应抓住与人体健康、农业生物生长条件等有关的要素,并力求突出其中的主要问题。通常把地表水、土壤、大气、农副产品等几个环境要素作为评价要素,将大气、地表水和食物污染问题等并重,突出主要污染问题。

(2)评价因子的选择。

评价参数是根据评价的目的和条件选择的,选择评价参数时应考虑以下几方面。

① 根据评价的对象和目的选择。评价的对象和目的不同,要求的环境质量也有差异。例如,对同一水体,当作为饮用水源和农田灌溉水源进行评价时,所选择的评价参数就不同。前者主要选用与人体健康有关的参数,如大肠杆菌、水的硬度和毒理学指标等。而后者主要选用重金属、农药、石油、酚、氰化物等指标作评价参数。

② 根据评价区域排入的有害污染物的特点选择。不同地区的产业结构、布局、数量、规模不同,地质结构和成土母质不同,对环境释放出来的有害物质也不相同。只有从主要污染物中选择评价参数,才能体现这一地区环境质量优劣的真实性和改造控制环境质量的可能性。

③ 应尽量选择国家规定的监测项目。我国相继提出了一系列环境污染监测项目和标准。这些标准都是从毒性大小,对人体健康的危害程度,对生物生存的影响程度,以及对环境质量的影响情况等多方面的考虑制订的。当评价一个特定区域环境时,应尽量选择国家有关规定的监测项目和标准规定中的项目。这样不仅使评价有所规范,而且使得有关参数有标准可循,使评价的质量准确有效。

如评价参数没有国家规定的标准,可根据本地区情况进行调整,以确定不同数据所反映的环境状况,定出标准。就综合环境质量评价而言,概括起来,选择评价参数的限制条件是:① 在评价区域内,所选择的评价参数应能表达本地区环境受到的影响程度;② 所选择的评价参数在评价方法上能解决定量化问题,以便确定评价函数和确定权系数。

2)评价方法

(1)指数评价法。

① 环境质量指数的基本形式。根据不同评价目的的需要,环境质量指数可以设计为随环境质量提高而递增,也可设计为随污染程度的提高而递增。其环境质量指数的公式可写为

$$P_i = c_i / W_i$$

式中:P_i——环境质量指数;

c_i——i 污染物在环境中的浓度;

W_i——i 污染物对人类影响程度的某一数值或标准,即评价标准。

如果一个地区某一种因素中的污染物是单一的或某一污染物占明显优势时,上述计算求得的环境质量指数大体上可以反映出环境质量的状况。

② 环境质量指数的作用。

a.对区域环境质量进行分级,以便对不同区域、不同时期的环境质量进行比较。

b.可为专家评价法提供比较客观的量化依据。

c.可作为评价标准的替代形式,进行交流。

d.将大量的监测数据归纳为少数有规律的指数表达式,从而提高环境质量评价方法

的可比性。

③ 用环境质量指数评价的主要环节。

a. 收集、整理数据和资料。在收集和整理资料的基础上,分析所要评价的区域环境要素背景的监测数据和资料。在现有监测数据不足时,要组织环境质量背景值的调查,设计监测网络系统,确定本地区环境中污染物和各种有关参数的背景值。

b. 确定评价要素及评价因子。确定评价要素及评价因子的主要依据:一是所选择的评价要素及评价因子应能满足预定的目的和要求;二是污染源调查和评价所确定的主要污染源和主要污染物;三是尽可能选择环境质量标准所规定的因子;四是评价单位可能提供的监测和测试条件。

c. 评价指数的选用和综合。做环境质量评价应尽可能选择国内或地区范围内已通用的评价指数,其优点是评价结果既有可比性又节省工作量;其次是选用国内外使用较多、较成熟的指数,在必要的情况下才自行设计评价指数,新设计的评价指数要求物理意义明确、易于计算。

d. 环境质量分级。环境质量分级系统是依据评价的目的,根据历史和现在的环境质量状况,经过汇总分析,在找出环境质量指数与实际环境污染的定量关系基础上建立起来的。环境质量分级系统应在实用中不断检验、修订、逐步完善,使其较为客观地反映环境质量状况。

环境质量分级系统是评价方法的重要组成部分,实际上是如何使评价结果更为准确地反映环境质量的一种手段和方法。一般是按一定的指标对环境指数范围进行客观分段。其分段的依据通常是污染物浓度超标倍数、超标污染物的种类,以及不同的污染物浓度所对应的生物、人体健康受环境影响的程度等。

(2)专家评价法。

专家评价法是将专家们作为索取信息的对象,组织环境科学领域的专家运用专业方面的经验和理论对环境质量进行评价的方法。专家评价法的最大特点在于对某些难以用数学模型定量化的因素进行评价,同时对在缺乏足够统计数据和原始资料的情况下,所作出的定量估计。

值得指出的是,现代的专家评估法与古老的直观的评估法,不是简单的历史重复,而是有质的飞跃,它们之间有截然不同的特点:

① 已经形成一套如何组织专家、充分利用专家们的创造性思维进行评价的理论方法;

② 不是依靠一个或少数专家,而是依靠专家集体,这样可以消除个别专家的片面性和局限性;

③ 现代的专家评估法是在定性分析的基础上以打分的方式进行定量评估。

(3)模糊数学法。

在模糊集理论中,运用隶属度为刻画客观事物中大量模糊的界线,而隶属度可用隶属函数来表达。在环境质量评价中,"污染程度"是一个模糊概念,从而作为评价污染程度的分级标准也应是模糊的,像水质、大气、土壤的分级界中常采用的数学指标作为分界线,界线两边截然分为不同级别。例如有的标准把一级水的溶解氧(DO)规定为 9.0 mg/L。如果实际情况是 9.1 mg/L 则算为一级水,而 8.9 mg/L 则算为非一级水,实际上 9.1 与 8.9

相差很小,所以这样分级不太客观。应当采用模糊概念,用隶属度来刻画这条界线就好得多。比如说,DO 值为 9.1 mg/L 时隶属一级水的程度达到 100%,而 DO 值为 8.9 mg/L 时隶属一级水的程度为 95%,相应地隶属于非一级水的程度就是 5%,对于其他数值也可给予不同的隶属度,显然这样刻画其界线要合理得多。

(4) 生物指标法。

① 生物种类多样性指数。

沙农根据对底栖大型无脊椎动物调查的结果,提出用种类多样性指数评价水质。该指数的特点是能定量反映生物群落结构的种类、数量及群落中种类组成比例变化的信息。在清洁的环境中,通常生物种类极其多样,但由于竞争,各种生物又仅以有限的数量存在,且相互制约而维持着生态平衡。当水体受到污染后,不能适应的生物则死亡,或者逃离,能够适应的生物生存下来。这样,由于相互竞争生物种类的减少,使生存下来的少数生物种类的个体数大大增加。清洁水域中生物种类多,每一种的个体数少,而污染水域中生物种类少,每一种的个体数多。每一种的个体数大大增加的规律是建立种类多样性指数式的基础。沙农提出的种类多样性指数计算公式如表 7-1 所示。

表 7-1 种类多样性指数计算公式

d 值	污染状况
<1.0	严重污染
1.0~3.0	中等污染
>3.0	清洁

我国曾对蓟运河中底栖大型无脊椎动物进行调查,结果表明基本上与沙农公式的计算相符合。

② 利用藻类的评价方法。

利用藻类的生物学特性进行水环境质量评价是目前较常用、较成熟的方法。这是因为藻类在整个水生生态系统中起着独特的作用,它能为系统提供物质和能量的基础。在水体中,藻类的作用通常要比高等的初级生产者——水生高等植物大得多。藻类种类繁多,它的生态习性和生长方式多种多样,在水体中分布广泛,可以生长在不同地理区域、不同类型的水体,以及水体的不同生境中,这是藻类作为水环境监测和评价因素的一个重要条件。

藻类与水污染有着密切的关系。因为,水体的富营养化最明显的表现就是某些藻类的过量增殖,形成所谓"水华",而藻类的过量增殖,又是水质变坏、危害水体资源利用的主要原因;水体受到一般有机物,如生活污水的污染时,藻类可通过其光合作用与细菌等相互配合在水体净化过程中起着重要作用。当水体受到各种有毒物质污染时,藻类对一些毒物的毒作用忍受力也不相同,会引起藻类在种类和数量方面的变化,也会引起藻类形态、生化、生理等方面的反应,还有转移、积累污染物质等作用。因而,藻类在水环境质量评价方面有着特别重要的作用。

a. 指示种类法。

这里指的是狭义的指示生物法,即以某些种类的存在或消失来指示水体中有机物或

某特定污染物的多寡与污染程度。

应注意的是,同一属内的不同种类,其耐污染程度(或其指示作用)不同。因此,应该注意有时只根据属类指示污染可能会导致不正确的结论,而在水环境的生物评价中正确鉴定种类是很有必要的。

除了一般的生活污水引起的有机污染外,有不少工业废水中也含有机物质,不过它们的性质很不相同。有些有机工业废水,如粮食和肉类加工的废水、饲养场和屠宰废水、某些生物制品废水等,其中所含主要有机物从性质上可能接近于生活污水,它们如无其他有毒物质,对藻类的影响可能与生活污水对藻类的影响相似。污染极严重时,藻类种类不多,常出现一些无色素鞭毛类。当有机物分解,营养物大量释放后,藻类的种类和数量都会大量增加。

b. 优势种群法。

该方法是在指示种类方法基础上,提出了用整个藻类群落的种类组成和优势种群的变化来评价水环境污染的方法。

任务 2　环境影响评价概述

1. 环境影响评价的概念

"环境影响评价"(EIA)是人们在采取对环境有重大影响的行动之前,在充分调查研究的基础上,识别、预测和评价该行动可能带来的影响,按照社会经济发展与环境保护相协调的原则进行决策,并在行动之前制定出消除或减轻负面影响的措施。

我国《环境保护法》明确规定:"一切企业、事业单位的选址、设计、建设和生产都必须充分注意防止对环境的污染和破坏。在进行新建、改建和扩建工程时,必须提出环境影响报告书,经环保部门和其他有关部门审查批准后才能进行设计;其中防治污染和其他公害设施,必须与主体工程同时设计、同时施工、同时投产;各项有害物质的排放必须遵守国家规定的标准。"同时又规定:"在老城市改造和新城市建设中,应当根据气象、地理、水文、生态等条件,对工业区、居民区、公共设施、绿化地带等作出环境影响评价,全面规划、合理布局、防治污染和其他公害,有计划地建设成为现代化的清洁城市。"

在社会发展过程中,总会不断建新城市和各种建筑物,势必给环境和生态平衡带来影响。这种影响的好与坏,作用大与小,都要在工程设计之前给予科学的预测,并对可能产生的不利影响提出解决对策,以消除这些不利影响。

环境影响评价工作正是针对这种需要产生和发展起来的。通过对各类工程以及新的建设项目进行环境影响评价,可以使经济建设得到合理布局,经济和环境同步协调发展,并使经济效益、环境效益和社会效益有机地统一起来。目前,环境影响评价已成为各地区制定发展方向和规划不可缺少的依据,以及为合理确定环境保护对策进行科学管理提供依据。

2. 环境影响评价的分类

根据目前人类活动的类型及对环境的影响程度,环境影响评价可分为以下三种类型。

1) 单项建设工程的环境影响评价

这种评价是环境影响评价体系的基础，其评价内容和评价结论针对性很强。对工程的选址、生产规模、产品方案、生产工艺、工程对环境的影响以及减少和防范这种影响的措施都有明确的分析、计算和说明，对项目的污染物进行总量控制，最终得出此项工程的可行性的明确结论。

2) 区域开发的规划环境影响评价

所谓规划环境影响评价就是在一定区域内以可持续发展的观点，从整体上综合考虑区域内拟开展的各项社会经济活动对环境产生的影响，并据此制定和选择维护区域良性循环、实现可持续发展的最佳行动规划或方案，同时也为区域开发规划和管理提供决策依据。与单项工程环境影响评价相比，规划环境影响评价更具有战略性。它强调把整个区域作为一个整体来考虑，评价的着眼点在于论证开发区选址、功能区划、产业结构与布局、发展规模的环境合理性和可行性。同时也重视区域内建设项目的布局、结构、性质、规模，根据周围环境的特点，对区域的污染物排放量进行总量控制。为使区域的开发建设对周围环境的影响控制在最低水平，提出相应的减轻影响的具体措施和对策。

3) 公共政策的环境影响评价

公共政策的环境影响评价是新近发展起来的一种评价，是环境影响评价在政策层次上的应用，它是指对国家权力机构发布的政策进行系统的综合的评价过程。

进行公共政策评价的目的是要把环境的考虑纳入到政策的制定过程中去，通过分析各种政策选择的环境影响提高决策的质量，从而建立一种环境、经济和社会综合的决策机制。

3. 环境影响评价的基本功能

在人类活动中，评价具有四种最为基本的功能：判断功能、预测功能、选择功能和导向功能。在人类活动中，评价最为重要的、处于核心地位的功能是导向功能，其他三种功能都隶属于这一功能。人类活动的理想是目的性与规律性的统一，其中目的的确立要以评价所判定的价值为基础和前提，而对价值的判断是通过对价值的认识、预测和选择这些评价形式才得以实现的。所以也可以说，人类活动目的的确立应基于评价，只有通过评价，才能确立合理的和合乎规律的目的，才能对实践活动进行导向和调控。

评价是人或人类社会对价值的一种能动的反映，评价具有判断、预测、选择和导向四种基本功能，这就是环境影响评价的哲学依据。我们看到，在环境影响评价的实际工作中，人们自觉不自觉地运用了该依据，环境影响评价的概念、内容、方法、程序以及决策等，无不带有该依据的影子。同时，我们也在不断地运用环境影响评价的哲学依据，发现环境影响评价中的不足，解决面临的问题，不断地充实和发展环境影响评价，使这一领域的工作顺应社会的要求，实现可持续发展。

4. 环境影响评价的重要性

环境影响评价是一项技术，也是正确认识经济发展、社会发展和环境发展之间相互关系的科学方法，是正确处理经济发展使之符合国家总体利益和长远利益，强化环境管理的有效手段，对确定经济发展方向和保护环境等一系列重大决策都有重要作用。环境影响评价能为地区社会经济发展指明方向，合理确定地区发展的产业结构、产业规模和产业布

局。环境影响评价过程是对一个地区的自然条件、资源条件、环境质量条件和社会经济发展现状进行综合分析的过程,它是根据一个地区的环境、社会、资源的综合能力,使人类活动不利于环境的影响限制到最小。

1) 保证项目选址和布局的合理性

合理的经济布局是保证环境与经济持续发展的前提条件,而不合理的布局则是造成环境污染的重要原因。环境影响评价从项目所在地区的整体出发,考察建设项目的不同选址和布局对区域整体的不同影响,并进行比较和取舍,选择最有利的方案,保证建设选址和布局的合理性。

2) 指导环境保护设计,强化环境管理

一般来说,开发建设活动和生产活动,都要消耗一定的资源,都会给环境带来一定的污染与破坏,因此必须采取相应的环境保护措施。环境影响评价针对具体的开发建设活动或生产活动,综合考虑开发活动特征和环境特征,通过对污染治理设施的技术、经济和环境论证,可以得到相对最合理的环境保护对策和措施,把因人类活动而产生的环境污染或生态破坏限制在最小范围内。

3) 为区域的社会经济发展提供导向

环境影响评价可以通过对区域的自然条件、资源条件、社会条件和经济发展等进行综合分析,掌握该地区的资源、环境和社会等状况,从而对该地区的发展方向、发展规模、产业结构和产业布局等作出科学的决策和规划,指导区域活动,实现可持续发展。

4) 促进相关环境科学技术的发展

环境影响评价涉及自然科学和社会科学的广泛领域,包括基础理论研究和应用技术开发。环境影响评价工作中遇到的问题,必然会对相关环境科学技术提出挑战,进而推动相关环境科学技术的发展。

5. 中国环境影响评价的发展

中国的环境影响评价工作开始于 20 世纪 70 年代,大体上经历了四个阶段:初步尝试阶段、广泛探索阶段、全面发展阶段和环境影响评价制度阶段。

1973 年第一次全国环境保护会议以后,高等院校和科研单位的一些专家、学者,在报刊和学术会上,宣传和倡导环境评价,并参与了环境质量评价及其方法的研究。1973 年,"北京西郊环境质量评价研究"协作组成立,开始进行环境质量评价的研究。随后,官宁流域、南京市、茂名市也开展了环境质量评价。

1977 年,中国科学院召开"区域环境学"讨论会,推动了大中城市环境质量现状评价,如北京市东南郊、沈阳市、南京市、天津市河东区、上海市吴淞区等。同时还开展了松花江、图们江、白洋淀、湘江及杭州西湖等重要水域的环境质量现状评价。1979 年召开的中国环境学会环境质量评价委员会学术座谈会上,总结了这一阶段环境质量评价的工作经验,编写了"环境质量评价参考提纲",为各地进行环境质量现状评价提供依据。1979 年,北京师范大学等单位率先在江西永平铜矿开展了国内第一个建设项目环境影响评价工作。同年 9 月,《中华人民共和国环境保护法(试行)》颁布,规定"一切企业、事业单位的选址、设计、建设和生产,都必须注意防止对环境的污染和破坏。在进行新建、改建和扩建工程中,必须提出环境影响报告书(EIS),经环境保护主管部门和其他有关部门审查批准后才能进行设计"。

1989 年,国务院环境保护委员会、国家计委、国家经委联合发布《建设项目环境保护办法》,指出对环境有影响的一切基本建设项目和技术改造项目以及区域开发建设项目都要进行环境影响评价。1989 年公布的《中华人民共和国环境保护法》第十三条明确规定:"建设项目的环境影响报告书,必须对建设项目产生的污染和对环境的影响做出评价,规定防治措施,经项目主管部门预审并按照规定程序报环境保护行政主管部门批准。环境影响报告书经批准后,计划部门方可批准项目设计任务书。"

1998 年颁布实施的《建设项目环境保护管理条例》第六条更加明确地规定"国家实行建设项目环境影响评价制度",并规定对建设项目的环境影响评价实行分类管理。2003年 9 月 1 日实施的《中华人民共和国环境影响评价法》的颁布标志着中国的环境影响评价、评估工作全面走上了法制化。

目前,环境影响评价已经成为中国经济建设和环境保护工作中不可缺少的一个组成部分。已经建立了一支以专家和技术人员为主的环境评价队伍,在评价方法和理论方面做了许多研究,环境影响评价无论从广度还是深度方面都有了长足的进展。

6. 中国环境影响评价制度及其特点

1) 中国环境影响评价制度

环境影响评价制度是指把环境影响评价工作以法律、法规或行政规章的形式确定下来从而必须遵守的制度。环境影响评价不能代替环境影响评价制度。前者是评价技术,后者是进行评价的法律依据。环境影响评价制度要求在工程、项目、计划和政策等活动的拟定和实施中,除了传统的经济和技术等因素外,还要考虑环境影响,并把这种考虑体现到决策中去。可能显著影响人类环境的重要的开发建设行为,必须编写环境影响报告书。环境影响评价制度的建立,从一个方面体现了人类环境意识的提高,是正确处理人类与环境关系,保证社会经济与环境协调发展的一个进步。

环境影响评价制度的确立,从立法上看,其形式是不同的。有的国家在国家环境保护法律中肯定了环境影响评价制度,或者制定了专门的环境影响评价法律、法规或规范性文件,如美国、澳大利亚、加拿大、法国、中国、阿根廷等国家。有的国家并没有以国家法律的形式予以肯定,而是在其他有关制度或法规中包括有环境影响评价方面的内容,这些国家有日本、英国等。有些没有环境影响评价立法的国家正在制定有关环境影响评价的法律,或者正在计划这样做,如发展中国家的黎巴嫩。

一般来说,环境影响评价制度不管是以明确的法律形式确定下来,还是以其他形式存在,都有一个共同的特点,就是强制性,即建设项目必须进行环境影响评价,对环境可能产生重大影响的项目必须作出环境影响报告书,报告书的内容包括开发项目对自然环境、社会环境及经济发展将会产生的影响,拟采取的环境保护措施及其经济、技术论证等。

我国环境影响评价制度由《中华人民共和国环境保护法》规定为一切建设项目必须遵守的法律制度,其目的是为了防止造成环境污染与破坏。

2) 中国环境影响评价制度的特点

(1) 以建设项目环境影响评价为主。

近 20 年来,我国进行的环境影响评价绝大多数是建设项目的环境影响评价。近年来

也开展了一些开发区的环境影响评价,战略环境影响评价开展很少。今后,后两种评价将逐步增多。

(2) 具有法律强制性。

我国的环境影响评价制度是国家环境保护法明确规定的一项法律制度,以法律形式约束人们必须遵照执行,具有不可违背的强制性。所有对环境有影响的建设项目必须执行这一制度。

(3) 已纳入基本建设的程序。

建设项目的环境影响评价已经纳入基本建设的程序,为建设单位所熟知。目前环境影响评价和项目的可行性研究处于同一阶段,各种投资类型的项目都要求在可行性研究阶段或开工建设之前,完成环境影响评价的报批。

(4) 实行分类管理。

对造成不同程度环境影响的项目实行分类管理。对环境有重大影响的项目必须编写环境影响报告书,对环境影响较小的项目可以编写环境影响报告表,而对环境影响很小的项目可只填写环境影响登记表。

(5) 实行评价资格审核认定制度。

为确保环境影响评价工作的质量,从 1986 年起,建立了评价单位的资格审查制度,强调评价机构必须具有法人资格,具有与评价内容相适应的固定的专业人员和测试手段,能够对评价结果负法律责任。评价资格经审核认定后,发给环境影响评价资格证书。

1998 年国务院颁发的《建设项目环境保护管理条例》第十三条明确规定:"国家对从事建设项目环境影响评价工作的单位实行资格审查制度,从事建设项目环境影响评价工作的单位,必须取得国务院环境保护行政主管部门颁发的资格证书,按照证书规定的等级和范围从事建设项目环境影响评价工作,并对评价结果负责。"持证评价是中国环境影响评价制度的一个重要特点。

任务3 环境影响评价方法

环境是一个复杂系统,它受人类活动多种途径的影响,从而决定了环境影响评价方法具有多样性、交叉性。30 多年来各国环境影响评价工作者创造了大量方法。这些方法,从其功能上可概括为影响识别法、影响预测法、影响综合评价法。

1. 环境影响评价识别法

1) 环境影响因子识别

对人类某项活动进行环境影响识别,首先要弄清楚该工程影响地区的自然环境和社会环境状况,确定环境影响评价的工作范围;在此基础上,根据工程的组成、特性及其功能,结合工程影响地区的特点,从自然环境和社会环境两个方面,选择需要进行影响评价的环境因子。自然环境影响包括对地质地理、水文、气候、地表水质、空气质量、土壤、草原森林、陆地生物与水生生物等方面的影响;社会环境影响包括对城镇、耕地、房屋、交通、文物古迹、风景名胜、自然保护区、人群健康及重要的军事、文化设施等方面的影响;各个影响方面又由各环境要素具体展开;各环境要素还可由表达该要素性质的各相关环境因子具体阐明;构成一个有结构、分层次的因子空间,此因子空间具有通用性(图 7-1)。

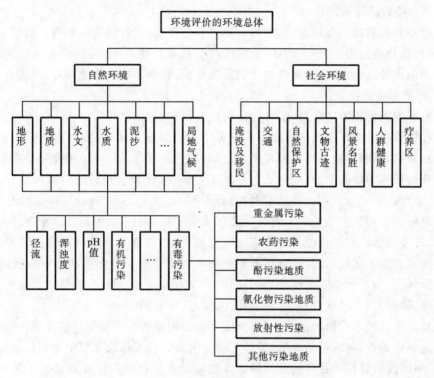

图 7-1　环境总体层次结构图

(引自柴立元、何德文,2006)

为了使入选的环境因子尽可能地精练,并能反映评价对象的主要环境影响和充分表达环境质量状态,以及便于监测和度量,选出的因子应能组成群,并构成与环境总体结构相一致的层次,在各个层次上通过回答"有"、"无"(含"不定")全部识别出来,最后得到一个某项工程的环境影响识别表,用以表示该工程对环境的影响。具体工作可通过专家咨询来进行。

2) 环境影响类别识别

环境影响按其影响性质可分为以下几类。

(1) 有利影响和不利影响。

有利、不利是针对效益而言的。这两种影响有时会同时存在,如某开发项目在经济上有巨大利益,但对环境则有很大污染影响。识别不利影响固然是对环境影响评价的重点,但同样也应识别有利影响。对不利影响还应分析其是否可以避免或减轻,或者有什么改善措施。对改善措施还应分析其可行性、现实性与所需代价。

(2) 可逆影响与不可逆影响。

可逆影响是经人为处理后可以逆转或消失的影响,如一般的大气污染、水体污染;不可逆影响是一旦造成便不可能再恢复的影响,如珍稀动物的灭绝。

（3）短期影响和长期影响。

短期影响如施工阶段的某些影响在施工结束后即自行停止,长期影响如工厂的"三废"排放在项目运行阶段长期存在。

（4）直接影响和间接影响。

一般不利影响都是直接影响,如污染物对自然环境、人群健康的影响。间接影响也有很多,如污染物通过影响大气、水体、土壤质量造成农作物减产,再影响人们经济收入;污染物先污染水环境,再通过食物链的生物富集作用,转而影响人体健康等。

3）环境影响程度识别

环境影响的性质确定之后,常常还需确定其影响程度。

工程建设项目对环境因子的影响程度可用等级划分来反映,按有利影响与不利影响两类分别划级,不利影响常用负号表示,按环境敏感度划分。环境敏感度是指在不损失或不降低环境质量的情况下,环境因子对外界压力(项目建设)的相对计量,可划分 5 级:极端不利、非常不利、中度不利、轻度不利、微弱不利。

外界压力引起某个环境因子暂时性破坏或受干扰,此级敏感度中的各项是人类能够忍受的,环境的破坏或干扰能较快地自动恢复或再生,或者其替代与重建比较容易实现。敏感度等级提供了比较、评价与概括不利影响环境因子的标准。有利影响一般用正号表示,按对环境与生态产生的良性循环、提高的环境质量、产生的社会经济效益而定等级,可分为 5 级:微弱有利、轻度有利、中等有利、大有利、特有利。

在划定环境因子受影响的程度时,对于受影响程度的预测要尽可能客观,必须认真做好环境的本底调查,制成包括地质、地形、土壤、水文、气候、植物及野生生物的本底的地图和文件,同时要对建设项目要达到的目标及相应的主要技术指标有清楚的了解。然后预测环境因子由于环境变化而产生的生态影响、人群健康影响和社会经济影响,以确定影响程度的等级。

4）识别方法

（1）简单型清单。

简单核查表列出环境评价必须考虑的因子,评价人员只需就开发行动对每个因子是否有影响以及影响的简单性质作出判断。

（2）描述型清单。

比简单型清单多环境因子如何度量的准则。

（3）分级型清单。

在描述型清单基础上又加上对环境影响程度进行分级。

一张适用于所有计划、行动和环境条件的,包括一切影响的清单,可以想象是过于庞大和烦琐的。同时,也因包含的资料太广泛反而不能充分说明影响的性质。因此,美国的许多联邦和州机构制订了适用于他们管辖范围内的各种特定行动的影响清单,如适用于住宅工程、公路、污水处理设施、核电厂、机场等的影响清单。

有时,还可以对同一开发项目采用不同的开发方案,比较它们对环境造成的不同影响。此外,具有环境影响识别功能的方法还有矩阵法、叠图法、网络法等。

2. 环境影响预测法

在环境影响识别过后,主要环境影响因子已经确定。这些环境因子在人类活动开展以后,究竟受到多大影响,需用环境影响预测方法估算确定。目前常用的预测方法大体上可以分为:① 以专家经验为主的主观预测方法;② 以数学模式为主的客观预测方法;③ 以实验手段为主的实验模拟方法。

1) 专家咨询方法

最简单的咨询法是召开专家会议,通过组织专家讨论,对一些疑难问题进行咨询,在此基础上作出预测。专家在思考问题时会综合应用其专业理论知识和实践经验,进行类比、对比分析以及归纳、演绎、推理,给出该专业领域内的预测结果。较有代表性的专家咨询法是德尔斐法。美国兰德公司于 1964 年首先用于技术预测(也可用于识别、综合、决策)。此法是一种系统分析方法,使专家意见通过价值判断不断向有益方向延伸,为决策科学化提供了途径,给决策者以多方案(相对有不同的专家意见)选择的机会和条件。具体形式通过围绕某一主题让专家们以匿名方式充分发表其意见,并对每一轮意见进行汇总、整理、统计,作为反馈材料再发给每位专家,供他们作进一步的分析判断、提出新的论证。经多次反复,论证不断深入,意见日趋一致,可靠性越来越大。由于建立在反复的专家咨询基础之上,最后的结论往往具有权威性。此法的关键在于专家的选择(包括人数与素质),一个专家集团应该充分反映一个完整的知识集合;其次,评价主题与涉及事件要集中、明确,紧紧围绕价值关系开展讨论、论证,并注意不要影响专家意见的充分发表,组织者在反馈材料中不应加入自己意见;最后,专家咨询结果的处理和表达方式也十分重要,要统计专家意见的集中程度和协调程度,以及专家的积极性系数和权威程度。

2) 数学模式方法

具有环境影响识别功能的方法还有矩阵法、图形叠置法、网络法等,由于它们还具有综合评价的功能,故放在环境影响综合分析方法这一节内介绍。

3) 实验模拟方法

这类方法的最大特点是采用实物模型(非抽象模型)来进行预测。方法的关键在于原型与模型的相似。相似通常要考虑几何相似、运动相似、热力相似、动力相似。

① 几何相似:模型流场与原型流场中的地形地物(建筑物、烟囱)的几何形状、对应部分的夹角和相对位置要相同,尺寸要按相同比例缩小。一般大气扩散实验使用 1/300～1/2 500 的缩尺模型。几何相似是其他相似的前提条件。

② 运动相似:模型流场与原型流场在各对应点上的速度方向相同,并且大小(包括平均风速与湍流强度)成常数比例,即风洞模拟的模型流场的边界层风速垂直廓线、湍流强度要与原型流场的相似。

③ 热力相似:模型流场的温度垂直分布要与原型流场的相似。

④ 动力相似:模型流场与原型流场在对应点上受到的力要求方向一致,并且大小成常数比例。动力相似其实还包含"时间相似",即两个流场随时间的变化率可以不同(模型流场可以比原型流场加速或者减速),但所有对应点上的变化率必须相同(即同时以相同的比例加速或减速)。两个流场的动力相似分析,可通过引入运动特征与无量纲数,对无量纲方程进行理论分析来实现。

3.环境影响综合评价法

所谓"环境影响综合评价"是按照一定的评价目的,把人类活动对环境的影响从总体上综合起来,对环境影响进行定性或定量的评定。由于人类活动的多样性与各环境要素之间关系的复杂性,评价各项活动对环境的综合影响是一个十分复杂的问题。尽管已经开发了许多方法,各有其优、缺点,且使用时都有一定的局限性,目前还没有通用的方法。这里仅介绍部分较为常用、具有代表性的方法。

1)指数法

指数法有多种多样。环境现状评价中常用能代表环境质量好坏的环境质量指数进行评价,具体有单因子指数评价、多因子指数评价和环境综合指数评价等方法。其中单因子指数分析是基础。此类评价方法,也可应用于环境影响综合评价。

(1)普通指数法。

普通指数法可以用于一般的指数分析评价。先引入环境质量标准,然后对评价对象进行处理,通常就以实测值(或预测值)U 与标准值 U_s 的比值作为其数值:$P_i = U/U_s$。单因子指数法的评价可分析该环境因子的达标($P_i < 1$)或超标($P_i > 1$)及其程度。显然,P_i 值越小越好,越大越坏。在各单因子的影响评价已经完成的基础上,为求所有因子的综合评价,可引入综合指数,所用方法便谓"综合指数法",综合过程可以分层次进行,例如,先综合得出大气环境影响分指数、水体环境影响分指数、土壤环境影响分指数,然后再综合得出总的环境影响综合指数。

指数评价方法可以评价环境质量的好坏与影响大小的相对程度。采用同一指数,还可以作为不同地区不同方案间的相互比较。

(2)巴特尔指数法。

巴特尔指数不是引入环境质量标准,而是引入评价对象的变化范围,把此变化范围定为横坐标,把环境质量指数定为纵坐标,且把纵坐标标准化为 0~1,以"0"表示质量最差,"1"表示质量最好。每个评价因子,均有其质量指数函数图,各评价因子若已得出预测值,便可根据此图得出该因子的质量影响评价值。

2)矩阵法

矩阵法由清单法发展而来,不仅具有影响识别功能,还有影响综合分析评价功能。它将清单中所列内容,按其因果关系,系统加以排列。并把开发行为和受影响的环境要素组成一个矩阵,在开发行为和环境影响之间建立起直接的因果关系,以定量或半定量地说明拟议的工程行动对环境的影响。这类方法主要有相关矩阵法、迭代矩阵法两种。

3)图形叠置法

图形叠置法用于变量分布空间范围很广的开发活动,已有很长历史。McHary 在美国环境影响评价立法以前(1968 年)就用该方法分析几种可供选择的公路路线的环境影响,来确定建设方案。就以此为例说明图形叠置法的用法。该方法开始为手工作业,即准备一张透明图片,画上项目的位置和要考虑影响评价的区域和轮廓基图。另有一份可能受影响的当地环境因素一览表,其上指出那些被专家们判断为可能受项目影响的环境因素。对每一种要评价的因素都要准备一张透明图片,每种因素受影响的程度可以用一种专门的黑白色码的阴影的深浅来表示。

图形叠置法易于理解，能显示影响的空间分布，并且容易说明项目的单个的和整个复合影响与受影响地点居民分布的关系，也可决定有利和不利影响的分布。图形叠置法的经验表明，对各种线路（如管道、公路和高压线等）开发项目进行路线方案选择时，这种方法最有效。综合显示不但能评价线路的影响，而且还能指出产生影响最少的路线，因此叠图法是一种能为线路开发鉴定出最少破坏的非常有用的"搜索"方法。

4）网络法

网络法的原理是采用原因-结果的分析网络来阐明和推广矩阵法。除了矩阵法的功能外，网络法还能鉴别累积或间接影响，网络实际上呈树枝状，故又称关系树枝或影响树枝，可以表述和记载第二、第三以及更高层次上的影响。

环境是个复杂的系统，网络法可较好描述环境影响的复杂关系：一个行动会产生一种或几种环境因素的变化，后者又依次引起一种或几种后续环境因素的变化，最终产生多种环境影响最后结果。例如，公路的填挖会使土壤进入河流，泥沙的增加将提高河流的浑浊度、淤塞航道、改变河流流向，从而会增加潜在的洪水危险，阻塞水生生物通道，使水生生物栖息地退化。

但这里需注意：在建立影响网络时，伸展的影响树枝网可能会发生因果循环，特别当原因与相应的连锁反应结果存在复杂的相互作用时更是如此。此时还应考虑某种环境影响发生后其后续影响的发生概率与影响程度，决定该后续影响是否有列入影响网络的意义。

任务 4　环境影响评价内容

从环境要素来分，环境影响评价可分为水环境影响评价、大气环境影响评价、土壤环境影响评价、噪声环境影响评价、生态环境影响评价、社会环境影响评价等，但多数环境影响评价涉及各种环境要素，需要将单要素的评价结果进行综合，即环境影响综合评价。本书仅从环境影响评价的管理程序、环境影响评价工作程序及环境影响预测三个方面对环境影响评价的内容进行阐述。

1. 环境影响评价的管理程序

一个对环境有重大影响的行动从提出建议到环境影响报告书审查通过的全过程，每一步都必须按照法规的要求执行。

1）环境筛选

凡建设或改扩建工程，由建设单位将建设计划向环境保护部门提出申请，由环境保护部门会同有关专家对拟议的项目的环境影响进行初步筛选，以便在所涉及问题的性质、潜在规模和敏感程度的基础上确定需要进行哪种环境分析。环境筛选的结果可能会出现下述三种情况。

（1）环境后果严重。

可能对环境造成重大的不良影响。这些影响可能是敏感的、不可逆的、多种多样的、

综合的、广泛的带有行业性的或以往尚未有过的,这类项目要做全面的环境影响评价。

（2）环境影响程度有限。

可能对环境产生有限的不利影响。这些影响是较小的、不太敏感的、不是太多数目的、不是重大的或不是太不利的,其影响要素中极少数是不可逆的,并且减缓影响的补救措施是很容易找到的,通过规定控制或补救措施可以减缓对环境的影响。这类项目一般不要求进行全面的环境影响评价,但需要做专项的环境影响评价。

（3）环境后果不严重。

对环境不产生不利影响或影响极小的建设项目。这类项目一般不需要开展环境影响评价,只办理环境保护管理备案手续即可。

环境筛选审查的目的在于:对拟议中的项目同环境有关的各个方面给予恰当的考虑,鉴定一个项目哪些方面存在环境问题,可以慎重地排除在外;哪些方面存在环境问题,充分认识关键性的环境问题,并确定需要做哪些环境评价,在项目计划、设计和评价中及早说明并有效地对待这些问题（有无漏项或其他可能出现的问题）,以确保拟议中的各种开发方案在环境方面是健全的和可持久的。

2）环境影响评价项目的监督管理

（1）评价单位资格考核与人员培训。

环境影响评价是一项具有高度综合性的工作,涉及自然环境和社会环境在内的各个方面,因此,它需要多种科学的研究,需要自然与社会科学专家们的共同努力,只有这样才能对整个区域作出整体的和综合的环境影响评价。所以评价人员的知识结构也是很重要的,有关部门在资格审查中要充分注意这一点。此外,要注意加强对评价人员的专业知识和技能的培训,实行评价人员持证上岗。

（2）评价大纲的审核。

评价大纲是环境影响报告书的总体设计,应在开展评价工作之前编制。评价大纲由建设单位向负责审批的环境保护部门申报,并抄送行业主管部门。环境保护部门根据情况确定审评方式,提出审查意见。在下列任一种情况下应编制环境影响评价工作实施方案,以作为评价大纲的必要补充:① 由于必需的资料暂时缺乏,所编大纲不够具体,对评价工作的指导作用不足;② 建设项目特别重要或环境问题特别严重;③ 环境状况十分敏感。

（3）环境影响评价的质量管理。

环境影响评价项目一经确定,承担单位要责成有经验的项目负责人组织有关人员编写评价大纲,明确其目标和任务,同时还要编制包括监测分析、参数测定、野外实验、室内模拟、模式验证、数据处理、仪器刻度校验等在内的评价大纲。承担单位的质量保证部门要对评价大纲进行审查,对具体内容与执行情况进行检查,把好各环节和环境影响报告书质量关。为获得满意的环境影响报告书,按照环境影响评价管理程序而进行有组织、有计划的活动是确保环境影响评价质量的重要措施。质量保证工作应贯穿环境影响评价的全过程。在环境影响评价工作中,向有经验的专家咨询并多与其交换意见,是做好环境影响评价的重要条件,请专家审评报告是质量把关的重要环节。

（4）环境影响评价报告书的审批。

各级主管部门和环保部门在审批环境报告书时应贯彻下述原则:

① 审查该项目是否符合经济效益、社会效益和环境效益相统一的原则；

② 审查该项目是否贯彻了"预防为主"、"谁污染谁治理、谁开发谁保护、谁利用谁补偿"的原则；

③ 审查该项目是否符合城市环境功能区划和城市总体发展规划；

④ 审查该项目的技术政策与装备政策是否符合国家规定；

⑤ 审查该项目环评过程中是否贯彻了"在污染控制上从单一浓度控制逐步过渡到总量控制"，"在污染治理上，从单纯的末端治理逐步过渡到对生产全过程的管理"，"在城市污染治理上，要把单一污染治理与集中治理或综合治理结合起来"。

环境影响报告书的审查以技术审查为基础，审查方式是专家评审会还是其他形式，由国家环保部根据情况而定。

2. 环境影响评价工作程序

1）工作程序阶段

环境影响评价工作程序如图 7-2 所示。环境影响评价工作大体分为三个阶段。

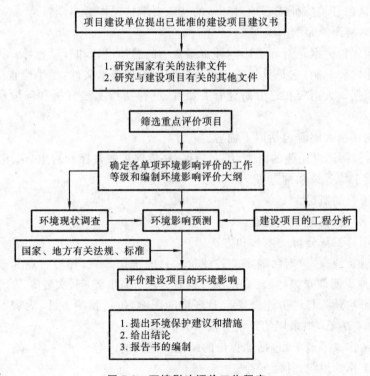

图 7-2 环境影响评价工作程序

（引自柴立元、何德文，2006）

第一阶段为准备阶段：其主要工作为研究有关文件，进行初步的工程分析和环境现状调查，筛选重点评价项目，确定各单项环境影响评价的工作等级，编制评价工作大纲。

第二阶段为正式工作阶段：其主要工作为进一步做工程分析和环境现状调查，并进行环境影响预测和评价环境影响。

第三阶段为报告书编制阶段：其主要工作为汇总、分析第二阶段工作所得到的各种资

料、数据,得出结论,完成环境影响报告书的编制。如通过环境影响评价对原选厂址给出否定结论时,对新选厂址的评价应重新进行;如需进行多个厂址的选择,则应对各个厂址分别进行预测和评价。

2)环境影响评价工作等级的确定

环境影响评价工作等级是指需要编制环境影响评价报告书和各专题工作深度的划分,各单项环境影响评价划分为三个工作等级,一级评价最详细,二级次之,三级最简略(也可分为 A、B、C 三个等级)。工作等级划分依据如下。

① 根据建设项目的工程特点,包括工程性质、工程规模、能源及资源的使用量及类型等,预计项目对环境影响的程度。

② 项目所在地区的环境特征,包括自然环境特点、环境质量现状、环境敏感程度及社会经济状况等,以及当地对环境的特殊要求。

③ 国家或地方政府所颁布的有关法规和标准(环境质量标准和污染物排放标准)。

对于某一具体建设项目,在划分各评价项目的工作等级时,可根据建设项目对环境的影响、所在地区的环境特征或当地对环境的特殊要求情况作适当调整。

3)环境影响评价大纲的编写

环境影响评价大纲是对环境影响评价报告书的总体设计和行动指导。评价大纲应在开展评价工作之前编制,它是具体指导环境影响评价的技术文件,也是检查报告书内容和质量的主要依据。大纲应在充分研究有关文件、进行初步工程分析和环境现状调查的基础上形成。

环境影响评价大纲应包括以下内容。

① 总则:包括评价任务的由来,编制依据,环境保护的目标和对象,采用的评价标准,评价项目及其工作等级和重点等。

② 评价项目的概况。

③ 拟建项目所在地区环境概况。

④ 建设项目工程分析的内容和方法。

⑤ 环境现状调查,根据已确定的各评价项目的工作等级、环境特点和影响预测的需要,尽量详细地说明调查参数、调查范围及调查方法、时间、地点、次数等。

⑥ 环境影响预测与评价建设项目对环境的影响,包括预测方法、内容、范围、时段及有关参数的估算方法,拟采用的评价方法。

⑦ 评价工作成果清单:包括拟提出的结论和建议的内容。

⑧ 评价工作的组织,计划安排。

⑨ 评价经费概算。

4)区域环境质量现状调查与评价

(1)环境现状调查的一般原则。

① 根据建设项目所在地区的环境特点,结合各单项影响评价的工作等级,确定各环境要素的现状调查范围,并筛选出应调查的有关参数。

② 环境现状调查时,首先应搜集现有的资料,当这些资料不能满足要求时,再进行现场调查和测试。

③ 在环境现状调查中,对与评价项目有密切关系的部分(如大气、地表水、地下水等)应全面、详细,对这部分的环境质量现状应有定量的数据并做出分析或评价;对一般自然环境与社会环境的调查,应根据评价地区的实际情况,适当增删。

(2) 环境现状调查的方法。

环境现状调查的方法主要有三种,即收集资料法、现场调查法和遥感的方法。

收集资料法应用范围广、收效大,节省人力、物力和时间。环境现状调查时,应首先通过此方法获得现有的各种有关资料。但此方法只能获得第二手资料,而且往往不全面,不能完全符合要求,需要其他方法补充。

现场调查法可以针对使用者的需要,直接获得第一手的数据和资料,以弥补收集资料法的不足。这种方法工作量大,需占用较多的人力、物力和时间,有时还可能受季节、仪器设备条件的限制。

遥感的方法可从整体上了解一个区域的环境特点,可以弄清人类无法到达地区的地表环境情况,如一些大面积的森林、草原、荒漠、海洋等。此方法不十分准确,不宜用于微观环境状况的调查,一般只用于辅助性调查。在环境现状调查中,使用此方法时,绝大多数情况不使用直接飞行拍摄的办法,只判读和分析已有的航空或卫星相片。

3. 环境影响预测

1) 环境影响预测的内容

对评价项目环境影响的预测,是指对代表评价项目的各种环境质量参数变化的预测。环境质量参数包括两类:一类是常规参数,一类是特征参数。前者反映该评价项目的一般质量状况,后者反映该评价项目与建设项目有联系的环境质量状况。各评价项目应预测的环境质量参数的类别和数目,与评价工作等级、工程和环境的特征及当地的环保要求有关,请参见各单项影响评价的技术导则。

2) 环境影响预测的方法

预测方法应尽量选用通用、成熟、简便并具有相当精度的方法。当前评价中常用的预测方法有模型计算法、类比调查法及专业判断法。

(1) 模型计算法。

此法比较简便,只要输入一定的计算条件和参数,即能得出定量的预测结果。虽然求取参数需要运用测试手段,但与其他诸法相比,科学性和实用性都较强,所以在评价中应首先考虑采用。在使用模型计算法进行预测时还应注意模型应用条件。如果宏观条件不能满足实际要求时,则必须对模型进行修正或验证。

(2) 类比调查法。

由于此法属于半定量的性质,仅有一定的相关性,所以只能是在无法取得有关参数和数据的情况下,评价时间又较短时,在一般建设项目的环境影响预测中使用。

(3) 专业判断法。

此法用于建设项目对某些特定保护目标(如文物、古迹、景观等)进行定性分析。由于此法的局限性很大,不能普遍采用。

3) 环境影响的阶段和时期

建设项目的环境影响共分三个阶段(建设阶段的环境影响、生产阶段的环境影响和服

务期满后的环境影响)和两个时期(冬、夏两季或丰、枯水期)。所以,预测工作在原则上也应与此相对应。但是,对于污染物种类多、数量大的大中型建设项目,除了预测正常排放和不正常排放情况下的影响外,还应预测各种不利条件下的影响(包括事故状况下的影响)。

大型建设项目在建设阶段产生的噪声、振动较为严重,所排污染物对环境要素足能构成影响时,应增加建设阶段的影响预测。资源开发类型的建设项目应预测服务期满后的影响。

环境影响预测应考虑各时期的环境自净能力,如果评价工作等级要求较低时,可只考虑自净能力最差的一个时期,或者忽略不计其自净能力。

4)环境影响预测的地域范围和点位布设

(1)预测的地域范围。

预测地域范围取决于评价工作等级,在一般情况下,大多数建设项目的预测地域范围是等于或略小于现状调查的范围。对于具有特定评价点的评价,应视为特殊范围而进行预测。

(2)预测点位布设。

为了全面反映评价区内的环境影响,便于污染贡献值和现状值叠加,预测点和现状监测点均应布设在同一点位上。布点数量和位置应根据工程与环境特征以及环境功能要求而定。

5)评价建设项目的环境影响

(1)单项评价方法及其应用原则。

① 单项评价方法是以国家、地方的有关法规、标准为依据,评定与估价各评价项目的单个质量参数的环境影响。预测值未包括环境质量现状值(背景值)时,评价时应注意叠加环境质量现状值。在评价某个环境质量参数时,应对各预测点在不同情况下该参数的预测值均进行评价。

② 单项评价应有重点,对影响较重的环境质量参数,应尽量全面评定与估价对环境影响的特性、范围和大小;影响较轻的环境质量参数则可较为简要评定与估价对环境的影响。

(2)多项评价方法及其应用原则。

① 多项评价方法适用于各评价项目中多个质量参数的综合评价,所采用的方法分别见有关各单项目影响评价的技术导则。

② 采用多项评价方法时,不一定包括该项目已预测环境影响的所有质量参数,可以有重点地选择适当的质量参数进行评价。

任务5　环境影响评价报告书的编制

环境影响评价报告书是环境影响评价工作成果的集中体现,是环境影响评价承担单位向其委托单位——工程建设单位或其主管单位提交的工作文件。经环境保护主管部门审查批准的环境影响报告书,是计划部门和建设项目主管部门审批,建设项目可行性研究报告或设计任务书的重要依据,是领导部门对建设项目作出正确决策的主要依据的技术文件之一。它对设计单位来说是进行环境保护设计的重要参考文件,并具有一定的指导意义。它对于建设单位在工程竣工后进行环境管理有重要的指导作用。因此,必须认真编写环境影响报告书。

1. 环境影响报告书编制基本要求

环境影响报告书的编写要满足以下的基本要求。

(1) 环境影响报告书总体编排结构应符合《建设项目保护管理条例》(1998 年 11 月 29 日颁布)的要求,即《建设项目环境影响报告书内容提要》的要求。内容全面,重点突出,实用性强。

(2) 基础数据可靠。基础数据是评价的基础。基础数据有错误,特别是污染源排放量有错误,不管选用的计算模式多正确,计算得多么精确,其计算结果都是错误的。因此,基础数据必须可靠。对不同来源的同一参数数据出现不同时应进行核实。

(3) 预测模式及参数选择合理。环境影响评价预测模式都有一定的适用条件,参数也因污染物和环境条件的不同而不同。因此,预测模式和参数选择应"因地制宜"。应选择模式的推导(总结)条件和评价环境条件相近(相同)的模式。选择总结参数时的环境条件和评价环境条件相近(相同)的参数。

(4) 结论观点明确,客观可信。结论中必须对建设项目的可行性、选址的合理性作出明确回答,不能模棱两可。结论必须以报告书中客观的论证为依据,不能带感情色彩。

(5) 语句通顺、条理清楚、文字简练、篇幅不宜过长。凡带有综合性、结论性的图表应放到报告书的正文中,对有参考价值的图表应放到报告书的附件中,以减少篇幅。

(6) 环境影响报告书中应有评价资格证书,报告书的署名,报告书编制人员按行政总负责人、技术总负责人、技术审核人、项目总负责人依次署名盖章,报告编写人署名。

2. 环境影响报告书编制要点

建设项目的类型不同,对环境的影响差别很大,环境影响报告书的编制内容也就不同。虽然如此,但其基本格式、基本内容相差不大。环境影响报告书的编写提纲,在《建设项目环境保护管理条例》中已有规定,现结合近年来我们编制环境影响报告书的体会,论述环境影响报告书的编制要点。

环境影响报告书编写的基本格式有两种:一种以环境现状(背景)调查、污染源调查、影响预测及评价分章编排的。它是《建设项目环境保护管理条例》中规定的编排格式。另一种是以环境要素(含现状评价及影响评价)分章编排的。以前一种编排居多,下面对两种编排的要点分别加以叙述。

1) 按现状调查及影响评价分章的编排要点

(1) 总论。

① 环境影响评价项目的由来。

② 编制环境影响报告书的目的。

③ 编制依据。

④ 评价标准。

⑤ 评价范围。

⑥ 控制及保护目标。

(2) 建设项目概况。

应介绍建设项目规模、生产工艺水平、产品方案、原料、燃料及用水量、污染物排放量、环保措施,并进行工程影响环境因素分析等。

① 建设规模。

② 生产工艺简介。

③ 原料、燃料及用水量。

④ 污染物的排放量清单。

⑤ 建设项目采取的环保措施。

⑥ 工程影响环境因素分析。

(3) 环境现状(背景)调查。

① 自然环境调查。

② 社会环境调查。

③ 评价区大气环境质量现状(背景)调查。

④ 地面水环境质量现状调查。

⑤ 地下水质现状(背景)调查。

⑥ 土壤及农作物现状调查。

⑦ 环境噪声现状(背景)调查。

⑧ 评价区内人体健康及地方病调查。

⑨ 其他社会、经济活动污染环境现状调查。

(4) 污染源调查与评价。

污染源向环境中排放污物是造成环境污染的根本原因。污染源排放污染物的种类、数量、方式、途径及污染源的类型和位置,直接关系到它危害的对象、范围和程度。因此,污染源调查与评价是环境影响评价的基础工作。

① 建设项目污染源预估。

② 评价区内污染源调查与评价。

(5) 环境影响预测与评价。

① 大气环境影响预测与评价。

② 水环境影响预测与评价。

③ 噪声环境影响预测及评价。

④ 土壤及农作物环境影响分析。

⑤ 对人群健康影响分析。

⑥ 振动及电磁波的环境影响分析。

⑦ 对周围地区的地质、水文、气象可能产生的影响。

(6) 环保措施的可行性分析及建议。

① 大气污染防治措施的可行性分析及建议。

② 废水治理措施的可行性分析与建议。

③ 对废渣处理及处置的可行性分析。

④ 对噪声、振动等其他污染控制措施的可行性分析。

⑤ 对绿化措施的评价及建议。

⑥ 环境监测制度建议。

（7）环境影响经济损益简要分析。

环境影响经济损益简要分析是从社会效益、经济效益、环境效益统一的角度论述建设项目的可行性。由于这三个效益的估算难度很大，特别是环境效益中的环境代价估算难度更大，目前还没有较好的方法，使环境影响经济损益简要分析还处于探索阶段，有待今后的研究和开发。目前，主要从以下几方面进行。

① 建设项目的经济效益。

② 建设项目的环境效益。

③ 建设项目的社会效益。

（8）结论及建议。

要简要、明确、客观地阐述评价工作的主要结论，包括以下内容。

① 评价区的环境质量现状。

② 污染源评价的主要结论，主要污染源及主要污染物。

③ 建设项目对评价区环境的影响。

④ 环保措施可行性分析的主要结论及建议。

⑤ 从三个效益统一的角度，综合提出建设项目的选址，规模、布局等是否可行。建议应包括各节中的主要建议。

（9）附件、附图及参考文献。

① 附件。主要有建设项目建议书及其批复，评价大纲及其批复。

② 附图。在图、表特别多的报告书中可编附图分册，一般情况下不另编附图分册。若没有该图对理解报告书内容有较大困难时，该图应编入报告书中，不入附图。

③ 参考文献应给出作者、文献名称、出版单位、版次、出版日期等。

2）按环境要素分章的编写要点

（1）总论（内容同前）。

（2）建设项目概况（内容同前）。

（3）污染源调查与评价（内容同前）。

（4）人气环境现状及影响评价，包括上述的人气环境现状（背景）调查及人气环境影响预测与评价两部分内容。

（5）地面水环境现状及影响评价，包括上述的地面上环境现状（背景）调查及地面水环境影响预测与评价两部分内容。

（6）地下水环境现状及影响评价，包括上述的地下水环境现状（背景）调查及地下水环境影响预测与评价两部分内容。

（7）环境噪声现状及影响评价，包括上述的环境噪声调查及环境噪声影响预测与评价两部分内容。

（8）土壤及农作物现状与影响预测分析,包括上述土壤及农作物现状调查和土壤及农作物环境影响分析两部分内容。

（9）人群健康现状及对人群健康影响分析,包括上述评价区内人体健康及地方病调查和人群健康影响分析两部分内容。

（10）生物环境现状及影响预测和评价,包括森林、草原、水产、野生动物、野生植物等现状及建设项目及生物环境的影响预测和评价。

（11）特殊地区的环境现状及影响预测和评价,包括自然保护区、风景游览区、名胜古迹、温泉、疗养区及重要政治文化设施等地区环境现状建设项目对这些地区的影响预测及评价。

（12）建设项目对其他环境影响预测和评价,包括振动、电磁波、放射性的环境现状,建设项目对其环境影响预测及评价。

（13）环保措施的可行性分析及建议内容同前。

（14）环境影响经济损益简要分析内容同前。

（15）结论及建议内容同前。

复习思考题

1.简述环境质量现状评价的基本程序与基本内容。

2.分析环境影响评价的基本功能和意义。

3.列出几种常用的环境影响评价方法,并作简要分析。

4.环境影响评价工作程序分为哪几个阶段? 各阶段的主要工作是什么? 简述环境影响评价的工作程序。

5.简述环境影响报告书的编写原则。

6.环境影响报告书的编写要满足哪些基本要求?

7.环境影响报告书编制要点有哪些?

项目八

环境管理

项目简介：本章包括化工环境管理、化工环境统计和化工清洁生产三方面内容，分别从概念、内容和特点等角度进行介绍。

教学目标：掌握并且能灵活运用环境管理的基本概念和知识点。加强环保意识的培养，能从宏观的角度对环境保护现状以及未来的发展进行思考。

任务1　化工环境管理

1. 环境管理

1）环境管理问题的提出

工业革命以来，人类社会改造自然的能力大大提高。在物质生产越来越丰富，人类生活质量突飞猛进的同时，人们赖以生存的环境也受到了一定程度的破坏。针对这种情况，1972年6月5日，联合国在瑞典斯德哥尔摩召开了人类历史上第一次环境会议，通过了《人类环境宣言》，同时决定建立一个新机构，即联合国环境规划署（UNEP）。1974年联合国环境规划署和联合国贸易与发展会议在墨西哥联合召开"资源利用、环境与发展战略方针"专题研讨会，形成以下共识：① 全人类的一切基本需要应该得到满足；② 要不断进行发展以满足基本需要，但发展要限定在生物圈容许的权限内；③ 协调这两个目标的方法即为环境管理。这样，环境管理的概念被首次正式提出。

中国的环境管理工作始于1972年的斯德哥尔摩环境会议。会后中国提出了"全面规划、合理布局、综合利用、化害为利、依靠群众、大家动手、保护环境、造福人民"的环境保护方针。同时，国家组织了一系列大规模的环境污染调查与治理工作。此时人们对环境问题的认识还处于初级阶段，环境问题基本上被认为是工业污染问题，解决环境问题的方法也主要是利用行政、教育等手段。事实上这种管理思想是比较典型的"末端分散管理思想"，把管理和治理的关系混淆了。到20世纪70年代末期，人们对日益严峻的环境问题有了更深刻的认识。1973年，国务院环境保护领导小组在成都召开了环境保护会议，提出"加强全面管理，以管促治"的口号。到了1980年，在中国环境管理、环境经济与环境法

学学术研讨会上,提出了把环境管理放在环境保护工作首位,并把环境保护纳入国民经济计划的思想。至此,环境管理与环境治理的关系得以理顺。但这时对环境管理的认识仍缺乏整体思想,不能从发展战略的高度对环境管理问题进行思考和研究。1983年召开的第二次全国环境保护会议上提出了"经济建设、城乡建设、环境建设同步规划、同步实施、同步发展,实现经济效益、社会效益以及环境效益相统一"的战略方针。说明中国的环境管理思想开始进入较成熟阶段。

2) 环境管理的含义和内容

环境管理是人类为维护自身的可持续发展而采取的一种非常复杂的管理行为,主要包括以下三方面内容:一是尽可能地对已经发生的环境破坏进行修复;二是调整人类自身的生产、生活行为,使之能满足环境健康发展的需要(底线是不对环境产生不可逆转的破坏);三是加强管理者对环保知识的获取和加强对民众的环保教育,形成一个能够正确认识人类生存的立根之本,并把这个"根本"放在根本位置上去思考和重视的人文环境。

从宏观讲环境管理包括自然环境管理和人工环境管理两个方面。两者相互联系,相辅相成,共同促进人类及其生存体系的健康发展。其中,自然环境管理又包括地球表层管理,以及大气圈、水圈、岩石圈、土壤圈、生物圈的管理。自然界的物质有其特有的运动和遵循特有的规律,这就要求人类在思考自然环境问题时一定要尊重自然界中能量的流动、物质的循环以及自然界中信息的传递方式。掌握陆生生态系统和水生生态系统的生息特点,只有这样才能使人类对自然环境的直接和间接保护卓有成效。人工环境相对比较复杂,在对其进行管理的时候可立体地进行如下分类:城市环境、乡镇与农村环境、水利环境、交通环境以及人文环境等。在对人工环境进行管理时需遵循的原则是安全、卫生、舒适、无污染或少污染。除此以外,人工环境是否可供长期使用,是否能够禁得起远程规划的考验,也是一个重要指标。

政府作为实施环境管理的职能部门,在环境管理方面展开的工作主要分如下几项:

(1) 制定环境政策与法规;

(2) 境内流域管理;

(3) 城市环境管理;

(4) 工业环境管理;

(5) 农业环境管理;

(6) 资源管理。

如考虑具体事物性质差异,还可把环境管理内容作如下划分:

(1) 环境计划管理;

(2) 环境质量管理;

(3) 环境技术管理。

2. 化工环境管理

1) 化工环境管理的概念及目的

化工企业主要是指石油、石化等重要的能源生产单位。该行业的特点就是生产建设大型化、系列化,同时也会产生大量的污染物。对环境的危害非常大。狭义的化工环境管理的对象就是化工生产企业,它包括两方面含义:一是企业作为生产主体对自身的生产环境进行管理,实现清洁化生产;另一方面就是政府环保等相关部门作为宏观管理者对化工企业进行监管,其中也包含群众监督的作用。

但是化工领域不存在单纯的、封闭的产业结构。其产品作为原材料和能源材料在国民经济各个领域都有所涉足,甚至可以说极少有行业不涉及化工产品的使用;同时化工产品在人们的日常生活中也发挥了非常重要的作用。所以广义的化工环境管理包括的内容有:一是指对所有工业、农业等凡是涉及化工产品的生产部门的管理;二是对将化工产品作为终端消费品的单位和个人的管理;三是对化工资源的管理行为。

化工环境管理的目的就是通过有效的管理手段建立环境治理的激励机制,使化工资源尽可能地造福人类,从而减少对环境的污染和破坏。具体来讲,对生产企业最基本的要求是生产的化工产品符合相关质量要求,不对使用者产生损害,同时污染物排放达到国家相关规定;对化工产品消费者来讲,就是指能够合理消费,节约资源。

2) 化工环境污染的特点

化工生产过程中产生的污染主要有对水、大气的污染,同时还会产生固体废弃物、放射性物质,以及产生噪声、电磁辐射、光和热等物理性污染。化工生产在带给人们巨大物质财富的同时,还带给人类资源耗竭、环境污染、温室效应、臭氧层破坏等重大生态环境问题。工业污染的防、治是环境管理工作的重中之重。

化工污染一般有如下特点。

① 污染物组成复杂,有毒性,对环境危害大而难于处理。工业废水中可能含多种有机或无机废物,具有酸碱性;固体废物中也可能含有重金属、放射性物质等,对生态环境具有严重的破坏功能,同时还会直接或间接侵害人类的身体健康。

② 化工排污往往具有浓度大的特点。其工业废水中的悬浮固体或有机物浓度能够达到生活污水的几十倍乃至几百倍,污染能力非常强。

③ 化工污染物往往带有颜色和异味。

④ 污染物排放量大,性质不稳定。由于工业生产往往会分班组进行,故废水、废气的质和量随时间波动明显。

3) 化工污染的防治战略

现行的环境管理制度往往忽视对污染源头进行消减和对整个生产过程的监管、控制,喜欢走"末端治理"路线。这使得化工环境管理运行成本高,环境效益差,而且不能有效地督促企业内部建立其特有的环保机制并形成良性运行。故化工企业环境管理仍然是任重道远,需要政府职能部门自身增强意识,提高业务管理能力,指引化工行业走出污染治理的瓶颈。

化工污染综合防治三步走措施如下。

① 根据当前化工污染现状采取一定的应急治理措施,扼制化工污染继续前行势头。具体方法是特事特办,可在此战略转换过渡期内采取加大处罚力度、重奖举报公民的手段,使企业宁可停产而不敢排污。这是中国工业环境治理的必经之路。

② 政府职能部门勇担重任,创造各种条件带领企业走向集约化生产之路,并加强企业管理者教育,使环保问题与企业自身的规模化、长寿化问题合二为一。化工企业生产废水、废气以及固形物的直接排放在污染环境的同时实际上也是对自然资源和能源的一大浪费。

③ 政府亲自组织科技创新,尤其强化在企业"三废"再利用方向上的技术攻关,并在企业推广或强令执行。在此基础上再强化监管,逐步深化环境管理。

3. 化工环境管理的手段

1）法律手段

1989 年,中国颁布了《中华人民共和国环境保护法》。之后相继制定并颁布了《中华人民共和国大气污染防治法》、《中华人民共和国噪声污染防治法》、《中华人民共和国水污染防治法》、《中华人民共和国固体废物污染环境防治法》、《中华人民共和国海洋环境保护法》、《化学危险品安全管理条例》、《建筑项目环境保护管理条例》等法律法规。使国家机关、企事业单位、环保机构和公民都明确了各自在环境保护方面的职责、权利和义务,使环境保护工作有法可依,有章可循。

2）经济手段

实行排污收费、综合利用利润提成、污染损失赔偿等经济制裁方式能有效利用经济杠杆促进和引导人们逐步走向绿色生产。

3）技术手段

鼓励、促进新环保技术和新型环保替代产品的研发,并利用政策引导等方式大力推广。

4）行政手段

对污染严重而又难治理的企业实行关、停、并、转、迁的治理方式。强调环保监管,强调对相关环保政策、法规的执行。利用国家各级行政管理机关的强迫性管理行为迫使污染者做出整改,从而达到保护环境的目的。

5）教育手段

教育的方式可灵活多样,但最终目的是使环境管理者提高业务水平和使社会公民增强环境意识,从而实现科学管理环境并提倡社会监督。

4. 环境管理立法与环境管理体系

为了有效地解决环境问题,采取相应的监督策略对人们的生产生活进行监控和定性,同时做出相应的惩罚,这就是环境保护立法的目的。环保法同其他法律一样,属于上层建筑的重要组成部分,代表着广大人民的根本利益。它具有广泛性、科学性、复杂性、区域性和奖励与惩罚相结合的特点。其基本任务主要有两点:一是通过立法保证合理地利用环境和自然资源;二是通过立法的约束防治环境污染和生态破坏,为人民创造一个清洁、安全的环境,保护人民健康,促进经济良性发展。

1）关于环境保护的法律、法规

(1) 宪法。

宪法第十六条明确规定:国家保护和改善生活环境和生态环境,防止污染和其他公害。国家鼓励植树造林,保护林木。第九条中规定:国家保障自然资源的合理利用,保护珍贵的动物和植物,禁止任何组织或者个人用任何手段侵占或者破坏自然资源。第十条中明确规定:环境保护是我国的一项基本国策。这些规定是环境立法的依据和指导原则。

(2) 环境保护法。

1979 年国家正式颁布了《中华人民共和国环境保护法》(试行),并在 1989 年进行了修改,形成了比较完善的《中华人民共和国环境保护法》,并于当年12月26日开始公布施行。它是我国关于环境保护的综合性法规,是环境保护的基本法。

(3) 除此以外,针对特定的污染防治领域和特定资源的保护对象形成的单项法律。

到目前为止颁布的单项法律有:《中华人民共和国大气污染防治法》,《中华人民共和国海洋环境保护法》,《中华人民共和国森林法》,《中华人民共和国水污染防治法》,《中华人民共和国噪声污染防治法》等。这些法律作为防治环境污染、保护自然资源方面的专门性法规,比较有力地保护和推动了我国环保事业的发展。

2) 环境管理体系

国际标准化组织(ISO)1996年组织制定并颁布了ISO14000系列环境管理标准。该标准以组织整体管理体系、优化管理为最终目的,强调控制产品质量,强调持续满足顾客、市场的需求,从深度促进企业的管理更加科学、规范和有效。同时,该标准又是一套系统化的管理模式,体系中规定的环境方针、规划、实施与运行、检查与纠正措施、管理评审等,就是将"策划(P)、实施(D)、验证(C)、改进(A)"(简称PDCA模式)管理模式在环境管理领域的应用和具体化。这套标准的最大特点是变"被动管理"为"主动管理",变"强制管理"为"温和管理",强调自我约束、自我完善。

(1) ISO14000系列标准是世界贸易的通行证。

企业实施ISO14000系列认证的动力是来自于市场的压力,市场的压力有相当一部分来自国际市场的竞争。1995年,由于不符合相关国家的环保要求或标准,我国外贸损失高达2 000亿人民币。时至今日,国际贸易中对环保标准(包括ISO14000系列认证证书)的要求越来越多,企业一旦获取了ISO14000系列认证证书就等于取得一张国际贸易的绿色通行证。除此以外,通过获取ISO14000系列证书还可以提高企业形象,降低环境风险,使企业在市场竞争中获得一定的优势。在我国,上海宝山钢铁公司、上海大众汽车有限公司、松下集团、三洋集团、康佳集团、科龙集团、海尔集团、嘉陵工业集团等著名的产业集团已经通过了ISO14000系列认证。一些国际大型公司如美国福特、通用汽车,日本松下、三洋等大型企业集团都要求其在全球各地的生产厂商通过ISO14000系列认证。

实施该系列标准有利于:

① 促进环境与经济的协调发展;

② 促进企业的环境管理水平提高并改善整体管理水平;

③ 提高企业及其产品在市场上竞争力,促进国际贸易;

④ 提高全体公民的环境保护意识;

⑤ 促进企业节能、降耗,减少风险并节约环境费用开支。

(2) 实施ISO14000系列环境管理体系可以对企业产生以下作用。

① 使企业从根本上实现预防污染,主要体现在五个方面:第一,对正在活动的污染源进行有效的控制,污染物达标排放,以减少对环境的影响;第二,改善产品的环境性能,尽量降低产品在制造或使用中对环境的损害;第三,改革工艺和材料,尽可能使之不会在生产过程中对环境产生不良影响;第四,改造或更新设备,减少老、旧设备对环境的影响;第五,对废弃物进行分类处理和回收利用。

② 降低企业能源及资源的消耗。加强对能源消耗、资材消耗的管理,改革工艺技术

以节能降耗,通过改造设备来实现节能降耗。

③ 提高企业市场竞争能力。通过改进产品的环境性能,降低成本,提高企业形象,进而提高市场份额。

④ 提高企业管理水平和全体员工的环境意识。

通过 ISO14000 系列认证,企业能够建立起一套程序化、系统化、可操作的、自我加压、自我完善、不断提高的良性循环机制。这种深度的改变必然给企业带来环境效益、社会效益、经济效益。ISO14000 系列标准作为指导企业加强环境保护与管理的有效手段和工具,能够改善企业环境管理模式,规范环境管理行为,是改变以往"先污染后治理"的环保方式、实现企业的污染预防和持续改进的有效有段。

(3) 迄今为止,已发布的环境管理国际标准有以下 7 个:

① ISO14001《环境管理体系规范与使用指南》,我国在使用过程中已将其转化为 GB/T 24001—1996;

② ISO14004《环境管理体系原则、体系支持技术通用指南》,我国在使用过程中已将其转化为国标 GB/T 24004—1996;

③ ISO14010《环境审核指南通用原则》,我国在使用过程中已将其转化为 GB/T 24010—1996;

④ ISO14011《环境审核指南审核程序环境管理体系审核》,我国在使用过程中已将其转化为国标 GB/T 24011—1996;

⑤ ISO14012《环境审核指南环境审核员资格要求》,我国已将其转化为国标 GB/T 24012—1996;

⑥ ISO14020 标准是对环境标志认证的框架式要求;

⑦ ISO14040《生命周期分析》是工具性标准,规定如何对产品生命周期进行分析的总原则。

任务 2　化工环境统计

1. 环境统计的产生、发展与内涵

"环境"二字泛指一般意义上的自然环境,指与人类生存和发展有关的各种天然或经过人工改造的自然因素的总体。天然的自然因素称为"原生环境"。经过人工改造的自然因素和人类建造的社区等称为"次生环境"。"原生环境"和"次生环境"共同构成了人类以外的与人类生存和发展有关的周围客观要素的总和。

自 20 世纪 70 年代开始,联合国等国际组织就开始研究环境统计的方法,并出版了《环境统计资料编制纲要》一书。到目前为止,应用最为广泛的环境指标框架模型还是经济合作与发展组织提出的"压力 - 状态-响应"框架。此框架模型中对"环境压力"指标的定义是指对资源、环境造成不良影响的人类活动、过程和行为方式;"环境状态"指标是指有压力作用下的资源环境的状况,如空气污染指数等;"社会响应"指标则是指针对资源环境状态发生的变化所采取的政策选择和其他一些社会活动,如环境政策等。目前,该环境指标框架已经成为各国确定环境指标的基础。

在我国,环境统计工作也在不断地改革和完善。目前,已初步建立以反映"工业污染及其防治"为主体的环境统计指标体系,并在此基础上制定了相应的国家环境统计制度。现行环境统计的内容主要包括以下四个部分。

第一部分:工业污染及其防治。

下设五个系列指标,即工、农业环保的基本情况,"三废"的排放,"三废"污染的治理,废水处理设施,以及污染事故。

第二部分:自然保护。

下设三个系列指标,即"自然保护区","野生动植物保护"和"农业生态试点"。

第三部分:环境管理。

下设十个系列指标,即环境法规标准,"三同时"(污染控制设施与建设项目、主体工程同时设计、同时施工、同时投产)执行情况,征收排污费,限期治理,因环境因素关、停、并、转、迁情况,环境科研,宣传教育,目标责任制,信访工作和环保档案。

第四部分:环保自身建设情况。

这套环保统计指标体系中目前尚未包括自然资源的内容。

2.环境统计的意义

"环境科学"是研究人类活动与环境相互关系的学科群,涉及地理、生物、化学、气象、天文、物理等多个学科及领域。当前,随着人类对自然界改造能力的增强,人类面临的环境问题也更加突出,如全球气候变暖、臭氧层破坏、土地荒漠化、水土流失、部分生物物种的消亡、淡水资源危机、能源短缺、环境污染等。这些都是人类活动与自然界相互作用的结果。要想治理这个"果",首先要知道它的"因",也就是要弄清人类活动和环境之间的相互作用和关联的程度。如何表达这个"程度"?单纯的描述不能准确表达,需要把它精确的数据化。也就是说通过对人类活动和环境状况的数据资料的采集与分析来描述人类活动与环境之间的相互关系。因此,经典的理科学科统计学与环境科学的结合在所难免,一门新的学科"环境统计学"应运而生。在该学科诞生的几十年里,环境统计已形成了多个分支,如海洋环境统计、森林环境统计、污染环境统计、景观环境统计、农业环境统计和城市环境统计等。

3.环境统计的内容及分类

环境统计归根结底是要用数字来反映并计量人类活动引起的环境变化和环境变化对人类的影响工作。它的内容主要包括以下几点。

① "土地环境"统计:将土地及其构成的现有量、利用量和保护情况用数字化体现。

② "自然资源环境"统计:用以反映食物、水、森林、矿物资源以及文明古迹、各自然保护区、各风景游览区、草原、水生生物等的现有量、利用量和保护情况。

③ "能源环境"统计:用以反映各种能源及其构成的现有量,开采、消耗以及回收利用的情况及其对环境带来的影响。

④ "人类居住区环境"统计:用以反映人民群众的健康状况、营养状况、居住条件、劳动条件、娱乐和文化条件以及公用设施等方面的状况。

⑤ "环境污染"统计：主要包括大气、水、土壤等污染状况以及污染源的排放和治理的状况。

此外，还有对环境保护专业人员的组成以及其工作发展情况的统计。环境统计工作可为政府部门制定环境政策和环境规划，预测环境资源的承载能力等提供依据。

4. 环境统计工作的基本步骤及几个基本概念

1）统计工作的常规步骤

在环境统计工作中，有大量的事物需要以数字的形式量化体现，所以整个统计的过程往往是可以规律化的。常见的环境统计步骤如下。

第一步：统计设计，结合具体情况具体要求制订调查研究或实（试）验研究的计划并准备好相应的记录表格等。对需要统计的对象、区域、范围等要进行科学的筛选。

第二步：搜集资料，即投入第一线取得准确、可靠的原始资料。原则上不使用第三人转述资料。

第三步：整理资料，即对所搜集的资料进行整理、分类和保管。

第四步：分析资料，即利用所搜集数据进行计算，与相应的指标对比分析以反映研究对象的内在特征和规律。至此，一个简单的统计过程也就结束。将统计结果向相关部门汇报，并由其做出处理。

2）统计中常用的几个基本概念

统计工作离不开数据，所以掌握一些与数据有关的统计术语是十分必要的。

（1）变量和资料类型。

① 变量。用数字、字母或其他符号代表观察单位（对象）的某一项特征，以便存储和分析。观察结果即为变量值。

② 统计资料的几种类型，见表 8-1。

表 8-1　统计资料的几种类型

类　　型		各类型分类及其定义	举　　例
数量变量		定量（具体数值）	体重
		其他数据资料	—
分类变量	无序变量	二分类：对立的两类属性	性别
		多分类：不相容的多类属性	血型
	有序变量	多分类：同类间有程度差异的属性（又称等级资料）	文化程度（初中、高中、大学……）

（2）总体与样本。

① 总体。它是指某一变量值的集合，指根据研究目的确定的同质观察单位（研究对象）的全体。分为"有限总体"（观察单位数有限）和"无限总体"（观察单位数无限）两类。

② 样本。它是从总体中抽取的部分个体，个体数的多少则称"样本含量"或"样本例数"。

由于直接研究总体经常是不能实现的，故而大多采用抽样研究，即通过样本的统计特点来推断总体的统计特点，所以抽样研究会有"抽样误差"，即样本指标值与真实的总体指标值之间的差异，此差异总是存在的。

（3）频率与概率。

① 频率。某种现象在样本中出现的比率，是样本特征的一种。

② 概率。随机事件发生可能性的数值度量，用 P 表示，取值范围为 $0 \leqslant P \leqslant 1$，是总体特征。

需要指出的是，所谓小概率事件，特指发生概率 $P \leqslant 0.05$ 或 $P \leqslant 0.01$ 的事件。

5. 化工企业环境统计的内容与特点

化工企业环境统计具有如下几个特点，即企业环境统计与企业素质分析两者相结合，更侧重研究外部环境对企业所能够产生的影响；单项的环境要素与综合环境要素分析相结合，避免片面结论；定性分析与定量分析相结合。

化工企业环境统计的内容主要包括以下几个方面。

1）企业经营的自然环境统计

企业经营的自然环境统计主要包括自然资源环境统计、地理环境统计及企业环境保护状况统计。其中第一项又包括自然资源的数量规模统计、自然资源的质量水平统计及自然资源的利用状况统计。

2）企业经营的社会环境统计

企业的社会环境主要指来自人类社会的影响企业经营活动的外部条件，主要包括政治环境、经济环境、人口环境、技术环境、人文环境等。影响企业经营的社会环境因素统计也就包括政治环境的调查与评价、经济环境统计、技术环境统计、人口和文化环境统计等四个方面。

3）企业经营的市场环境统计

企业产品的市场环境统计也往往被称为企业产品产出客户市场统计，它主要是指关于企业产品的实现市场统计。"企业产品产出市场"是指产品（包括物质产品和劳务产出）供应方、产品消费方（包括中间产品消费和最终消费），以及上述双方就该产品进行的交易行为的总和。"企业产品产出市场统计"的任务就是采集与企业产品所有实现环节有关的全部市场信息及相关的社会、经济、宏观、微观信息。

"企业产品产出市场环境统计"的基本指标是指影响企业同类产品或劳务市场供需变化的那些因素指标，包括影响国民经济的宏观指标、社会商品购买能力及其影响因素指标，产品的经济寿命及其特征指标，反映企业同类产品（或劳务市场）供需水平及其平衡关系的指标，反映企业同类产品（或劳务市场）竞争对手状况的指标等。

4）企业要素供应市场环境统计

企业要素供应市场环境统计包括原材料、人力、设备、技术、资金、燃料、信息等的统计，即对企业的人、财、物三大资源的统计。

5）化工企业环境统计综合分析方法

企业经营环境综合分析最为常用的方法就是层次分析法（AHP）。它是对定性指标做定量分析的一种简便方法，也是对人们的主观判断做客观描述的一种有效方法。

AHP 的基本思想是，根据分析对象的性质和研究目的，把各种复杂现象中的多种影响因素通过划分为相互关联的有序层次使之条理化，概括讲就是依照要素间的关联程度及相互隶属关系将因素按不同层次聚集组合，最终形成一个多层次的分析结构模型。同

时还要根据对具体问题的主观判断,对每一层次因素的相对重要性给予定量的表示。最后再利用定量分析的方法确定各因素之间的相对重要性次序的数值,并借此进行分析研究。

运用 AHP 对企业经营环境进行综合分析,主要包括以下几个步骤:

(1) 分析系统中各个因素之间的相互关系,建立递阶型层次结构;

(2) 构造两两比较判断矩阵;

(3) 层次单排序和一致性检验;

(4) 层次总排序和一致性检验。

任务3　化工清洁生产

1. 清洁生产的概念

"清洁生产"在不同发展阶段或不同国家有不同叫法,比如"废物减量化"、"无废工艺"、"污染预防"等。但其基本内涵是一致的,即对产品和产品的生产过程采取预防污染的策略来减少污染的产生。

联合国环境规划署与环境规划中心(UNEPIE/PAC)结合各国说法,采用了"清洁生产"这一术语,来表述从原料、生产工艺到产品使用整个过程的广义的污染防治途径。并给出了下面定义:清洁生产是一种崭新的创造性的思想,它将整体预防的环境战略持续应用于生产过程、产品和服务中,用以增加生态效率和减少人类及环境的生存风险。

对于生产过程,清洁生产的要求是节约原材料与能源,淘汰有毒原材料,减少所有废物的数量与毒性;对于产品,清洁生产要求减少从原材料提炼到产品最终处置的全生命周期的不利影响;对于服务,清洁生产要求将环境因素纳入设计与所提供的服务中。

在美国,清洁生产被称为"污染预防"或"废物最小量化"。"废物最小量化"是美国清洁生产的早期表述,后来用"污染预防"一词代替。美国对"污染预防"的定义是:在可能的最大限度内减少生产厂地所产生的废物量。它包括通过"源削减"、提高能源利用效率、在生产中重复使用投入的原料,还有降低水消耗量来合理利用资源。其中所说的"源削减"是指在对废物进行再生利用、处理(包括处置)以前,减少其流入或释放到环境中的任何有害物、污染物或污染成分的数量,同时减少与这些有害物、污染物或相关组分对公共健康与环境的危害与破坏。人们常用的两种"源削减"方法分别是改变产品和改进工艺。而改进工艺则包括设备、技术的更新,工艺、流程的更新,产品重组与产品设计更新,以及原材料的替代和促进生产的相关科学管理、维护、培训和仓储控制。"污染预防"不包括生产废物的厂外再生利用、废物处理、废物浓缩(稀释)及减少废物体积或其有害性、其有毒性成分从一种环境介质转移到另一种环境介质中的活动。

我国对清洁生产做出如下定义:它是指既满足人们的需要又合理使用自然资源和能源,同时保护环境的实用生产方法和措施。清洁生产的实质就是一种物料和能耗趋于最少的人类生产活动的规划和管理,使废物的产生趋于"减量化",废物本身趋于"资源化"和

"无害化",或彻底地将废物消灭于生产过程之中。对清洁生产的理解还指对人体和环境无害的绿色产品的生产,此法亦将随着可持续发展进程的深入而日益成为今后产品生产的主导方向。

综合来讲,清洁生产的定义包含了对两个过程的控制:生产全过程和产品整个生命周期全过程。对前者而言,清洁生产的要求包括节约原材料、节约能源,尽可能不用有毒原材料并在生产过程中尽可能减少它们的数量和毒性;对于后者而言,则是从原材料获取一直到产品最终处置过程中,尽可能将对环境的影响减少到最低。

2.发展清洁生产的必然性

清洁生产的出现是人类工业生产迅速发展的历史必然,是一项迅速发展中的新生事物,是人类对工业化大生产所制造出有损于自然生态和人类自身污染这种负面作用逐渐认识所作出的反应和行动。

发达国家在20世纪60年代和70年代初,由于经济快速发展,忽视对工业污染的防治,致使环境污染问题日益严重。公害事件不断发生,如日本的"水俣病"事件,对人体健康造成极大危害,生态环境受到严重破坏,社会反映非常强烈。环境问题逐渐引起各国政府的极大关注,并采取了相应的环保措施和对策。例如增大环保投资、建设污染控制和处理设施、制定污染物排放标准、实行环境立法等,以控制和改善环境污染问题,取得了一定的成绩。

但是通过十多年的实践发现,这种仅着眼于控制排污口(末端),使排放的污染物通过治理达标排放的办法,虽在一定时期内或在局部地区起到一定的作用,但并未从根本上解决工业污染问题。其原因如下。

第一,随着生产的发展和产品品种的不断增加,以及人们环境意识的提高,对工业生产所排污染物的种类检测越来越多,规定控制的污染物(特别是有毒有害污染物)的排放标准也越来越严格,从而对污染治理与控制的要求也越来越高。为达到排放的要求,企业要花费大量的资金,这会大大提高治理费用,即便如此,一些要求还难以达到。

第二,由于污染治理技术有限,治理污染实质上很难达到彻底消除污染的目的。因为一般末端治理污染的办法是先通过必要的预处理,再进行生化处理后排放。而有些污染物是不能生物降解的污染物,只是稀释排放,不仅污染环境,甚至有的治理不当还会造成二次污染;有的治理只是将污染物转移,废气变废水,废水变废渣,废渣堆放填埋,污染土壤和地下水,形成恶性循环,破坏生态环境。

第三,只着眼于末端处理的办法,不仅需要投资,而且使一些可以回收的资源(包含未反应的原料)得不到有效的回收利用而流失,致使企业原材料消耗增高,产品成本增加,经济效益下降,从而影响企业治理污染的积极性和主动性。

第四,实践证明:预防优于治理。根据日本环境厅1991年的报告,从经济上计算,在污染前采取防治对策比在污染后采取措施治理更为节省。例如就整个日本的硫氧化物造成的大气污染而言,排放后不采取对策所产生的受害金额是现在预防这种危害所需费用的10倍。以水俣病而言,其推算结果则为100倍。可见两者之差极其悬殊。

据美国EPA统计,美国用于空气、水和土壤等环境介质污染控制总费用(包括投资和运行费),1972年约为260亿美元,1987年增至850亿美元,20世纪80年代末已达到

1 200亿美元。如杜邦公司每焚烧一桶危险废物可能要花费300~1 500美元。即使如此高的经济代价仍未能达到预期的污染控制目标,末端处理在经济上已不堪重负。

因此,发达国家通过治理污染的实践,逐步认识到防治工业污染不能只依靠治理排污口(末端)的污染,要从根本上解决工业污染问题,必须"预防为主",将污染物消除在生产过程之中,实行工业生产全过程控制。20世纪70年代末期以来,不少发达国家的政府和各大企业集团(公司)都纷纷研究开发和采用清洁工艺,开辟污染预防的新途径,把推行清洁生产作为经济和环境协调发展的一项战略措施。

3. 清洁生产的内涵

清洁生产从其本质来说,是指对生产过程和企业产品采取整体预防的环境策略,旨在减少或者消除它们对人类及环境可能产生的危害,同时充分满足人类需要,使社会经济效益最大化的一种生产模式。具体措施包括:① 不断改进设计;② 使用清洁的能源和原料;③ 采用先进的工艺技术与设备;④ 改善管理;⑤ 综合利用;⑥ 从源头削减污染,提高资源利用效率;⑦ 减少或者避免生产、服务和产品使用过程中污染物的产生和排放。

清洁生产是实施可持续发展的重要手段,它主要强调三个重点:① 清洁能源,包括开发节能技术,开发利用再生能源和合理利用常规能源;② 清洁生产过程,包括尽可能不用或少用有毒有害原料和中间产品,对原材料和中间产品进行回收,改善管理、提高效率;③ 清洁产品,包括以不危害人体健康和生态环境为主导因素来考虑产品的制造过程甚至使用之后的回收利用,减少原材料和能源使用。

4. 清洁生产的特点

清洁生产是生产者、消费者、社会三方面谋求利益最大化的集中体现。

(1) 它是从资源节约和环境保护两个方面对工业产品生产从设计开始,到产品使用后直至最终处置,给予了全过程的考虑和要求。

(2) 它不仅对生产,而且对服务也要求考虑对环境的影响。

(3) 它对工业废物实行费用有效的源削减,一改传统的不顾费用有效或单一末端控制办法。

(4) 它可提高企业的生产效率和经济效益,与末端处理相比,成为受到企业欢迎的新事物。

(5) 它着眼于全球环境的彻底保护,为人类社会共建一个洁净的地球带来了希望。

根据经济可持续发展对资源和环境的要求,清洁生产谋求达到两个目标:一是通过资源的综合利用,短缺资源的代用,二次能源的利用,以及节能、降耗、节水,合理利用自然资源,减缓资源的耗竭,达到自然资源和能源利用的最合理化;二是减少废物和污染物的排放,促进工业产品的生产、消耗过程与环境相融,降低工业活动对人类和环境的风险,达到对人类和环境的危害最小化以及经济效益的最大化。

5. 清洁生产的途径

清洁生产的实现主要体现在清洁工艺和清洁产品两大方面。清洁工艺主要指能提高经济效益同时又能减少环境污染的工艺技术。清洁产品是针对产品的可回收利用性、可重新加工性,也就是说是否有二次利用价值,或一次利用销毁时不对环境产生污染。清洁生产技术的开发是一个综合性较强的、十分复杂的问题,因为生产工序本身已经十分复杂,再在此基础上提高要求达到清洁生产,这是一项兼具宏观和微观的工作,需要相当大的技术基础,同时对技术人员的创新性有很大要求,并不容易实现。比如一个企业,原来使用粗犷型生产方式时每天排废水3吨,现在改变工艺、设备以及管理后每天排废水0.12吨。从某种角度讲这就属于"清洁生产"。但对于废水排放量已经骤减,已部分实现"清洁生产"的这个企业,它在环保方面仍然不能安于现状。其下一步"清洁生产"的目标就是努力使排废量继续减少,甚至趋近于零;然后要求在投入和产出的比率问题上下工夫,尽可能提高效率;然后要求继续努力提高生产效率,降低能耗,在投入不变甚至减少的情况下提高产品质量……由此可见,清洁生产不是"一时"、"一事",它是一个循序渐进、逐步攀登的过程。实现起来步骤烦琐,追求起来没有止境。

根据近几十年来人们在生产技术清洁生产方面所积累的经验,可以把实现清洁生产的主要途径归纳如下:

(1) 更新产品体系、准确规划产品方案及选择原料路线;

(2) 对自然资源进行充分的、综合的利用,尽可能采用清洁能源;

(3) 对工艺和设备进行变革,使设备高效,使工艺精确,尽可能少产生废物;

(4) 形成厂内或区域内物料循环使用系统;

(5) 加强员工培训和教育,提高员工素质;

(6) 对合理的末端废物进行无害处理。

 复习思考题

1. 环境管理的内涵是什么?实施环境管理工程的意义何在?

2. 为确保环境管理的有效进行可采取哪些手段?

3. 化工行业环境管理有何特点?

4. 举例说明环境管理可参考的立法有哪些?相关部门颁发的规章制度有哪些?

5. 各国现在普遍采用的环境管理体系是哪个?环境管理体系的采用有何意义?

6. 环境统计的内涵是什么?环境统计工作有什么意义?

7. 环境统计的内容是什么?

8. 环境统计的一般步骤是什么?

9. 试说出环境统计的常用概念。

10. 概括说明化工企业环境统计的内容和特点。

11. 清洁生产的概念是什么?如何理解清洁生产?

12. 为什么说清洁生产的出现具有历史必然性?

13. 清洁生产的内涵和实现途径有哪些?

14. 清洁生产的实现对社会的前进有何意义?实现过程中存在哪些障碍?

项目九

安 全 工 程

项目简介：本项目介绍了安全工程的目的任务、研究对象和研究内容，化工生产的特点和事故的特性，以及预防事故的基本原则等内容。通过理论联系实际的教学方法，使学生认识到安全生产的重要性，并在以后的实际工作中得以运用。

教学目标：了解安全工程的目的任务、研究对象和研究内容；掌握化工生产的特点及化工安全事故的特性，掌握预防事故的基本原则，并能在实际化工生产中应用。

任务1 安全工程与化工生产

1. 安全工程的概述

人类在求生存求发展的过程中，不断地从自然界获取物质和精神财富，而同时又在一定条件下经受着自然界作用于人类的危害。特别是在生产活动中，随着生产技术的不断发展，生产过程中的危险性也随之上升。人们在长期的生产实践中，为了保护自身的安全，不得不想办法控制各种危害，也逐渐形成了安全科学这门新的学科。

安全工程是研究生产过程中各种事故和职业性伤害发生的原因以及防止事故和职业病发生的一门科学技术。化工安全工程则针对化工生产中存在的主要危险和有害因素，研究其发生事故的原因及防范措施。

1) 安全工程的目的和任务

安全工程的任务是研究工业灾害发生的原理及规律，分析、评价生产中可能发生的事故，采用工程技术方法和科学管理手段控制生产中的危险有害因素，防止伤亡事故、职业病、职业中毒以及其他各种事故发生，创建安全、卫生、舒适的劳动条件。其目的是保护人的生命安全以及在生产活动中的身心健康，使职工在劳动中保持持久的劳动能力，提高劳动效率；保护设备财产不受损坏，使生产能安全、稳定、顺利地进行，以提高经济效益。

2) 安全工程研究的对象

任何生产过程都离不开人、物、环境三个方面的因素。人包括从事生产活动的操作人员和各级管理人员；物有生产中所用的物质和机器设备；环境是指每个生产过程所处的作业环境和社会环境。三个方面构成了"人-物-环境"生产系统,每个因素就是生产系统的一个子系统。各个子系统都存在着潜在危险因素,并在一定条件下转变为事故,影响系统功能的政策发挥。大量事故的调查结果表明,导致事故的原因基本上是由这三个方面因素造成的。在"人-物-环境"系统中,三个子系统相互联系、相互制约、相互影响,构成一个有机的整体。例如,由于人对设备的设计、制造有缺陷或维修保养不良,使物存在着不安全的状态;物的不安全状态又会在客观上造成人有不安全行为的环境条件;社会环境和作业环境影响着人的心理、生理特征,某些环境因素也会使物的性能发生变化,例如机器寿命和精度下降。因此,安全工程要从系统的观念出发,研究人、物和环境三个方面潜在的危险因素以及出现的条件和形成事故的规律,探讨控制危险、预防事故的有效对策和手段,提高系统的安全可靠性。

3)安全工程研究的基本内容

安全工程研究的内容归纳起来可分为以下三个方面。

(1)安全技术。

安全技术是针对生产劳动过程中存在着的危险因素,研究采取怎样的技术措施将其消灭在事故发生之前,预防和控制工伤事故和其他各类事故的发生,它包括工艺、设备、控制等各个方面。安全技术寓于生产技术之中,它和生产技术是紧密相关的,有什么样的生产技术就有什么样的安全技术,故安全技术有许多门类。如防火防爆技术、电气安全技术、锅炉压力容器安全技术以及建筑安装、机械加工等安全技术。

(2)劳动卫生技术。

劳动卫生技术是针对生产劳动过程中存在着对人体健康有害的因素,长期作用于人体会引起机体器官发生病变,导致职业中毒和职业病,它包括防尘防毒、噪声治理、振动消除、通风采暖、采光照明,以及其他物理化学有害因素的防护、现场急救等。

(3)安全卫生管理。

安全卫生管理是指对安全生产所进行的计划、组织、指挥、协调和控制的一系列活动。它是从立法上和组织上采取措施,保护职工在劳动过程中的安全和健康。研究的内容主要有制定安全生产的方针政策、法令法规,使安全生产做到有法可依,有章可循,用法制的手段实施安全。各种法规、制度对防止灾害,保障安全生产起了很重要的作用,但随着新技术、新材料、新能源的不断出现,工艺过程日趋复杂化、大型化,生产中潜在的危险性也随之增加。法规的制定和修改往往需要一个过程,法规范围以外不一定就没有危险。因此,只是单纯强调遵守现行法规,显然不能完全满足安全生产的需要,必须在研究开发先进安全技术的同时,还要探索现代化安全管理方法,采取系统的思想方法进行安全管理。

2.化工生产与安全

1)化工生产的特点

国民经济的迅速发展,对化工产品的需求量剧增,从而促进了化工生产的快速增长。目前化工产品的种类已达到数万种,化学工业的发展有力地促进了工农业生产,巩固了国防,改善和提高了人们的生活水平。但化学工业生产过程中存在着许多不安全因素和职业危害,比其他生产有着更大的危害性,这主要是由于化工生产具有如下几个特点。

（1）化工生产的物料绝大多数具有潜在危险性。

化工生产使用的原料、中间体和产品绝大多数具有易燃易爆、有毒有害、腐蚀等危险性，这些潜在的危险性决定了在生产、使用、储存、运输等过程中稍有不慎就会酿成事故。例如中间产品二氯乙烷和氯乙烯是易燃易爆物质，在空气中达到一定浓度，遇火源即会发生火灾爆炸事故；氯气、二氯乙烷、氯乙烯具有较强的毒性；氯乙烯具有致癌作用；氯气和氯化氢在有水的情况下有强烈的腐蚀性。

（2）生产工艺过程复杂、工艺条件苛刻。

化工生产从原料到产品，一般都需要经过许多工艺和复杂的加工单元，通过多次反应或分离才能完成。例如，炼油生产的催化裂化装置，从原料到产品要经过 8 个加工单元，乙烯从原料裂解到产品出来需要 12 个化学反应和分离单元；有些工艺条件要加上许多介质，具有强烈腐蚀性，在温度应力、交变应力等作用下，受压容器常常因此而遭到破坏；有些反应过程要求的工艺条件很苛刻，像丙烯和空气直接氧化生成丙烯酸的反应，各种物料比就处于爆炸范围附近，且反应温度超过中间产物丙烯醛的自燃点，控制上稍有偏差就会爆炸。

（3）生产规模大型化、生产过程连续性强。

现代化工生产装置规模越来越大，以求降低单位产品的投资和成本，提高经济效益。例如，我国的炼油装置最大规模已达年产 800 万吨，乙烯装置已建成年生产能力 45 万吨，并即将扩建到年产 70 万吨的更大规模。装备的大型化有效地提高了生产效率，但规模过大，贮存的危险物料量越多，潜在的危险能量越大，事故造成的后果往往也越严重。化工生产从原料输入到产品输出具有高度的连续性，某一个环节发生故障常常会影响到整个生产的正常运行，都会导致危险事故的发生。

（4）生产过程的自动化程度高。

由于装置大型化、连续化、工艺过程复杂化和工艺参数要求苛刻，因而现代化工生产过程中用人工操作已不能适应其需要，必须采用自动化程度较高的控制系统。随着计算机技术的发展，化工生产中普遍采用了 DCS 集散控制系统对生产中的各种参数及开停车实行监视、控制、管理，有效地提高了控制的可靠性，但是控制系统和仪器仪表维护不好，性能下降，也会因检测或控制失效而发生事故。

2）安全在化工生产中的重要地位

安全是人类赖以生存和发展的最基本需要之一，化工生产由于具有自身的特点，发生事故的可能性及其后果比其他行业一般来说要大，而发生事故必将威胁着人身的安全和健康，有的甚至给社会带来灾难性破坏。事实可以充分地说明，在化工生产过程中如果没有完善的安全防护设施和严格的安全管理，即使具有先进的生产技术、现代化设备也难免事故的发生，事故一旦发生，人民的生命和财产将遭到重大损失，生产也无法进行下去，甚至整个装置会毁于一旦。因此，安全在化工生产中有着非常重要的作用，安全是化工生产的前提和关键，没有安全作为保障，生产就不能顺利进行。随着人类文明程度的提高和社会的发展进步，人们对安全的要求也越来越高，企业各级领导、管理人员、工程技术人员和操作工人都必须坚持"安全第一"，时刻把安全工作放在首位；还必须深入研究安全管理和预防事故的科学方法，控制和消除各种危险因素。对承担着开发新技术、新产品的工程技术人员,必须树立安全观念,认真探讨和掌握伴随生产过程而可能发生的事故及预防对策,使各种损失降至最低限度。

3)事故的特性

一般来说,事故具有如下特性。

(1)因果性。

事故因果性是说一切事故的发生都是由一定原因引起的,这些原因就是潜在的危险因素。已知生产中存在着许多危险因素,有的来自人为的方面,包括人的不安全行为和管理缺陷;也有物的方面,包括物和环境存在的不安全条件。这些危险因素在一定的时间和地点相互作用就会导致事故的发生。事故的因果性是事故必然性的反映,若生产中存在着危险因素,则迟早必然发生事故。因果关系具有继承性,说明事故的原因是多层次的,有的和事故有直接联系,有的则是间接联系,决不是某一个原因就能造成事故,而是诸多不利因素相互作用促成的。

(2)偶然性。

事故的偶然性是说事故的发生是随机的。同样的前因事件伴随时间的进程导致的后果不一定完全相同。但偶然当中有必然,必然性存在于偶然性之中。随机事件服从于统计规律,可用数理统计方法对事故进行统计分析,从中找出事故发生、发展的规律,从而为预防事故提供依据。用数理统计的方法还可以得到事故其他的一些规律性东西,如事故多发时间、地点、工种、工龄、年龄等。这些规律对预防事故起着重要作用。

(3)潜伏性。

事故的潜伏性是说事故在尚未发生或还没有造成后果之时,是不会显现出来的,好像一切都处在"正常"和"平静"状态。但是生产中的危险因素是客观存在的,只要这些危险因素未被消除,事故总会发生,只不过是时间早晚而已。事故的这一特征要求人们消除盲目性和麻痹思想,要常备不懈,居安思危,在任何时候任何情况下都要把安全放在第一位来考虑。要在事故发生之前充分辨识危险因素,预测事故发生的模型,事先采取措施进行控制,最大限度地防止危险因素转化为事故。

任务 2 预防事故的基本原则

事故预防原则有几种提法,这里只介绍选择对策的原则。

根据伤亡事故的致因理论得知,造成事故的主要原因是人的不安全行为和物的不安全状态,它们的背景原因是管理上有缺陷。要预防事故的发生,必须从这三个方面进行控制,即采取安全技术措施,加强安全管理和安全教育,并将三者有机结合,综合利用,才能取得预期效果。

1)安全技术措施

安全技术措施就是为消除生产过程中各种不安全不卫生因素,防止伤害和职业性危害,改善劳动条件和保证安全生产而在工艺、设备、控制等各方面采取一些技术上的措施。

安全技术措施是提高设备装置本质安全性的重要手段。"本质安全"一词来源于防爆电气设备,这种电气设备没有任何附加的安全装置,完全利用本身构造的设计,限制电路在低电压和低电流下工作,防止产生高热和火花而引起火灾或引燃爆炸性混合物。设备和装置的本质安全性是指对机械设备和装置安装自保系统,即使人操作失误,其本身的安全防护系统会自动调节和处理,以保护设备和人身的安全。安全技术措施必须在设备、装置和工程的设计时就要予以考虑,并在制造或建设时给予解决和落实,使设备和装置投产后能安全稳定地运转。

不同的生产过程存在的危险因素不完全相同,需要的安全技术措施也有所差异,必须根据各种生产的工艺过程、操作条件、使用的物质(含原料、半成品、产品)、设备以及其他有关设施,在充分辨识潜在危险和不安全部位的基础上选择适用的安全技术措施。

安全技术措施包括预防事故发生和减少事故损失两个方面,这些措施归纳起来主要有以下几类。

(1)减少潜在危险因素。

在新工艺、新产品的开发时,尽量避免使用具有危险性的物质、工艺和设备,即尽可能用不燃和难燃的物质代替可燃物质,用无毒和低毒物质代替有毒物质,这样火灾、爆炸、中毒事故将因失去基础而不会发生。这种减少潜在危险因素的方法是预防事故的最根本措施。

(2)降低潜在危险因素的数值。

潜在危险因素往往达到一定的程度或强度才能施害。通过一些方法降低它的数值,使之处在安全范围以内就能防止事故发生。如作业环境中存在有毒气体,可安装通风设施,降低有毒气体的浓度,使之达到容许值以下,就不会影响健康和人身安全。

(3)连锁。

当设备或装置出现危险情况时,以某种方法强制一些元件相互作用,以保证安全操作。例如,当检测仪表显示出工艺参数达到危险值时,与之相连的控制元件就会自动关闭或调节系统,连锁的应用也越来越多,这是一种很重要的安全防护装置,可有效地防止人的误操作。

(4)隔离操作或远距离操作。

由事故致因理论得知,伤害事故的发生必须是人与施害物相互接触,如果将两者隔离开来或保持一定距离,就会避免人身事故的发生或减弱对人体的危害。例如,对放射性、辐射和噪声等的防护,可以通过提高自动化生产程度,设置隔离屏障,防止人员接触危险有害因素都属于这方面的措施。

(5)设置薄弱环节。

在设备或装置上安装薄弱元件,当危险因素达到危险值之前这个地方预先破坏,将能量释放,防止重大破坏事故发生。例如,在压力器上安装安全阀或爆破膜,在电气设备上安装保险丝等。

(6)坚固或加强。

有时为了提高设备的安全程度,可增加安全系数,加大安全裕度,提高结构中的强度,防止因结构破坏而导致事故发生。

（7）封闭。

封闭就是将危险物质和危险能量局限在一定范围之内,防止能量逆流,可有效地预防事故发生或减少事故损失。例如,使用易燃易爆、有毒有害物质,把它们封闭在容器、管道里边,不与空气、火源和人体接触,就不会发生火灾、爆炸和中毒事故。将容易发生爆炸的设备用防爆墙围起来,一旦爆炸,破坏能量不至于波及周围的人和设备。

（8）警告牌示和信号装置。

警告可以提醒人们注意,及时发现危险因素或危险部位,以便及时采取措施,防止事故发生。警告牌示是利用人们的视觉引起注意,警告信号则可利用听觉引起注意。目前应用比较多的可燃气体、有毒气体检测报警仪,既有光也有声的报警,可以从视觉和听觉两个方面提醒人们注意。

此外,还有生产装置的合理布局、建筑物和设备间保持一定的安全距离等其他方面的安全技术措施。随着科学技术的发展,还会开发出新的更加先进的安全防护技术措施。

2）安全教育措施

安全教育是提高各级领导和全体职工搞好安全生产的责任感,提高执行安全法规的自觉性,掌握安全生产的科学知识,提高安全操作技能的手段。

安全教育的内容包括安全思想政治教育、安全技术知识和安全技能教育,以及安全管理知识教育。安全思想政治教育主要是思想教育、劳动纪律以及国家有关安全生产的方针、政策、法规法纪教育。通过教育提高各级领导和广大职工的安全意识、政策水平和法制观念,牢固树立安全第一的思想,自觉贯彻执行各项劳动保护法规政策,增强保护人、保护生产力的责任感。安全管理知识的教育包括安全管理体制、安全组织机构及基本安全管理方法和现代安全管理方法等。安全技术知识教育内容含一般安全技术知识和专业性安全技术知识。一般安全技术知识包括生产过程中各种原料、产品的危险有害特性,可能出现的危险设备和场所,形成事故的规律,安全防护的基本措施,尘毒危害的防治方法,异常情况下紧急处理方案,事故发生时的紧急救护和自救措施等。对从事特殊工种的作业,如锅炉、压力容器、电气、焊接、化学危险品管理、尘毒作业等有特殊的安全要求,应对操作人员进行专业安全技术知识教育。

安全技术知识教育应做到应知应会,不仅要懂得方法原理,还要学会熟练操作,加强处理异常情况的训练,提高突发事件的应变能力。

安全教育不仅在企业要进行,学校也应开展这方面的工作。日本从幼儿就开始进行以交通安全为中心的安全教育,使之从小就树立良好的安全习惯和意识。我国在国发〔1983〕85号文中明确规定,"各理工科大专院校,应设有安全技术课程",使学生系统地掌握安全知识,了解各种危害因素发生事故的原理及防止方法,学会保护自己,保护他人,保护设备财产不受损失。在开发新技术、新产品时既要研究正常的生产过程,也要考虑可能出现的异常情况,并探索控制危险的方法和手段。只有保证新技术、新产品在技术上先进,生产时安全可靠,才能使之得以应用,创造出预期的经济效益。

3）安全管理措施

这方面措施主要是认真贯彻执行国家有关安全生产的方针、政策、法律、法规。为保障职工在劳动过程中的安全和健康,保护设备财产不受损失,国家通过立法程序和行政手

段制定了一系列有关安全的政策法规。这些法令法规具有强制作用,各单位、各部门必须认真执行。各级领导和广大职工都要牢固树立"安全第一,预防为主"的指导思想,把安全工作放在一切工作的首位来考虑。建立和健全安全组织机构,结合本单位的具体情况制定和完善各项管理规章制度,编制和实施安全技术措施,组织安全检查和宣传教育等。

在传统安全管理基础之上还要大力推广和应用现代安全管理方法,对生产装置进行预先的危险性分析和安全性评价,在分析、评价基础上制定安全防范措施,预防事故发生。

用现代安全管理方法识别——评价——控制危险须从源头抓起,即在工程项目的初步设计之前,充分地分析、评价危险,并在此基础上提出安全技术措施,供设计部门在安全设计时考虑,将危险因素消灭在项目的建设之中。随着系统的运转,由于磨损、老化、腐蚀等原因,各部分功能开始下降,会产生新的隐患。因此在系统或装置运转的整个过程,还要反复地进行危险性分析和安全性评价,不断发现隐患、及时消除。只有这样才能做到防患于未然,实现系统安全。

信息在系统运行中起着非常重要的作用,安全信息是安全生产、危险性分析、事故预测预防等方面必不可少的依据。因此在安全管理中还要重视和加强安全信息的收集、加工处理和反馈工作。

在安全技术、安全教育、安全管理三个方面的措施中,技术措施主要是工艺过程、机械设备本身安全可靠程度,控制物的不安全状态,由于人的差错难以控制,所以技术措施是预防事故的根本措施;安全管理是保证人们按照一定的方式从事工作,并为采取安全技术措施提供依据和方案,同时还要对安全防护设施加强维护保养,保证性能正常,否则再先进的安全技术措施也不能发挥有效作用;安全教育是提高人们安全素质,掌握安全技术知识、操作技能和安全管理方法的手段,没有安全教育就谈不上采取安全技术措施和安全管理措施。所以技术、教育、管理三个方面的措施是相辅相成的,必须同时进行,缺一不可。技术(engineering)、教育(education)、管理(enforcement)措施又称为"三 E"措施,是防止事故的一根支柱,要始终保持三者的均衡,不能偏重其中某一方面而忽视其他方面,只有这样才能保障系统安全。

 复习思考题

1.安全工程研究的对象有哪些?其相互关系是什么?

2.安全工程研究的基本内容有哪些?

3.化工生产的特点有哪些?

4.事故具有哪些特性?

5.预防事故的基本原则是什么?

项目十

燃烧和爆炸

项目简介:本项目介绍燃烧的条件、类别、类型和特征参数,以及爆炸的概念、分类和类型。旨在要求学生掌握必备的消防安全基本知识,了解火灾的危害性,提高消防安全意识和技能,具备防火防爆的初步能力。

教学目标:了解燃烧的特征参数;掌握燃烧的条件及类别,爆炸的条件及类型。

任务1 燃烧要素和燃烧类别

燃烧是可燃物质与助燃物质(氧或其他助燃物质)发生的一种发光发热的氧化反应。在生产与生活中,凡是超出有效范围并造成破坏的燃烧统称为火灾。

1.燃烧的条件

1)燃烧的必要条件

① 可燃物是指在点火能源作用下被点燃,且当火源移去后仍可继续维持燃烧,直到燃尽的物质。

② 助燃物也称氧化剂,是指具有较强的氧化性能,能与可燃物质发生氧化反应并引起燃烧的物质。

③ 点火能源是指具有一定温度和热量能引起可燃物质着火的能源。常见的点火能源有火焰、电火花、电弧和炽热物体等。

以上是可燃物质燃烧的三个基本要素。缺少其中任何一个,燃烧便不会发生。即控制燃烧可以归结为这三个要素的控制问题。

例如,在无惰性气体覆盖的条件下加工处理丙酮之类的易燃物质,一开始便具备了燃烧三要素中的前两个要素,即可燃物质和氧化气氛。丙酮的闪点是 $-10\ ℃$。这意味着在高于 $-10\ ℃$ 的任何温度,丙酮都可以释放出足够量的蒸汽,与空气形成易燃混合物,一旦遭遇火花、火焰或其他火源就会引发燃烧。为了达到防火的目的,至少要实现下列四个条件中的一个条件。

① 环境温度保持在 $-10\ ℃$ 以下。

② 切断大气中氧的供应。

③ 在区域内清除任何形式的火源。

④ 在区域内安装良好的通风设施。丙酮蒸汽一旦释放出来,排气装置就迅速将其排离区域,使丙酮蒸汽和空气的混合物不至于达到危险的浓度。

以上条件① 和② 在工业规模上较难达到,而条件③ 和④ 则不难实现。

2) 引起燃烧的能量

有时即使上述三个要素都具备,燃烧也并不一定发生,这是因为燃烧对可燃物和助燃物有一定的浓度和数量要求,对点火能源有一定的强度和能量要求。

例如甲烷的浓度小于5%或空气中氧气含量小于12%时不能燃烧。当空气中氧气含量小于14%时,木材也不会燃烧。若用热能引燃甲烷-空气混合气体,当温度低于甲烷的自燃点时,燃烧不会发生。

电焊火星的温度高达1 200 ℃,可以点燃爆炸性混合气体。但如果落在木块上,通常不会引起燃烧。因为木块所需的点火能量远大于爆炸性混合气体,火星的温度虽高,但热量不足,故不能引燃木材。

由此可见,具备一定数量和浓度的可燃物和助燃物以及具备一定强度和能量的点火能源同时存在,并且发生相互作用,才是引起燃烧的根本原因。

2. 燃烧的类别

依据可燃物质的性质,燃烧一般可划分为四个基本类别。

1) A 类燃烧

A 类燃烧定义为如木材、纤维织品、纸张等普通可燃物质的燃烧。此类燃烧都生成灼烧余烬,如木炭。需要特别注意,水和基于碳氢盐的干燥化学品并不是有效的灭火剂。

2) B 类燃烧

B 类燃烧定义为易燃石油制品或其他易燃液体、油脂等的燃烧。然而,有些固体,比如萘是一个明显的例子,燃烧时熔化并显示出易燃液体燃烧的一切特征,而且无灰烬。近些年来,金属烷基化合物频繁地用于化学工业中,这些易燃液体由于其自燃温度很低,而且在许多情况下与水剧烈反应,因而处理起来比较困难。

工艺上易燃气体不属于任何燃烧类别,但实际上应当作 B 类物质处理。多年来,由于泄漏气体灭火后仍继续流动形成爆炸混合物,随之起火燃烧,对泄漏气体的普通做法是不采取灭火措施。但是,实际经验表明,在某些情况下,必须先灭火方能停止气体泄漏。以液体形式储存的气体,如液化天然气、丙烷、氯乙烯等,液态泄漏比气态泄漏会发生更严重的火灾。

3) C 类燃烧

C 类燃烧定义为供电设备的燃烧。对于这类燃烧,首要的是灭火介质的电绝缘性。电器设备的电源一经切断,除非含有易燃液体如变压器油等,都可采用适用于 A 类燃烧的灭火器材。对于含有毒性易燃液体的情形,应采用适用于 B 类燃烧的灭火器材。如果含有 A 类和 B 类燃烧物的复合物,应该用水喷雾或多功能干燥化学品作灭火剂。

4) D 类燃烧

D 类燃烧定义为可燃金属的燃烧。对于钠和钾等低熔点金属的燃烧,由于很快会成为低密度液体的燃烧,会使大多数灭火干粉沉没,而液体金属仍继续暴露在空气中,从而给灭火带来困难。这些金属会自发地与水反应,有时很剧烈,也会出现问题。

高熔点金属会以各种形式存在:粉末型、薄片型、切削型、浇铸型、挤压型。适用于浇铸型燃烧的灭火剂用于粉末型或切削型燃烧时会有很大危险。常用的金属镁在低熔点和高熔点金属之间,一般总是以固体形式存在,但在燃烧时很容易熔化而成为液体,因而表现得与前述两者都不同。燃烧的放射性金属烟尘对救火者有着极为严重的危险。对于金属氢化物的燃烧,因为氢和金属两者都在燃烧,应被认为与金属燃烧相当。对于此类燃烧,需要应用干粉金属灭火剂。

3. 燃烧的类型

如果按照燃烧起因分类,燃烧可分为闪燃、点燃和自燃三种类型。闪点、着火点和自燃点分别是上述三种燃烧类型的特征参数。

1) 自燃与着火点

可燃物质受热升温而不需明火作用就能自行着火的现象称为自燃。引起自燃的最低温度称为着火点。着火点越低,危险性越大。

2) 闪燃与闪点

可燃液体的温度不高时,液面上少量的可燃蒸汽与空气混合后,遇着火源而发生一闪即灭(延续时间小于 5 秒)的燃烧现象,称为闪燃。可燃液体发生闪燃的最低温度称为该可燃液体的闪点。闪点越低,火灾危险性越大。

3) 着火与燃点

着火就是可燃物质与火源接触后发生燃烧,并在火源移去后仍继续保持燃烧的现象。可燃物质发生着火的最低温度称为着火点或燃点。两种燃点不同的物质处在相同条件下,当受到火源作用时,燃点低的物质首先着火。

4. 燃烧的特征参数

1) 燃烧温度

可燃物质燃烧所产生的热量在火焰燃烧区域释放出来,火焰温度即是燃烧温度。表10-1 列出了一些常见物质的燃烧温度。

表 10-1　几种常见可燃物质的燃烧温度

名　称	燃烧温度/℃	名　称	燃烧温度/℃
甲烷	1 800	氢	2 130
乙烷	1 895	人工煤气	1 600~1 850
乙炔	2 127	木材	1 000~1 177
甲醇	1 100	二硫化碳	2 195
乙醇	1 180	氨	700
丙酮	1 000	一氧化碳	1 680
乙醚	2 861	天然气	2 020
原油	1 100	液化石油气	2 120
汽油	1 200	燃着的香烟	700~800
煤油	700~1 030	橡胶	1 600
重油	1 000		

2）燃烧速率

（1）气体燃烧速率。

气体燃烧速率很快并随物质的成分不同而异。单质气体如氢气的燃烧只需受热、氧化等过程，而化合物气体如天然气、乙炔等的燃烧则需要经过受热、分解、氧化等过程。所以，单质气体的燃烧速率要比化合物气体的快。在气体燃烧中，扩散燃烧速率取决于气体扩散速率，而混合燃烧速率则只取决于本身的化学反应速率。因此，在通常情况下，混合燃烧速率高于扩散燃烧速率。

气体的燃烧性能常以火焰传播速率来表征，火焰传播速率有时也称为燃烧速率。燃烧速率是指燃烧表面的火焰沿垂直于表面的方向向未燃烧部分传播的速率。在多数火灾或爆炸情况下，已燃和未燃气体都在运动，燃烧速率和火焰传播速率并不相同。这时的火焰传播速率等于燃烧速率和整体运动速率的和。

（2）液体燃烧速率。

液体燃烧速率取决于液体的蒸发。液体的燃烧过程是先蒸发后燃烧。易燃液体在常温下蒸气压就很高，因此有火星、灼热物体等靠近时便能着火。之后，火焰会很快沿液体表面蔓延。另一类液体只有在火焰或灼热物体长久作用下，使其表层受强热大量蒸发才会燃烧。故在常温下生产、使用这类液体没有火灾或爆炸危险。这类液体着火后，火焰在液体表面上蔓延得也很慢。

（3）固体燃烧速率。

固体燃烧速率，一般要小于可燃液体和可燃气体。不同固体物质的燃烧速率有很大差异。萘及其衍生物、三硫化磷、松香等可燃固体，其燃烧过程是受热熔化、蒸发气化、分解氧化、起火燃烧，一般速率较慢。而另外一些可燃固体，如硝基化合物、含硝化纤维素的制品等，燃烧是分解式的，燃烧剧烈，速率很快。

可燃固体的燃烧速率还取决于燃烧比表面积，即燃烧表面积与体积的比值越大，燃烧速率越大，反之，则燃烧速率越小。

任务 2　爆炸及其类型

爆炸是一种极为迅速的能量释放过程。在此过程中，物质以极快的速率把其内部所含有的能量释放出来，转变成巨大的压力和光及热等能量形态。所以一旦发生爆炸，就可能会产生巨大的破坏作用。

1. 爆炸分类

（1）物理爆炸。

物理爆炸指由物理变化（温度、体积、压力等因素）引起的爆炸。最常见者如蒸汽锅炉和高压气瓶的爆炸等。其特点在于爆炸前后，爆炸物质的性质及化学成分均不变。物理爆炸的破坏程度取决于蒸汽或气体的压力。

（2）化学性爆炸。

化学性爆炸是物质在短时间内完成化学变化，形成其他物质，同时产生大量气体并释放能量的现象。化学性爆炸根据瞬时燃烧速率的不同分为轻爆、爆炸和爆轰。

（3）核爆炸。

核爆炸是指物质的原子核发生裂变（如^{235}U的裂变）或聚变（如氘、氚的聚变）反应，瞬间释放出巨大能量而形成的爆炸现象。

2.常见爆炸类型

1）气体爆炸

（1）纯组分气体分解爆炸。

具有分解爆炸特性的气体分解时可以产生相当数量的热量。摩尔分解热达到$80\sim120$ kJ的气体一旦引燃火焰就会蔓延开来。摩尔分解热高过上述量值的气体，能够发生很激烈的分解爆炸。在高压下容易引起分解爆炸的气体，当压力降至某个数值时，火焰便不再传播，这个压力称作该气体分解爆炸的临界压力。

高压乙炔非常危险，其分解爆炸反应式为

$$C_2H_2 \longrightarrow 2C(固) + H_2 + 226 \text{ kJ}$$

如果分解反应无热损失，火焰温度可以高达3 100 ℃。乙炔分解爆炸的临界压力是0.14 MPa，在这个压力以下储存乙炔就不会发生分解爆炸。此外，乙炔类化合物也同样具有分解爆炸危险，如乙烯基乙炔分解爆炸的临界压力为0.11 MPa，甲基乙炔在20 ℃分解爆炸的临界压力为0.44 MPa，在120 ℃则为0.31 MPa。从有关物质危险性质手册中查阅到的分解爆炸临界压力多为20 ℃的数据。

乙烯分解爆炸反应式为

$$C_2H_4 \longrightarrow C(固) + CH_4 + 127.4 \text{ kJ}$$

乙烯分解爆炸所需要的能量随压力的升高而降低，若有氧化铝存在，分解爆炸则更易发生。乙烯在0 ℃的分解爆炸临界压力是4 MPa，故在高压下加工或处理乙烯，具有与可燃气体-空气混合物同样的危险性。

氮氧化物在一定压力下也可以发生分解爆炸，按下述反应式进行

$$N_2O \longrightarrow N_2 + \frac{1}{2}O_2 + 81.6 \text{ kJ}$$

$$NO \longrightarrow \frac{1}{2}N_2 + \frac{1}{2}O_2 + 90.4 \text{ kJ}$$

N_2O的分解爆炸临界压力是0.25 MPa，NO的是0.15 MPa，在上述条件下，90%以上可以分解为N_2和O_2。

环氧乙烷的分解反应式为

$$C_2H_4O \longrightarrow CH_4 + CO + 134.3 \text{ kJ}$$
$$2C_2H_4O \longrightarrow C_2H_4 + 2CO + 2H_2 + 33.4 \text{ kJ}$$

环氧乙烷的分解爆炸临界压力为0.038 MPa，故环氧乙烷有较大的爆炸危险性。在125 ℃时，环氧乙烷的初始压力由0.25 MPa增至1.2 MPa，最大爆炸压力与初压之比则由2增至5.6，可见爆炸的初始压力对终压有很大影响。

（2）混合气体爆炸。

可燃气体或蒸汽与空气按一定比例均匀混合,而后点燃,因为气体扩散过程在燃烧以前已经完成,燃烧速率将只取决于化学反应速率。在这样的条件下,气体的燃烧就有可能达到爆炸的程度。这时的气体或蒸汽与空气的混合物,称为爆炸性混合物。例如,煤气从喷嘴喷出以后,在火焰外层与空气混合,这时的燃烧速率取决于扩散速率,所进行的是扩散燃烧。如果令煤气预先与空气混合并达到适当比例,燃烧的速率将取决于化学反应速率,比扩散燃烧速率大得多,有可能形成爆炸。可燃性混合物的爆炸和燃烧之间的区别就在于爆炸是在瞬间完成的化学反应。

在化工生产中,可燃气体或蒸汽从工艺装置、设备管线泄漏到厂房中,而后空气渗入装有这种气体的设备中,都可以形成爆炸性混合物,遇到火种,便会造成爆炸事故。化工生产中所发生的爆炸事故,大都是爆炸性混合物的爆炸事故。

燃烧的连锁反应理论也可用于解释爆炸。爆炸性混合物与火源接触,便有活性原子或自由基生成而成为连锁反应的作用中心。爆炸混合物起火后,燃烧热和连锁载体都向外传播,引发邻近一层爆炸混合物的燃烧反应。而后,这一层又成为热和连锁载体源引发次一层爆炸混合物的燃烧反应。火焰是以一层层同心圆球面的形式向各个方向蔓延的。燃烧的传播速率在距离着火点 $0.5\sim1$ m 以内是固定的,每秒若干米或者更小一些。但以后即逐渐加速,传播速率达每秒数百米（爆炸）,乃至每秒数千米（爆轰）。如果燃烧传播途中有障碍物,就会造成极大的破坏作用。

爆炸性混合物,如果燃烧速率极快,在全部或部分封闭状态下,或在高压下燃烧时,可以产生一种与一般爆炸根本不同的现象,称为爆轰。爆轰的特点是,突然引发的极高的压力,通过超音速的冲击波传播,每秒可达 $2\,000\sim3\,000$ m 以上。爆轰是在极短的时间内发生的,燃烧物质和产物以极高的速度膨胀,挤压周围的空气。化学反应所产生的能量有一部分传给压紧的空气,形成冲击波。冲击波传播速率极快,以至于物质的燃烧也落于其后,所以,它的传播并不需要物质完全燃烧,而是由其本身的能量支持的。这样,冲击波便能远离爆轰源而独立存在,并能引发所到处其他化学品的爆炸,称为诱发爆炸,即所谓的"殉爆"。

2）粉尘爆炸

实际上任何可燃物质,当其以粉尘形式与空气以适当比例混合时,被热、火花、火焰点燃,都能迅速燃烧并引起严重爆炸。许多粉尘爆炸的灾难性事故的发生,都是由于忽略了上述事实。谷物、面粉、煤的粉尘以及金属粉末都有这方面的危险性。化肥、木屑、奶粉、洗衣粉、纸屑、可可粉、香料、软木塞、硫黄、硬橡胶粉、皮革和其他许多物品的加工业,时有粉尘爆炸发生。为了防止粉尘爆炸,维持清洁十分重要。所有设备都应该无粉尘泄漏。爆炸卸放口应该通至室外安全地区,卸放管道应该相当坚固,使其足以承受爆炸力。真空吸尘优于清扫,禁止应用压缩空气吹扫设备上的粉尘,以免形成粉尘云。

屋顶下裸露的管线、横梁和其他突出部分都应该避免积累粉尘。在多尘操作设置区,如果有过顶的管线或其他设施,人们往往错误地认为在其下架设平滑的顶板,就可以达到防止粉尘积累的效果。除非顶板是经过特殊设计精细安装的,否则只会增加危险。粉尘会穿过顶板沉积在管线、设施和顶板本身之上。一次震动就足以使可燃粉尘云充满整个人造空间,一个火星就可以引发粉尘爆炸。如果管线不能移装或拆除,最好是使其裸露定期除尘。

为了防止引发燃烧,在粉尘没有清理干净的区域,严禁明火、吸烟、切割或焊接。电线应该是适于多尘气氛的,静电也必须消除。对于这类高危险性的物质,最好是在封闭系统内加工,在系统内导入适宜的惰性气体,把其中的空气置换掉。粉末冶金行业普遍采用这种方法。

3)熔盐池爆炸

熔盐池爆炸属于事后抢救往往于事无补的灾难性事件,大多是由于管理和操作人员对熔盐池的潜在危险疏于认识引起的。机械故障、人员失误、或者两者的复合作用,都有可能导致熔盐池爆炸。现把熔盐池危险汇总如下。

① 工件预清洗或淬火后携带的水、盐池上方辅助管线上的冷凝水、屋顶的渗漏水、自动增湿器的操作用水,甚至操作人员在盐池边温热的液体食物,都有可能造成蒸汽急剧发生,引发爆炸。

② 有砂眼的铸件、管道和封闭管线、中空的金属部件,当其浸入熔盐池时,其中阻塞和淤积的空气会突然剧烈膨胀,引发爆炸。

③ 硝酸盐池与毗邻渗碳池的油、炭黑、石墨、氰化物等含碳物质间的剧烈的难以控制的化学反应,都有可能诱发爆炸。

④ 过热的硝酸盐池与铝合金间的剧烈的爆发性的反应也可能引起爆炸。

⑤ 正常加热的硝酸盐池和不慎掉入池中的镁合金间会发生爆炸反应。

⑥ 落入盐池中的铝合金和池底淤积的氧化铁会发生类似于铝热焊接的反应。

⑦ 盐池设计、制造和安装的结构失误会缩短盐池的正常寿命,盐池的结构金属材料与硝酸盐会发生反应。

⑧ 温控失误会造成盐池的过热。

⑨ 大量硝酸钠的储存和管理,废硝酸盐不考虑其反应活性的处理和储存,都有一定的危险性。

⑩ 偶尔超过安全操作限的控温设定,也会有一定的危险性。

复习思考题

1.燃烧的必要条件有哪些?如何根据这些条件达到防火的目的?

2.依据可燃物质的性质,燃烧可划分为哪些类别?

3.常见的爆炸类型有哪些?

项目十一

防火防爆措施

项目简介:本项目介绍火灾、爆炸事故及阻止可燃可爆系统的形成,列举了火灾危险性分类,叙述了防火防爆安全检查方法和事故蔓延扩散的限制措施,简单介绍了消防设施设备。

教学目标:要求学生掌握火灾和爆炸事故的基本知识,掌握这类事故的一般规律,采取有效的防火与防爆措施。

任务1 阻止可燃可爆系统的形成

1.火灾的定义、成因及一般规律

1)火灾的定义

在《火灾统计管理规定》中,给火灾下的定义是:凡失去控制并对财物和人身造成损害的燃烧现象都为火灾。俗话说水火无情,一把火可以使人们辛勤劳动创造的财富顷刻之间化为灰烬,倾家荡产;一把火可以吞噬整座建筑,烧光精心备置的设备设施,从此失去经营的基础。火灾是威胁经济建设、改革开放、企业经营和人民安居乐业的大灾害,必须认真对待,严加防范。

2)火灾成因

导致火灾发生的原因很多,大致可以将火灾原因分为电气火灾、生活用火火灾、违章___火灾、吸烟火灾、玩火火灾、放火火灾、自燃火灾、雷击火灾、其他火灾等类别。

___火灾的一般规律

___本质上虽然是一种自然现象,与一些自然因素有关,如地域、气候、气象等因___社会因素有关,许多火灾事故的发生更多的是由于社会因素的原因造成___操作火灾、吸烟火灾、玩火火灾等。

___自然现象,同时也是一种社会现象。人们可以通过对火灾的分___,从而采取积极对策,有效地预防火灾和战胜火灾。

202

2.爆炸事故及特点

爆炸事故对人们的生命和财产能造成极大的伤害,给社会带来动荡不安,并且由于爆炸发生的形式多样,爆炸事故具有不确定性,几乎在各类生产企业中都有可能发生,因此,掌握一定的防爆知识,对于预防爆炸事故的发生和减少爆炸事故带来的损害都是十分有益的。

1)爆炸事故

爆炸事故是指人们对爆炸失控,并给人们带来生命和健康损害及财产损失的事件。多数情况下是指突然发生伴随爆炸声响、空气冲击波及火焰的产生,导致设备设施、产品等物质财富破坏和人员生命与健康受损害等预料之外现象而言的。

2)爆炸事故的特点

爆炸事故通常有以下特点。

(1)爆炸事故的突发性。

爆炸事故发生的时间和地点常常难以预料,隐患在未爆发之前,人们容易麻痹大意,一旦发生又措手不及。所以必须警钟长鸣,不能存有侥幸心理。

(2)爆炸事故的复杂性。

爆炸事故的成因、影响范围及其后果往往是大不相同的,因此有关人员要加强学习,掌握防爆知识,并建立和完善防爆安全技术措施和管理制度,消除事故隐患。

(3)爆炸事故的严重性。

爆炸事故对受灾单位的破坏往往是毁灭性的,会造成人员和财产等诸方面的重大损失。根据爆炸事故发生的特点,防爆工作的重点可以在爆炸条件成熟之前,就采取加强通风以降低形成爆炸性混合物的可能性,降低爆炸场所的危险等级,合理配备防爆设备,加强检测、检验,及时发出警报等安全措施来避免爆炸事故的发生。

3.阻止可燃可爆系统的形成

1)着火源及其控制

引起火灾爆炸事故的能源主要有明火、高温表面、摩擦与碰撞、绝热压缩、自动发热、电气火花、静电火花、雷击和光热射线等。对于这些着火源,在有火灾爆炸危险的生产场所都应引起充分的注意和采取严格的预防措施。

(1)明火及高温表面。

① 明火是指敞开的火焰、火星等。敞开的火焰具有很高的温度和很大的热量,是引起火灾的主要火源。

② 生产用火。如电焊和气焊、喷灯、加热炉、翻砂化铁炉、垃圾焚烧炉,非防爆型的电气设备、开关等。

③ 生活用火。如烟头、火柴、灯火、打火机、煤气灶、煤油炉等。为防止明火引起的火灾、爆炸事故,在进行电焊和气焊操作时,应严格遵守动火安全规程。在易燃易爆场所,不得使用蜡烛、火柴或普通灯具照明,而且应采用封闭式或防爆型电气照明;禁止吸烟和携入火柴、打火机等,只允许在指定地点吸烟。

④ 喷灯是一种轻便的加热工具,维修时常有使用,在有火灾爆炸危险场所使用时应按动火制度进行。

⑤ 烟囱飞火、汽车、拖拉机、柴油机等的排气管喷火等都可能引起可燃、易燃气体或蒸汽的爆炸事故，故此类运输工具不得进入危险场所；烟囱应有足够高度，必要时装火星熄火器，在一定范围内不得堆放易燃易爆物品。

⑥ 高温表面。固体表面温度超过可燃物的燃点时，可燃物接触到该表面有可能一触即燃，另一种情况是可燃物接触高温表面长时间烘烤升温而着火。常见的高温表面有通电的白炽灯泡、电炉及其通电的镍铬丝表面、干燥器的高温部分，由机械摩擦导致发热的传动部分，高温管道表面、烟筒、烟道的高温部分等。此外，熔炉的炉渣及熔融金属也属此例。

⑦ 动火维修。化工生产设备和管道中的介质大多是易燃易爆物质，设备检修时一般又离不开切割、焊接等作业，所以检修动火具有很大的危险性。在生产正常或不正常情况下都有可能形成爆炸性混合物的场所和存在易燃、可燃物质的场所都应划为禁火区。凡在禁火区从事产生火花或前述高温作业的，都要办理动火证手续，落实安全动火措施。

动火前必须进行动火分析，动火分析不宜过早，一般应在动火前半小时以内进行。从理论上讲，只要可燃物浓度在爆炸下限以下，就不致发生燃烧爆炸事故，但考虑取样的代表性，分析误差，应该留有适当的安全裕度。化工企业动火分析合格的标准定为：爆炸下限小于 4%（容积百分比，下同）者，动火地点空气中可燃物含量小于 0.2% 为合格；爆炸下限大于 4% 者，分析可燃物含量小于 0.5% 为合格。国外动火分析合格标准有的取爆炸下限的 1/10。

进入设备作业，设备内氧含量不小于 18% 为合格。关于维修作业，在禁火区动火及动火审批、动火分析等要求，必须按有关规范规定严格执行，采取预防措施，并加强监督检查，以确保安全作业。

（2）摩擦与碰撞。

摩擦与碰撞往往成为引起火灾爆炸事故的原因。如：机器上轴承等摩擦发热起火；金属零件、铁钉等落入粉碎机、反应器、提升机等设备内，由于铁器和机件的碰撞起火；磨床砂轮等摩擦及铁器工具相碰撞或与混凝土地面碰撞发生火花；导管或容器破裂，内部溶液和气体喷出时摩擦起火等。

因此，在有火灾爆炸危险的场所，应采取下列防止火花生成的措施：

① 机器上的轴承等转动部件，应保证有良好的润滑和及时加油，并经常清除附着的可燃污垢，机件摩擦部分，如搅拌机和通风机上的轴承，最好采用有色金属或用塑料制造的轴瓦；

② 锤子、扳手等工具应用铍青铜或镀铜的钢制作；

③ 为防止金属零件等落入设备或粉碎机里，在设备进料前应装磁力离析器，不宜使用磁力离析器的如特危险的硫、碳化钙等的破碎，应采用惰性气体保护；

④ 输送气体或液体的管道，应定期进行耐压试验，防止破裂或接口松脱喷射起火；

⑤ 凡是撞击或摩擦的两部分都应采用不同的金属制成（如铜与钢）；

⑥ 搬运金属容器，严禁在地上抛掷或拖拉，在容器可能碰撞部位覆盖不发生火花的材料；

⑦ 防爆生产厂房，应禁止穿带铁钉的鞋，地面应采用不产生火花材料的地坪；

⑧ 吊装盛有可燃气体和液体的金属容器用吊车,应经常重点检查,以防吊绳断裂,吊钩松滑造成坠落撞击发火。

(3) 绝热压缩。

气体在很高压力下突然压缩时,释放出来的热量来不及导出,温度骤然增高,能使可燃物质受热自燃。

(4) 防止电气火花。

电气设备或线路出现危险温度、电火花和电弧是引起可燃气体、蒸汽和粉尘着火、爆炸的一个主要点火源。

电气设备发生危险温度的原因是由于在运行过程中设备和线路的短路,接触电阻过大,超负荷和通风散热不良造成发热量增加,温度急剧上升,出现大大超过允许温度范围的危险温度,这不仅能使绝缘材料、可燃物质和积落的可燃粉尘燃烧,而且能使金属熔化,酿成电气火灾。

电气火花有两种:一是电气设备正常工作时产生的火花;二是电气设备和线路发生故障或误操作出现的火花。电火花一般具有较高温度,特别是电弧温度可达 5 000~6 000 ℃,不仅能引起可燃物质燃烧,还能使金属熔化飞溅,构成新的火源。

根据爆炸危险场所电气设备安全技术规程的有关规定,爆炸物质按它们的物态共分为三大类。Ⅰ类:矿井甲烷;Ⅱ类:工厂爆炸性气体、蒸汽、薄雾;Ⅲ类:爆炸性粉尘、易燃纤维。

爆炸性气体按其最大试验安全间隙和最小点燃电流比进行分级,矿井甲烷为Ⅰ级;工厂爆炸性气体分成三级,即ⅡA、ⅡB、ⅡC。爆炸性粉尘(包括易燃纤维)按其物理性质分为ⅢA、ⅢB两级。为了防止电火花引起的火灾,应在具有燃烧、爆炸危险的场所,根据其危险等级选择合适的防爆电气设备或封闭式电气设备。

要选用检验合格的产品,制定严格的操作规程及检查制度,建立经常性的维修制度,保证电气设备的正常运行。

引入易燃易爆场所的电线应绝缘良好,并敷设在铁管内,防止因短路产生的电火花。

(5) 消除静电。

(6) 防止雷电火花。

雷电产生的火花温度之高可熔化金属,是引起燃烧爆炸事故的祸根之一。防雷电火花的最主要措施是按规范安装避雷针,在数量上、质量上都应符合要求。

2) 控制可燃物和助燃物

各种工业生产,根据其特点都存在这样或那样的火灾和爆炸事故的危险性,为了使这种可能性不致转化成现实,把事故消灭在产生之前,除在思想上根除事故难免论的消极情绪外,从技术上来说应该把握住每一个环节,从设计工作开始,就采取各种措施,消除可能造成火灾爆炸事故的根源。下面归纳一些常用的一般措施。

(1) 工艺过程中控制用量。

在工艺过程中不用或少用易燃易爆物。这是一个"釜底抽薪"的办法。当然这只有在工艺上可行的条件下进行,如通过工艺或生产设备的改革,使用不燃溶剂或火灾爆炸危险性较小的难燃溶剂代替易燃溶剂。一般说沸点较高的物质(液体),不易形成爆炸浓度,如

沸点在 110 ℃以上的液体,在常温(18～20 ℃)下,通常不会形成爆炸浓度。

(2) 加强密闭。

为了防止易燃气体、蒸汽和可燃性粉尘与空气形成爆炸性混合物,应设法使生产设备和容器尽可能密闭,对于具有压力的设备,更应注意它的密闭性,以防止气体或粉尘逸出与空气形成爆炸浓度;对真空设备,应防止空气流入设备内部达到爆炸极限。因此开口的容器、破损的铁桶、容积较大没有保护的玻璃瓶是不许储存易燃液体的;不耐压的容器是不能储存压缩气体和加压液体的。

对危险设备及系统应尽量少用法兰连接,但要保证安装检修方便;输送危险气体、液体的管道应采用无缝钢管,盛装腐蚀性介质的容器,底部尽可能不装开关和阀门,腐蚀性液体应从顶部抽吸排出;如设备本身不能密封,可采用液封,负压操作,以防系统中有毒或可燃性气体逸入厂房。

所有压缩机、液泵、导管、阀门、法兰接头等容易漏油、漏气部位应经常检查,填料如有损坏应立即调换,以防渗漏,设备在运转中也应经常检查气密情况,操作压力必须严格控制,不允许超压运行。

(3) 搞好通风除尘。

要使设备完全密封是有困难的,尽管已经考虑得很周到,但总会有部分蒸汽、气体或粉尘泄漏到器外。对此,必须采取另一些安全措施,使可燃物的含量达到最低,也就是说要保证易燃、易爆、有毒物质在厂房(含库房)里不超过最高容许浓度,这就要设置良好的通风除尘装置。

通风按动力的不同可分为机械通风和自然通风。自然通风是依靠室外风力造成的风压和室内外温度差所造成的热压使空气流动的。机械通风是依靠风机造成的压力使空气流动的。

通风按作用范围的不同可分为局部通风和全面通风。局部通风是利用局部气流,使局部工作地点不受有害物的污染。全面通风是向厂房供给新鲜空气,同时从室内排除污染空气,使空气中有害物质的含量不超过最高容许浓度。

事故通风:当生产设备发生偶然事故时,会突然散发大量有害气体或有爆炸危险的气体,车间里应设置事故排风,以备急需时使用。

对通风排气的要求,应依据下面两点考虑,即当仅是易燃易爆物质,其在车间内的容许浓度可以爆炸极限来考虑,一般应低于爆炸下限的 1/4;而对于既易燃易爆,又具有毒性的物质,应考虑到在有人操作的场所,其容许浓度只能从毒性的最高容许浓度来决定,因为一般情况下毒物的最高容许浓度比爆炸下限还要低得多。

(4) 惰性化。

在可燃气体、蒸汽或粉尘与空气的混合物中充入惰性气体,降低氧气、可燃物的百分比,从而消除爆炸危险和阻止火焰的传播,这就是惰性化。

对大多数可燃气体而言,最小氧气浓度约为 10%(体积分数),对大多数粉尘而言,最小氧气浓度约为 8%(体积分数)。

(5) 监测空气中易燃易爆物质的含量。

测定厂房空气中生产设备系统内易燃气体、蒸汽和粉尘浓度,是保证安全生产的重要手段之一。特别是在厂房或设备内部要动火检修时,既要测定易燃气体、蒸汽或粉尘是否超过卫生标准或爆炸极限。当有人进入设备时,还应监测含氧量,不论过高或过低均不适宜。

在可燃有毒物质(气体、蒸汽、粉尘)可能泄漏的区域设报警仪,这是监测空气中易燃易爆物质含量的重要措施。

(6)工艺参数的安全控制。

在化工生产过程中,工艺参数主要是指温度、压力、流量、料比等。按工艺要求严格控制工艺参数在安全限度以内,是实现化工安全生产的基本条件,而对工艺参数的自动调节和控制则是保证生产安全的重要措施。

任务2 火灾爆炸事故蔓延扩散的限制措施

1. 生产工艺的火灾危险性分类

目前,对化工生产工艺过程火灾危险性的分类,主要是依据生产中所使用的原料、中间产品及产品的物理化学性质和数量及工艺技术条件等综合考虑而决定的。共分为 5 类,其中甲类最危险,戊类的火灾危险性最小。其分类原则详见表 11-1 和表 11-2。

表 11-1　生产的火灾危险性分类

生产类别	火灾危险性特征
甲	1. 闪点<28℃的易燃液体。 2. 爆炸下限<10%的可燃气体。 3. 常温下能自行分解或在空气中氧化即能导致迅速自燃或爆炸的物质。 4. 常温下受到水或空气中水蒸气的作用,能产生可燃气体并能引起燃烧或爆炸的物质。 5. 遇酸、受热、撞击、摩擦以及遇有机物或硫黄等易燃无机物,极易引起燃烧或爆炸的物质。 6. 受到撞击摩擦或与氧化剂有机物接触时能引起燃烧或爆炸的物质。 7. 在压力容器内物质本身温度超过自燃点的生产
乙	1. 28 ℃≤闪点<60 ℃。 2. 爆炸下限≤10%的可燃气体。 3. 助燃气体和不属于甲类的氧化剂。 4. 不属于甲类的化学易燃危险固体。 5. 排出浮游状态的可燃纤维或粉尘,并能与空气形成爆炸性混合物
丙	1. 闪点≥60 ℃的可燃液体。 2. 可燃固体
丁	具有下列情况的生产: 1. 对非燃烧物质进行加工,并在高热或熔化状态下经常产生辐射热、火花、火焰的生产; 2. 利用气体、液体、固体作为燃料或将气体、液体进行燃烧作其他用的各种生产; 3. 常温下使用或加工难燃烧物质的生产
戊	常温下使用或加工非燃烧物质的生产

表 11-2 储存物品的火灾危险性分类

储存物品类别	火灾危险性特征
甲	1. 常温能全部或局部自行分解导致自燃或爆炸的物质。 2. 受到水或空气中氧的作用能燃烧或爆炸的物质。 3. 具有强烈氧化性,遇有机物或硫黄等无机物极易燃烧或爆炸的氧化剂。 4. 遇酸、受热、强烈冲击或摩擦时能燃烧或爆炸的物质。 5. 闪点≤28 ℃的易燃物。 6. 爆炸下限≤10%的可燃气体。 7. 常温下受到水或空气中水蒸气的作用能生成爆炸下限≤10%的可燃气体的固体物质
乙	1. 不属于甲类火灾危险的化学易燃固体。 2. 28 ℃<闪点≤120℃的易燃、可燃气体。 3. 不属于甲类的氧化剂。 4. 助燃气体。 5. 爆炸下限>10%的可燃气体。 6. 常温下与空气接触能缓慢氧化积热不散而自燃的物质
丙	1. 闪点>120 ℃的可燃液体。 2. 固体可燃物
丁	难燃烧物品
戊	非燃烧物品

2. 防火防爆安全检查方法

安全检查是企业安全管理工作的重要内容,也是消除隐患、预防事故发生的重要手段与重要方法。安全检查具有应用范围广、简便易行、便于及时发现问题等特点,目前广泛应用于各行各业。应注意的是,安全检查并不是目的,通过安全检查发现企业生产过程中存在的问题,及时采取措施加以纠正,消除不安全因素,保证安全才是目的。

安全检查涉及生产各个环节以及与生产有关的各个方面,包括不安全状态、潜在危险、人为因素等,因此检查应力求系统化、完整化,不漏掉任何可能导致危险的关键因素。

1) 安全检查的类型与内容

安全检查可以分为定期性、经常性、季节性、专业性、综合性和不定期的安全巡视等检查方式。

(1) 定期性检查。

定期性检查是企业或主管部门组织的定期全面的安全检查。检查周期一般为:主管部门每年组织一次,企业每季或每月组织一次,车间(或相当于车间的单位)每月或每周一次,班组、岗位按一定周期进行检查。定期检查要求有一定的深度和广度,能及时发现并解决问题。

(2) 经常性检查。

经常性检查是由各级生产单位负责人或安全人员根据生产情况和各项安全生产规章制度的执行情况日常进行的检查。检查中要针对容易发生和可能发生事故的主要因素,及时发现问题,变事后处理为事前预防。

(3) 季节性检查。

季节性检查由各级生产单位根据季节变化,按事故发生的规律对易发的潜在危险、突出重点等进行。如冬季防冻保温、防火、防煤气中毒的检查,夏季防暑降温、防汛、防雷电的检查等。这种检查针对性强,可提前发现问题,及时进行整改。

（4）专业性检查。

专业性检查是由各级生产部门组织,以各类专业技术人员为主,根据各专业特点而进行的专项安全检查(如防火、防爆、电气设备等专项检查)。此类检查具有较强的针对性和专业要求,用于检查难度较大的项目。

（5）综合性检查。

综合性检查是由主管部门或行业主管组织,对下属各企业或生产单位进行的全面检查。综合性检查能引起各职能部门的重视,整改措施能得到及时落实,必要时也可组织进行系统的安全性评价。

（6）不定期的安全巡视。

不定期的安全巡视一般由企业负责人负责组织实施,对安全管理差、事故常发单位进行安全检查。重点查国家安全生产方针、法规的贯彻执行情况,查单位领导对安全工作的重视程度、管理人员安全责任制的执行情况、职工安全生产规章制度的落实执行情况,查事故隐患整改情况等。

在现实生活中,各企业的生产性质和特点各不相同,因此安全检查的内容、检查的目的、要求差别较大,企业应根据自己的实际情况,确定适合本企业、本单位的安全检查方式方法。

2）安全检查程序与组织

（1）安全检查程序。

安全检查的程序主要有:① 成立安全检查组;② 确定检查对象和内容;③ 编制安全检查表;④ 实施具体检查;⑤ 总结分析,制定整改措施。

（2）安全检查的组织。

① 不同类型的安全检查,对检查组成员的要求不同。

② 根据检查的目的和要求,需要确定检查对象和检查内容,在此基础上编制安全检查表。

③ 为了使检查不流于形式,不走过场,切实做到安全检查促进安全生产,各类安全检查都必须遵循"上下结合,自检与抽检相结合,全面检查与重点突出相结合"的原则,并按"基层自检、逐级申报、上级抽检、总结讲评、考核兑现"的程序进行。同时,检查人员要增强责任意识,确保安全检查规范,保证检查质量。

④ 为了确保隐患得到整改,应建立相应的检查考核办法。检查与考核互为因果,开展安全检查是为了发现和消除事故隐患,而考核恰是保证事故隐患切实整改的有力保障。

3）安全检查表

为了全面系统地发现企业在生产过程中和设备设施存在的问题,以及各种操作管理和组织措施中的不安全因素,事先把检查对象加以剖析,把大系统分解成小系统,查出不安全因素的所在,然后确定检查项目,以提问的方式,将检查项目按系统或子系统顺序编制成表,以便进行检查和避免遗漏,这种表就叫做安全检查表。

3.火灾爆炸事故蔓延扩散的限制措施

在实际生产活动中要完全消灭火灾爆炸事故,尚有一定困难。但从安全角度考虑,把火灾爆炸事故范围控制起来,当万一发生事故时,使其局限在一定的范围内,不致扩大,并及时采取扑救措施,减少损失,应该说是可以做到的。

对火灾爆炸事故采取限制措施应该从工程设计时就放在重要地位给予充分考虑,并切实地采取技术措施。

限制火灾爆炸事故蔓延扩散的基本措施可以概括为如下几个方面:第一,考虑总体布局、厂址选择和厂区总平面的配置对限制灾害的要求;第二,按建筑防火防爆的要求设计;第三,按规范设置消防扑救设施。

1) 厂址选择与总平面布置

(1) 厂址选择。

① 要有良好的工程地质条件。

② 要靠近水流、有利交通。在靠近水源时,要防止易燃、有毒液体污染水源,应设在江河下游。

③ 生产过程中有毒、易燃、粉尘、噪声的企业不应选在居民集中的地区。

④ 有良好的气象条件。

(2) 总平面布置。

厂区总平面布置,应从全面出发合理布局,正确处理生产与安全的关系。总平面布置应符合防火、防爆基本要求,满足设计规范及标准的规定。

(3) 防火间距。

在设计总平面配置时,留有足够的防火间距。防火间距的确定,应以生产或储存的火灾危险性大小及其特点来综合评定。

我国现行的设计防火规范,如《建筑设计防火规范》、《石油化工企业设计防火规范》、《城镇燃气设计规范》等,对各种不同装置、设计设施,建筑物的防火间距均有明确规定。在设计中都应遵照执行。

2) 从建筑设计上采取措施

(1) 确定设计项目的火灾危险性类别。

根据《建筑设计防火规范》规定,按分类表进行分类。这样就可根据火灾危险性的不同,从建筑耐火等级,防火间距,容许层数,安全疏散,消防灭火设施方面提出防止和限制火灾、爆炸的要求和措施。

(2) 建筑物的耐火等级、层数和占地面积。

为了减少火灾所造成的损失及有利于灭火抢救,《建筑设计防火规范》对厂房的层数及面积,耐火等级依生产(储存)的火灾危险类别不同,都有适当的规定和限制。

(3) 厂房建筑的防爆设计。

① 合理布置有爆炸危险的厂房。

a.有爆炸危险的甲、乙类生产厂房宜采用单层建筑。

b.有爆炸危险的甲、乙类生产不应设在地下室或半地下室。

c.有爆炸危险的甲、乙类生产,厂房宜单独设置并采用敞开或半敞开式的厂房。

d.有火灾爆炸危险的甲、乙类生产设备、建筑物构筑宜布置在装置的边缘。其中有爆炸危险的和高压设备应布置在防爆构筑物内。

e.根据不同火灾危险类别和生产工艺过程的特点,生产装置可分区布置,并用道路将甲、乙类工序分隔为占地面积不大于 8 000 m² 的设备区或建筑物、构筑物区,区与区之间的防火间距应符合有关规定。

② 设置必要的泄压面积。

有爆炸危险的甲、乙类厂房和库房必须符合防爆构筑物的规定,设置泄压轻质顶盖,泄压门窗。当发生爆炸时,这些轻质构件将先爆破,向外释放大量气体和热量,减轻室内爆炸压力,防止承重构件倒塌或破坏。泄压面积与构筑物体积比一般在 0.05～0.22 m²/m³。

③ 设置防爆墙、防爆门、防爆窗。

防爆墙的作用与泄压装置的作用相反,但目的是一致的,都是为了当发生爆炸时,减轻爆炸危害。

④ 采用不产生火花地面。

有些防爆场所如聚苯乙烯车间、桶装精苯仓库等,由于铁器或金属容器与地面摩擦或撞击会发生火灾爆炸事故,要求采用不产生火花地面,以防不慎而发生火花成为着火源。

⑤ 安全疏散设施。

安全疏散设施包括安全出口、过道、楼梯、事故照明和排烟设施等。这些在《建筑设计防火规范》中都有明确规定。

3) 消防扑救设施

(1) 阻火防爆设施。

阻火设备包括安全液封、阻火器和单向阀等,其作用是防止外部火焰窜入有燃烧爆炸危险的设备、容器和管道,或阻止火焰在设备和管道间蔓延和扩散。各种气体发生器或气柜多用液封阻火。高热设备、燃烧室和高温反应器与输送易燃蒸汽或气体的管道之间,以及易燃液体或气体的容器和设备的排气管中,多用阻火器阻火。对于只允许流体单向流动,防止高压窜入低压以及防止回火的情形,应采用单向阀。为了防止火焰沿通风管道或生产管道蔓延,宜采用阻火闸门。

(2) 防爆泄压设施。

防爆泄压设施,包括安全阀、爆破片、防爆门和放空管等。安全阀主要用于防止物理性爆炸;爆破片主要用于防止化学爆炸;防爆门、防爆球阀主要用在加热炉上;放空阀用来紧急排泄有超温、超压、爆聚和分解爆炸的物料。有些化学反应设备,除有紧急放空管外,还设置安全阀、爆破片、事故槽等几种中的一种或多种设施。

(3) 可燃物泄漏的预防措施。

工艺过程中排污或取样时的误操作、泵压盖或密封发生故障、设备腐蚀或结合处损坏、装置准备维修或维修后试运转时出现故障、机械损坏成材料缺陷等,都可能造成可燃物的大量泄漏。大量可燃物的泄漏对化工安全威胁极大,许多重大事故都是从泄漏开

始的。

泄漏可以分为从设备向大气泄漏、设备内部泄漏以及由设备外部吸入三种类型。按照压力划分则有高压喷出、常压流出和真空吸入。

防止泄漏应根据泄漏的类型、泄漏压力和泄漏时间选择适当的方法。在装置设计和安装时,应该同时着手防止泄漏方案的设计;在装置运行和维护时,应该实行操作检查的预防措施;在紧急情况下,要有制止突然泄漏的应急措施。

为了防止可燃物大量泄漏引起燃烧爆炸事故,必须设置完善的检测报警系统,并尽可能与生产调节系统和处理装置连锁,尽量减少损失。装置区应设置可燃气体检测仪,一旦物料泄漏,立即报警。在紧急情况下,中央控制室可以自动实行停车处理,开动灭火喷水器,把蒸汽冷凝,液态烃用事故处理槽回收,并施加惰性介质保护。大量喷水系统可以在起火装置周围和内部布成水幕,冷却有机介质,同时防止泄漏到其他装置中。自动洒水系统可以由火焰或温度引发动作,也可以采用蒸汽幕进行灭火。

任务3 消防设施设备

1.防火防爆基本措施

1) 树立消防意识

同火灾作斗争是每个企业和单位的重要工作,只有提高大家的消防意识,消防安全工作才能有坚实的思想基础。这里所说的消防意识应当包括以下内容。

(1) 要有火灾意识。

对岗位和环境随时、随地可能发生的火灾,要有一定的忧患感和警惕性,用火用电时就要想到,用得不当就可能起火而造成危害。

(2) 要有防火意识。

要树立防患于未然的意识,注意预防火灾的发生,因此要对发生火灾的危险性和预防火灾的方法有一定的认识,自觉地遵守消防法规和各种防火安全制度或安全规程,对发现的火灾隐患要有一种将其尽快消除的责任感和紧迫感。

(3) 要有灭火意识。

一旦发生火灾,要知道向消防队报告火警的方式方法,并协助消防队进行扑救,在消防队到来之前,要根据起火点的实际情况采取适当的方法去扑灭火灾,以防止火势扩大。

(4) 要有自救与救人的意识。

火灾时,在力所不及时,既要知道自己如何安全逃生,也要自觉地帮助他人逃生或组织在场人员安全疏散。如果缺乏消防意识,平时麻痹大意或存在侥幸心理,极易引起火灾,一旦发生火灾就会措手不及而惊慌失措,既不懂报警和灭火方法,也不懂得自己和在火场上被困的其他人员如何才能安全地疏散,就可能发生难以想象的后果。居民家庭火灾案例表明,有些火灾的发生和严重后果就是由于缺乏消防意识造成的。

因此,树立消防意识是保证消防安全的重要思想基础。人们具有消防意识,才会认真地掌握防火灭火知识,自觉地预防火灾。

2) 熟悉身边(周围环境)的物质火险特点

在生活当中尤其是在生产经营活动中,使用、生产、储存、加工的物质种类繁多,为保证防火安全,人们必须了解身边物质与火灾、爆炸事故发生有关的一些物理化学性质,从而采取相应的防火防爆和防止火势扩大蔓延的措施,以及发生火灾事故后应采取的救急方法。

火灾、爆炸事故有的是由化学原因引起的,有的是由物理原因引起的,有的是由这两种原因引起的,但多数是由化学原因引起的。因此,预防物质燃烧或爆炸的基本道理,是防止燃烧要素的同时存在和结合。这可以说是防止火灾、爆炸事故种种措施之根本。

3) 建立防火制度和安全操作规程

火灾的发生是由多种因素造成的,既有内在因素,如发生燃烧的要素,又有外在因素,如促成燃烧的条件及引发燃烧的一些人为因素等。为了预防火灾、爆炸事故,必须依据各类物质的火险特性和周围环境的特点,遵循火灾发生发展的客观规律,建立防火的规章制度和安全操作规程。消防的规章制度和安全操作规程的作用是,调整人与消防安全的关系,建立保证消防安全的正常秩序,规范人们在消防安全活动中的行为,以确保本单位、本岗位、自己家庭的消防安全。因此,大到国家小至工作岗位都必须建立健全相应的消防规章制度,生产岗位要建立安全操作规程,这是做好消防工作的重要的基本措施。因此,消防安全规章制度是职工、干部、公民做好消防安全工作必须遵守的规范和准则。

(1) 消防安全管理制度。

消防安全管理制度是按照企事业单位生产经营管理和保证消防安全的要求,对消防安全的管理范围、内容、程序和方法所做的规定,是指导职工群众开展各项消防活动的准则和规范。它主要包括建立各级消防安全责任制和岗位消防安全责任制、消防安全教育制度、用火用电安全制度、易燃易爆物品安全管理制度、消防安全检查制度、消防器材配备管理制度以及消防安全奖惩制度等。

(2) 生产经营安全操作规程。

安全操作规程是针对某种比较复杂的生产经营过程所做的具体规章制度,即对有火灾、爆炸危险物品的使用和储运,对仪器设备的使用和维修,对有火灾爆炸危险的工艺流程,所提出的具体操作程序和要求,发生事故时的紧急处理程序和方法等。总之,安全操作规程是指导员工进行生产经营、技术活动、消防安全活动规范化的准则。

2. 消防设施设备

1) 消防设施及器材

为了及时迅速扑救化工厂的火灾,各企业内应拥有一定数量的机动消防力量。各生产装置内也应按火灾危险的大小,设置固定或半固定的灭火设施。此外,还应配备手提式灭火器及其他简易灭火器材,如泡沫灭火器、干粉灭火器等,其数量和种类,应根据保护部位的物料性质、可燃物数量、占地面积及固定灭火设施对外扑救初起火灾的可能等因素综合决定。一般情况下,手提式灭火器的数量不应少于表 11-3 的要求。实践证明,配置适

表 11-3　手提式灭火器设置数量

场 所 设 置	数量/（个/m²）	备　注
甲、乙类露天生产装置	1/50～1/100	1.装置占地面积小于 1 000 m² 时，选用小值；大于 1 000 m² 时，选用大值；
丙类露天生产装置	1/150～1/200	
甲、乙类生产建筑物	1/50	
甲、乙类仓库，丙类生产区	1/80	2.不足 1 个灭火器数时，按一个计算
丙类仓库	1/100	
易燃、可燃液体装卸栈台	按栈台长度 10～15 m 设 1 个	设置干粉灭火机
液化石油气、可燃气体罐区	按储罐数，每罐设 2 个	设置干粉灭火机

量的小型灭火器对扑救初起火灾有特别重要的作用。

2）灭火剂的种类及选用

对化工厂火灾的扑救，必须根据化工生产工艺条件、原材料、中间产品、产品的性质，建筑物、构筑物的特点，灭火物质的价值等原则，来选择合理的灭火剂和灭火器材。化工企业常用的灭火剂有水、水蒸气、化学液体、二氧化碳、干粉、1211 等。下面就这几类灭火剂的性能及应用范围作简单的介绍。

（1）水和水蒸气。

水是消防上最普遍应用的灭火剂，因为水在自然界广泛存在，供应量大，取用方便，成本低廉，对人体及物体基本无害，水有很好的灭火效能。水在灭火时，虽然往往同时产生几种灭火作用，但多数情况下，起着冷却和窒息作用。

凡具有下列性质的物品及设备不能用水扑救。

① 相对密度小于水和不溶于水的易燃液体，如汽油、煤油、柴油等油品（相对密度大于水的可燃液体，如二硫化碳，可以用喷雾水扑救，或用水封阻止火势的蔓延）。

某些芳香烃类、能溶或稍溶于水的液体，如苯类、醇类、醚类、酮类、酯类及丙烯腈等大容量储罐，如用水扑救，易造成可燃液体的飞溅和溢流，使火势扩大。

② 遇水能燃烧的物质不能用水或含有水的泡沫液灭火，而应用沙土灭火，如金属钾、钠、碳化钠等。

③ 硫酸、盐酸和硝酸不能用强大的水流冲击。因为强大的水流能使酸飞溅，流出后遇可燃物质有引起爆炸的危险。酸溅在人身上能使人烧伤。

④ 电气火灾未切断电源前不能用水扑救，因为水是良导体，容易造成触电。

⑤ 高温状态下的生产设备和装置的火灾不能用水扑救，因为设备遇冷水后易引起形变或爆裂。

（2）化学泡沫灭火剂。

常用的化学泡沫灭火剂，主要是酸性盐（硫酸铝）和碱性盐（碳酸氢钠）与少量的发泡剂（植物水解蛋白质或甘草粉）、少量的稳定剂（三氯化铁）等混合后，相互作用而生成的泡沫，其反应式为

$$Al_2(SO_4)_3 + 6NaHCO_3 = 3Na_2SO_4 + 2Al(OH)_3 + 6CO_2\uparrow$$

反应中生成的 CO_2 气体，一方面在发泡剂的作用下，形成以 CO_2 为核心的外包 $Al(OH)_3$ 的大量微细泡沫，同时，使灭火器中压力很快上升，将生成的泡沫从喷嘴中压出。由于泡

沫中含有胶体 $Al(OH)_3$，且泡沫相对密度小（0.2 左右），易于黏附在燃烧物表面，并可增强泡沫的热稳定性。灭火剂中的稳定剂不参加化学反应，但它分布于泡膜中可使泡沫稳定、持久，提高泡沫的封闭性能，起到隔绝氧气的作用，达到灭火的效果。化学泡沫灭火剂不能用来扑救忌水忌酸的化学物质和电气设备的火灾。

（3）酸碱灭火剂。

手提式酸碱灭火器，内装 $NaHCO_3$ 溶液和另一小瓶 H_2SO_4，使用时将筒内生成的 CO_2 气体产生压力，使 CO_2 和溶液从喷嘴喷出，笼罩在燃烧物上，将燃烧物与空气隔离而起到灭火的作用。

酸碱灭火剂适用于扑救竹、木、棉、毛、草、纸等一般可燃物质的火灾初起，但不宜用于油类、忌水、忌酸物质及电气设备的火灾。

（4）二氧化碳灭火剂。

二氧化碳在通常状态下是无色无味的气体，相对密度 1.529，比空气重，不燃烧，不助燃。经过压缩液化的二氧化碳灌入钢瓶中，从钢瓶里喷射出来的固体二氧化碳（干冰）温度为 $-78.5\ ℃$，干冰汽化后，二氧化碳气体覆盖在燃烧区内，除了窒息作用之外，还有冷却作用，火焰就会熄灭。

二氧化碳灭火剂有很多优点，灭火后不留任何痕迹，不损坏被救物品，不导电，无毒害，无腐蚀，用它可以扑救电器设备、精密仪器、电子设备、图书资料档案等火灾。但忌用于某些金属，如钾、钠、镁、铝、铁及其氢化物的火灾，也不适用于某些能在惰性介质中自身供氧燃烧的物质，如硝化纤维火药的火灾，也难于扑灭一些纤维物质内部的阴火。

（5）干粉灭火剂。

干粉灭火剂主要成分为碳酸氢钠和少量的防潮剂硬脂酸镁及滑石粉等。用干燥的二氧化碳或氮气作动力，将干粉从容器中喷出形成粉雾，喷射到燃烧区灭火。

在燃烧区干粉碳酸氢钠受高温作用，其反应为

$$2NaHCO_3 = Na_2CO_3 + H_2O + CO_2 \uparrow$$

在反应过程中，由于放出大量的水蒸气和二氧化碳，并吸收大量的热，因此起到一定冷却和稀释可燃气体的作用；同时，干粉灭火剂与燃烧区碳氢化合物作用，夺取燃烧连锁反应的自由基，从而抑制燃烧过程，致使火焰熄灭。

干粉灭火剂无毒、无腐蚀作用，主要用于扑救石油及其产品，可燃气体和电器设备的初起火灾以及一般固体的火灾。扑救大面积的火灾时，需与喷雾水流配合，以改善灭火效果，并可防止复燃。

对于一些扩散性很强的易燃气体，如乙炔、氢气，干粉喷射后难以使整个范围内的气体稀释，灭火效果不佳。它也不宜用于精密机械、仪器、仪表的灭火，因为在灭火后留有残渣。

（6）1211 灭火剂。

1211 是卤化物二氟一氯一溴甲烷的代号，又称 BCF，是一种低毒、不导电的液化气体灭火剂，其分子式是 CF_2ClBr，是卤代烷灭火剂的一种。它是通过夺去燃烧连锁反应中的活性物质来达到灭火目的的。

1211 灭火剂适于扑救各种易燃液体火灾和电气设备火灾，它具有绝缘性能好、不留

痕迹、腐蚀性小、久存不变质、灭火效率高等优点。但它不适于扑救活泼金属、金属氧化物和能在惰性介质中自身供氧燃烧的物质的火灾。扑灭固体纤维物质火灾时要用较高的浓度。1211灭火剂浓度在4%~5%时对人和动物则会有轻微的中毒反应,浓度越高,危险性越大,使用时要慎重。

另外,卤化物灭火剂已被研究证实。其灭火产物Cl对大气臭氧层有破坏作用,已被国际上列为淘汰品。我国已逐年削减生产和使用,直至2010年会完全淘汰,现正开发替代品。

3) 几种常见初起火灾的扑救

化工生产中大多数火灾都是从小到大,由弱到强。在生产中,能及时发现和扑救,对安全生产有着重要意义。

火灾扑救的一般原则是:报警早,损失小;边报警,边扑救;先控制,后灭火;先救人,后救物;防中毒,防窒息;听指挥,莫惊慌。

(1) 生产装置初起火灾的扑救。

当生产装置生发火灾爆炸事故时,在场操作者应迅速采取如下措施。

① 迅速查清着火部位、着火物质及来源,准确关闭有关阀门,切断物料来源及加热源(含电源);开启消防设备,进行冷却或隔离;关闭通风装置,防止火势蔓延。

② 压力容器内物料泄漏引起的火灾,应切断进料并及时开启泄压阀门,进行紧急排空;为便于灭火,将物料排入火炬系统或其他安全部位。

③ 现场当班人员要及时做出是否停车决定,并及时向厂调度室报告情况和向消防部门报警。在报警时要讲清着火单位、地点、部位和着火物质,最后报告自己姓名。

④ 发生火灾后,当班的车间领导或班长应迅速组织人员对装置采取准确的工艺措施,利用装置内的消防设施及灭火器材进行灭火。若火势一时难以扑灭,则要采取防止火势蔓延的措施,保护要害部位,转移危险物质。

⑤ 在专业消防人员到达火场时,生产装置的负责人应主动及时向消防指挥人员介绍情况。说明着火部位、物料情况、设备及工艺状态、已经采取的措施等。

(2) 易燃、可燃液体储罐初起火灾的扑救。

对易燃、可燃液体储罐的初起火灾应采取如下措施。

① 储罐起火,马上就会有引起爆炸的危险,一旦发现火情,应迅速向消防部门报警并向厂调度室报告。报警和报告中需说明罐区的位置、着火罐的位号及储存物料的情况,以便消防部门及时迅速赶到火场进行扑救。

② 若着火罐正在进料,应迅速切断进料。如果进料阀无法关闭,可在消防水枪掩护下进行抢关,并通知送料单位停止送料。

③ 若着火罐区有固定泡沫发生站,则应立即启动泡沫发生装置,打开通向火罐的泡沫管阀门,利用泡沫灭火。

④ 若着火罐为压力容器,打开喷淋设施,做冷却保护,以防止升温、升压而引起爆炸。打开紧急放空阀门进行安全泄压。

⑤ 火场指挥员应根据具体情况,组织人员采取防止物料流散、火势扩大的措施,并注意对相邻储罐的保护以及减少人员的伤亡。

（3）人身着火的扑救。

人身着火后，千万不能跑动，以防止风助火势。而应迅速脱掉着火衣服、或就地打滚，用身体压灭火种；用棉衣、棉被等物覆盖灭火，用水浸湿后覆盖效果更好；用灭火器扑救时，注意不要对着人的面部喷射。

在现场抢救烧伤患者时，应当特别注意保护烧伤部位，不要碰破皮肤，以防止感染。此外，要注意因伤者的舌头收缩而堵塞咽喉，必要时应将伤者嘴巴撬开，将舌头拉出，保证呼吸顺畅，并尽快送往医院治疗。

 复习思考题

1. 阐述火灾与爆炸的基本概念。

2. 阻止可燃可爆系统是如何形成的？

3. 简述防火防爆安全检查的基本内容。

4. 分析火灾爆炸事故蔓延扩散的限制措施包括哪些内容？

5. 概述防火防爆的基本措施。

6. 简述常用的消防设施设备。

项目十二

化工职业卫生

项目简介:化工职业卫生研究的是人类从事各种化工行业职业劳动过程中的卫生问题,它以职工的健康在职业活动过程中免受有害因素侵害为目的,其中包括劳动环境对劳动者健康的影响以及防止职业性危害的对策。本项目旨在要求学生具有职业中毒与防护的岗位能力,具有独立工作的能力,具有职业岗位中所需的团队合作、人际交流等能力。

教学目标:了解职业病的种类和生产性粉尘对人体的危害及防尘防毒措施;认识化工企业职业中毒的特点和解毒方法,会进行急性化学物中毒事故的现场急救。

任务1 化工职业卫生与职业病

1.职业卫生

职业卫生,是指为预防、控制和消除职业危害,保护和增进劳动者健康,提高工作生命质量,依法采取的一切卫生技术或者管理措施。它的首要任务是识别、评价和控制不良的劳动条件,保护劳动者的健康。

保护女工健康是我国一贯的政策。由于妇女的生理特点,某些生产性有害因素对妇女健康具有较大的或特殊的影响,故应特别重视女工的职业卫生和劳动保护。

2.职业病

按照2002年5月1日施行的《中华人民共和国职业病防治法》的规定,职业病是指企业、事业单位和个体经济组织的劳动者在职业活动中,因接触粉尘、放射性物质和其他有毒、有害物质等因素而引起的疾病。它包括九大类,分别如下。

1)职业中毒51种

职业中毒发生在接触生产性毒物的工人中。最常见的有铅、汞、锰、苯、有机磷农药、一氧化碳、三硝基甲苯、砷、磷等中毒。中毒者一般常有头痛、头晕、乏力、睡眠障碍、食欲减退等神经衰弱症状。短时间接触高浓度毒物引起的急性中毒,症状出现迅速,严重者意识丧失,甚至死亡。长期接触低浓度毒物者,可出现慢性中毒,症状发生比较缓慢而轻微,常与一般不适相混淆,易被忽视,往往随着时间的推移、病情加重时才被发现。

因毒物作用特点不同，中毒出现的症状、体征、发病规律、化验检查的改变均不同。

侵犯造血器官的毒物（如苯）可出现白细胞减少、贫血、出血症状，严重时导致再生障碍性贫血或白血病；铅可抑制血红蛋白合成中卟啉代谢通路中的巯基酶活性，而引起低血红蛋白贫血。苯胺、亚硝酸盐、氮氧化物可引致高铁血红蛋白形成，使血红蛋白失去带氧能力，造成组织缺氧，皮肤黏膜出现青紫。一氧化碳易与血红蛋白形成碳氧血红蛋白，使血红蛋白失去带氧能力，还妨碍氧和血红蛋白的离解，导致组织缺氧，中毒者皮肤黏膜呈樱桃红色。

侵犯神经系统的毒物如一氧化碳、硫化氢、氰化物、苯、汽油等引起严重急性中毒时，可导致电击样昏倒；慢性中毒者多出现神经衰弱症状。铅、汞、锰中毒可引起肌肉震颤和神经麻痹。四乙基铅、汽油、一氧化碳中毒，可引起中毒性脑病或中毒性神经病。

侵犯消化系统的毒物（如铅、砷）可引起腹痛。四氯化碳、硝基苯、有机氯可引起中毒性肝炎。

2）尘肺 12 种

尘肺是因长期吸入一定量的生产性粉尘而引起肺组织纤维化的疾病。患者长期吸入大量游离二氧化硅与其他粉尘，这些粉尘绝大部分被排除，但仍有一部分长期滞留在细支气管与肺泡内，不断被肺泡巨噬细胞吞噬，这些粉尘及吞尘的巨噬细胞是主要致病因素。尘肺病变形成后，肺内残留的粉尘还继续与肺泡巨噬细胞起作用，这是尘肺病人虽然脱离粉尘作业但病变仍继续发展的主要原因。

由于吸入粉尘的质和量的不同而产生不同程度的危害。尘肺病的种类很多，其中 12 种被列为职业病，它们是：硅肺、煤工尘肺、石墨尘肺、炭黑尘肺、石棉肺、滑石肺、水泥肺、云母肺、陶工尘肺、铝尘肺、电焊混合尘肺、铸工尘肺。

3）物理因素职业病 9 种

与劳动者健康密切相关的物理因素有：气象条件，如气温、气湿、气压；噪声和振动；电磁辐射，如放射线、紫外线、红外线、工频电磁场、高频、微波等。

不同的物理因素对健康的危害各异，产生的职业病也不相同。噪声主要损伤听觉系统，引起噪声性听力损伤，对非听觉系统如心血管、神经、生殖、消化等也有害。长期从事手传振动作业，如打风钻等可引起手臂振动病。在高温环境下作业可发生中暑。接触紫外线，如电焊工可致电光性眼炎和电光性皮炎。潜水、沉箱、隧道、高压氧舱、加压治疗舱等作业可因减压不当而发生减压病。进入高原、高山、高空环境下作业可能发生高原病。短时间大剂量接触放射线可致急性放射病或死亡，长期低剂量接触放射线可发生慢性放射病。

4）职业性眼病 3 种

化学性眼损害分两大部分：其一，工业使用的原料、制成品的化学品（包括药品）或剩余的废料直接接触眼部，引起化学性结膜角膜炎、眼灼伤；其二，有毒化学物质（或用药不当）通过被身体吸收引起急性或慢性中毒而发生的中毒性眼病。

5）职业性耳鼻喉疾病 2 种

有噪声聋、铬鼻病。

6）职业性肿瘤 8 种

肺癌、间皮瘤和膀胱癌是最常见的职业性癌症。全球每年至少有 20 万人死于与工

作环境有关的癌症。肺癌死亡者中有 10% 与工作场所的风险有关。全世界大约有 1.25 亿劳动者在工作场所接触石棉,每年至少 9 万人死于与石棉有关的疾病,还有数万人死于接触苯造成的白血病。职业病肿瘤的职业危害因素还有联苯胺、氯甲醚、氯乙烯、砷、铬酸盐、环氧乙烷以及油烟等。

7)职业性传染病 3 种

有炭疽、森林脑炎等。

8)职业性皮肤病 7 种

身体表面的皮肤直接与外接触很容易产生因外在暴露而引起的疾病,因为职业的关系而引起的皮肤病,即为职业性皮肤病。在各种职业病中,皮肤病是最常见的,至少有五成以上,其中又以接触性皮肤炎最多。

接触性皮肤炎一般可分为两大类:① 刺激性皮肤炎,例如长期接触水泥与纤维玻璃的人,以及喷洒农药的农夫皆会引起此疾病,其他像有机会接触化学物质(如酸、碱、有机溶剂等)的人,也会罹患此病;② 过敏性皮肤炎,例如工作上会接触到橡胶、重金属、电子零件的人较易罹患此病。

其他职业性皮肤病还有职业性痤疮(如石油业者易罹患)、职业性黑皮症或白斑、化脓症、炭疽(如皮革业者易罹患)等。另外,长期暴露于太阳底下,及在含有砷化合物或其他致癌物质的环境中工作都可能发生职业性皮肤病,甚至产生皮肤癌。

9)其他职业病 7 种

有化学灼伤、金属烟热等。

以上最常见的职业病有尘肺、职业中毒、职业性皮肤病等。法定职业病的诊断权由国家认定的医疗卫生机构行使。

3. 职业病的主要特点

与其他职业伤害相比,职业病有以下特点。

① 病因明确,其病因就是职业性有害因素,如果职业性有害因素得到消除或控制,就可防止和减少职业病发生。

② 所接触的病因大多数是物理因素和化学因素,通常接触量是可以检测的,而且接触量超过一定限度才能使人得病。

③ 在接触同样职业性有害因素的人群中,常常有一定人数发病,很少只出现个别病例。

④ 早期发现,合理治疗,较易恢复,发现愈晚,疗效愈差,而且不少职业病目前还没有特效治疗方法。

4. 职业病的预防措施

罹患职业病就意味着终生要受这种病的折磨,即使在发达国家,也没有治疗这种病的特效药,它是一种可防不可治的疾病。平常所说的治疗,只是缓解职业病表现出来的临床症状,减少并发症的发生,治标不治本。职业病已成为严重威胁劳动者健康的头号杀手。

职业病的发病原因比较明显,因此完全可以预防其发病,最主要的预防措施是消除或控制职业性有害因素发生源;控制作业工人的接触水平,使其经常保持在卫生标准允许水平以下;提高工人的健康水平,加强个人防护等措施;为及早发现职业性损害,减少职业病人发生,应对接触者实行就业前及定期健康检查。

职业性体检是对接触职业性有害因素的职工进行有针对性的体格检查,职业性体检包括就业前体检和定期体检两类。就业前体检是指职工从事有害作业前(包括调到有关工种工作前)进行的体格检查,通过体检可以预先发现职业禁忌症,同时也为今后进行定期体检提供参考比较的基础资料。就业后定期体检是按一定时间间隔对有害作业职工进行的体检,通过定期体检,可早期发现职业病病人和可疑职业病者(观察对象),从而可进行及时治疗处理。

凡确诊患有职业病的职工,享受国家规定的工伤保险待遇(或职业病待遇)。此外,从事有害作业的职工,因按规定接受职业性健康检查所占用的工作时间,应按正常出勤处理。如职业病防治机构(或诊断组)认为需要住院作进一步检查时,不论其最后是否诊断为职业病,在此期间可享受职业病待遇。对不适宜继续从事原工作的职业病人,应当调离原工作岗位,并妥善安置。职业病人除依法享有工伤社会保险外,依照有关民事法律还有权向用人单位提出赔偿要求。

目前,公司白领、媒体工作人员、科研人员等从事大量脑力劳动的人群已成为心脑血管疾病的高发人群,这类人群由于长期精神紧张,容易患上高血压、冠心病等。IT业工作人员的视疲劳、腰部疾病,售货员的静脉曲张等,虽然这些疾病在从事上述工作人群中的发病率较高,但由于引发这些疾病的原因很多,目前还不能将其划归职业病范围,只能称为"职业相关疾病"。只能靠日常保健和早发现、早治疗。

任务 2 　职业中毒

化学工业品种繁多,与各行各业生产密切相关,是许多行业不可缺少的原料。化学工业主要有基础化工、农药化肥、石油化工、染料油漆、医药试剂、各种助剂等行业。化学工业生产过程,还常常具有高温、高压、易燃、易爆及易腐蚀等特点,这就构成了化工生产对人体的危害主要是职业性中毒的特点。

1.职业中毒定义

一种物质,凡少量进入人体后,能与机体组织发生化学或物理化学作用,并能引起机体暂时的或永久的病理状态,就称为毒物。在工业生产中所接触的毒物,通常指化学物质,统称为工业毒物或生产性毒物。

工业毒物往往是在生产过程中产生的,可能是成品、半成品、中间体、副产品或原料等。例如在炼焦生产过程中产生的煤焦油和沥青、逸散出的一氧化碳、硫化氢、蒽荼、3,4-苯并芘等物质,都是生产性毒物。其他如富砷矿中的砷、成品五氧化二钒等也都是生产性毒物。在生产环境中,工业毒物常以气体、蒸汽、烟尘、雾、粉尘等多种形式存在。按作用的器官(系统)分类,工业毒物可分为神经毒物、肝脏毒物、肾脏毒物、生殖及遗传毒物等类别。

在职业活动中,由于接触生产性毒物引起的中毒,称为职业中毒。毒物一次或短时间内大量进入人体后可引起急性中毒;长期过量接触毒物可引起慢性中毒;短期内接触较高浓度的毒物可引起亚急性中毒。由于毒物作用特点不同,有些毒物在生产条件下只引起慢性中毒,如铅、锰中毒;而有些毒物常可引起急性中毒,如甲烷、一氧化碳、氯气等。

2. 化工职业中毒的表现

1) 神经系统

慢性中毒早期常见神经衰弱综合征和精神症状,一般为功能性改变,脱离接触后可逐渐恢复。汞、铅、锰中毒可损伤运动神经、感觉神经,引起周围神经炎。震颤常见于锰中毒或急性一氧化碳中毒后遗症。重症中毒时可发生脑水肿。

2) 呼吸系统

一次吸入某些气体可引起窒息,长期吸入刺激性气体能引起慢性呼吸道炎症,可出现鼻炎、鼻中隔穿孔、咽炎、支气管炎等上呼吸道炎症,严重时发生肺水肿。

3) 血液系统

许多毒物对血液系统能够造成损害,根据不同的毒性作用,常表现为贫血、出血、溶血、高铁血红蛋白以及白血病等。铅可引起低血红蛋白贫血,苯及三硝基甲苯等毒物可抑制骨髓的造血功能,表现为白细胞和血小板减少,严重者发展为再生障碍性贫血。一氧化碳与血液中的血红蛋白结合形成碳氧血红蛋白,使组织缺氧。

4) 消化系统

毒物对消化系统的作用多种多样。汞盐、砷等毒物大量经口进入时,可出现腹痛、恶心、呕吐与出血性肠胃炎。铅及铊中毒时,可出现剧烈的持续性的腹绞痛,并有口腔溃疡、牙龈肿胀、牙齿松动等症状。长期吸入酸雾,牙釉质破坏、脱落,称为酸蚀症。吸入大量氟气,牙齿上出现棕色斑点,牙质脆弱,称为氟斑牙。许多损害肝脏的毒物,如四氯化碳、溴苯、三硝基甲苯等,引起急性或慢性肝病。

5) 泌尿系统

汞、铀、砷化氢、乙二醇等可引起中毒性肾病。如急性肾功能衰竭、肾病综合征和肾小管综合征等。

6) 其他

生产性毒物还可引起皮肤、眼睛、骨骼病变。许多化学物质可引起接触性皮炎、毛囊炎。接触铬、铍的工人皮肤易发生溃疡,如长期接触焦油、沥青、砷等可引起皮肤黑变病,甚至诱发皮肤癌。酸、碱等腐蚀性化学物质可引起刺激性眼炎,严重者可引起化学性灼伤,溴甲烷、有机汞、甲醇等中毒,可发生视神经萎缩,以至失明。有些工业毒物还可诱发白内障。氰化物、砷、硫化氢、一氧化碳、醋酸胺、有机氟等易引起中毒性休克;砷、锑、钡、有机汞、三氯乙烷、四氯化碳等易引起中毒性心肌炎;亲肝的毒物很多,典型的有黄磷、四氯化碳、三硝基甲苯、三硝基氯苯等引起肝损伤。

3. 化工企业职业中毒的特点

1) 急性和慢性中毒

由于化工生产具有高温、高压、易燃、易爆的特点,急性事故及急性中毒的发生率较其他行业多,还常涉及非职业人群。如火灾和泄漏事故会污染四周的大气,使大批人中毒。

慢性中毒的远期影响也已经引起人们的重视。

2）损害脏器

化学物可以侵犯人体的各个器官，有的是定位的，有的是多系统侵犯。

3）致癌作用

近年来化工系统职业性肿瘤流行病学调查的报告较多，如橡胶行业的恶性肿瘤发病率较高，分析认为可能与防老化剂有关；石油行业的恶性肿瘤也高于当地居民，且消化系统的肿瘤为高；染料行业的联苯胺引起膀胱肿瘤已被公认；塑料行业的氯乙烯引起肝血管瘤、氟塑料可疑对人致癌；油漆涂料行业肠癌、肝癌患者增多等。

4. 职业中毒的解毒疗法

职业中毒发生后，及时处置患者，尽快抢救是十分必要的。针对中毒原因，即毒物的理化性状、毒性作用、吸收、排出途径，所采取的处置和治疗措施，称为解毒疗法。该疗法的原则是，阻止毒物进一步吸收，排出已吸收的毒物，使用解毒药。

（1）阻止毒物进一步吸收。

常用措施有：① 冲洗皮肤和眼部；② 脱离现场，口服牛奶或清洁水稀释毒物；③ 使用催吐剂；④ 洗胃；⑤ 使用活性炭吸附；⑥ 使用泻药排除肠腔残留毒物；⑦ 使用肠道黏膜保护剂。

（2）加速排出已吸收毒物。

措施有：① 脱离现场加强通风，如处理一氧化碳中毒；② 施行支气管肺泡灌洗术；③ 加强利尿；④ 腹腔透析；⑤ 血液透析；⑥ 血浆交换；⑦ 换血。

（3）使用解毒药。

解毒药分为一般性解毒药和特殊解毒药两类。一般性解毒药有保护黏膜、阻止吸收、减轻毒性、拮抗毒的作用，但专属性不强。如葡萄糖酸钙、硫代硫酸钠、维生素 C 等。特殊解毒药可特异性地拮抗毒物的作用，缓解病情，但一种解毒剂仅对特定的毒物有效。

5. 急性化学物中毒事故的现场急救

急性中毒事故的发生，使大批人员受到毒害，病情往往较重。因此，现场及时有效的处理与急救，对挽救患者的生命、防止并发症的发生有十分重要的作用。

（1）迅速脱离现场。

将受害人员移离事故现场至安全地带，以免毒物继续侵入。

（2）防止毒物继续吸收。

吸入中毒者应立即送到空气新鲜处，保持其呼吸道通畅，必要时吸氧。被酸、碱灼伤或被易于经皮肤吸收的化学品污染后，应立即脱去污染的衣物鞋袜，用大量流动清水彻底清洗。

（3）心肺脑复苏。

对呼吸、心跳停止者，要立即进行口对口人工呼吸和胸部按压。

（4）对意识丧失者，注意瞳孔、呼吸、脉搏变化，及时除去口腔中异物。

（5）特效解毒剂的应用。

对有特效解毒办法的中毒，解毒治疗开始越早越好。

在采取以上措施的同时，应尽快查清毒源，明确诊断，以利针对性处理。

任务3 粉尘及其对人体的危害

1.粉尘进入人体的途径

人体对进入呼吸道的粉尘具有防御机能,能通过各种途径将大部分尘粒清除掉。其作用大体分为三种,即滤尘机能、传送机能和吞噬机能。这三种机能互有联系,不能截然分开。

尘粒进入呼吸道时,首先由于上呼吸道的生理解剖结构、气流方向的改变和黏液分泌,使大于 10 μm 的尘粒在鼻腔和上呼吸道沉积下来而被清除掉。据研究,鼻腔滤尘效能约为吸气中粉尘总量的 30%～50%。由于粉尘对上呼吸道黏膜的作用,使鼻腔黏膜机能亢进,毛细血管扩张,大量分泌黏液,借以直接阻留更多的粉尘。这是机体的一种保护性反应,但在病理学上已属于肥大性鼻炎。此后黏膜细胞由于营养供应不足而萎缩,逐渐形成萎缩性鼻炎,则滤尘机能显著下降。由于类似的变化,还可引起咽炎、喉炎、气管炎及支气管炎等。

在下呼吸道,由于支气管的逐级分支、气流速度减慢和方向改变,可使尘粒沉积黏着在支气管及其分支管壁上。这部分尘粒大小直径约在 2～10 μm。其中大多数尘粒通过黏膜上皮的纤毛运动伴随黏液往外移动而被传送出去,并通过咳嗽反射排出体外。进入肺泡内的粉尘,一部分随呼气排出;另一部分被吞噬细胞吞噬后,通过肺泡上皮表面的一层液体的张力,被移送到具有纤毛上皮的呼吸性细支气管的黏膜表面,并由此传送出去;还有一部分粉尘被吞噬细胞吞噬后,通过肺泡间隙进入淋巴管,流入肺门。直径小于 3 μm 的尘粒,大多数是通过吞噬作用而被清除的。

由此可见,人体通过各种清除机能,可将进入肺脏的绝大多数尘粒排出体外,而进入和残留在肺门淋巴结内的粉尘,只是吸入粉尘的一小部分。虽然人体有良好的防御机能,但在一定条件下,如果防尘措施不好,长期吸入浓度较高的粉尘,则仍可产生不良影响。

2.粉尘对人体的危害

粉尘危害最严重的是可引起硅肺(原称矽肺)。此外,长期接触生产性粉尘还可能引起其他一些疾病。例如,大麻、棉花等粉尘可引起支气管哮喘、哮喘性支气管炎、湿疹及偏头痛等变态反应性疾病。破烂布屑及某些农作物粉尘可能成为病源微生物的携带者,如带有丝菌属、放射菌属的粉尘进入肺内,可引起肺霉菌病。石棉粉尘除引起石棉肺外,还可引起间皮瘤。经常接触生产性粉尘,还会引起皮肤、耳及眼的疾患。例如,粉尘堵塞皮脂腺可使皮肤干燥,易受机械性刺激和继发感染而发生粉刺、毛囊炎、脓皮病等。混于耳道内皮脂及耳垢中的粉尘,可促使形成耳垢栓塞。金属和磨料粉尘的长期反复作用可引起角膜损伤,导致角膜感觉丧失和角膜混浊。在采煤工人中还可见到粉尘引起的角膜炎等。

3.生产性粉尘引起的肺部疾病

目前一般将生产性粉尘所引起的肺部疾患分为三大类。

1）尘肺

尘肺是指由于长期吸入一定浓度的能引起肺组织纤维性变的粉尘所致的疾病。我国关于尘肺的记载已有悠久的历史，早在北宋时代（公元 10 世纪）孔平仲即已指出，采石人所患的职业性肺部疾病是由于"石末伤肺"所致。欧洲 16 世纪时对尘肺的本质尚不了解。以后虽有人提出"尘肺"一词，但在一个相当长的时期内，对尘肺的概念还不明确。近四五十年来，通过临床观察、X 线检查、病理解剖以及实验研究，认为除游离二氧化硅外，还有一些其他粉尘也可引起尘肺。

尘肺按其病因可分为以下四类：

（1）硅肺，由于吸入含有游离二氧化硅的粉尘而引起的尘肺；

（2）硅酸盐肺，由于吸入含有结合状态二氧化硅（硅酸盐），如石棉、滑石、云母等粉尘而引起的尘肺；

（3）混合性尘肺，由于吸入含有游离二氧化硅和其他某些物质的混合性粉尘而引起的尘肺，如煤硅肺、铁硅肺等；

（4）其他尘肺，某些其他粉尘引起的尘肺，如煤肺、铝肺等。

尘肺按其病理形态又可分为三种类型，即间质型（弥漫硬化型）、结节型及肿瘤样型。但这种分型也不是绝对的，如煤硅肺可表现为间质型与结节型两者同时存在。在实际工作中，通常按其病理变化、X 线所见、临床表现将尘肺分为Ⅰ、Ⅱ、Ⅲ三期。

2）肺粉尘沉着症

有些生产性粉尘，如锡、钡、铁等粉尘，吸入后可沉积于肺组织中，仅呈现一般的异物反应，但不引起肺组织的纤维性变，对人体健康危害较小或无明显影响，这类疾病称为肺粉尘沉着症。

3）有机性粉尘引起的肺部病变

有些有机性粉尘，如棉、亚麻、茶、甘蔗渣、谷类等粉尘，可引起一种慢性呼吸系统疾病，常有胸闷、气拓、咳嗽、咳痰等症状。一般认为，单纯有机性粉尘不致引起肺组织的纤维性变。

尘肺与肺粉尘沉着症、有机性粉尘引起的肺部病变，在病理改变及对人体的危害程度方面各有不同，其中只有尘肺属法定职业病范围，所以在实际工作中，必须加以区别对待。

生产性粉尘的危害是完全可以预防的，为防止粉尘的危害，我国政府颁布了一系列法规和法令。有《关于防止厂矿企业中的矽尘危害的决定》、《工厂防止矽尘危害技术措施办法》、《矿山防止矽尘危害技术措施暂行办法》、《矽尘作业工人医疗预防措施办法》等。根据这些政策法令，各厂矿在防尘上做了不少工作，并总结了预防粉尘危害的八字经验，"革、水、密、风、护、管、教、查"等综合措施，使粉尘浓度逐年下降，接触粉尘工人的尘肺发病率逐年降低，发病工龄和病死年龄大大延长。但目前我国预防粉尘危害的任务还相当艰巨，乡镇工业中问题更为突出，抓好防尘工作仍是首要任务。

任务4 防尘防毒的对策措施

目前企业中存在的职业病危害因素主要是粉尘、毒物、物理因素,均来源于生产过程。产生于设备、扩散于环境、作用于接触人群。对职业有害因素的控制就应从设备、环境、人这三个方面考虑。

1. 技术措施防尘防毒

1) 以无毒低毒的物料代替有毒高毒的物料

在生产过程中,使用的原材料和辅助材料应尽量采用无毒、低毒材料,以代替有毒、高毒材料,尤其是以无毒材料代替有毒材料,这是从根本上解决毒物对人体危害的好方法。

2) 改革工艺

改革工艺是在选择新工艺或改造旧工艺时,尽量选用那些在生产过程中不产生(或少产生)有毒物质,或将这些有毒物质消灭在生产过程中的工艺路线。在选择工艺路线时,要把有毒无毒作为权衡选择的重要条件,还要把此工艺路线中所需的防毒措施费用纳入技术经济指标中去。例如改用隔膜法电解代替水银电解,从而消除了汞害。

3) 生产设备的管道化、密闭化以及操作的机械化

要达到有毒物质不散发、不外逸,关键在于生产设备本身的密闭程度,以及投料、出料、物料的输送、粉碎、包装等生产过程中各环节的密闭程度。

生产条件允许时也可使设备内部保持负压状态,以达到有毒物质不外逸。

对气体、液体,多采用管道、泵、高位槽、风机等作为投料、出料、输送的设施。对固体则可采用气力输送、软管真空投料,用星形锁气器、翻板式锁气器出料等。

以机械化操作代替手工操作,可以防止毒物危害,降低劳动强度。

4) 隔离操作和自动控制

由于条件的限制,不能使有毒物质的浓度降低到国家卫生标准时,可以采用隔离操作措施。

隔离操作,就是把工人与生产设备隔离开来,使生产工人不会被有毒物质或有害的物理因素所危害。

隔离的方法有两种:一种是将全部或个别毒害严重的生产设备放置在隔离室内,采用排风方法使室内保持负压状态,使有毒物质不能外逸;另一种是把工人的操作地点放在隔离室内,采用送风的办法,将新鲜空气送入隔离的操作室内,保持室内正压。先进、完善的隔离操作,必须要有先进的自动控制设备和指示仪器的配合,才能搞好防毒措施。

2. 个体防护性措施

个人防护措施就其作用来说,有呼吸防护与皮肤防护两个方面。从有毒物质侵入人体的三条途径(呼吸道、皮肤和消化道)来说,呼吸防护是防止毒物从呼吸道侵入,皮肤防护是防止毒物从皮肤侵入,讲究饮食卫生是为了防止毒物从消化道侵入人体。这一方面

说明个人防护是综合防毒措施的一个重要方面,是防止有毒气体或粉尘侵入人体的重要防线;另一方面也说明个人防护要结合个人卫生及有关管理制度,根据毒物性质和作业条件来采取防护措施。

1) 皮肤防护

皮肤防护,主要是防护手套和膏膜,目的是防护手臂、皮肤污染。清洁剂用于洗去皮肤、工作服上的尘毒污染。护肤膏应在作业前涂擦,清洁剂则一般在作业结束后使用。

(1) 护肤膏。

一些化学毒物不但常引起职业性皮肤病,而且能经皮肤进入人体内。护肤膏应具备不损坏皮肤,不引起皮肤过敏,能防止有害物质对皮肤的伤害,能保持在皮肤上且易清洗,舒服、经济等特点。

护肤膏根据防护有害物质的不同,有许多种类,如有防水溶性刺激物的,有防脂溶性刺激物的,有防油溶性刺激物的,有防沥青的,有防有机溶剂、油漆、胶类的,有防石墨、环氧树脂的,等等,使用时须对症选用。

(2) 清洁剂。

为了清洗沾染在皮肤或工作服上的尘毒等有害物质,清洁剂应易溶于水,能洗净污染而不伤皮肤和纤维织物。清洁剂除一般配方外,还应有去油污,除有机物如硝基苯,除放射性物质等特种污染的配方。

2) 呼吸防护

个人呼吸防护用具,主要有送风面盔、过滤式防毒面具或口罩、氧气呼吸器三种。

(1) 送风面盔。

工作原理是将压缩空气送入工作面盔内以供呼吸,使有毒气体和粉尘不能侵入。这种面盔常用于一时还无法采取防毒措施的日常生产中,例如工人下到油罐、反应釜中进行清理时,在船舱内喷漆、电焊又无法通风时。使用时要注意的是压缩空气须经清洁过滤和减压,并使面盔内保持正压状态。喷漆、电焊作业个人防护用的送风面罩和通风焊帽,都是结合作业条件制作的送风面盔。

另有一种靠本人自吸清洁空气的自吸式软管面具。因是自吸,故需使用保证气密良好的面具,而不能用面盔或头罩。同时,为保证呼吸通畅,当使用直径为 25 mm 的标准波纹管时,其长度不得大于 9 m。特别是为防止软管打折或压扁,以及吸气口挪动受阻等情况,需另有专人监护。

(2) 过滤式防毒面具或口罩。

工作原理是面具或口罩安配一个滤毒罐,使含毒空气经滤毒罐过滤后再供呼吸。滤毒罐内装有活性炭吸附剂及其他滤料,活性炭是用各种不同方法处理的,因而对不同的有毒气体可有不同的型号。使用时要注意的是:一是使用前要先检查滤毒罐,看型号是否对应,看是否已失时效;二是有毒气体浓度可能超过万分之一时,或者空气中含氧量可能低于 16% 时,不能使用;三是佩戴时要检查面具气密性是否良好,呼吸是否通畅。

对防汞、防氨及防多种气体的防毒面具,其主要技术条件如下。

① 防汞滤毒罐。

选用硫酸调和碘化钾溶液处理的活性炭为吸附剂,即把 44 mL 20%$CuSO_4 \cdot 5H_2O$ 溶液

加入到体积为 100 mL 的活性炭中,静置 3~4 h,然后再加入 40 mL 的 40%KI 溶液,静置一昼夜,在 70~80 ℃恒温干燥箱里干燥 8 h,即可备用。

② 防氨滤毒罐。

吸附剂是以活性炭浸渍硫酸铜溶液而制成的,$CuSO_4 \cdot 5H_2O$ 浓度以 20%为恰当,活性炭颗粒选用 1.2~2.5 mm 圆柱形或不规则形状,含水量控制在 20%~30%之间。滤毒的化学反应是合成铜氨配合物。

$$CuSO_4 \cdot 5H_2O + 4NH_3 + 4H_2O \longrightarrow Cu(NH_3)_4 \cdot SO_4 \cdot H_2O + 8H_2O$$

根据国内有些工厂反映氨浓度大于 2%时是否仍可使用的问题,经实验室样品罐试验,结果表明对 6%氨浓度有效但防护时间短促。

③ 防多种气体和烟尘的滤毒罐。

在断面为 76 cm²、高为 18 cm 的滤毒罐内,顺序从上到下分层装入如下吸附剂及滤料:① 一氧化碳催化剂,即霍加拉特催化剂,是一种经过活化的 $MnO_2 \cdot CuO$ 混合物;② 干燥剂,浸渍 30%氯化钙溶液的活性炭,煮沸,静置并干燥(150 ℃,4 h);③ 有机蒸汽吸附剂,活性炭经 150 ℃干燥 4 h;④ 碱性气体吸附剂,20%$CuSO_4 \cdot 5H_2O$ 溶液浸渍的活性炭,煮沸,静置并干燥(150 ℃,4 h);⑤ 酸性气体吸附剂,20%NaOH 溶液浸渍的活性炭,煮沸,静置并干燥(150 ℃,4 h);⑥ 防烟尘滤料,选用超细纤维滤膜,折成 M 式,有效面积为 400 cm²,高为 2 cm。试制的滤毒罐经鉴定,呼吸阻力为 137.2 Pa。

这种滤毒罐可防酸性气体(氯气、光气、二氧化硫、硫化氧、硫化氢、氧化氮等)、有机气体(苯、甲苯、二甲苯、乙醚、汽油、苯胺等)、一氧化碳及烟尘。呼吸阻力必须小于 196 Pa,可以用于抢救火灾、处理事故或有多种有毒气体存在的场合。但是空气中有毒气体浓度大于 2%(体积分数),空气中氧含量低于 16%,或在密闭容器中,均禁止使用。有效存放期考虑为三年。

判断失效的方法有:① 发现异样嗅觉即失效;② 按防护时间及有毒气体浓度计算剩余使用时间;③ 滤毒罐增重情况,本滤毒罐增重 30 g 即失效;④ 安装失效指示装置。

(3) 氧气呼吸器。

工作原理是以背负式的小氧气瓶供给呼吸,而使呼吸与外界含毒空气完全隔绝。氧气瓶中高压氧气经减压器源源送入气囊,气囊中含氧空气经吸气阀、软管供给呼吸,人呼出的气则又经软管及呼气阀进入装有氢氧化钙吸收剂的清净罐,在清净罐中除去二氧化碳的呼气又进入气囊与氧气瓶供给补充的氧混合再供给呼吸,如此循环不断。这种呼吸器,在有毒气体特别是有急性中毒危险的气体的环境中使用,最为安全。因而对于紧急抢修生产设备和中毒事故特别有用。缺点是比较笨重,携带不方便,平日维护保养也较费事,因而一般不适用于日常生产。

3) 全身防护

在现代工业作业环境中,工作人员经常会遇到火焰、高温、熔融金属、腐蚀性化学药品、低温、机械加工以及一些特殊性危险。对于这些危险,需要专用的防护服来保护整个身体。防护服也被称为工作服,有特殊作业工作服和一般作业工作服之分。一般作业工作服用棉布或化纤织物制作,适于没有特殊要求的一般作业场所使用。特殊工作服按作业环境的需要有防尘防毒服、防化学污染服、防热耐火服、防辐射服、防静电服等。

（1）防尘防毒服。

防尘防毒服都是全身防护型工作服。

防尘服适于粉尘作业，一般由从头到肩的风帽或头巾、上下装组成，袖口、裤口及下摆收紧，选用质地密实、表面平滑的透气织物制作。

防毒服有密闭型和透气型两种。密闭型是一种送气型防护服，用抗渗透材料制作，由头罩和上下连接的衣服组成，整体结构密闭，清洁空气从头顶送入，从设置在袖口、裤口及其他部位的排气阀排出，服内保持一定的正压，形成穿着者舒适的小气候。送气型防护服能有效地防御毒气尘埃的危害，适于污染危害较严重的场所。

透气型防毒服用纤维活性炭等特殊透气织物制成。袖口、裤口扎紧，能防御一定的毒气、烟雾的危害，适于在污染较轻的场所穿用。

（2）防化学污染服。

防化学污染服有防酸碱服、防油服等，其种类、材料、用途有多种。

橡胶耐酸碱服用含胶量大于 60%，在炼制中加入稳定剂的橡胶布制作，材料不透气。样式有工作服、背带裤、反穿衣、围裙、套袖等。它适于防强酸碱液腐蚀、防酸碱易喷溅的作业。

塑料工作服用聚氯乙烯膜制作，不透气。样式有工作服、反穿衣、围裙等。它适于防轻度酸碱腐蚀、防水、防油、防低浓度毒物的作业，不耐高温和溶剂。

防酸碱工作服用经化学处理的柞蚕丝、化纤丝织物制作，材料透气。样式有工作服、大褂等。它适于防酸液酸雾腐蚀的作业，抗酸和透气性较好，有一定的防碱防油能力。

合成纤维工作服由合成纤维织物如涤纶、丙纶、氯纶制作，有工作服和大褂等样式。它适于防低浓度酸碱腐蚀的作业，抗渗透性较差。

防油工作服有用合成橡胶经硫化制成的，有用聚氨酯布制成的，有用含氟树脂纤维制成的，既有防油也有防水的作用。合成橡胶防油服可耐有机溶剂，聚氨酯防油服也可防有机溶剂，样式有工作服、背带裤和围裙、套袖等。

（3）防热防火工作服。

防热工作服适用于高温、高热及强辐射热的作业场所。制作防热工作服的材料要具有阻挡辐射热效率高、导热系数小、阻燃、表面反射率高等性能。它用帆布、石棉和铝膜布等材料制成。

白帆布防热服用天然植物纤维织成的棉帆布、麻帆布制作，具有隔热、飞溅火星及熔融物易弹落、耐磨、扯断强度大和透气性好等特点。

石棉防热服用含少量棉纤维的石棉布制作，对辐射热有很强的遮挡效率，但石棉对人体有害，使用时须注意不要吸入体内。熔融金属作业的工人常用石棉的护腿和围裙。

铝膜布防热服是在基布上镀铝或用铝化纤维制成的，适合于熔炼炉抢修、火场抢救等极高温度的作业。铝膜呈银白色，反射率高，里衬起隔热作用，耐老化防火，但透气性差。

（4）其他特殊工作服。

防寒服具有良好的保温性，导热系数小，外表面吸热效率高，一般用天然植物、动物皮毛羽绒或化纤作填充物。普通的棉、皮防寒服保温性能好，而化纤的防寒服重量轻，也在室外作业的人员中流行起来。

防水服有胶布雨衣,用防水胶布裁制,氯丁胶粘合而成,分单双面胶,有雨衣、雨披等。适于有喷淋水、雨天作业;下水衣适用于下水道、涵洞、水产捕捞等涉水作业;水产服耐海水和日晒,适于水产捕捞、养殖加工等作业。

防辐射服分为防放射和防微波服两种。

防辐射服用于接触放射性作业的人员,防御外照射和放射性尘粒污染产生的危害。含铅防护服用含铅橡胶或塑料制作,适用接触 X、γ 射线的人员。

防微波服应用屏蔽和吸收的原理,用金属布或镀金属布等制成,衰减或消除作用于人体的电磁量,可以防止大功率雷达和类似场所的电磁辐射对人体产生的有害生理作用。

4)几种有毒作业的个体防护

(1)喷漆作业。

喷漆作业,在无法实现通风排毒或某些特殊情况下,就有必要采取送风面罩、防苯口罩等个人防护措施。例如,在容器内喷漆作业,使用某种有毒或有强烈刺激性的油漆时,常佩戴带披肩的送风面罩,使操作工人呼吸到从外面送进来的净化空气,而与有毒气体隔绝。又如汽车车身静电喷漆作业中,车身两端需要人工补喷漆,操作工人需戴过滤式防苯口罩。这种口罩两边有滤毒盒,盒内装的是二号活性炭颗粒。据工人反映效果尚好,能够把喷漆中含苯蒸气过滤掉。但当空气中苯浓度过高、活性炭失效或部分失效而闻到苯的气味时,要注意及时更换活性炭。

皮肤直接接触液体苯时,会使皮肤干裂发生皮炎等,因此要对皮肤加以防护。防护可用"液体手套",或称"防苯手套",实际是用某物质的水溶液涂在手上,干燥后形成薄膜,而又不溶于苯等有机溶剂,像戴了薄膜手套似的东西。"液体手套"的配方是:用甘油 140 g、水 260 g、干酪素 140 g 混合,加热到 60~70 ℃搅拌均匀,膨胀,然后降温至 40 ℃左右,加氨水 40 mL 调匀,再降到室温,加乙醇 280 g 而成。使用时,将溶液少许涂于双手,待干燥即可。经水洗涤,薄膜即去,用时则需再次涂上。此法保护皮肤的效果良好,使用方便,但不适用于带水操作,涂用时有黏感。

(2)汞作业。

主要是防止汞污染或把汞污染带回家扩大汞害。因此,在汞作业中要穿戴好工作服和工作帽,戴口罩,下班更衣洗澡,作业后用 1∶5 000 的高锰酸钾溶液漱口,头发留短,指甲常剪,免积汞尘,车间里不要吸烟或吃东西,工作服不要穿回家等。以上措施都要予以重视实行。

(3)铅作业。

铅是有显著积蓄性的慢性毒物,稍许接触吸入并无大碍,但长年累月的接触吸入就会造成严重病患。在这两种情况之间并无明确界线,因而还是越少接触越好,不可疏忽大意。有的人对此注意不够,在铅作业车间吃饭、吸烟,甚至用被铅污染的手直接拿馒头吃等,这些常是铅从消化道侵入人体的重要途径。因此,要对职工深入进行有关防毒的宣传教育,在开展技术革新、改善劳动条件的同时,也要教育职工加强个人防护和个人卫生。

个人防护方面,防铅口罩可以用纱布口罩或纱布浸乙酸做的口罩,也可以用滤纸或滤膜做的口罩。纱布口罩要每班换洗,滤纸滤膜也要检查更换,朝着毒尘方向的那面滤膜若有颜色改变即为失效。工作服也要定期洗换,特别是要防止工作服成为污染人体的"二次尘源"。用过的手套不要翻转使用。

个人卫生方面,不要在车间吃饭或吸烟,饮水碗要加盖。工间休息时应离开车间。尤其是下班后或吃饭前要把被污染的手彻底洗干净。手被铅尘污染往往不易洗净,一般用自来水和肥皂洗是不够的。有些厂试验先用 3‰～4‰乙酸水浸泡两手 1～3 min,后用肥皂水刷洗 3～5 min,再用自来水冲洗,效果较好。先用锯末揉擦几遍,再用肥皂水刷洗和水冲,也有一定效果。

（4）电镀作业。

电镀作业中应注意以下几点。

① 对于同在电镀车间的氰镀和镀铬作业,首先要从镀槽、通风、用水、用具等各方面严格分开,因为氰镀是碱性镀液,镀铬是酸性镀液,如果相混造成污染就会产生剧毒的氰化氢气体,所以要特别防止任何酸类物质沾染氰镀的工件。镀槽及用具、工件在前处理中带来的任何酸迹都必须冲洗并擦干,才能进行氰镀。

② 氰镀与镀铬都必须先开动槽边抽风,才能靠近槽边工作。

③ 工作时穿戴好工作服、围裙、橡胶手套、眼镜和口罩等,氰镀有可能产生氰化氢气体的或使用氰化钾、钠原料可能散发粉尘的,要戴好防毒面具。

④ 注意个人卫生,工作后洗澡更衣,饭前洗手洗脸。对剧毒的氰化物,要防止从呼吸道吸入它的气体和粉尘,也要防止皮肤吸收,更要防止因为食物沾染而随饮食吞下去。对铬酸雾,除防止吸入外,还要着重皮肤防护:一是工作前在皮肤暴露部分涂用防护油膏,配方可用无水羊脂 1 份和凡士林 3 份混合,也可以用 3‰二硫基丙醇（BAL）油膏;二是在鼻腔内用棉花蘸液体石蜡、凡士林或氧化锌油膏等涂抹;三是必要时或感到有刺激时,局部皮肤和鼻腔用 5%硫代硫酸钠液冲洗,以便把六价铬化物还原为毒性较小的三价铬化物,然后用水洗去。

⑤ 对剧毒的氰化物原料的收发保管要建立严格的管理制度,防止误用。

⑥ 工厂医务室或车间卫生间对氰化物中毒急救应有准备。方法是用棉花蘸亚硝酸戊脂吸入 15～30 s,再静脉注射 3%亚硝酸钠液（按 6～12 mg/kg 体重的剂量,2.5～3 mL/min的注射速度）,接着静脉注射 50%硫代硫酸钠液,再加上呼吸刺激剂及强心剂,或人工呼吸、吸入氧气等。

（5）电焊作业。

电焊作业不能采用通风排烟措施时,或采用后效果不能达到要求时,就必须采用送风面盔等个人防护措施。送风的压缩空气要经过净化（水洗和焦炭、棉花过滤）,冬季须加湿加温时应当用水浴加温。

（6）沥青作业。

根据《防止沥青中毒的办法》,从事沥青作业要穿戴防止沥青粉尘侵入的工作服,以及手套、鞋帽、防护眼镜、口罩等个人防护用品,装卸沥青的工人还要戴有披肩的头盔,沥青熬炒工人应当戴过滤式呼吸器,对外露皮肤和脑部、颈部,应遍涂防护药膏。工作完毕,必须洗澡,经常进行沥青工作的现场要有温水淋浴设施,偶尔进行沥青工作的也要准备简单的洗浴用具。便服与防护用品要分别存放,以防污染。另外,根据沥青的毒性,还规定煤焦沥青的装卸搬运应在夜间或无阳光照射下进行,石油沥青及铁桶装煤沥青的装卸搬运

可在白天进行,但在炎热的中午应停止工作。沥青防护油膏的配方为氧化锌 14.5%、滑石粉 14.5%、大米淀粉 6.4%、明矾 1.5%、动物胶 2.9% 和水 57.3% 等。

5）卫生保健措施

卫生保健措施是从医学卫生方面直接保护从事有毒作业工人的健康。主要措施如下。

（1）个人卫生。

如饭前洗脸、洗手,车间内禁止吃饭、饮水和吸烟,班后淋浴,工作衣帽与便服隔开存放和定期清洗等。这对于防止有毒物质污染人体,特别是对于防止有毒物质从口腔、消化道侵入体内有重要意义。

（2）注意加强营养。

从事有毒作业的工人必须注意加强营养,增强体质。这是增强职工抵抗职业性毒害能力的一项劳动保护辅助措施。

（3）定期健康检查。

由卫生部门对从事有毒作业工人进行定期健康检查,以便对职业中毒能够早期发现,早期治疗。同时,实行就业前健康检查,发现患有禁忌症的,不要分配从事相应的有毒作业。在定期健康检查中发现患有禁忌症时,也应及时调离相关的有毒作业岗位。

（4）中毒急救。

对于有急性中毒危险的作业,工厂医务室在培训基层个人预防措施的同时,应当也学习有关中毒急救知识,并随时准备有关中毒急救的医药器材,以备必要时抢救之用。

对一些新的有毒作业和新的化学物质,应当请职业病防治医院、卫生防疫站或卫生科研部门协助进行卫生学调查,做动物试验,弄清致毒物质、毒害程度、毒害机理等情况,研究防毒对策,以便采取有效的防毒措施。

 复习思考题

1. 我国有哪些主要的职业病？应当怎样预防？
2. 对于化学物中毒者如何进行解毒和现场急救？
3. 防尘防毒可以采取哪些措施？个体防护的用品有哪些？

项目十三

可持续发展与清洁生产

项目简介:本项目概述了可持续发展、清洁生产与可持续发展的关系,着重讲述了可持续发展的基本内容、意义,概括介绍绿色技术这一全新的、科学的、经济的,也是绿色的生产模式。

教学目标:了解绿色技术的基本内容;理解可持续发展的定义,可持续发展的基本内容;掌握中国可持续发展战略的基本要点。

任务1 《21世纪议程》与可持续发展

1.概述

1983年11月成立的世界环境与发展委员会(WCBD)于1987年向联合国提交了一份题为《我们共同的未来》的报告。在这份报告中,可持续发展的思想像一条红线贯穿于整个报告。1992年在巴西的里约热内卢召开的"联合国环境与发展大会"上,通过了关于环境与发展的《里约宣言》,以可持续发展为核心的《21世纪议程》。"可持续发展"一词成为全球范围内的一个时髦名词,可持续发展的概念、模式以及实现方法和途径成为世界各国政府和公众共同关注的热点。然而,究竟什么是可持续发展,至今并未达成共识,由于这个问题不仅涉及各国的发展战略和方针政策的制定,而且还涉及各国在许多国际问题上的立场和态度,因此这是一个有着现实意义的重大理论与实践问题。

1) 可持续发展的含义

可持续发展,是相对于不可持续发展来讲的,对于"可持续发展",国内外有许多相似而不尽相同的阐述。

① 可持续发展,即"保护和加强环境系统的生产和更新能力",这是以生态学为基础的"生态可持续性"。

② 可持续发展,即"在生存不超出维持生态系统涵容能力的情况下,改善人类的生活质量",这是世界自然保护同盟、联合国环境署和世界野生生物基金会在1991年共同发表的《保护地球可持续性生存战略》一书中提出的定义。它强调了人类生产方式与生活方式

要与地球承载能力保持平衡,以保护地球的生命力和生物多样性,又指出了人类可持续发展的价值观和行动方案,最终达到改善人类生活质量、创造美好生活环境的目的。

③ 可持续发展,即"在保护自然资源的质量和其所提供的服务的前提下,使经济发展的净得益增加到最大限度",这种阐述认为可持续发展的核心是经济发展。

④ 可持续发展,即"转向更清洁、更有效的技术,尽可能接近'零排放'或'密闭式'工艺方法,尽可能减少能源和其他自然资源的消耗",这种阐述突出了清洁生产和技术并将之扩展到可持续发展。

⑤ 可持续发展,即"既满足当代人的需求,又不对后代人满足其需求能力构成危害的发展",这个含义比较丰富,得到了广泛的认可和接受。

可持续发展是人类经过长期的思考和探索的结果,可持续发展的核心是人类的共同全面发展。因此,可持续发展的含义是,不断提高人群生活质量和环境承载力的、满足当代人需求又不损害子孙后代满足其需求能力的、满足一个地区或一个国家的人群需求又不损害别的地区或别的国家的人群满足其需求能力的发展。

2) 可持续发展包含的基本内容

由于可持续发展概念在不断地发展,其包含的内容还在拓宽、延伸。下面对可持续发展的基本内容作如下说明。

(1) 需求与限制需求。

满足人的生存需求与对人类行为的限制是同等重要的,这是可持续发展着眼的前提。需求是包括子孙后代在内的全人类,在美好的环境中享受舒适的生活。需求包括基本需求(即衣、食、住、行、就业等)和提高生活质量的需求(如健康、长寿、教育、自由、文明、美学等)。需求是人类每个人的需求,各国都应有一样的同等需求。贫困者的生存需求应当优先于富有者的奢侈需求。要达到这一要求,可持续发展不否定经济增长,不发达国家尤其要增强经济增长,这就必须将生产方式从粗放型转变为集约型,减少经济活动对环境造成的压力,研究和解决现代经济发展中被扭曲的误区,这样才能使发展中国家经济增长赶上发达国家,从而满足全人类的需求。

限制,是人类发展和需求应以地球上资源的承载能力为限度,在"一个有限的星球上",任何地区、任何国家都不可能无限制地发展下去,都必须以不给其他地区和国家带来危害作保证。在环境和资源都有限的条件下,不应当凭借人们手中的技术和投资,采取耗竭资源、污染环境和破坏生态的方式,去追求那种毁坏地球家园的发展。许多资料表明,全球资源环境恶化的起因有贫困地区为求温饱而不得不掠夺性利用资源,更有富裕者为求最大利润和奢侈享受而滥用资源。所以,不限制就不可能持续发展,不限制就不可能拥有"共同的现在",更不能实现"共同的未来"。

(2) 可持续发展的三大原则。

可持续发展的内容十分丰富,内容十分广博,涉及领域有广度也有深度。这些主要体现了公平性原则、持续原则、共同性原则。这三大原则是可持续发展首要考虑的出发点,也是实施可持续发展的归宿,更是制定各类发展方案、各种环境政策的基础。依据这三大原则,全人类在实施可持续发展战略时,要做到摆脱贫困、控制适度人口、保护地球资源、维护地球生命保障系统、维护生物多样性、提高人类整体素质,还要有远见的决策、全人类的参与及观念的更新等,这都是可持续发展不可缺少的内容。

(3)多元化特征。

可持续发展是具有经济持续、生态持续和社会持续的三元复合系统的持续发展。经济持续发展,就是要保持经济的稳定增长,就是要通过节约能源、减少废物、改变传统的生产和消费方式,提高产品质量、提高效益。生态持续发展,就是要以保护自然为基础,要与资源和环境承载力相适应,要使人类的行为不超过环境的容量。社会持续发展,是以摆脱贫困、控制人口等主要内容为中心,以改善和提高生活质量为目的,创造一个保障人人平等、自由、安全健康的社会环境。

经济、生态、社会的持续发展,它们之间是相互关联不可分割的。如果孤立追求经济发展,不维护生态持续发展,必然导致经济崩溃;若单纯追求生态持续,就会从一个极端走向另一个极端,经济和社会的持续也不可能,甚至停顿或倒退。只有经济与生态的协调持续发展,才能达到社会持续发展的目的。因此,在这三个持续发展中,生态持续是基础,经济持续是条件,社会持续是目的。

2.中国可持续发展战略

1)《中国21世纪议程》的主要内容及特点

1992年6月在"联合国环境与发展大会"上,体现当今人类社会可持续发展的新思想,反映环境与发展领域合作的全球共识和政策承诺的《里约宣言》和《21世纪议程》等文件获得通过,并且要求各国根据本国的情况,制定各国的可持续发展战略、计划和对策。据此,中国国家环境保护委员会决定,由国家计划委员会和国家科学技术委员会牵头,于1992年8月成立编制《中国21世纪议程》领导小组,组织了52个部门300余名专家参加,这项工作引起了国际社会的广泛关注。经共同努力于1994年3月25日国务院第16次常务会议讨论通过了《中国21世纪议程》。《中国21世纪议程》文本与联合国《21世纪议程》相呼应,它具有全球性、综合性,也具有指导性和可操作性。充分地反映了中国政府以强烈的历史使命感和责任感,去完成对国际社会应尽的义务和不懈地为全人类共同事业作出更大贡献的决心。联合国开发计划署高度重视《中国21世纪议程》的制定和实施,将这项工作列为中国政府的合作项目。

(1)主要内容。

《中国21世纪议程》是我国实现可持续发展的总体框架文件,共有20章,78个方案领域,20余万字。大体分为可持续发展战略、社会可持续发展、经济可持续发展、资源的合理利用与环境保护四个部分。每个部分由若干章组成。每章均设导言和方案领域两部分。导言重点阐明该章的目的、意义、工作基础及存在的主要难点;方案领域则说明解决问题的途径和拟采取的行动。

《中国21世纪议程》文本四大部分主要内容如下。

第一部分:可持续发展总体战略。这部分由序言、可持续发展的战略与对策、可持续发展立法与实施、费用与资金机制、可持续发展能力建设以及团体及公众参与可持续发展共6章组成,设有18个方案领域。从总体上论述了中国可持续发展的背景、必要性、战略与政策等,提出了到2000年各主要产业发展的目标,社会发展目的和上述目标相适应的可持续发展对策。

第二部分:社会可持续发展。这部分由人口、居民消费与社会服务,消除贫困,卫生与健康,人类居住区可持续发展和防灾减灾共 5 章组成,设 20 个方案领域。这部分从中国实际情况出发,以人口压力、生活消费方式、贫困、人体健康、自然灾害等方面,制定对策和行动方案,促进社会的全面发展与进步,建立可持续发展的社会基础。

第三部分:经济可持续发展。这部分由可持续发展经济政策,农业与农村经济的可持续发展,工业与交通、通讯业的可持续发展,可持续的能源生产和消费共 4 章组成,设 20 个方案领域。这部分主要论述经济的持续性是实施可持续发展战略的条件,离开了经济发展,中国全面持续发展是不可能的。

第四部分:资源的合理利用与环境保护。这部分包括水、土地等自然资源保护与可持续利用,生物多样性保护,土地荒漠化防治,保护大气层和固体废物的无害化管理等 5 章组成,设 21 个方案领域。

2) 中国可持续发展战略的基本要点

可持续发展战略已经渗透到政治、经济、社会等各个领域,被越来越多的国家所接受。中国对过去进行了认真反思和总结,选择了当今世界最先进的发展观、思想观——可持续发展战略。中国可持续发展战略的基本要点有如下几个方面。

(1) 中国可持续发展战略的基本构成。

中国到 2010 年,实现国民生产总值比 2000 年翻一番,使人民的小康生活更加富裕,形成比较完善的社会主义市场经济体制。这一目标实现后,我国的社会生产力、综合国力、人民生活水平将再上一个大台阶,社会主义精神文明建设和民主法制建设将取得明显进展,为 21 世纪中叶实现第三步战略目标,基本实现现代化,开创新局面。

中国在实施国民经济和社会发展的战略目标过程中,自始至终地要采用可持续发展的战略框架。这种战略框架,现在看来至少要由经济发展战略、人口发展战略、资源开发战略、环境建设战略和稳定发展战略等构成。

① 经济发展战略。我国的经济发展,在当前关键是实行两个具有全局意义的根本转变:① 经济体制从传统的计划经济体制向社会主义市场经济体制转变;② 经济增长方式从粗放型向集约型转变,促进国民经济持续、快速、健康发展和社会全面进步。根据我国的国情,只能选择"节约能源,适度消费,注重内涵开发,实施总体控制,大力保护环境,加强生态建设"的总方针。若不实施这种转变,我们将面临如下环境问题挑战:人均占有环境资源量更少;环境资源扩大和经济增长所依赖的许多基本条件受到破坏;环境后备资源严重不足;资源利用效率进一步降低;同国际社会接轨的压力更加沉重。粗放型经济增长方式在追求社会发展奋斗目标时,普遍只考虑经济增长本身的现实意义,其后果是对 GNP(国民生产总值)狂热追求,对高速度强烈攀比,热衷于铺摊子,忽视提高经济发展的质量、效率和效益。经济增长方式的粗放型,只会是牺牲环境质量,延期环境消费,轻视环境保护,换取私欲膨胀,环境道德沦丧。因此,在实施经济发展的持续战略时,必须建立起集约化经营和节约型的国民经济生产体系。只有这样,才能够促进经济的稳定增长,又不对社会、环境因素和后代人构成危害,促使人与自然之间以及人与人之间的和谐。

② 人口发展战略。在实施可持续发展中,要采取控制人口数量、提高人口素质、开发人力资源的战略。其具体措施是继续降低人口增长率,实现适度人口目标;大力发展劳动

密集型产业,广拓就业途径,实现充分就业目标;充分利用现有科技力量优势,发展技术(智力)密集型与高新技术产业,开发人力资源,提高劳动者素质。

人口问题是一个综合性问题,必须照顾各方面的利益,从不同角度加以分析,制订战略方案。从宏观上看,从全局看,中国的人口数量过多已经造成对稀缺资源沉重的压力,降低了经济效益,造成了就业、升学等种种社会问题,必须加以控制,否则我国长期发展战略目标就有落空的危险,许多的根本利益不能得到可靠的保障。人口数量的控制目标,2000年我国总人口为12.95亿人,到2010年为13亿人,到2050年约为15亿人。中国人口达到16亿时才有可能停止增长。

人口发展战略中提高人口素质同控制人口数量同等重要。提高人的科学文化知识,加强人文教育,推广全民教育等,这是提高人的素质的根本途径。另外,近年来,生育率快速下降会导致家庭结构的变化,人口年龄结构的老化等问题,这些对社会发展和经济增长都有重要影响。这也是在实施人口发展战略中要充分重视、加强研究的问题。

③ 资源开发战略。在实施可持续发展中,资源开发和利用,必须建立资源节约型国民经济体系,实行节约,反对浪费;实现集约,摒弃粗放;开发和寻找新能源,包括替代物质的开发战略。

首先,我国是人均资源贫乏的国家,资源紧张状况会长期存在,因此,在生产领域、消费领域都要注意节约资源。

其次,我国在资源的勘探、开发与利用方面存在着严重的浪费,另外经济高速增长对资源的总需求量将越来越大。

最后,要保证国民经济增长,必须建立一个低度消耗资源的节约型的国民经济体系,以促进资源的节约,杜绝资源的浪费,降低资源的消耗,提高资源利用率和单位资源的人口承载能力,增强资源对国民经济发展的保证程度,以缓和资源的供需矛盾。

资源配置的不合理和资源人均量的稀缺,造成对发展目标的制约,也决定了产业结构的方向和投资分配。对我国来说,最稀缺的自然资源是淡水和土地。在世界各国自然资源统计资料中,我国被列入淡水资源第13个缺水的国家。中国人均水资源不到世界平均水平的1/4,名列第88位。不但如此,水资源分布也很不均匀,与土地资源不相配,长江流域及以南地区,水资源占83%,耕地占30%,特别是黄、淮、辽河流域,耕地占42%,水资源只占9%,华北地区,地多水少,地下水超采十分严重。许多大城市缺水现象日益明显等,对已经紧张的水资源造成了很大的威胁,我国的森林资源、生物资源、草地资源等都处于减少的境地。

资源节约型国民经济体系的内容包括以下几点。a.以节地、节水为中心的集约化农业生产体系,包括发展多熟制种植、立体多层农业、先进灌溉制度、灌溉技术和科学的施肥制度等节时、节地、节水、节能高效低耗的集约化农业。b.以节能、节林为中心的节约型工业生产体系,包括综合开发、综合利用、资源再生、废物回收等节能、节林、节水、节省资金、重效益、重品种、重质量的节约型工业系统。c.以节省运力为中心的节材型综合运输体系,使铁路、公路、水运、航运、管道等有机结合,联运综合运输网,提倡运输社会化,减少回空率等节能、节时、重效益的综合运输系统。d.以适度消费、勤俭节约为特点的生活服务体系,适度消费不是低消费,消费可促进生产,但要与生产相适应,人的消费水平和生活

方式要与经济增长阶段和经济增长速度相适应。在城市供热、供气、供水、供电和衣、食、住、行诸方面提倡节约、节资的生活消费新方式。

④ 环境建设战略。环境保护作为国民经济和社会发展的一个重要组成部分,始终要围绕社会主义现代化建设总目标,更好地促进经济发展,改善人民的生活质量。因此,在实施可持续发展中,要采取环境保护和环境建设的速度与同期国民经济增长速度相协调的战略。

为了使环境保护与经济增长相协调,我国制定了"三项建设"、"三同步"、"三个效益相统一"的环保方针,同时还规定在一切建设项目时必须做到"三同时"。这些都说明环境建设与经济增长必须相协调,两者的速度要相适应。我国改革开放 30 年来,经济持续保持8%~10%的增长速度,国家综合国力明显增强,我国也非常重视环境建设,如防护林体系已形成了长达 1 500 km 的"绿色长城",全国已建立各类自然保护区 1 146 处,其总面积占国土面积的 8.8%。

在实施环境建设与经济增长相协调的战略时,我们必须做到:a. 在国土开发中,坚持开发、利用、整治、保护并重的方针;b. 在工业、农业及其他产业中,要建立以合理利用自然资源为核心的环境保护政策,积极发展清洁生产和生态农业;c. 坚持强化管理、预防为主和谁污染谁治理、谁开发谁保护的三大政策体系;d. 制定环境保护法规和环境管理制度,使我国的环境管理逐步走向制度化、科学化、法制化;e. 加强环境保护科研,推广保护环境的新技术、新工艺、新设备,使环境保护与经济发展能协调发展、同步发展;f. 建立和健全环境监测网络,及时掌握环境质量和污染状况的变化,逐步在全国实施全国环境目标控制和污染物排放总量控制;g. 发展国际环境合作与交流,使我国的环境建设与国际接轨,促进我国和世界环境保护事业的发展和人类进步。

⑤ 稳定发展战略。稳定发展战略是涉及全方位、多层次、多领域的问题,如政治稳定、社会稳定、生态平衡、环境优化和政策在一定时空的相对不变性以及它们之间的相互关系的综合性等,都属于"稳定"。

在实施可持续发展中,要坚持国民经济持续稳定协调的战略。所谓持续发展主要是针对过高的经济增长速度,使经济发展出现时而过快,时而停滞,甚至倒退的现象,为了克服过高速度的弊端,把经济发展始终保持在一个合理的发展速度范围内,保持长期的持续性发展,就能够实现最快的增长速度和提高经济效益。所谓稳定发展是针对大幅度的经济波动和被迫实行重大的经济调整而言的,要求积极采取反周期政策,在经济扩展期,要采取适度的紧缩,控制过热增长,保持合理速度;在经济收缩期,要采取适度的扩张,促进经济增长,力求缓和经济波动,减少周期幅度,实施经济相对稳定发展;所谓协调发展是针对国民经济各行业的比例关系严重失调,经济结构不合理而言的,它是指在经济发展过程中保持各部门之间适度的增长速度和合理的比例关系,促进各个部门之间协调发展,加快产业结构的合理化和现代化。

在实施稳定发展战略过程中,由于人口与资源、供给与需求、经济发展与社会进步、计划经济与市场发展等多方面矛盾存在,因此,我们对经济和社会发展不可能放任自流,任其发展,要积极加强引导和管理,对每一项重大经济、社会改革措施均应谨慎从事。

持续发展、稳定发展、协调发展在可持续发展战略中是同一问题的三个方面的问题，稳定发展是前提，协调发展是手段，持续发展是目标，也就是说在稳定发展的基础上，实施各方面的协调，最终达到持续的目标。处理好三者之间的关系，摆正持续、稳定、协调的位置，只有这样，稳定发展战略才能真正得以实施。

任务 2 清洁生产与可持续发展的关系

人类对环境与发展关系的认识可以概括为四个阶段：发展仅被认为物质财富的积累或经济增长过程，尚未认识环境的地位；发展被理解为在经济增长的同时，应有效地控制工业过程对环境的污染；《人类环境宣言》以后，发展被看成是人类与自然环境的协调过程，开始强调社会和政治因素在发展中的作用；20 世纪 80 年代以来，逐渐认识到必须转变对环境有害的生产和消费模式，从而形成了可持续发展的观念。在联合国环境与发展大会上，世界各国就人类摆脱环境危机、实现社会经济的可持续发展达成共识，全球发展战略的框架性文件《21 世纪议程》，奠定了可持续发展的战略。

发达国家已经走过的道路表明，传统的工业生产方式能源消耗高、资源浪费大、污染严重，导致资源逐渐枯竭，工业污染远远超出环境容量，控制难度很大。工业污染的"末端治理"是一种被动的管理模式，存在着投入高、费时费力、与企业的经济效益没有明显关系，其最终的经济代价是昂贵的。企业普遍缺乏治理污染的积极性，企业生产与环境保护不能协调一致，而且发展是不可持续的。正是在这种背景下清洁生产应运而生。

清洁生产兼顾经济效益和环境效益，最大限度地减少原材料和能源的消耗，降低成本，提高效益；变有毒有害的原材料或产品为无毒无害，对环境和人类危害最小；对生产全过程进行科学的改革与严格的管理，使生产过程中排放的污染物达到最小量；鼓励对环境无害化产品的需求和以环境无害化方式使用产品，环境危害大大减轻。因此，一方面，清洁生产方式可以实现资源的可持续利用，在生产过程中就可以控制大部分污染，减少工业污染的来源，从根本上解决环境污染与生态破坏问题，具有很高的环境效益。另一方面，清洁生产可以在技术改造和工业结构调整方面大有作为，能够创造显著的经济效益。清洁生产对经济发展的巨大贡献的一个重要表现即是清洁生产技术、产品与设备等方面的国际贸易与合作日趋活跃，与清洁生产有重要关系的环保产业已经成为国民经济的支柱产业。无论从经济角度，还是从环境和社会的角度来看，推行清洁生产技术均是符合可持续发展战略的，已经成为世界各国实施可持续发展战略的重要措施，成为可持续发展的优先领域。

推行清洁生产已经成为世界各国实现经济、社会可持续发展的必然选择。人口与经济的快速增长，要求人类只能在资源可持续利用和环境保护的前提下，寻求发展的合理代价与适度的承受能力的动态平衡。发展中国家已经丧失了发达国家在工业化过程中曾经拥有的资源优势和环境容量，不可能再重复先污染、后治理的工业化道路。只有开展清洁生产，才能在保持经济增长的前提下，实现资源的可持续利用，环境质量不断改善，不仅使现在这代人能够从大自然获取所需,而且为后代人留下可持续利用的资源和环境。发达国家可持续发展追求的目标,主要是通过清洁生产等措施提高增长的质量,改变消费模式,减少单位产值中资源和能源的消耗以及污染物的排放量,进一步提高生活质量,关心全球环境问题。所以,清洁生产对发展中国家和发达国家的可持续发展是同等重要的选择。

任务 3 绿色技术

1. 问题提出的背景

绿色技术的提出,有其产生与发展的背景,概括起来,主要有以下 8 个方面。

(1) 可持续发展的思想。

(2) 资源与灾害的矛盾非常突出。

(3) 环境问题的全球化。

(4) 各国政治家对环境问题取得共识。

(5) 生物多样性保护问题。

(6) 贸易壁垒与环境壁垒问题。

(7) 公众意识与生活质量的提高。

(8) 国际国内的环境标准变得更严格了。

在上述八大背景之下,便产生了绿色技术的新概念。

2. 目前国内外绿色技术的现状

环保产业在国内外被称为朝阳产业,而且已经显示出强劲势头。如德国的清洁生产与环保产业产值占整个国民经济总产值的 1/3,且还在不断增加;日本、韩国及美国也占有较高比例。而我国的现状却相对比较差,只有江苏宜兴被称为中国的环保产业城,其产值占有很大比例,但以末端治理为主,这种状况随着形势与认识的改变会有所改变。目前在我国排在前几位的省市依次是:江苏、浙江、河南、广东、上海与北京。上海的名次偏后与上海的工业布局调整有关,所以上海市政府、经委与环保局都很重视,但清洁生产与绿色产品的范围很宽,界限也不很清晰。若在较宽的范围内统计,如绿色冰箱、节能灯具等,则上海的地位将明显提前。不管怎样,若以新的观念与思想去指导我国的工业与经济,则我国的新型工业与传统工业都会出现巨大的转机。

3. 绿色技术

1) 绿色产品

绿色产品,即环境友好产品。对于经清洁生产而得到的产品,当然要求尽可能都成为绿色产品,它们从生产设计开始直到废弃后都要符合要求,这就是目前在清洁生产中常提到的产品的"生命周期评价"。其主要含义如下。

(1) 设计过程。

要求少用资源,尽可能用无毒原料。

（2）生产过程。

要求无废少废，废物回用，综合利用。

（3）使用过程。

环境友好，无毒、副作用。

（4）处置过程。

是否有利于使用、再使用以及可拆卸、可降解、可再生。

这是一种全新的、科学的、经济的，也是"绿色的"生产模式，但其对人的素质与科技的含量要求也非常高。

2）环保产业

环保产业，即指从事保护与服务环境的产业或与此相关的产业，这是一个较宽的范围，故又分为直接环保产业与间接环保产业。前者主要指从事环境治理、监测与宣传和评价的产业，后者则多指清洁生产及其工艺。值得注意的是，在可持续背景下的环保产业已不仅仅是传统观念上的末端治理技术，而是一种结合清洁生产的全过程"治理"，所以它所要求的知识面与专业深度更宽更深。

在绿色产品方面，欧美先后进行了不同程度的尝试。如洗衣粉，我国的用量与整个欧洲共同体相当，但大多以含氮磷型为主，这是造成水体富营养化的主要污染源之一。而在欧洲，却已提倡并基本普及了"绿色洗衣粉"，而且在人的观念上发生了变化，主要表现在以下几个方面。

（1）用量与方式。

尽可能少用，而且提倡用浸泡式，以减少用水，增加浓度，提高清洗效率，这方面以荷兰人做得最佳。

（2）组成。

无氮磷成分，无毒、可降解。对人与环境皆友好。这就从根本上避免了污染，也使人敢于使用浸泡式。而且使用也方便，简捷。

（3）包装。

包装箱可重复使用 10～20 次，然后回收。

又如可降解塑料，目前提倡的呼声很高。以前只提出塑料回收，但不成功，即使在日本、美国也是如此。因为回收塑料的成分及老化程度差别很大，还有的是与金属等材料复合的，难以回收。另一个原因是人的习惯与观念，故在经济上与效果上都较差。所以提出用可降解塑料来减少"白色污染"，但仅仅是可降解一条路也是不可行的，因为有些不可降解塑料有它的特殊性能，其他材料目前很难替代。最好的发展方向是既可降解、可回收或可燃烧，又可回收能源。

4. 我国目前的重点工作

1）绿色产品

（1）CFCs 替代物。

主要是氟利昂的更换与替代，以保护大气臭氧层，其主要产品涉及冰箱（柜）、空调、灭火器等。

（2）居室环境用品。

① 灯（要求无汞、节能、寿命长）；

② 壁纸（要求无苯、无卤）；

③ 水性涂料（无挥发性有机溶剂，能聚合）；

④ 厨房用具，包括灶具（要求燃烧效率高，防 CO 泄漏）及节水阀、防塞网等。

（3）与健康生活有关类。

① 卫生纸（要求可再生，无毒添加剂）；

② 玩具（无铅、染料要合标、安全）；

③ 净水器（高效、稳定、无二次污染）；

④ 驱蚊剂（无有机溶剂，无剧毒物）；

⑤ 纯羊毛防虫蛀品（不用樟脑）。

（4）低排放类。

包括成衣、染料、食品及肉食加工等。

（5）节能节水类。

包括家电、机械等。

2）清洁生产

按照国际标准 ISO14000 系列评价，每个企业自行申请、对照，先期重点是宣传与培训，然后企业内部评估，整改。现在并不统一要求。

3）环保产业产品

（1）水污染控制类。

包括重金属、难降解有机物及饮用水的消毒与净化。

（2）大气污染控制类。

包括室内空气净化产品，主要去除有机物、CO、细菌及尘（烟）。

（3）城市垃圾处理处置与综合利用。

（4）环境监测仪器仪表。

（5）清洁生产技术。

包括造纸业、印染业及电镀行业等。随着形势的发展，我国的工作重点会不断发生变化。

复习思考题

1. 中国可持续发展战略的基本要点是什么？

2. 从环境保护的角度讲，怎样构建和谐社会？

3. 你认为我国的环境问题是否严重？举例说明。

4. 什么是可持续发展战略？

5. 简述清洁生产与可持续发展的关系。

6. 绿色产品有哪些？

参考文献

[1]   徐新阳.环境评价教程[M].北京:化学工业出版社,2004.

[2]   刘绮,潘伟斌.环境质量评价[M].广州:华南理工大学出版社,2004.

[3]   陆书玉.环境影响评价[M].北京:高等教育出版社,2001.

[4]   柴立元,何德文.环境影响评价学[M].长沙:中南大学出版社,2006.

[5]   张从.环境评价教程[M].北京:中国环境科学出版社,2002.

[6]   陆雍森.环境评价[M].2版.上海:同济大学出版社,1999.

[7]   丁桑岚.环境评价概论[M].北京:化学工业出版社,2001.

[8]   尚金城,包存宽.战略环境评价导论[M].北京:科学出版社,2003.

[9]   国家环境保护总局监督司.中国环境影响评价培训教材[M].北京:化学工业出版社,2000.

[10]   环保行业环境规划设计评估及纠纷处理实用手册[M].北京:银声音像出版社,2005.

[11]   陆承平.兽医微生物学[M].3版.北京:中国农业出版社,2001.

[12]   张家仁.石油石化环境保护技术[M].北京:中国石化出版社,2006.

[13]   孙宝盛,单金林.环境分析监测理论与技术[M].北京:化学工业出版社,2004.

[14]   约翰·格拉森.环境影响评价导论[M].3版.北京:化学工业出版社,2007.

[15]   陈剑虹,等.环境统计应用[M].北京:化学工业出版社,2005.

[16]   徐德蜀,等.健康、安全、环境管理体系[M].北京:化学工业出版社,2004.

[17]   杨志峰,等.环境科学概论[M].北京:高等教育出版社,2004.

[18]   田兰.化工安全技术[M].北京:化学工业出版社,1984.

[19]　曲和鼎.安全系统工程概论[M].北京:化学工业出版社,1988.

[20]　隋鹏程.安全原理与事故预防[M].北京:冶金工业出版社,1988.

[21]　蔡凤英.化工安全工程[M].北京:科学出版社,2001.

[22]　朱宝轩.化工安全技术概论[M].2版.北京:化学工业出版社,2005.

[23]　智恒平.化工安全与环保[M].北京:化学工业出版社,2008.

[24]　刘景良.化工安全技术[M].2版.北京:化学工业出版社,2008.

[25]　康青春,贾立军.防火防爆技术[M].北京:化学工业出版社,2008.

[26]　冀和平,崔慧峰.防火防爆安全技术[M].北京:化学工业出版社,2004.

[27]　徐厚生,赵双其.防火防爆[M].北京:化学工业出版社,2004.

[28]　傅梅绮,张良军.职业卫生[M].北京:化学工业出版社,2008.

[29]　张东普.职业卫生与职业病危害控制[M].北京:化学工业出版社,2004.

[30]　中国疾病预防控制中心——职业卫生与中毒控制所.粉尘及其职业危害知识问答[M].北京:化学工业出版社,2008.

[31]　王涤新.职业病[M].北京:化学工业出版社,2006.

[32]　黄岳元,保宇.化工环境保护与安全技术概论[M].北京:高等教育出版社,2006.

[33]　李景惠.化工安全技术基础[M].北京:化学工业出版社,1998.

[34]　魏振枢.化工安全技术概论[M].北京:化学工业出版社,2008.

[35]　关荐伊.化工安全技术[M].北京:高等教育出版社,2006.

[36]　"常见事故分析与防范对策丛书"编委会.火灾爆炸常见事故与防范对策[M].北京:中国劳动社会保障出版社,2005.

[37]　黄郑华,李健华.化工工艺设备防火防爆[M].北京:中国劳动社会保障出版社,2008.

[38]　杨泗霖.防火防爆技术[M].北京:中国劳动社会保障出版社,2008.

[39]　乔玮.环境保护基础[M].北京:北京大学出版社,2005.

[40]　于宗保.环境保护基础[M].北京:化学工业出版社,2003.

[41] 李振基,陈小鳞,郑海雷.生态学[M].3 版.北京:科学出版社,2007.

[42] 魏振枢,杨永杰.环境保护概论[M].2 版.北京:化学工业出版社,2007.

[43] 赵晓光,石辉.环境生态学[M].北京:机械工业出版社,2007.

[44] 周富春,胡莺.环境保护基础[M].北京:科学出版社,2008.

[45] 杨永杰.环境保护与清洁生产[M].2 版.北京:化学工业出版社,2008.

[46] 付修勇,刘连兴.环境保护与可持续发展[M].北京:国防工业出版社,2007.

[47] 徐炎华.环境保护概论[M].北京:中国水利水电出版社,2004.

[48] 陈英旭.环境学[M].北京:中国环境科学出版社,2001.

[49] 战友.环境保护概论[M].北京:北京工业出版社,2004.

[50] 邓仕槐.环境保护概论[M].成都:四川大学出版社,2002.

[51] 韩怀芬.环境保护导论[M].杭州:浙江科学技术出版社,2004.

[52] 曲向荣.环境保护概论[M].沈阳:辽宁大学出版社,2007.

[53] 冯晓西.精细化工废水治理技术[M].北京:化学工业出版社,2000.

[54] 唐受印.废水处理工程[M].北京:化学工业出版社,1998.

[55] 杨岳平.废水处理工程及实例分析[M].北京:化学工业出版社,2003.

[56] 清华大学给水排水教研组.废水处理与利用[M].北京:清华大学出版社,1978.

[57] 李培红.工业废水处理与回收利用[M].北京:化学工业出版社,2001.

[58] 铁道部专业设计院标准处.污水处理的基本方法及应用[M].北京:中国铁道出版社,1982.

[59] 乌锡康.有机化工废水治理技术[M].北京:化学工业出版社,1999.

[60] 建筑部职业技能岗位鉴定指导委员会.污水处理工[M].北京:中国建筑工业出版社,2003.

[61] 庄伟强,尤峥.固体废物处理与处置[M].北京:化学工业出版社,2004.

[62] 汪大翚,徐新华,赵伟荣.化工环境工程概论[M].3 版.北京:化学工业出版社,2007.

[63] 杨永杰.化工环境保护概论[M].2 版.北京:化学工业出版社,2006.

[64] 朱蓓丽.环境工程概论[M].2 版.北京:科学出版社,2007.

[65] 魏振枢,杨永杰.环境保护概论[M].北京:化学工业出版社,2003.

[66] 王连生.环境科学与工程辞典[M].北京:化学工业出版社,2002.

[67] 方如康.环境学词典[M].北京:科学出版社,2007.

[68] 王一民.环境保护概论[M].北京:机械工业出版社,2007.

[69] 王金梅,丁颖.环境保护概论[M].北京:高等教育出版社,2006.

[70] 中国石油和化学工业协会.化工三废处理工化学工业职业标准[M].北京:化学工业出版社,2005.

[71] 黄海林,晋卫.化工三废处理工(职业技能鉴定培训教程·高级)[M].北京:化学工业出版社,2007.

[72] 奚旦立,孙裕生,刘秀英.环境监测[M].2 版.北京:高等教育出版社,1996.

[73] 岳桂华,付翠彦.环境监测[M].大连:大连理工大学出版社,2005.

[74] 王怀宇,姚运先.环境监测[M].北京:高等教育出版社,2007.

[75] 林肇信.环境保护概论[M].3 版.北京:高等教育出版社,2000.

[76] 盛义平.环境工程技术基础[M].北京:中国环境科学出版社,2002.

[77] 中华人民共和国劳动和社会保障部.气体净化工[M].北京:化学工业出版社,2005.

[78] 蒲恩奇.大气污染治理工程[M].北京:高等教育出版社,1999.

[79] 王浣尘.可持续发展概论[M].上海:上海交通大学出版社,2000.

[80] 张锦瑞.环境保护与治理[M].北京:中国环境科学出版社,2002.

[81] 张坤民.可持续发展论[M].北京:中国环境科学出版社,1999.